CW00571460

CALCETINES ROTOS

JUDITH GALÁN

© Todos los derechos reservados

No se permite la reproducción total o parcial de esta obra, ni su incorporación a un sistema informático ni su transmisión en cualquier forma o por cualquier medio, sea este electrónico, mecánico, por fotocopia, por grabación u otros métodos, sin el permiso previo y por escrito del autor. La infracción de los derechos mencionados puede ser constitutiva de delito contra la propiedad intelectual (Art. 270 y siguientes del Código Penal).

Los nombres, personajes, lugares y sucesos que aparecen en esta historia son ficticios, cualquier parecido con la realidad es pura coincidencia.

Título: *Calcetines rotos*
Copyright ©Judith Galán, febrero 2017

ISBN: 9781731048325

Edición publicada en noviembre del 2018

Diseño y foto de portada: *Judith Galán*
Diseño de contraportada: *Alexia Jorques*
Maquetación: *Alexia Jorques*

Para mis padres.

— Índice —

Capítulo 1
ANA

7 de junio
09:45 de la mañana.

—Señor, ¿no podría ir más rápido?

—Ya le he dicho, señorita, que a estas horas hay mucho tráfico en los alrededores del aeropuerto.

—Tengo que estar allí en quince minutos. Si no llegamos a tiempo, no pienso pagarle el viaje… —Ana, enfurecida, amenazó al conductor del taxi mientras miraba su reloj. Los retrasos para ella eran imperdonables.

—Haré lo que pueda, señorita.

—¡Ya! Más le vale que sea así…

Helena, la tía de Ana, estaba siendo sometida a un tratamiento en un clínico de Madrid. Aunque la cura no era de gravedad, le había prometido que la acompañaría a todas las sesiones y afortunadamente aquel martes ya era la quinta y última. Como en anteriores ocasiones, se verían a las diez al otro lado del control policial y Ana ya se imaginaba corriendo por el aeropuerto para llegar a tiempo. Esa imagen la estaba exasperando.

Ana pertenecía a ese grupo de personas que presumen de ser altamente disciplinadas y amantes del orden; enemigas de todo aquel que pueda mostrar esa debilidad que para ellas supone la impuntualidad y la falta de rigurosidad. Escapaba de los sentimentalismos y evitaba mostrar sus emociones. Después de años tragando su dolor en silencio, sin lágrimas y sin auto perdón, había conseguido hacer de su corazón un músculo casi ignífugo, con dificultad para amar, emocionar y compadecer. Y este era el principal motivo por el cual sus relaciones amorosas siempre acababan de la misma forma: una maleta en la puerta del ascensor y un hombre desesperado apretando el botón de la planta baja, como si oprimir aquella figura redondeada le proporcionara la libertad, aquella que tanto había ansiado desde que se trasladara a vivir con Ana.

Su belleza y sensualidad atraía a los hombres pero su carácter inflexible e irritable los repelía hasta que huían despavoridos. Y por esa misma razón, había dejado de intentarlo. Llevaba meses huyendo de ellos y se volcaba en su trabajo como diseñadora gráfica. Sus momentos de ocio se los dedicaba a su tía Helena y a su inseparable amiga Sandra, según ella, la media naranja que nunca encontraría en un hombre. Solo con ellas, y con grandes esfuerzos, era capaz de comportarse como fuera diez años atrás, dulce y divertida.

Por fin en el aeropuerto y, tal y como había sospechado, corrió con su pequeña maleta hacia el acceso al control policial. Su tía ya se encontraba al otro lado e igual que le sucediera en los anteriores martes, Ana se encontraba especialmente nerviosa e irritante. Y es que su paso por el control policial ya no era una simple rutina. No recordaba bien si se encontró con aquel agente de seguridad el primer martes, pero sí que no lo había olvidado desde el segundo. Siempre se situaba en aquel arco y la observaba, la seguía con la mirada e incluso a Ana le pareció que alguna vez había intentado hablar con ella, acercándose sigilosamente. Se sentía intimidada y extrañamente alterada, algo que no era normal en ella.

Él debía de tener unos treinta años de edad, tez morena, pelo oscuro y algo alborotado, no demasiado alto, figura atlética pero sin unos músculos muy marcados y, lo que más le había llamado la atención, tenía los ojos verdes y su mirada era intensa y cálida. Aquellas miradas imposibles de ignorar. Ana no podía evitar sentirse observada, torpe y nerviosa, y eso la enojaba.

"Contrólate, contrólate", se obligaba enfurecida.

Una vez dejó su chaqueta, bolso y botas en la cinta transportadora, se disponía a cruzar el arco detector de metales cuando se percató del dedo que sobresalía de su calcetín.

"Otra vez me he traído los calcetines rotos, debí ponerme los nuevos. ¡No puede ser cierto!".

De reojo pudo ver como la mirada del agente fulminaba sus pies y su boca evocaba una sonrisa.

"Lo ha visto y se está riendo de mí, lo que me faltaba...", pensó furiosa.

En ese momento, el detector de metales comenzó a emitir una señal y Ana fue apartada para ser sometida a un registro.

—Señorita, ponga los pies aquí, por favor.

Situó los pies sobre la marca que le señaló un agente y se giró hacia la persona que iba a cachearla. Debía ser una mujer quien lo hiciera, pero las palmas de las manos que estaban acariciando sus piernas eran masculinas. ¡El agente de seguridad de mirada cautivadora la estaba cacheando!

Aquellos breves roces fueron suficientes para percibir el ardor de sus grandes manos y Ana sintió como ese fuego la abrasaba por dentro. El tiempo se detuvo en cada uno de esos pequeños pero intensos toques. Con suavidad él presionó cada milímetro de sus largas y finas piernas desde los tobillos hasta llegar a casi rozar las ingles, lo que provocó en Ana una fuerte sacudida en su abdomen. Una vez registradas las piernas, el joven se alzó para continuar por los brazos y sus ojos verdes se encontraron frente a los de ella, a pocos centímetros. Ana notaba como el aire que él expiraba acariciaba sus labios, sintiendo su calor y percibiendo una leve fragancia a loción masculina.

A partir de ese instante no dejaron de mirarse, sin parpadear. No existía nada más a su alrededor, solo dos extraños vagando en el espacio ingrávido unidos por la línea imaginaria de sus miradas. Las piernas le temblaban y el oxígeno le faltaba. En lo que para ella fue un lapsus imperdonable, Ana se imaginó desnuda frente a él y la imagen de los dos haciendo el amor la sobresaltó.

"¿Por qué, por qué? Tú no eres así, Ana, controla la situación, no es más que un pervertido".

Pero la excitación la estaba llevando al límite y cuando ambos bajaron la mirada hacia sus respectivos labios, ella ya no tenía fuerzas para evitar inclinar su cuerpo hacia él y...

—Pero ¿qué estás haciendo, Lucas? —dijo otro agente de seguridad que se apresuraba hacia ellos.

—Yo... Maite no estaba y pensé... —titubeó él a la vez que interrumpía el registro y daba un paso hacia atrás.

En aquel instante, una mujer de unos cincuenta años se aproximó a ellos y se dirigió al joven.

—Ya sigo yo, Lucas... —Y girando la cabeza pronunció unas palabras que Ana no logró comprender.

Helena observaba divertida la escena mientras su sobrina caminaba hacia ella. Estaba descalza de un pie, dejando ver el calcetín roto, con expresión enfadada y el rostro desencajado. Sus mejillas ardían aún por la excitación y parecía algo mareada.

—Tía, ¿has, has visto... a ese, ese hombre...? Esto es increíble... Debería poner una denuncia. Yo...

—Tranquila, Ana, no ha sido para tanto, él estaba haciendo su trabajo.

—Sí, pero... —Seguía aturdida y no le salían las palabras.

—Vamos, Ana, deja que te coja la chaqueta mientras te pones la bota. Y tranquilízate, cualquiera diría que acabas de bajar de una montaña rusa. —Rió Helena.

—Tía, no tiene ninguna gracia. He pasado mucha vergüenza.

—Tienes razón, el chico no debía haberte cacheado, debía haber esperado que lo hiciera su compañera, pero no me negarás que al menos es guapo y tiene buena planta. ¿No era este el joven que te observaba la semana pasada?

—Sí, es odioso. Debe ser uno de esos pervertidos desesperados que se excitan solo con tocar el brazo de una mujer. Me siento fatal, Helena, ha sido como un abuso sexual.

—No será para tanto, hija. Olvídalo y vamos a la puerta de embarque, que aún perderemos el vuelo.

Sentadas ya en el avión, Ana notaba aún su corazón palpitar algo más rápido de lo normal, seguía excitada y sentía un dolor extraño en el pecho. Tenía que olvidar lo sucedido, no podía permitirse esas emociones, no era propio de ella y debía volver al estado de máximo autocontrol que tanto la caracterizaba.

—Ana, ¿has pensado ya lo que te comenté sobre mi testamento?

—Helena, por favor, no hables de eso. No tienes que pensar en tu muerte, aún te quedan muchos años de vida.

—Sí, eso espero. Pero ya he tomado una decisión sobre la herencia en vida.

—¿Has tomado una decisión? —preguntó Ana con expectación.

—Te va a parecer una tontería y seguro que no te gusta la idea, pero lo he pensado detenidamente y quiero que seas feliz. Y solo serás feliz cuando conozcas el amor y abras tu corazón.

—Tía, por favor, no empieces otra vez con eso...

—Sé que has sufrido mucho. La pérdida de tus padres siendo todavía joven te ha hecho dura y fuerte. Y aunque me siento muy orgullosa de ti, por ser una mujer independiente y segura de ti misma, sufro al verte sola y temo que pasen los años y no llegues a enamorarte como lo hicieron tus padres o como yo me enamoré de tu tío.

—Tengo veintiocho años, no soy tan mayor y tengo mucho tiempo por delante para pensar en el amor, ahora estoy bien como estoy. Y dime, ¿qué tiene eso que ver con la herencia en vida?

Helena reclinó su asiento, cerró los ojos y dijo con un hilo de voz:

—Heredarás la mitad de mis bienes en vida cuando te enamores y te comprometas con la persona definitiva.

—Pero ¡tía!... —gritó Ana, mientras giraba su cuerpo hacia el asiento de Helena.

—Está decidido.

Definitivamente, aquel martes estaba resultando uno de los peores días de su vida. Primero el tráfico y ese taxista maleducado, luego el pervertido agente de seguridad y ahora su tía y sus ganas de casarla.

"Aunque, pensándolo bien, ese dinero me permitiría crear mi propio estudio de diseño en Nueva York", pensó.

Ana se trasladó con sus tíos a Nueva York diez años atrás, después de la muerte de sus padres. Durante los cuatro años que vivió allí, cursó sus estudios universitarios en una prestigiosa escuela de Diseño y cuando su tío murió, Helena insistió en regresar a Barcelona. Pero volver a su ciudad natal y recordar su infancia estaba resultando más doloroso de lo que pensaba y cada día que pasaba la necesidad de volver a Nueva York aumentaba. Trabajaba de diseñadora jefe para *Global Design*, una importante firma de diseño gráfico, sin embargo Ana conocía bien sus cualidades y necesitaba desarrollar sus propias ideas, estaba cansada de que otros se beneficiaran de su esfuerzo y sus habilidades.

Pero para conseguir esa herencia en vida debía encontrar un hombre del que enamorarse y esa no iba a ser tarea fácil. Claro que conseguir que él la soportara a ella aún iba a ser más complicado. Aunque, pensándolo bien, siempre podría presentar a su tía a su prometido y, una vez cobrada la herencia, finalizar la relación, si es que la relación no acababa antes. No sería honesto, pero su futuro profesional lo merecía y su tía no se enfadaría demasiado... ¿O sí?

Una vez regresaron del viaje, Ana dedicó el jueves y el viernes a trabajar hasta doce horas diarias para acabar las tareas que no pudo finalizar debido a los dos días de ausencia. El viernes por la noche, por fin, descansaba en el sofá de su pequeño apartamento cuando recibió la llamada de su amiga Sandra.

—¿Qué estás haciendo? —preguntó Sandra.

—Descansar. Desde que voy con mi tía al Clínico de Madrid, trabajo más horas y estoy realmente agotada. Menos mal que ya se acabaron los viajes. ¿Y tú?

—Pues aburrida viendo un concurso en televisión. ¿Te apetece salir a tomar algo?

—Nos vemos en media hora frente a la pizzería.

—Bien, ponte guapa, hoy arrasamos. —El tono de voz la delataba, Sandra tenía ganas de fiesta.

Ana sonrió inevitablemente al colgar el teléfono. Su amiga no tenía remedio. En buscarle pareja superaba a su tía. Muchas veces estaba convencida de que las dos eran cómplices y le preparaban encuentros con algunos chicos. Recordó cómo una vez Sandra consiguió que tuviera una cita con un muchacho que resultó ser vecino de su tía, ¿sería casualidad? No lo creía. Pero, a pesar de ello, Sandra y Helena eran lo más importante para Ana. Las adoraba y sin duda eran toda su familia.

Sandra, al igual que Ana, no había tenido demasiada suerte con los hombres, aunque siempre fue más abierta a relaciones de una sola noche. Su frescura y desparpajo la hacían irresistible y ella sabía sacar provecho de sus armas de mujer. Tenía una preciosa melena roja con ondulaciones, ojos oscuros, traviesos y vivos, y una gran sonrisa juvenil. Aunque era menuda y delgada, sus curvas y sus movimientos sensuales atraían a los hombres como si de un imán se tratara. Era apenas unos meses menor que Ana pero su vivacidad y su descaro la hacían parecer aún más joven. A pesar de su carácter extrovertido y chispeante, durante el día y desde hacía unos años, Sandra se escondía detrás de las camisas blancas de algodón y los trajes de chaqueta que debía lucir en el bufete de abogados donde trabajaba como secretaria. Allí sabía contener sus carcajadas y actuaba comedida como una rigurosa y eficaz administrativa.

Treinta minutos después, entraban en un bar cercano al barrio donde las dos vivían.

—¿Cómo está Helena? —preguntó Sandra

—Mucho mejor, pero ya sabes, sigue pensando en preparar su muerte. Hasta me está arreglando lo que llama una herencia en vida. Ayer estuvimos en el bufete donde trabajas para arreglar los papeles. Fuimos por la tarde, por eso no nos vimos. Dice que prefiere ver como disfruto de mi herencia mientras siga viva. Aunque, como era de esperar en mi tía, todo tiene truco.

—¿Truco? ¿Qué clase de truco? —Sandra conocía a Helena y sabía bien que algo estaría tramando.

—Dice que solo heredaré si "encuentro el amor" —respondió Ana con expresión de mujer enamorada.

—¡Tu tía es única! —Sandra rió a carcajadas.

—No es tan gracioso como parece. Sabes cuánto odio a los hombres y no va a ser fácil encontrar a alguien. He estado pensándolo bien y aunque al principio me estaba planteando incluso renunciar a ese dinero, ahora creo que si quiero cumplir mi sueño y tener mi propia empresa en Nueva York, debo hacer lo que sea necesario para conseguir una pareja, aunque sea postiza.

—Pues no es mala idea.

—¿Lo de mi propia empresa o lo del novio postizo?

—Las dos... —Su amiga la miró con una pícara sonrisa en los labios.

—¿Qué estás pensado, Sandra? Que tú eres peor que mi tía...

—Déjamelo a mí. En el bufete hay muchos abogados principiantes con ganas de novias guapas a las que mostrar en las cenas de empresa. Te encontraré más de un candidato. ¿Estás dispuesta a pagar?

—¿Pagar? Sandra, por favor, que no necesito un *gigoló*.

—Está bien. No te preocupes, yo me encargo.

Durante aquella semana Ana dedicó más tiempo de lo habitual a su trabajo. No lograba olvidar las sensaciones que aquel agente de seguridad le habían hecho aflorar. Algunas noches se había despertado sudorosa y agitada. En sus sueños los dos hacían el amor apasionadamente y aquello empezaba a ser preocupante. Necesitaba volver a ser la diligente y rígida diseñadora gráfica y volcarse en su trabajo era la mejor opción.

El viernes, Sandra llamó de nuevo. Ana estuvo tan ocupada con sus nuevos proyectos que no habían vuelto a hablar desde el fin de semana, ni tan siquiera había podido conversar con su tía Helena desde hacía días.

—Ana, tenemos que vernos esta noche. Te tengo que presentar a Alberto. Es un abogado del bufete, es guapo y parece simpático, aunque trabajando se muestra muy serio y responsable, no sé, hay algo extraño en él… A pesar de tener varias oportunidades, no ha querido salir con ninguna de las chicas del despacho. Muchos creemos que es homosexual. El caso es que él me preguntó por ti. Sabía que tú y yo éramos amigas y conoce tu caso de herencia en vida. Él es quién colabora con el abogado de tu tía.

—¡Ah, sí! Ya recuerdo al chico. Rubio, agradable, guapo… debe tener más o menos nuestra edad. ¿Y dices que no tiene pareja?

—No. Extraño, ¿verdad?

—Pues, sí.

—He quedado con él a las nueve para cenar en la pizzería.

—Muy bien. Allí estaré.

Y a las nueve en punto, Ana entraba en el restaurante con su melena suelta, perfectamente alisada, luciendo un vestido corto y ceñido y unas botas altas. Aquella noche quería impresionar al abogado mostrándole su lado más sensual.

Alberto y Sandra ya estaban en una mesa, hablando y riendo. El chico era realmente tan atractivo como Sandra decía: cabello castaño dorado, casi rubio, no demasiado corto, algo despeinado, ojos verdes y rasgados, delgado pero con hombros anchos y bien musculado. Vestía informal, con unos tejanos y una camisa a cuadros, nada que ver con la imagen del abogado que Ana recordaba.

—Ana, te presento a Alberto. Bueno, me parece que ya os conocisteis en el bufete.

Los dos se saludaron a la vez.

—Estábamos hablando sobre algunos cotilleos del bufete —continuó Sandra—. Hoy las mujeres de la limpieza han encontrado un sujetador horroroso, con muchos encajes, en el despacho de uno de los socios. Y adivina qué han hecho.

—¿En serio? Cuenta, cuenta…

—Lo han dejado en una de las paredes de la cafetería con una nota que pone: "Se busca mujer despistada y con gustos pésimos en ropa interior para que recoja la prenda perdida". Imagínate cómo nos hemos reído hoy en el bufete.

—Os lo habréis pasado bien todos. Todos menos la que perdió el sujetador y el socio, por supuesto.

—Sí, el señor Sánchez también ha pasado mucha vergüenza, porque todos sabíamos dónde se había hallado la prueba del crimen. No es la primera vez que se lía con alguien del bufete.

Durante unos minutos rieron sobre lo ocurrido y compartieron otras anécdotas divertidas de sus respectivos trabajos.

Ana observó y escuchó a Alberto con atención y antes de acabar de cenar ya se sentía cómoda a su lado, lo que resultaba altamente revelador, teniendo en cuenta lo desconfiada que siempre se mostraba. Era un chico agradable, simpático, educado y parecía fácil mantener una conversación divertida e inteligente con él.

—Ana, Sandra me ha explicado que necesitas que alguien se haga pasar por tu novio. Como tu tía ya sabe que tanto Sandra como yo trabajamos en el bufete, podrías decirle que ella fue quién nos presentó y así empezamos a vernos —propuso Alberto.

—Me parece muy buena idea. —Asintió Ana.

—También creo que si vamos a ser novios durante alguna temporada, deberíamos conocernos bien, para que tu tía no sospeche.

—¡Eh! Pero no hace falta que lleguemos a conocernos demasiado bien… Ya me entiendes.

—No, tranquila. —Alberto sonrió—. Además, yo soy hombre de una sola mujer.

—¡Ah! ¿Pero tienes novia? —irrumpió Sandra curiosa. Aquel chico realmente la tenía muy intrigada y necesitaba saber más.

—Yo no he dicho eso... —replicó él, mientras los colores le subían a las mejillas.

—Chicos, ¿vamos a tomar algo al disco-bar de enfrente? —sugirió Ana, al percibir la incomodidad de Alberto.

—Yo ahora no puedo, tengo que pasar por casa, pero os quería animar a ir al local de un amigo. Hoy lo inaugura y habrá chupitos gratis cada media hora en punto. Tengo varias invitaciones. Yo intentaré pasarme dentro de un par de horas, más o menos.

—Me parece buena idea. ¿Qué dices, Sandra? Chupitos gratis.... —Ana se sentía animada.

—De acuerdo, vamos.

Alberto y Ana quedaron que se encontrarían al día siguiente para merendar juntos en casa de ella y así empezarían a conocerse mejor. Sandra, con cierta envidia, se auto invitó. Aquel juego le estaba resultando de lo más divertido y así también podría saber más sobre su extraño compañero de trabajo.

Una vez en el local de copas, las dos jóvenes se sentaron animadas junto a una de las pequeñas mesas altas que rodeaban la barra del bar. Y, tal y como Alberto les había adelantado, a las diez y media en punto se oyó una bocina que avisaba de los chupitos gratis que se servían en la barra. Las chicas corrieron a por sus vasos y de un trago se bebieron el contenido después de brindar por ellas y por la futura empresa de Ana. Una hora más tarde, el alcohol empezaba a hacer efecto. Reían, cantaban y bailaban al ritmo de la música que sonaba en el local. Algunos hombres probaron a acercarse con claras intenciones, pero ellas sabían bien como espantarlos. Ana, divertida, no paraba de decir que tenía novio y le debía fidelidad.

A las once y media era el turno de Ana y debía ir a recoger en la barra los chupitos gratis. Mientras los esperaba se sorprendió al reconocer a un hombre moreno de mirada atractiva que la observaba. Era Lucas, no había olvidado su nombre. Vestía una camisa oscura que le hacía resaltar el verde de sus ojos y su expresión seductora le estaba cortando la respiración. Desde aquel encuentro en el aeropuerto había sido imposible olvidar el momento en que su mirada cercana la embrujó, condenándola a tener sueños eróticos con ese pervertido agente como protagonista. Aquello la estaba preocupando realmente. "¿Tan necesitada de sexo estoy para sentirme así por unos simples roces?", se preguntó. Claro que olvidar el tacto de sus manos, la intensidad de su mirada y la sensualidad de sus labios estaba siendo tarea difícil para ella.

Lucas estaba sentado junto a la barra, acompañado de dos chicas. Ana no pudo evitar pensar "cómo no, las busca de dos en dos el pervertido". Ambos mantuvieron la mirada fija el uno en el otro y Ana, en un acto de chulería y falsa valentía, tomó de un sorbo los dos chupitos. Sin dejar de clavar sus ojos en él y con la cabeza bien alta, comenzó a caminar hacia los lavabos, imitando los pasos de las modelos y mirándolo de reojo cuando pasaba a pocos centímetros de él.

Pero, como sacado de una de esas horribles películas de humor de Hollywood, Ana tropezó y cayó redonda al suelo justo delante de él, no sin antes empujar dos sillas, tirar cuatros vasos y casi desquebrajar la camisa de una chica que pasaba por allí.

Lucas acudió rápidamente en su ayuda.

—¿Estás bien? ¿Te duele algo? —le preguntó él, sujetando el brazo de Ana.

—¡Ay! El tobillo, me duele el tobillo —gritó ella, mientras se sentaba en el suelo.

—Déjame ver. —Lucas tomó una de sus botas entre sus manos.

—No me toques, pervertido.

—Sí, vale. Pero deja que vea el tobillo.

Ana estaba dolorida de la caída y embriagada por el alcohol, así que no pudo evitar que Lucas le quitara la bota para comprobar si se había hinchado el pie. Aquella cercanía volvió a perturbarla. Se sentía vulnerable contemplando los músculos de sus brazos y sintiendo otra vez el calor de sus manos. Y como no podía ser de otra manera, Ana volvía a llevar los calcetines rotos.

—Tal vez deberías comprar calcetines nuevos —dijo Lucas con una sonrisa.

"¡Qué impertinente!", pensó ella.

—Como mi madre me decía: cuando un calcetín se rompe, un dedo se libera —respondió Ana con la cabeza bien alta.

Lucas se quedó unos segundos observándola, sorprendido y a la vez ausente, lo que no pasó desapercibido para Ana, a pesar de su embriaguez.

"¿Qué he dicho? Vaya cara de póquer se le ha quedado", pensó intrigada.

Unos segundos después, se incorporó rápidamente, se colocó la bota y al notar que el tobillo ya no le dolía, continuó su camino hacia los lavabos.

—Gracias por nada —dijo molesta.

Ya en los aseos y mientras se lavaba las manos, pudo reconocer a las dos acompañantes de Lucas que se retocaban el maquillaje. Ana, curiosa, se entretuvo más de lo normal para escuchar la conversación que mantenían.

—¿Qué te parece Lucas? ¿Verdad que es un encanto? Y está cañón.

—Es perfecto.

—Sí, pero recuerda que no está solo.

—Por eso es perfecto, soy lo que busca, lío de una noche y si te he visto no me acuerdo.

Ana no daba crédito a lo que estaba escuchando.

"¿El pervertido está casado y se acuesta con la primera que se lo propone? ¿Y quiere mi tía que me case? Jamás, jamás, odio a los hombres. Y pensar que me había sentido atraída por él… Y ¿cómo se atreve a cachear así a las mujeres? Es increíble, menudo cabrón".

Mientras caminaba con paso decidido hacia donde estaba Sandra, pudo ver como Lucas se acercaba a ella y la sujetaba del brazo.

—¿Estás mejor? —preguntó él.

—Déjame en paz, imbécil.

Y de forma casi instintiva, se plantó delante de él y le propinó una bofetada en la cara, tan fuerte que casi hizo que Lucas perdiera el equilibrio.

Satisfecha de haber defendido el orgullo herido de todas las mujeres engañadas, le dijo a Sandra que ya era hora de salir de allí.

—¿Qué te pasa, Ana? Lo estábamos pasando muy bien. Y dime, ¿por qué le has dado una bofetada a ese chico? ¿Lo conoces?

—Digamos que sé dónde trabaja, cómo se llama, que está casado y que le gusta toquetear a las mujeres.

—¿Te ha puesto la mano encima?

—Más o menos, pero hoy le he dado su merecido…

Al día siguiente, Alberto, Ana y Sandra se divertían de nuevo recordando viajes, aventuras, cotilleos y manteniendo conversaciones absurdas. Ana y Sandra comenzaban a conocer mejor a Alberto. Se había dedicado muchos años a sus estudios y acabó siendo uno de los mejores de su promoción. Siempre había sido buen estudiante y se declaraba disciplinado, exigente y muy trabajador. No hablaba mucho de sus padres pero sí de un hermano tres años mayor al que admiraba. A Alberto le gustaban las carreras de motos, jugar a pádel, un buen vino tinto y una copita de orujo después de las comidas en fin de semana. No era amante del café pero disfrutaba con una taza de buen té, aunque muchos tacharan ese gusto de poco masculino.

"Tal vez no sea homosexual", pensó Sandra.

Había mantenido una relación de dos años con una compañera de la universidad, Silvia, que lo acabó engañando por otro estudiante de Económicas. Transcurridos unos meses, retomaron el noviazgo que apenas duró un año, cuando la joven volvió a serle infiel. Parecía todavía sufrir recordándolo por lo que las chicas pensaron que aún debía quererla. Sintieron que en eso era parecido a ellas, él debía odiar a las mujeres y ellas a los hombres.

Ana, por otro lado, le había explicado a Alberto que sus padres fallecieron en un accidente de coche cuando ella tenía dieciocho años, aunque no quiso dar demasiados detalles sobre aquella época difícil de su vida. Ellas le narraron como, hacía algo más de cinco años, poco después de que Ana volviera de Nueva York, se conocieron en un cibercafé, cuando las dos se disponían a utilizar el único ordenador libre. También compartió con él sus gustos: una cervecita fresca antes de cenar, un café caliente en la terraza de un bar en invierno, leer todo tipo de libros, reportajes o revistas, incluidas las del corazón, de lo que no se sentía muy orgullosa, y los programas de Discovery Chanel.

Y, cómo no, le explicó lo importante que era para ella la puntualidad, la disciplina y el orden.

—Y tú, Sandra, ¿por qué no nos hablas de ti también? Trabajamos en el mismo bufete y casi no te conozco —preguntó Alberto curioso.

—¿No te habrá pedido mi jefe que me espíes?

—Bueno, ya sé algo nuevo de ti: te encantan las películas de intriga y Sálvame Deluxe.

—Alberto, casi aciertas…. —Ana arrancó a reír—. A Sandra le pierden las películas de abogados y detectives y no ve Sálvame Deluxe, pero no se pierde nunca el Gran Hermano.

—Ssshhh… calla, bruja —dijo Sandra—. Nadie más que tú puede saberlo…

—Ya sé lo que le puedo explicar a tu jefe, me pagará bien por esta información —Alberto se burló de su compañera.

—¡Fuera de aquí, espía traidor! —gritó Sandra, mientras le tiraba uno de los cojines del sofá.

Y después de varias risas, Alberto continuó.

—Chicas, no me habéis contado, ¿lo pasasteis bien ayer en el bar de mi amigo? ¿A qué hora os fuisteis? Cuando llegué ya no estabais.

—Ana se dedicó a repartir bofetadas a diestro y siniestro y tuvimos que irnos, casi nos echan del local —bromeó Sandra.

—No me lo recuerdes que aún estoy enfadada con ese odioso hombre.

—Ya puedes ir contándole a tu novio postizo qué te hizo ese condenado —ironizó Alberto.

—A ver cómo os lo resumo. Había coincidido con él en alguna ocasión, la verdad es que el chico es guapo y tiene una mirada de las que quitan el hipo. Se puede decir que él ha intentado acercarse y creo que se ha fijado en mí, pero ayer descubrí que está casado. El bofetón fue fruto del alcohol y de la decepción. No sé, me salió así sin más, pero no me arrepiento.

—¿Estaba allí con su esposa? —Se interesó su novio postizo.

—No, el muy sinvergüenza estaba con dos mujeres. Pero las oí hablar en los lavabos. Y una de ellas comentó que no estaba solo y era perfecto para una noche de sexo.

—¿Ves, Alberto, por qué no nos podemos fiar de vosotros? —replicó Sandra con el ceño fruncido.

—¡Eh! A mí no me metas… —Alberto levantó las manos para mostrar su inocencia.

—Sandra, que mi novio postizo no es el típico hombre infiel e insensible. Él me quiere tal y como soy. ¿Verdad, mi amor? —preguntó Ana divertida.

—De eso no tengas la menor duda, cariño.

La tarde continuó entre risas, cervezas y palomitas de maíz. Decidieron volver a verse el viernes para cenar y continuar con su plan, al que bautizaron como "el caso del novio postizo".

Al día siguiente, Ana había quedado con su tía Helena. Desde el último viaje a Madrid, no se habían vuelto a ver. Recibió un mensaje en el móvil. Se encontrarían en una cafetería cerca del centro comercial, donde irían luego de compras aprovechando que ese domingo las tiendas abrían.

La cafetería estaba repleta y, al no encontrar a su tía, Ana decidió sentarse en una silla que quedaba libre en la barra. Pidió un café con hielo y se concentró mirando la pantalla de su móvil, leyendo algunos *emails*. Mientras tanto, la silla de al lado se quedó libre y la persona que en ese momento la iba a ocupar comenzó a hablar con ella.

—¿Te puedo preguntar cómo está tu tobillo o mejor me voy antes de que me abofetees de nuevo? —Era él, el dichoso agente.

—¿Perdona?

—Este viernes, en el local que inauguraron, te caíste... ¿lo recuerdas?

—Lo recuerdo perfectamente, me di un golpe en el pie, no en la cabeza —"¿Cómo iba a olvidarlo?", pensó

—Bien, me alegro...

En su afán de castigar a aquel hombre que le hacía perder el control, Ana casi no levantó la cabeza y, recordando la conversación que escuchó en los lavabos del bar, decidió ignorarlo y continuar revisando sus correos electrónicos.

Lucas pidió un café y se mantuvo firme en su asiento. Esperó unos minutos y continuó.

—Me llamo Lucas.

—Uhmmmm... —murmuró ella, sin levantar la vista del móvil.

—Supongo que estás enfadada por lo del aeropuerto. De verdad, perdóname, debí esperar a una compañera para registrarte, no sé... yo... —titubeó él nervioso.

—Está bien. —Para no ser tan descortés después de esa disculpa, Ana le dirigió una rápida mirada y volver a sentir la profundidad de esos ojos verdes casi la hacen ceder en su afán de ser lo más borde posible—. Se puede decir que el plato de la venganza ya lo serví el viernes con la bofetada.

—Sí... —afirmó Lucas, mientras sujetaba con la mano su cara, recordando el dolor del bofetón—. ¿No me vas a decir cómo te llamas? —Intentó mostrarse educado pero ella no estaba por la labor.

—No, ya no tenemos razones para seguir hablando. Ya nos lo hemos dicho todo.

Y dejando unos euros en la barra, Ana se levantó de la silla y salió de la cafetería. Debía huir de allí antes de que su respiración la delatara. No entendía el porqué, pero ese chico la excitaba demasiado. Estaba siendo víctima de ese desorden y descontrol que tanto odiaba, delante de él no podía evitarlo. Apenas había vuelto a mirar esos ojos durante unos segundos y ya no era capaz de pensar con claridad.

Al cruzar la calle envió un mensaje a su tía.

"Discúlpame, Helena, no me encuentro bien. Me voy para casa. Perdona si ya vas de camino, ¿nos podemos ver el sábado por la tarde? Besos. Ana".

Al cabo de dos minutos el teléfono la avisó de la respuesta.

"Tranquila, Ana, aún no había salido de casa, me retrasé. Descansa, trabajas demasiado. Te llamaré mañana y hablamos. Besos. Helena".

Durante la semana siguiente, el trabajo la absorbió por completo, se acostaba temprano, a veces, sin apenas haber cenado.

La mañana del viernes había sido especialmente complicada en la oficina. Algunos bocetos habían sido rechazados por los clientes y la imprenta no había cumplido los plazos establecidos para la entrega de un arte final. Esa falta de rigurosidad enervaba a Ana y por la tarde aún discutía crispada con su equipo. Poco antes de salir, tomaba un café pensando en la cita que tenía esa noche con Alberto y Sandra y ya se reía pensando en lo divertido que estaba resultando el "caso del novio postizo". No tenía claro que el plan funcionara, ni tan siquiera si sería capaz de mentir a su tía, pero al menos había hecho un nuevo amigo y eso ya hacía que todo lo demás mereciera la pena.

Una vez reunidos en el salón de su casa, comenzaron las risas y las confesiones. Alberto estaba especialmente divertido y cada vez que hablaba con Sandra bromeaba sobre la información que, como buen espía, debía conocer sobre ella. Al principio a su amiga parecía molestarle ese juego, pero poco a poco se iba dejando llevar y le devolvía las bromas de forma astuta. En perspicacia, a Sandra no la ganaba nadie.

Cuando acabaron la tortilla de patatas y los tacos de jamón que Ana había preparado, Alberto decidió ponerse serio con "el caso del novio postizo"

—Ana, mañana he quedado con mi hermano para cenar en mi casa. Me gustaría que fueras para conocerle. Vamos a tener que ir haciendo vida de novios para que tu tía no sospeche. Por cierto, ¿has pensado cuándo se lo vas a decir y cuándo me la vas a presentar como tu novio?

—Pues no lo decidí aún, esta semana solamente he hablado una vez con ella por teléfono y estuvo más preocupada por lo que me sucedió el domingo para no querer quedar con ella que por cómo me encontraba en ese momento. A mi tía le gustan más las películas de intriga que a Sandra... y eso ya es decir.

—Y a la cena de mañana, ¿irás? Tienes que conocer a tu cuñado postizo, eso no sucede todos los días —Alberto le hizo gestos de súplica.

—Chicos, chicos, que estoy aquí.... —se quejó Sandra—. Por si os interesara, yo no puedo ir a esa cena aunque me lo pidierais, tengo planes mañana.

—¿Tienes una cita? —Alberto se adelantó a Ana que estaba empezando a formular la misma pregunta.

—Más o menos. —Sonrió Sandra haciéndose la intrigada—. He quedado en ir a cenar a casa de mi padre, quiere que conozca a su nueva pareja. Un plan maravilloso.

—No te quejes, yo voy a conocer a mi cuñado postizo. Me van a observar, examinar y juzgar. Aunque, pensándolo bien, puede que sea hasta divertido.

—Bien, pues entonces cuento contigo. Mañana en mi casa. Esta es mi dirección.

—Llevaré un pastel, ¿cuántos seremos?

—Cuatro.

Y allí estaba ella el sábado por la noche, buscando en su armario el vestido que había comprado con Sandra hacía unos días y preguntándose por qué debía conocer mejor a Alberto y por qué le debía presentar a su familia. Ella lo único que necesitaba era huir de allí lo antes posible, volver a estar lejos de esa ciudad, lejos de su pasado, lejos del dolor. Alisando su larga melena recordó las palabras de su tía y, definitivamente, aquella herencia debía facilitarle el pasaporte a un futuro lleno de éxitos profesionales, una vida sin cabida a las emociones o a los sentimientos que tantos sufrimientos pueden provocar. Así que, convencida de que debía continuar con aquella farsa, se pintó los ojos y maquilló sus rosadas mejillas dispuesta a sorprender a sus cuñados postizos.

Delante de la puerta del apartamento de Alberto y con un pastel en las manos se animó.

"Vamos, Ana, acaba ya con esto. Nueva York, allá voy".

Alberto la recibió con una amplia sonrisa en los labios. A Ana no dejaba de sorprenderle como aquel novio postizo se había ganado su aprecio en tan pocos días.

"Todavía no me explico como este chico no tiene pareja, es guapísimo y un sol de persona. Al final será cierto lo que dice Sandra y nos está ocultando algo…", pensó intrigada.

—Adelante, Ana. Mi hermano ya ha llegado, aunque tendremos que esperar a Martina. ¿Qué has traído? Huele fenomenal.

—Un pastel de chocolate. Lo compré en mi pastelería favorita, espero que os guste.

—Seguro que sí.

Ana se adentró en el apartamento hasta llegar al salón donde cenarían. El piso no parecía demasiado amplio pero estaba muy bien decorado y resultaba acogedor. La mesa con cinco cubiertos en el centro del salón le recordó a las comidas familiares de las que tanto había disfrutado de pequeña y aquel recuerdo la entristeció y exasperó a la vez. Otra vez los sentimientos afloraban y debía controlarse.

"¿Quién será la quinta persona?", se preguntó Ana para desviar sus emociones.

Estaba observando los detalles que adornaban la mesa, cuando oyó unos pasos por detrás. Al girar y encontrarse con él, sintió un agudo pinchazo en el estómago y un calor repentino que ascendió por su cuerpo hasta sentir que sus mejillas se sonrojaban, por mucho que ella se concentrara en evitarlo. Era él, Lucas, el dueño de sus mejores sueños y sus peores pesadillas, el que engañaba a su mujer y tenía el don de hacer derretir a las mujeres mientras las registraba. Un depravado de pies a cabeza.

Él, al reconocerla, congeló su sonrisa y enrojeció hasta casi explotar.

—Ana, te presento a Lucas, mi hermano. Lucas, ella es Ana —dijo Alberto, totalmente ajeno al ambiente que se había creado alrededor de ellos.

—Encantado, Ana, mucho gusto en conocerte —titubeó Lucas, desconcertado.

—Igualmente, Lucas —respondió ella, disimulando su nerviosismo.

—Ana, ayúdanos a llevar los entrantes a la mesa. Martina tardará un poco en llegar. Podríamos tomar una cerveza mientras o ¿prefieres vino?

—Gracias, una cerveza estará bien.

Los dos hermanos preparaban unos platos en la cocina mientras Ana, furiosa y muy alterada, bebía apresuradamente su cerveza. Cuando Alberto se giró para pasarle un plato de queso, Ana le pidió otra bebida. Estaba decidida a usar el alcohol para sobrellevar la romántica velada que le esperaba.

Lucas se dirigió al frigorífico a coger el último botellín y se lo mostró a su hermano para hacerle entender que ya no quedaban más.

—¿Es el último? —preguntó Alberto sorprendido—. Pensaba que tenía más. No te preocupes, salgo un momento al supermercado de enfrente, todavía está abierto.

—No tardes, por favor —suplicó Ana, al comprender aterrada que iba a quedarse a solas con Lucas.

Después de que Alberto cerrara la puerta al salir, Lucas abrió su bebida, cabizbajo, y Ana permaneció en silencio, dispuesta a seguir castigando a aquel hombre que le provocaba tanta tensión. Pero a medida que los minutos sucedieron, la situación se tornó más incómoda y ella decidió romper el hielo. Debía ser realista, era el hermano de Alberto y tenía que hacerse pasar por su cuñada durante un tiempo. Respiró hondo antes de empezar a hablar.

—Ya sabes cómo me llamo.

—Sí… —Él se giró para mirarla a los ojos.

Ana sintió una terrible presión en el abdomen, su expresión no era la que recordaba en las ocasiones que se habían encontrado y en cierto modo esos pensamientos eróticos que la acompañaban en sus sueños se desvanecieron. Lucas ya no la miraba de la misma forma, pero siendo prácticos, era lo mejor para todos.

"Está casado, tiene que ser así…"

—Ana, ya sé que hace poco que conoces a mi hermano, pero Alberto no es el mismo desde hace un par de semanas y es todo gracias a ti. —Lucas empezó a recitar aquellas palabras como si las hubiera estado meditando durante días—. Está ilusionado y feliz como hacía tiempo no lo veía. Él es muy importante para mí, no tenemos mucha relación con nuestros padres, por lo que él es toda mi familia. Entiendo que te he podido resultar un descarado en el control de seguridad. Ya te pedí perdón y me gustaría volver a hacerlo. Por favor, empecemos de nuevo. Lo último que quiero es hacer sufrir a mi hermano.

Ana, sorprendida por aquella sinceridad y el cariño que mostraba hacia su hermano, se acercó a Lucas, extendió su mano y le sonrió.

—Me llamo Ana, tengo veintiocho años, trabajo de diseñadora gráfica y aunque hace poco que conozco a Alberto me parece una persona maravillosa y tampoco quiero que sufra.

—Encantado, Ana, yo me llamo Lucas, tengo treinta años, soy agente de seguridad en el aeropuerto y espero que seamos buenos cuñados.

Cuando Alberto llegó con las cervezas, el ambiente en la cocina había cambiado totalmente. Lucas cortaba el pan y Ana le untaba tomate y aceite, mientras hablaban sobre sus preferencias culinarias.

El timbre sonó mientras Alberto aún guardaba las bebidas en el frigorífico y Lucas se dirigió rápidamente hacia la puerta. Ana tuvo el tiempo suficiente para comprobar cómo su expresión se transformó: su mirada se endulzó y una tierna sonrisa iluminó su rostro.

"Realmente debe estar enamorado de su mujer", afirmó Ana, sin poder evitar sentir algo inédito para ella: una especie de odio hacia alguien que no conocía, solo por el hecho de provocar en Lucas esa expresión de felicidad. "¿Serán celos?".

Cuando la puerta se entornó, los ojos de Ana se abrieron como platos, estupefacta al ver a su tía acompañada de quien debía ser Martina.

—Tía, ¿qué haces tú aquí? —exclamó sorprendida.

—¿Conoces a Helena? —preguntó Lucas—. ¡Hola, cariño! —exclamó afectuoso acercándose a Martina.

"¿Ella es Martina? ¿Y de qué conocen a mi tía?", Ana no entendía nada.

Capítulo 2
LUCAS

7 de junio
09:00 de la mañana.

Una vez se despidió de Martina, Lucas se dirigió al aeropuerto con una agitación especial. Era martes y como los cuatro anteriores esperaba encontrarse con aquella mujer que le atraía e intrigaba, sin comprender muy bien el porqué. Claro que, a él, le parecía una de las mujeres más atractivas que había visto jamás. Le gustaba cómo caminaba, cómo se movía mientras colocaba sus objetos en las bandejas, sus ojos grandes y castaños, su tez rosada, su melena larga color canela y todas y cada una de las curvas de su cuerpo. No era una de esas ejecutivas que corrían por los aeropuertos con sus altos tacones. Ella era diferente. Algo la hacía especial y sentía la necesidad de conocerla, al menos de hablar con ella. No creía poder aspirar a mucho más y se conformaba con eso.

A las nueve y media, una vez dejó sus cosas en la taquilla, se dirigió a su puesto en el control policial.

—Buenos días, Lucas, ¿cómo está Martina? —lo saludó Maite.

—Guapísima y adorable, como siempre. —Los ojos de Lucas se iluminaban siempre que hablaba de Martina.

—Sí, eres un hombre afortunado… y lo sabes. —Le sonrió la mujer.

Maite tenía tres hijos ya mayores y con sus cincuenta y ocho años ya solo pensaba en el momento de su jubilación. Para Lucas era algo más que una compañera, era su confidente y amiga. Pasaban muchas horas juntos y aunque en sus puestos no siempre podían relajarse y charlar, utilizaban miradas de complicidad, comentarios en voz baja o escapadas a la cafetería para comunicarse y decírselo todo. Mientras ayudaban a sus compañeros moviendo las bandejas y controlando los arcos detectores de metales, Maite se acercó a Lucas.

—Hoy es martes —dijo ella con cierta reticencia.

—Sí, lo sé. —Lucas no pudo evitar sonreír.

—¿Le vas a decir algo esta vez? Lo has intentado en varias ocasiones y llegado el momento te rajas.

—Maite, sabes que no es fácil, que no debería…

—Pues decídete, porque se está acercando.

Esa mañana la chica misteriosa estaba especialmente guapa. Parecía llegar con retraso. Se le notaba nerviosa e irritada. A Lucas se le antojó encantadora la forma como fruncía el ceño. Bueno, en realidad, ¿había algo en ella que no le resultara maravilloso? No, toda ella era perfecta para él. Sus cabellos castaños irradiaban luces doradas, sus ojos marrones se mostraban alegres y vivos a pesar de su mal humor y su tez clara dibujaba un rostro angelical. Sonrió al ver de nuevo sus calcetines agujereados, eso la hacía aún más auténtica y además para Lucas tenía un significado especial.

La noche de antes se había armado de valor y había escrito en un papelito su nombre y su número de móvil. La idea de hacerle llegar la nota le parecía descabellada y no estaba convencido de poder hacerlo. También tenía claro que hablar con ella no iba a ser fácil, sus nervios no lo permitirían.

Con las manos en el bolsillo, doblando el papel, permaneció inmóvil, observándola y esperando el momento para acercarse.

El arco se encendió y la joven se estaba colocando para ser registrada. Tenía que ser Maite quien lo hiciera y Lucas la buscó con la mirada. La encontró hablando con otra agente de seguridad, la debía de estar poniendo al corriente de los últimos cotilleos.

Así que, sin pensarlo dos veces, se colocó detrás de esa hermosa mujer. Cuando ella giró su cuerpo para situarse frente a él abriendo los brazos, Lucas se agachó rápidamente, intentando evitar su mirada cercana, y comenzó a registrar sus piernas.

"No puedo creer lo que estoy haciendo, ¿me estaré volviendo loco?", Lucas conocía el riesgo que estaba corriendo pero ya no podía dar marcha atrás.

Era delgada y sus músculos estaban tensos. Aunque rozaba con sus manos sus pantalones, Lucas pudo sentir la suavidad de su piel. Mientras pasaba a registrar la otra pierna, inspiró el agradable aroma que ella desprendía. Llegaba el momento de levantarse y continuar con los brazos y entonces se topó con esos ojos que lo fascinaban. Sus rostros estaban a poca distancia y prácticamente a la misma altura. Aunque a Lucas le hubiese gustado examinar detenidamente cada centímetro de su cara, no era capaz de dejar de adentrarse en sus ojos. Sentía como la penetraba con la mirada mientras su masculinidad fantaseaba con otro tipo de penetración. Palpando sus brazos pudo rozar su piel y, tal y como intuyó, era suave y sedosa. Su respiración se aceleró cuando notó como los ojos de ella bajaban a sus labios.

"Si la beso, no respondo de mis actos. Le haría el amor aquí mismo".

—Pero ¿qué estás haciendo Lucas? —preguntó Germán, acercándose.

—Yo.... Maite no estaba y pensé... —Lucas creyó morir en ese instante y dio un paso hacia atrás.

—Ya sigo yo, Lucas... —se apresuró a decir Maite, y girándose hacia él, le susurró—. Ya me encargo yo de esto. —Sacó el papel con el número de teléfono que Lucas guardaba en su pantalón y lo colocó disimuladamente en la chaqueta de la joven.

Germán, uno de los supervisores del control, lo tomó del brazo y lo alejó unos metros.

—¿Se puede saber qué te pasa? Como la chica ponga una denuncia, te caerá un buen paquete.

—Sí, tienes razón, no sé qué me ha pasado.

—Lucas, hazme caso, soy tu superior y también tu amigo. Tienes que salir solo a tomar unas copas con alguna chica o amigos. Salir de la rutina.

—Sí, me iría bien. Aunque adoro y quiero con toda mi alma a Martina, debo reconocer que a veces me siento agobiado, necesito respirar, ella me absorbe demasiado.

—Pues haz lo que te digo, Lucas, sal, líate con algún bombón que te regale una noche de lujuria y deja de ir registrando a la primera chica guapa que cruce el control o te meterás en problemas.

—Es que no es una chica cualquiera. —Y resignado se giró para contemplarla mientras salía de la sala.

"¿La volveré a ver el próximo martes? ¿Encontrará el papel que Maite le ha dejado en la chaqueta y me llamará? Lo que daría por saberlo".

El teléfono lo sobresaltó y, mientras lo buscaba por los bolsillos de sus pantalones, deseó que fuera ella quien estuviera llamando. Pero no fue así. La voz al otro lado de la línea era la de Alberto.

—¿Cómo que me llamas a estas horas? —preguntó extrañado.

—¿Has visto ya a tu damisela misteriosa? —Con su hermano no tenía secretos.

—Acaba de pasar el control.

—¿Y…?

—Pues que creo que metí la pata y me he jugado el puesto. La cacheé yo mismo. Estaba tan guapa que no pude resistirme. Pero nada, Alberto, me tengo que olvidar, no es posible.

—¡Hombre de poca fe! Entiendo que no puedes ir acercándote a todas las mujeres, tienes a Martina, pero no deberías cerrarte a una aventurilla, sobre todo si la chica te gusta.

—Déjalo ya, Alberto. La tengo que olvidar.

—Tú mismo. Tienes hasta el próximo martes para pensarlo bien.

Durante aquella semana algunos acontecimientos mejoraron la vida de Lucas. Martina estaba encantada con una nueva amiga que la acompañaba a todos sitios y él comenzaba a disfrutar de algunos momentos de ocio, era como volver a la soltería.

El martes siguiente había llegado y Lucas se sentía valiente como nunca. De ese día no pasaba que le pidiera una cita. Ansiaba acariciarla, besarla, la sola idea lo excitaba. Cada noche al ir a dormir sentía ese deseo, incluso mientras le daba un beso de buenas noches a Martina.

"¿Me estaré obsesionando? Supongo que sí, pero es que no puedo evitarlo", se repetía.

Aquella mañana se hizo muy larga. A las once aún no la había visto, solo habían transcurrido dos horas de trabajo y le parecieron eternas. "¿Ha dejado de venir por lo que pasó la semana pasada? Tal vez se haya casado y esté de luna de miel. ¿O ha resbalado y está en el sofá con una pierna escayolada? O ahora no vuela y viaja en tren".

Cientos de ideas pasaron por su cabeza, mientras el reloj contaba las horas…

Hasta que el martes dio paso al miércoles y este al jueves. Aquel día, ya resignado y convencido de que no volvería a ver a la chica de los calcetines rotos, recibió una llamada de su hermano.

—Lucas, te llamo para recordarte que mañana viernes es la inauguración del bar de Carlos. Nos vemos allí a las once. No faltes. Como me dijiste que tenías la noche libre, se lo he dicho también a Gloria. Dice que traerá una amiga. He quedado con ellas a la misma hora.

—No me apetece mucho, pero aprovecharé que estoy solo para despejarme un poco.

—Muy bien, ¡ese es mi hermano!

—No empieces, Alberto, que te conozco. No me busques líos.

—No te preocupes, ya me ha quedado claro, me lo has repetido muchas veces: Martina es la única mujer en tu vida.

—Muy bien, así me gusta, chico listo.

El viernes a las once, Lucas entraba en el local. En ese preciso instante sonó una bocina y vio como la gente se acercaba a la barra y tomaban unos chupitos que los camareros se apresuraban a servir.

"Tal y como me explicó Alberto. A este Carlos no hay quien lo supere en originalidad".

Se acercó a saludar al dueño del bar y se sentó en una de las sillas altas de la barra. Gloria apareció pocos minutos después.

—Gloria, estás guapísima. —La amiga de Alberto se sentó junto a Lucas.

—Y tú tan encantador como siempre. Lucas, te presento a Silvia, una compañera de la universidad.

Las dos amigas no tardaron en entablar una conversación que para Lucas pasó de ser absurda a aburrida.

A las once y media volvió a sonar la bocina y Lucas vio divertido como todos corrían de nuevo hacia la barra. De entre la muchedumbre le llamó la atención una joven. Creyó reconocer su melena y... sus ojos castaños. "¡Es ella, es ella...!". El destino la había llevado a esa barra y Lucas no podía dejar de mirarla, ignorando por completo a sus acompañantes. Llevaba un vestido ceñido y corto que resaltaba su figura y la hacía terriblemente sexy. Mientras la observaba ensimismado Lucas sintió deseos de acariciar aquel cabello pardo que tanto le había quitado el sueño.

La joven de los calcetines rotos también se había percatado de su presencia.

"¿Me habrá reconocido? Si es así, debe odiarme", pensó.

Cuando vio como se levantaba y andaba decidida hacia él, no pudo dejar de observarla sin ningún pudor, de acariciar su cuerpo, de recorrer sus curvas y de sentir la suavidad de su piel solo con la mirada. Se dirigía hacia los servicios pero algo debió hacerla tropezar y Lucas vio como se desplomaba torpemente, justo cuando pasaba cerca de él. Enseguida acudió en su ayuda. Al verla en el suelo pensó en lo preciosa que estaba incluso en aquella postura, tirada y desconcertada.

A pesar de las quejas de la chica, Lucas logró retirar la bota del pie dolorido. Quería comprobar si se había roto algo. Si era así, no tardaría en hincharse. Y de nuevo, no pudo evitar sonreír al ver su dedo pulgar asomar por el calcetín roto.

—Tal vez deberías comprar calcetines nuevos. —Quiso bromear Lucas aunque no tardó en arrepentirse de ese comentario, fue poco oportuno.

Ella alzó la mirada hacia él y con torpeza en el habla, debido al alcohol, le dijo muy dignamente:

—Mi madre me decía: cuando un calcetín se rompe, un dedo se libera.

Aquella frase sorprendió a Lucas. Se separó por un instante y no pudo evitar pensar en su mujer. Después de un extraño silencio entre ellos, la joven se levantó y Lucas la vio alejarse a los servicios.

"Tengo que enviarle un mensaje a Martina", pensó él. Miró el reloj y sin dudarlo tomó su móvil.

Unos minutos más tarde, ella volvió a pasar cerca de él y Lucas aprovechó para interesarse por su tobillo. Sentía la gran necesidad de estar cerca de ella, de conocerla.

—Déjame, imbécil. —Y acto seguido, la joven le propinó tal bofetón en la cara que Lucas tuvo que permanecer con la mano tapando la parte sonrojada durante varios minutos.

Incrédulo y abatido, se preguntó qué había hecho él para merecer eso... Aunque estaba convencido de que la escenita en el aeropuerto debía ser el detonante de aquel enfado.

Y al igual que la policía cuando acude tarde en las películas de acción, minutos después apareció Alberto.

—¿Qué pasa, Lucas? ¿Te duele una muela? —le preguntó su hermano, al verlo con la mano aún en la mejilla dolorida.

—No.

—Y, ¿por qué tienes esa cara?

—Alberto, las mujeres son muy difíciles.

—Lo sé y sobre todo ahora, que he conocido a la mujer de mi vida —confesó Alberto.

—No me habías contado nada, ¿quién es? —preguntó Lucas sorprendido y a la vez emocionado.

—La conozco del bufete. Odia a los hombres, solo los utiliza para su conveniencia...

—Chica lista.

—Lo es... y divertida, guapa, sexy...

—Ehhh... te veo enamorado.

—Bueno, estoy en primera fase. Esta vez iré sobre seguro, no quiero volver a sufrir por una mujer. Eso se acabó.

—Muy bien, hermano, así se habla.

—Pero cuéntame, ¿qué ha pasado?

—La chica de los calcetines rotos, la acabo de ver y me ha dado un buen bofetón. Entiendo que estuviera enfadada, no la culpo, pero no sé, no me lo esperaba...

—Debe ser una chica con carácter. Pero, Lucas, la has vuelto a ver, eso debe ser cosa del destino.

—Sí, tiene carácter... pero, Alberto, hay algo en ella, no sé el qué, no me la puedo quitar de la cabeza.

—Lo que tenga que pasar pasará. No te obsesiones.

—Lo intentaré.

Aquel fortuito encuentro había hecho que Lucas recuperara las esperanzas perdidas. ¡Quién sabe si el destino volvería a cruzarla en su camino! La reacción que esa mujer provocaba en él hacía que se sintiera valiente, capaz de cualquier cosa por poseerla, por amarla, a pesar de los impedimentos que los separaban.

El domingo por la mañana había quedado con Martina para comer en el parque. Se encontrarían en la cafetería de enfrente. Cuando Lucas llegó apenas había espacios libres entre las mesas y decidió sentarse en una de las sillas de la barra, donde un hombre acababa de levantarse. Cuando llegó al asiento, reconoció a la joven que tenía al lado. El destino le estaba regalando una segunda oportunidad y no la iba a desperdiciar.

"Lucas, cálmate, esta vez sé más educado. ¡Madre mía, está preciosa!", se dijo, mientras la miraba estupefacto.

Le preguntó sobre su tobillo pero ella no pareció reconocerle. Lucas insistió y finalmente ella respondió con indiferencia. Ante aquella actitud tan esquiva Lucas no supo como reaccionar hasta que consiguió armarse de valor y auto presentarse. A pesar de su intento de establecer una conversación, la chica de los calcetines rotos se levantó de la silla y se fue, visiblemente molesta con él.

Lucas, estupefacto, permaneció un rato más en la misma posición, esperando a Martina. Resignado, ¿debía aguardar otra oportunidad del destino o tal vez reconocer que era mejor olvidarla? Él ya estaba demasiado comprometido para esperar sentado a que ese tal destino cruzara sus vidas, tan distintas.

"Será mejor que me la quite de la cabeza", decidió.

El jueves por la mañana, su hermano Alberto lo volvió a sorprender con una llamada a primera hora.

—¿Sucede algo?

—Quería invitaros a cenar el sábado a ti y a Martina. Voy a llevar a una amiga muy especial.

—¡Eh! Muchachote, ¿por fin has dominado a la fiera?

—Digamos que estoy cerca.

—Me alegro mucho.

—Sí, la verdad es que estoy contento. Me gusta estar con ella. Me hace sentir bien.

—Pues allí estaremos, no nos lo perderemos por nada del mundo.

El sábado por la tarde Martina y su amiga estarían en el teatro y acordaron encontrarse luego en casa de Alberto.

Quince minutos antes de la hora acordada, los dos hermanos ya tomaban una cerveza mientras organizaban los cubiertos sobre la mesa. Existía una gran afinidad entre los dos. Cuando aún eran adolescentes sus padres se fueron a Argentina a vivir, dejándolos solos al cuidado de un único abuelo al que adoraban. Falleció tres años después, cuando apenas Lucas empezaba a trabajar y Alberto iniciaba sus estudios en la universidad. Continuar adelante fue duro para ellos, eran demasiado jóvenes y debían subsistir económicamente con el sueldo de Lucas para que Alberto pudiera acabar su licenciatura de Derecho. Habían vivido momentos difíciles durante su juventud y, tal vez por esa razón, la complicidad entre ellos era envidiable. No necesitaban muchas palabras para saber qué podía inquietar o ilusionar al otro. Y era evidente que Alberto estaba especialmente entusiasmado, Lucas percibió enseguida en él un nerviosismo impropio de su hermano. Esa chica debía ser muy especial.

A la hora acordada, llamaron a la puerta. Cuando Lucas salió al comedor para saludar a la amiga de su hermano la observó de espaldas: bonita figura y una melena larga, castaña y brillante, como a él le gustaba.

"Parece que Alberto y yo tenemos gustos similares", pensó sonriente.

Cuando ella se giró y se encontró con su mirada, Lucas pensó que su cuerpo se había petrificado. Era la chica de los calcetines rotos. Notó como un repentino calor subía desde su tronco hasta sus mejillas.

"¿Por qué? ¿Por qué me castigas de esta forma?".

No sabía qué le dolía más, el hecho de saber que su hermano se enamorara de ella o verla tan guapa y no poder besarla.

Después de presentarlos, Alberto, sin percatarse del sufrimiento de su hermano, animó a la chica a tomar una cerveza mientras preparaba platos para la cena. Lucas también advirtió el mismo nerviosismo y confusión en Ana. Bebía cerveza de forma demasiado impetuosa.

Al comprobar Lucas que no quedaban más cervezas en el frigorífico, su hermano decidió acercarse al supermercado a comprar un paquete. Cuando se quedaron solos, permanecieron callados durante unos minutos hasta que por fin Ana rompió el silencio, lo que Lucas agradeció enormemente. Debía ser claro con ella, la situación había cambiado y su hermano en ese momento era su máxima prioridad, así que le pidió perdón de nuevo. Fue muy duro para Lucas pronunciar aquellas palabras pero sabía que era lo mejor para todos. De cualquier forma, lo que podría haber tenido con ella no iba a durar demasiado.

Ana se acercó a él con una preciosa sonrisa en los labios. Y mientras él dudaba en si iba soportar o no ver a su hermano besándola, ella le tendió la mano y se auto presentó, en un acto claro de reconciliación. Lucas le respondió de la misma forma.

"¿Qué otra cosa podía decirle: te deseo, estoy loco por ti, deja a mi hermano, quítate el vestido, hagamos el amor aquí mismo? No, esto tiene que cambiar. Debo olvidarla como un deseo para pasar a considerarla una amiga".

Cuando Alberto llegó con las cervezas, Ana y Lucas preparaban juntos el pan con tomate mientras charlaban abiertamente. No había sido fácil comenzar, pero ya se sentían más cómodos y Lucas estaba comprendiendo la parte positiva: la iba a poder conocer.

El timbre sonó y Lucas fue rápidamente a abrir. Tenía muchas ganas de ver a Martina y de que conociera a Ana.

—Tía, ¿qué haces tú aquí? —dijo Ana, sorprendiendo a todos.

—¿Conoces a Helena? ¡Hola, cariño! —exclamó Lucas, acercándose a Martina.

Capítulo 3
HELENA

7 de junio
10:00 de la mañana.

El último martes que viajaban a Madrid e iba tarde al aeropuerto. Su sobrina no se lo iba a perdonar.

Cuando estaba recogiendo sus cosas de las bandejas, una vez cruzado el arco del detector de metales, Helena pudo reconocer a Ana que corría hacia el control policial.

"Menos mal, también llega tarde", suspiró aliviada, sabiendo como se las gastaba su sobrina cuando alguien era impuntual.

Aunque amaba a Ana como a una hija, debía reconocer que era insufrible. Su carácter cada vez se estaba tornando más amargo y exasperante y Helena ya no sabía como ayudarla. Había intentado dialogar con ella en numerosas ocasiones, pero siempre acababan discutiendo. Si quería mantener una buena relación con Ana no debía presionarla y menos aún recordarle el pasado.

Helena había empezado a colocarse el cinturón del pantalón cuando reconoció al guapo joven que desde hacía cuatro martes no le quitaba ojo a Ana. Su sobrina se había sentido especialmente nerviosa y a Helena le pareció que más bien era excitación lo que la perturbaba. Permanecía inmóvil cuando oyó una conversación entre el joven y una mujer mayor que lo acompañaba.

—¿Le vas a decir algo esta vez? Lo has intentado en varias ocasiones y llegado el momento te rajas.

—Maite, sabes que no es fácil, que no debería...

—Pues decídete, porque se está acercando...

Helena permaneció oculta entre la gente que pasaba por allí, colocándose torpemente el pañuelo y el cinturón para disimular. Quería ver la reacción de Ana y comprobar si el joven se atrevía a hablar con ella.

Mientras observaba a su sobrina cruzando el arco, se percató de que la compañera del joven estaba detrás de ella y hablaba con otra agente sobre él.

—Maite, ¿qué pasa, por qué te ríes?

—Lucas, que está perdiendo la cabeza por esa chica.

—¿Esa que está cruzando el arco?

—Solo la ha visto unas cuatro veces pero está muy alterado, nunca lo había visto así. Por un lado me alegro, tengo ganas de verle felizmente enamorado, pero por otro lado, ha sufrido mucho y no merece volver a pasarlo mal. Espero que no se encapriche con alguien y luego se lleve un desengaño...

—¿Qué le ha pasado a este chico?

—Su mujer murió hace cinco años, después de dar a luz a su bebé, Martina. Desde entonces se ha dedicado en cuerpo y alma a su hija. Sus padres están lejos y no lo ayudaron demasiado, por lo que ha tenido que ser padre y madre durante estos años, con la única ayuda de su hermano, algo menor que él.

—Pero un chico joven, tan guapo como él, debe de tener chicas haciendo cola...

—Ha tenido y tiene oportunidades, pero no es fácil, muchas de ellas huyen de su situación. No es solo un chico guapo, es un paquete de dos. Los divorciados comparten a sus hijos con sus ex, los viudos los tienen a jornada completa. De todas formas, Lucas disfruta con su hija, la adora y no sabe si meter a una mujer en sus vidas sería bueno para Martina. Yo le digo que, al menos, se busque una canguro que se quede con ella algunas horas, alguna noche y que salga más a menudo. Todavía es joven. Pero le cuesta decidirse con las cuidadoras, no quiere dejar a su hija con cualquiera, como es normal.

—Maite, ¿y dices que es la primera vez que lo ves así por una chica?

—Sí —afirmó Maite, mientras se volvía para contemplar a su compañero—. ¡Míralo, si la está cacheando! ¡Madre mía, como lo vea Germán se le caerá el pelo! Voy para allá, antes de que llegue la sangre al río.

Helena, presenció el registro, emocionada, le pareció excitante y romántico a la vez. Incluso creyó ver como acababan besándose.

Cuando Maite se acercó y acabó el registro, Helena pudo ver como esa mujer introducía un papelito en la chaqueta de su sobrina. ¿Sería un mensaje? Tenía que averiguarlo. Aquella escena era de película y a Helena estas intrigas la apasionaban, era una fan de las novelas románticas.

No pudo evitar reírse de Ana cuando la vio acercarse, descalza de un pie, excitada y enfadada.

"Ese chico le gusta, se nota", pensó.

Mientras su sobrina se quejaba del registro al que acababa de ser sometida, Helena aprovechó el momento para coger el papelito que Maite había dejado en el bolsillo y comprobó que era un número de móvil junto al nombre de Lucas. Si su sobrina veía el papel seguro que acabaría rompiéndolo pero, en ese instante, Helena tuvo una brillante idea. Disimuladamente cogió un bolígrafo y anotó detrás del papel el nombre de Maite. De vuelta del viaje se pondría manos a la obra.

La estancia en Madrid había resultado igual de agradable que en anteriores ocasiones. Helena disfrutaba mucho a solas con su sobrina. Solamente entonces, Ana se comportaba como la joven alegre que había sido antes de la muerte de sus padres. Desde que se fuera a vivir con ella y se desplazaran a Nueva York se había creado un vínculo especial entre las dos: ella no la oprimía con preguntas y su sobrina se mostraba afable con su tía. Pero de todas formas, ella sabía que Ana seguía sufriendo, algo la perturbaba y no era capaz de ayudarla. Aunque con ella se mostrara como Helena sabía que era, con los demás no sucedía así. En la universidad, en sus múltiples trabajos, con vecinos, con las pocas relaciones sentimentales que había tenido... Ana siempre acababa gritando, discutiendo y huyendo.

Con el papelito en la mano y convencida de que debía ayudar a su sobrina, el jueves se armó de valor y cogió el teléfono.

—Sí, dígame.

—¿Eres Lucas? —preguntó Helena, algo nerviosa.

—Yo mismo.

—Te llamaba porque me he enterado por Maite que necesitas una canguro.

—Ahora mismo sería para algunas tardes, algunos fines de semana e incluso algunas noches.

—Si no te importa, preferiría que habláramos en persona. Como podrás comprobar por mi voz, no soy la típica jovencita que se ofrece de cuidadora para ganar algo de dinero.

—Tiene usted razón. ¿Le parece bien si nos vemos esta noche a las ocho en mi casa?

—Me parece perfecto.

Y después de apuntar en un papel la dirección, Helena colgó el teléfono satisfecha.

"Ana, de esta no te escapas...", se dijo con expresión maliciosa.

Poco antes de las ocho Helena llamaba a la puerta y el atractivo joven la recibía con una sonrisa. Por su expresión ella supo que el puesto de canguro era suyo. Estaba claro que Lucas iba a confiar más en una mujer mayor antes que en una jovencita de instituto.

—Y explícame, Helena, ¿te dedicas a cuidar a niños desde hace muchos años? —Después de las presentaciones, Lucas empezó el interrogatorio.

—Pues te voy a ser sincera. Tengo sesenta y tres años, cuando mi marido murió pasé a ser propietaria de una gran empresa que pude vender a muy buen precio. No tengo hijos y vivo de la renta. Se puede decir que la única experiencia que he tenido con niños es haber criado a mi sobrina que se vino a vivir conmigo cuando aún era una jovencita. Mi hermana y mi cuñado murieron cuando ella tenía dieciocho años. Pero adoro a los pequeños, tengo mucha paciencia con ellos y disfruto haciéndoles compañía. Desde que mi sobrina se independizó, me siento muy sola. Cuando oí a Maite decir que necesitabas a alguien que te ayudara, pensé que podría ser una oportunidad para volver a sentirme útil.

—Te agradezco que seas sincera. Realmente no pareces la típica canguro Mary Poppins y si llegas a explicarme otra historia distinta hubiese desconfiado.

"Me gusta este chico", pensó Helena.

—Por ahora me iría bien que pasaras con mi hija algunas tardes y puede que algunas noches. Sería una buena oportunidad para conoceros mejor porque durante los meses de julio y agosto trabajo hasta tarde y también los fines de semana. Otros veranos mi hermano se ocupaba de ella, pero ya acabó los estudios y ahora está trabajando a jornada completa.

—Entiendo, Lucas. No habría ningún problema.

—Tengo que serte sincero yo también. Me está resultando muy difícil tomar la decisión de confiar en alguien que esté con Martina durante todo el día. Desde que mi hija nació, las únicas personas que hemos cuidado de ella hemos sido mi hermano y yo.

—Es comprensible. Maite comentó que tu mujer murió al dar a luz ¿Cuántos años tiene tu hija?

—Martina tiene cinco años, casi seis.

—Bueno, tranquilo, si decides confiar en mí, buscaré la forma de que las dos estemos entretenidas durante el verano. No te arrepentirás, te lo garantizo.

—Gracias, Helena.

En ese preciso instante apareció en el salón una preciosa niña rubia, con ojos azules y una carita angelical. A Helena le resultó encantadora y dulce desde el primer instante. Llevaba un bonito vestido de princesa, debía estar jugando a disfrazarse, aunque su pelo estaba alborotado y lucía una trenza torcida.

"Definitivamente, este chico necesita ayuda, al menos para peinar a su hija", pensó Helena.

—Martina, te presento a Helena.

—Hola, ¿vas a ser tú mi canguro?

—Pues no lo sé, preciosa, eso lo tendrá que decidir tu padre. Estás muy guapa con ese vestido. Acércate que te peinaré como la princesita que eres.

Martina miró a su padre que asintió con la cabeza. Algo nerviosa se acercó a Helena, quien en cuestión de segundos ya le había hecho una hermosa trenza africana. La niña, emocionada al verse en el espejo del salón, pidió a su padre si podía enseñarle a Helena su habitación.

—Sí, cariño, pero no la entretengas demasiado. Es tarde.

—Será un momento, papá —dijo Martina, mientras cogía la mano de Helena y la guiaba por el pasillo.

La habitación era muy amplia. Debía tratarse de dos estancias que transformaron en una sola. La cama estaba llena de peluches, todos de tonos pastel y en el suelo, cerca de una preciosa casita de juguete, había un grupo de muñecas, todas princesas Disney.

—¿Te gusta mi colección de peluches? —preguntó Martina, mientras se sentaba orgullosa en su cama.

Al mover inquieta las piernas, una de las zapatillas que llevaba la niña cayó al suelo y Helena pudo ver como uno de sus calcetines agujereados dejaba salir el dedo pulgar.

Helena se acercó cariñosa, le tomó el pie y tocando el dedo que sobresalía, le dijo sonriente:

—Cuando un calcetín se rompe, un dedo se libera.

En ese instante, Martina cambió su expresión, parecía excitada y sonreía como si algo la sorprendiera. Rápidamente se colocó la zapatilla y salió corriendo al salón.

—Papá, papá… Helena es mi *amiga melliza*. ¡Ya la he encontrado! —gritaba entusiasmada.

Helena, sin entender muy bien la reacción de la niña, permaneció inmóvil presenciando la escena. Verdaderamente Lucas amaba y adoraba a su hija. La miraba con mucha dulzura.

"Ese chico lo ha debido pasar realmente mal, pero seguro que nunca le faltó una sonrisa para su hija".

Lucas tomó nota de su número de teléfono y prometió que la llamaría, fuera cual fuera la decisión que tomara.

El lunes siguiente comenzaba su nuevo trabajo de canguro. Lucas recogía todos los días a su hija de la escuela, una vez acababa sus extraescolares, pero ese lunes quería hacer unas compras e inscribirse en un gimnasio, así que llamó a Helena para que cuidara de Martina y le diera la cena. Las dos enseguida se pusieron de acuerdo en qué hacer durante aquellas horas. Primero pasearon por el parque, donde la niña disfrutó de la compañía de algunos de sus amigos de la escuela. Por como el resto de niños la saludaron, Helena dedujo que Lucas no debía tener mucho tiempo para llevar a su hija a los columpios. Luego compraron un helado y algunos ingredientes que iban a necesitar para preparar postres.

Ya en casa, las dos esperaban a que las galletas que habían amasado se doraran, observándolas a través de la ventana del horno.

—¡Qué bien huele, Helena! ¿Te enseñó tu mamá a hacer galletas?

—Cuando éramos pequeñas, mi hermana y yo ayudábamos a mi madre a preparar postres. Los sábados hacíamos bizcocho y los domingos galletas. Disfrutábamos mucho las tres en la cocina.

—Yo no he tenido nunca mamá, pero me gusta ayudar con el rodillo cuando hacemos pizza entre mi papá, mi tío y yo. Mi tío Alberto viene muchas veces a cenar y lo pasamos muy bien los tres. Cuando mi papá no puede ir a recogerme al colegio, va mi tío. Es muy bueno.

—Seguro que sí, tienes mucha suerte con tu papá y tu tío.

—Ellos dicen que soy la princesa de la casa y ellos las ranas encantadas. Yo creo que lo dicen porque les gusta que les dé besos para que se transformen en príncipes. —Las ocurrencias y la inocencia de la niña hicieron reír a Helena.

Con los días, la relación entre Helena y Martina se hizo cada vez más afectuosa. Ambas disfrutaban de la compañía de la otra. Para la niña, Helena era lo más parecido a la abuela que nunca tuvo y para Helena, Martina era la nieta que pensaba tener, le gustara o no a su sobrina. Las tardes que cuidaba de la niña acababa preparando la cena, dejando tiempo a Lucas para ducharse, ocuparse de sus asuntos personales o jugar un rato con su hija. Lucas, agradecido, la invitaba a cenar y compartían una taza de té una vez acostaban a Martina. En pocos días, Lucas y Helena ya habían entablado una bonita amistad. En una de aquellas noches de sofá, Helena se atrevió a indagar en la vida sentimental de Lucas.

—Y dime, Lucas, ¿hay por ahí fuera alguna mujer que te haga suspirar? ¿Alguna compañera de trabajo? ¿Alguna amiga?

—Pues, a decir verdad, hay una mujer que me tiene bastante intrigado. No la conozco, ni tan siquiera he tenido la ocasión de hablar con ella, pero hay algo en esa chica que la hace especial. No sé cómo explicarlo, Helena. La he visto tan solo cuatro veces y ya no creo que pueda volver a verla.

—Lucas, si el destino ha decidido que la conocieras y que sintieras esa atracción es por alguna razón. Ya verás como ese vínculo que te unió a ella será lo que te la devuelva. —Helena sonrió satisfecha, intuyendo que Lucas hablaba de su sobrina.

—Eso espero, porque no consigo quitármela de la cabeza.

El viernes siguiente Lucas iba a salir por la noche. Le contó a Helena que su hermano había insistido en que se encontraran en un local que un amigo de ambos inauguraba y, aunque no le apetecía la idea, sabía lo terco que podía llegar a ser Alberto. Cuando llegó a casa del joven, Helena se sorprendió al verlo tan bien arreglado, realmente era apuesto y tenía buen gusto para vestir.

"Ana, este hombre tiene que ser para ti", conspiró.

Una vez había acostado a Martina, Helena sujetaba con las dos manos una taza caliente de té mientras veía una de las películas que se emitían aquella noche, cuando su teléfono vibró. Era un mensaje de Lucas.

"Helena, por favor, despierta a Martina, es importante, y dile que yo también encontré a mi *amiga melliza*. Ella sabe lo que quiero decir. Gracias, buenas noches y sigue disfrutando de tu té ;)".

Helena obedeció y se acercó a la cama de Martina que dormía plácidamente.

—Martina, cariño, despierta, es un momentito.

—¿Sí...? ¿Qué pasa? —susurró la niña abriendo apenas uno de los ojos.

—Tu papá me acaba de pedir que te diga que él también ha encontrado a su *amiga melliza*. ¿Tú sabes lo que eso significa? ¿Verdad que una vez dijiste que yo era tu *amiga melliza*? —Helena intuyó que aquello debía ser importante, fuera positivo o no para sus planes.

—¡Bien! —dijo Martina, todo lo emocionada que el sueño le permitió—. Eso es porque ha conocido a una amiga muy especial.

"¡No, no...! Tengo que hacer algo o se me adelantarán...", decidió Helena mientras cubría a Martina con la sábana.

Cuando llegó al salón, cogió su móvil y le escribió un mensaje a su sobrina, decidida a tomar cartas en el asunto.

"Ana, quedamos el domingo a las once en la cafetería frente al parque y tomamos un café antes de hacer las compras. Besos. Helena".

A la una de la madrugada llegaba Lucas y mientras esperaban al taxi que acababan de llamar para que acercara a Helena hasta su casa, esta preguntó:

—¿Qué tal ha ido la noche, Lucas? —Tenía que saber más sobre esa *amiga melliza*.

—Ha sido extraño. Me dijiste que el destino me volvería a unir a esa chica y parece que lo ha hecho, pero de una forma algo curiosa...

—¿La has visto esta noche? —Helena se emocionó al pensar que podía tratarse de Ana.

—Sí, pero acabó dándome un buen bofetón.

"Es Ana, no puede ser otra. Esta chica tiene un don para las relaciones".

—Lucas, Martina y yo queremos ir el domingo a las diez a ver una actuación de magia en el parque. Si no te apetece venir con nosotras, yo la despertaré a las nueve y le daré el desayuno. Tú aprovecha para dormir y nos encontramos en la cafetería a las once. Luego me voy de compras con mi sobrina. ¿Te parece bien?

—Sí, perfecto. Aprovecharé para descansar. Gracias, Helena, me estás resultando de gran ayuda.

—Créeme, Lucas, es un verdadero placer.

La mañana de domingo, una vez finalizó la actuación, Helena y Martina tomaban un helado en un banco, frente al escaparate de la cafetería donde habían quedado con Lucas. Su situación permitía ver el interior de la cafetería a través del cristal pero los arbustos de la entrada impedían que ellas fueran vistas por Lucas o Ana.

Poco antes de las once, Ana entró en el local y se sentó en la única silla vacía que había junto a la barra. Helena esperaba impaciente la aparición de Lucas. Pocos minutos después, él entró por la puerta y milagrosamente el asiento junto a Ana se vació. Lucas se sentó a su lado y hablaron. Apenas unos minutos después, ella se levantó repentinamente y salió furiosa de la cafetería.

"¿Cómo puede ser tan cobarde mi sobrina? No sé qué voy a hacer con ella, no tiene remedio", pensó.

Mientras se acercaban a Lucas, Helena recibió el mensaje de Ana que respondió enseguida.

—Hola, chicas —saludó Lucas, algo decaído—. ¿Y tu sobrina? ¿Has quedado con ella aquí?

—Acabo de recibir un mensaje. No podrá venir, no se encuentra bien.

—Me hubiese gustado conocerla.

—Ya, a mí también me hubiese gustado presentártela. Pero, bueno, otra vez será…

Helena, decepcionada, pensó que debía aplicarse más en su empeño. Ana era dura de pelar y Lucas podía perder la paciencia.

El sábado siguiente llevó a Martina al teatro para ver una obra infantil. Había quedado con Lucas en casa de Alberto, donde iban a cenar los tres. Helena aún no había tenido la oportunidad de conocer al hermano de Lucas, a pesar de lo mucho que le habían hablado de él, y Alberto pensó que sería una buena oportunidad para encontrarse. Les iba a presentar a su nueva novia.

Una vez finalizada la obra, Martina y Helena llamaron a la puerta del apartamento.

La sorpresa de Helena fue inmensa al reconocer a su sobrina en el salón.

—Tía, ¿qué haces tú aquí? —dijo Ana, totalmente desconcertada.

—¿Conoces a Helena? —Lucas estaba también aturdido.

Capítulo 4
ALBERTO

7 de junio
10:00 de la mañana.

Desde que su cuñada muriera, no había visto nunca a su hermano tan obsesionado por una mujer. A pesar de las citas que él mismo se había encargado de organizarle y las ocasiones en las que había cuidado de Martina para que Lucas pudiera salir a cenar con alguna de sus amigas, todo había sido en vano. Alberto quería ver a su hermano felizmente enamorado, pero Lucas no estaba por la labor. Como mucho, unas noches de sexo y un: "ya te llamaré". Sabía que para Lucas Martina era lo más importante y lo admiraba por ello, era un buen padre, sin duda, pero esa situación debía acabar.

Por esa razón, aquella mañana se dirigía al aeropuerto. Sabía que los martes Lucas veía a esa joven misteriosa que lo tenía tan aturdido y que no sería capaz de hablar con ella. Su timidez y su miedo no se lo permitirían. Así que Alberto fue decidido a ayudar a su hermano, no sabía muy bien cómo o en qué momento, pero quería estar allí para aportar su granito de arena.

Lucas era muy apreciado por los trabajadores del aeropuerto y todos conocían a su hermano. Por lo que acceder al control de seguridad fue fácil. No tuvo que pasar por la puerta donde los pasajeros enseñan sus tarjetas de embarque y desde donde Alberto se situó para observar a Lucas, este no podía percatarse de su presencia. Poco después de las diez de la mañana, se acercaba una guapa joven corriendo hacia el arco detector de metales. Cuando se quitó las botas para dejarlas en una de las bandejas, Alberto creyó ver esos calcetines rotos de los que tanto hablaba su hermano.

"Debe de ser ella. Desde luego, Lucas tiene razón, la chica es guapa. Pero… yo creo que ya la he visto antes".

Y mientras intentaba recordar dónde había coincidido con ella, pudo observar la escena del registro.

"Lucas está perdiendo el control, él no puede cachear a una mujer, se puede buscar problemas".

Una vez que Maite se aproximara y la chica recogiera sus cosas de las bandejas, pudo reconocer a la mujer que la acompañaba.

"La señora Hurtado, la clienta de mi jefe. Ahora entiendo por qué esta chica me resulta familiar. Es su sobrina, Ana, creo recordar, la que la acompañó hace unos días al bufete y que saludó a Sandra. Sí, creo que son amigas… Interesante, muy interesante… Tal vez pueda matar dos pájaros de un tiro".

Alberto no dejó de pensar en la gran oportunidad que le proporcionaba aquel encuentro. No solo podía hacer que su hermano conociera a Ana, también podía intentar domar a aquella mujer impenetrable que tanto le gustaba, acercándose a ella y dándose por fin a conocer.

Divertido, decidió llamar a su hermano y preguntarle por la chica de los calcetines rotos. Lo notó nervioso, hablaba entrecortadamente y su respiración no era regular. Sin duda, tocar a aquella mujer lo había excitado. Alberto conocía bien a su hermano.

Después de que sus padres se fueran a Argentina, los dos habían vivido juntos en el apartamento que Lucas compró con el dinero que ambos heredaron de su abuelo. Apenas dos años después de conocer a Mónica, se casó con ella. Para entonces

Alberto ya estudiaba derecho y trabajaba de camarero los fines de semana. Después de la boda y a pesar de que Mónica y Lucas insistieron en que se quedara a vivir con ellos, Alberto se mudó a uno de los cuartos que se alquilaban en la facultad. Apenas un año después nació Martina y murió Mónica. Alberto acabó la carrera de Derecho unos meses después. Ser uno de los mejores de su promoción le permitió acceder a un puesto de ayudante en el primer bufete donde trabajó y buscó un apartamento cerca de Lucas para ayudarle a cuidar de su sobrina.

Transcurrieron unos días, después de aquel encuentro en el aeropuerto, cuando el señor Hernández, socio del bufete y jefe de Alberto, lo llamó al despacho. Cuando entró pudo reconocer a Ana y a la señora Hurtado. La joven estaba malhumorada y con los brazos cruzados.

—Alberto, estas son la señora Hurtado y su sobrina, la señorita Ana.

—Encantado.

—Siéntate. Se trata de una herencia en vida que deberemos redactar. Es algo un tanto peculiar, ¿no es así, señora Hurtado?

—Efectivamente, necesito preparar los papeles para esta herencia en vida, pero aún no la firmaré aunque sí quisiera que mi sobrina la aceptara. Se llevará a cabo una vez yo la apruebe y eso solo sucederá cuando vea a Ana prometida.

—Tía, por favor, déjalo ya... —Ana parecía disgustada.

—No se preocupen por nada, Alberto y yo nos encargaremos de todo. —Se comprometió el señor Hernández.

En aquel instante Alberto no vio la oportunidad que aquella herencia en vida le estaba brindando hasta que una semana después se atreviera a preguntar a Sandra por su amiga. Respirando profundamente, se acercó por detrás, después de volver a admirar la figura de esa mujer que desde que la conoció en el bufete no había dejado de impresionarle.

—Sandra, la semana pasada estuvo aquí la señora Hurtado, la cliente del señor Hernández.

—Sí, sé perfectamente quién es Helena —respondió Sandra de forma tajante, sin ni tan siquiera levantar la vista de la pantalla de su ordenador.

—La acompañaba su sobrina, es amiga tuya, ¿verdad?

—Sí, ¿por qué? Si lo que quieres es su teléfono, no insistas, que no te lo voy a dar.

—No, tranquila —dijo Alberto sonriente, esa chica no tenía remedio—. Solo era curiosidad, creo que la vi la semana pasada en el aeropuerto.

—Han estado viajando las dos a Madrid para un tratamiento al que Helena estaba siendo sometida. No la verás más por allí, la cura ya acabó.

Entonces Sandra levantó la mirada hacia el rostro de Alberto. Parecía estar tramando algo y su expresión era divertida, a la vez que maquiavélica.

—Alberto, ¿tú tienes novia? —preguntó Sandra, aunque por su expresión parecía conocer ya la respuesta.

—Ahora mismo no estoy saliendo con nadie, ¿por qué? —Alberto sintió como le subían los colores.

—Tranquilo, no es una proposición… indecente, claro, yo solo sé hacer proposiciones indecentes… —Sandra se rió de sus propias palabras.

"¿Por qué siento que esta mujer me está castigando siempre?", se preguntó Alberto.

—¿Podemos ir a tomar un café y hablar? Pienso que podrías encajar en un plan que mi amiga Ana y yo estamos tramando.

—De acuerdo, cuando quieras vamos.

Cuando Sandra le expuso el plan, Alberto dudó en aceptar. Si Lucas conocía a Ana como su novia iba a respetar a su hermano y nunca se acercaría a ella. Pero por otro lado, Sandra le estaba brindando la gran oportunidad de conocer primero a Ana. Si ella merecía a su hermano, Alberto podría provocar un encuentro y luego solo tenía que explicar a Lucas que en realidad no había nada entre ellos dos y que Ana era una mujer libre.

—Acepto, puede ser divertido. Pero olvida eso de que me pague. Al oírlo me he sentido como si fuera un *gigoló*.

—Es lo mismo que dijo Ana cuando le propuse pagar a alguien. —Sandra se rió divertida y él no pudo evitar sentirse atraído por sus labios.

Alberto estaba cada vez más fascinado por Sandra. Aquella pequeña pelirroja estaba cicatrizando sus heridas con tan solo escuchar su risa. Estaba llena de vida, ocurrente, suspicaz, alegre y muy muy sexy. La fascinación estaba dando paso a la excitación y aquel plan le daba también a él la ocasión de acercarse a la chica más impermeable que había conocido. A Sandra la envolvía un escudo protector anti-hombres que Alberto debía penetrar, fuera como fuera.

—¿Te parece bien que quedemos este viernes con ella para cenar?

—Me parece perfecto.

—Pues nos vemos en esta pizzería a las nueve. —Sandra le apuntó en un papel la dirección del restaurante.

"Bien, tengo hasta el viernes para pensar en algo. Por cierto, creo que este viernes Carlos inaugura el bar y Lucas accedió a acompañarme. Podría ser un buen lugar para que se encuentren y así mi hermano no pierda la esperanza. Desde que el martes Ana no apareciera por el aeropuerto, Lucas cree haber perdido la oportunidad de conocerla", pensó Alberto.

El encuentro con Ana en la pizzería fue muy positivo. Alberto notó al inicio que lo observaba con recelo y dedujo que debía ser una persona bastante desconfiada.

"¿Cómo dice ese refrán? Dios las cría y ellas se juntan", pensó.

La conversación divertida de Sandra ayudó a romper el hielo y poco después los tres charlaban amistosamente. Incluso bautizaron su plan como "el caso del novio postizo" y decidieron que al día siguiente se verían en casa de Ana para conocerse mejor. Debían prepararse bien, Helena era astuta y podía llegar a sospechar de la farsa. Cuando Ana propuso ir a tomar algo a un bar cercano, Alberto vio la oportunidad de sugerir que fueran al bar que Carlos inauguraba aquella noche y las chicas accedieron.

Después de despedirse, Alberto se apresuró para llegar al bar antes que ellas. Había quedado con su hermano algo más tarde y pidió a su amigo Carlos que lo dejara esconderse en un pequeño almacén detrás de la barra, con unos espejos que permitían ver el interior del local sin ser visto. De esa forma podría presenciar el encuentro entre su hermano y la chica de los calcetines rotos.

"Últimamente parezco un detective, vigilando los pasos de mi hermano. Como se entere Lucas...", pensó Alberto, mientras esperaba.

Después de observar divertido como las dos amigas reían y bebían, vio llegar a Lucas que se sentó frente a la barra. Gloria y su acompañante no tardaron en aparecer. Y a las once y media en punto, Ana se acercaba a recoger sus chupitos. Enseguida pudo percibir la agitación de su hermano cuando reconoció a la chica de los calcetines rotos. Estaba tan vivo, feliz y emocionado que a Alberto se le enrojecieron los ojos.

"Esto tiene que salir bien, tiene que salir bien... Lucas lo necesita".

Y cuando contemplaba estupefacto como Ana caminaba hacia Lucas, creyó que iba a llorar de la alegría. Sin embargo, el encuentro no llegó a ocurrir, pues de forma repentina, Ana desapareció y a Lucas lo perdió de vista. La barra le impedía ver lo que sucedía.

"¿Qué ha pasado?", se preguntó.

Apenas unos segundos después vio a su hermano levantarse y quedarse quieto, mirando hacia el suelo y a Ana alzarse frente a él y girar hacia los lavabos.

"Mala suerte, me lo he perdido, ahí ha debido de ocurrir algo".

Unos minutos después, ella salía de los servicios con una expresión furiosa y cuando Lucas fue a acercarse, Alberto pudo presenciar el cachetazo.

"Uy, uy, uy... Ana es de armas tomar".

Esperó el tiempo suficiente para ver salir a las chicas y escondiéndose entre la muchedumbre acudió al encuentro de su hermano que aún tenía la mano en la cara sonrojada por el tortazo.

La tarde del sábado en casa de Ana fue muy divertida. Alberto consiguió olvidar el plan que tramaban y disfrutó de la compañía de sus dos nuevas amigas. Aparte de Silvia, nunca había tenido compañía femenina con las que charlar abiertamente sobre diferentes temas. Durante su época universitaria dedicó muchas horas al estudio y una vez acabada la carrera, apoyar a su hermano fue su máxima prioridad y hacía demasiado tiempo que Lucas y Martina eran las únicas personas con las que se sentía verdaderamente cómodo.

Sin embargo, conocer a Ana estaba siendo todo un privilegio. Le parecía extremadamente rigurosa y exigente pero percibía en ella la necesidad de dejarse llevar, como si se sintiera ahogada en su propio mundo y necesitara una bomba de oxígeno a la que aferrarse. Y cuando Ana explicó su encuentro con Lucas, supo que él, su hermano, podía ser aquel oxígeno. Pero lo que le estaba resultando más divertido era el hecho de que Ana pensara que su hermano estaba casado.

"Tengo que acordarme de darle las gracias a Gloria y su amiga, han provocado un tornado en Ana. Esto es más divertido de lo que creía. Cuando se entere de quién es la compañera de Lucas…".

Y fue así como decidió dar el siguiente paso y provocar un encuentro entre Lucas y Ana. Y pensó que debía hacer partícipe a Sandra para que lo ayudara en su plan. Además, tener la excusa para encontrarse a solas con ella era un aliciente.

Habían quedado en verse de nuevo en casa de Ana el viernes para cenar y el miércoles por la mañana se acercó a Sandra mientras ella tecleaba en el ordenador.

—Sandra, tengo que hablar contigo largo y tendido. ¿Podríamos almorzar juntos? Tú sales a las tres, ¿verdad?

—¿No será una de tus encerronas para sonsacarme información confidencial e ir con el chivatazo a mi jefe?

—¿Todavía sigues con eso? Tienes que dejar de ver Gran Hermano, te está estropeando el cerebro —dijo Alberto con una sonrisa socarrona.

—Chis, calla, que no se enteren por aquí de mi única debilidad, me conocen como la mujer perfecta —replicó Sandra, arrugando los labios.

Alberto no pudo evitar una carcajada.

"Si me dejaras, ibas a ver lo que hacía con esa boca, pelirroja perfecta".

—Pues si no quieres que envíe un *email* a todo el bufete informando de tu insignificante defectillo, nos vemos a las tres y cuarto en el italiano de enfrente. Y sé puntual, mujer perfecta.

—Sí, abogado mandón —asintió ella, haciéndole una burla.

Poco antes de las cuatro, ya se habían comido sus respectivos platos de pasta y Alberto debía ser directo.

—Sandra, tengo que explicarte algo importante. Por favor, escúchame y no me hables hasta que acabe. Te conozco ya lo suficiente como para saber que me vas a querer interrumpir más de una vez con tus comentarios irónicos.

—Está bien. Espero que sea tan importante como dices, no tengo todo el día…

—¿Ves, ves…?

—Vamos, desembucha.

—¿Recuerdas que Ana nos explicó que había conocido un chico al que abofeteó en el bar de los chupitos? ¿El que según ella estaba casado?

—Me acuerdo.

—Pues se llama Lucas y es mi hermano. —A Sandra se le abrieron los ojos como girasoles—. Es agente de seguridad en el aeropuerto y allí se han cruzado en alguna ocasión. El día que Ana y Helena fueron a Madrid por última vez, mi hermano se atrevió a registrarla, a pesar de que los hombres no pueden cachear a las mujeres. Lucas no se arriesga de esa manera si no es porque siente algo especial por ella.

—Espera, espera…

—Otra vez interrumpiendo…

—¿Pero no está casado?

—Mi hermano es viudo. Su mujer murió después de dar a luz a Martina, mi sobrina de cinco años.

—Lo siento mucho por tu hermano y por ti, no debió ser fácil.

—No, la verdad es que no. Mis padres se mudaron hace tiempo a otro país, sin importarles demasiado dejar atrás a sus hijos. Y Lucas y yo somos la única familia de Martina. Cuando ella nació yo aún no había acabado la carrera y Lucas hizo un esfuerzo inhumano por hacerse cargo él solo del bebé y que yo me centrara en los estudios. Tal vez por eso me esforcé para ser uno de los mejores, se lo debía.

—Eso dice mucho de ti, Alberto…

—Esta vez no me molestó que me interrumpieras… —le agradeció con un guiño—. El caso es que el día que Lucas registró a Ana en el aeropuerto, yo estaba allí. Quise ir para saber quién era esa chica misteriosa que estaba sacando de quicio a mi hermano y entonces reconocí a Ana y a su tía. Si te pregunté unos días después era para saber más de ella y cuando me propusiste el plan, no pude rechazarlo. Como podrás imaginar el encuentro en el bar lo provoqué yo, claro está.

—Alberto, me estás sorprendiendo. Estoy descubriendo en ti un lado muy muy romántico… —Sandra acercó su rostro al de Alberto y le sonrió cautivadora.

Aprovechando esa proximidad Alberto se acercó con suavidad a su oreja, rozando con sus labios el lóbulo que enrojecía por momentos y le susurró con una voz ronca y sensual.

—Yo tengo dos debilidades difíciles de explicar. No soy tan perfecto como tú…

—¿Y cuáles son? —Alberto disfrutó del momento al notarla nerviosa.

—Me gusta la serie Anatomía de Grey, no me pierdo ningún capítulo. —Sandra rió satisfecha al conocer el secreto.

—¿Y la segunda?

Alberto tomó un mechón rojo de su cabello, lo acarició mientras lo hacía a un lado y se acercó más a su cuello. Tuvo que hacer un gran esfuerzo para no besarla o morderla, en aquel instante era un vampiro sediento de sangre, de su sangre…

—Eso tendrás que adivinarlo tú solita, pelirroja.

Sandra permaneció callada por un instante, mientras él retrocedía y se buscaban con la mirada. Alberto advirtió en ella algo maravilloso: la respiración y las pupilas la delataron, la había excitado, consiguiendo lo que creía imposible. Y pensó que si alguna vez hacían el amor, él sabría enseguida si ella disfrutaba con sus caricias y sus besos. En ese momento su mujer perfecta se mostraba totalmente transparente. Estaba claro que Sandra era una bomba de relojería y él se iba a esforzar, ahora más que nunca, en hacerla detonar.

—He pensado que el viernes invitaré a Ana a que vaya el sábado a cenar a mi casa, para que conozca a mi hermano, con la excusa de practicar nuestro noviazgo ficticio. Y creo que lo mejor será que tú no asistas, no es que no quiera, es que no tiene sentido que vaya la amiga de mi novia. Y quiero que lleguen a encontrarse a solas.

—No hay problema, me buscaré una cita. —Ese comentario no le hizo ninguna gracia a Alberto.

"Espero que no sea con un hombre", deseó él.

—Alberto, ¿has pensado en qué va a pasar cuando Lucas vea a Ana y se dé cuenta de que la chica que tanto le gusta es novia de su hermano?

—Buena pregunta, mi querida Watson. Naturalmente, no va a ser fácil para él, pero no dejaré que transcurra demasiado tiempo para decirle la verdad. Aunque, que no te moleste lo que voy a decir, quisiera conocer antes las intenciones de Ana con respecto a Lucas. Algunos de esos hombres a los que habéis declarado la guerra también tienen corazón y el de mi hermano, créeme, ha sufrido mucho y con Martina por en medio, debemos estar seguros de que esa relación puede funcionar. Si no es así, mejor que sufra ahora un poco y se olvide de ella.

—Me molesta que pongas en duda la integridad de mi amiga, pero entiendo lo que te preocupa. Tampoco hay que olvidar que ella quiere la herencia para volver a Nueva York.

Si Ana sigue con su plan, mejor que no dañemos los sentimientos de Lucas y Martina.

—Gracias por tu comprensión. A pesar de ser tan antipática conmigo, sabía que podía contar con tu colaboración.

—Soy antipática con quien merece que lo sea —le respondió, mientras se levantaba de su silla y le enseñaba la lengua.

"Sigue así y la próxima vez verás qué hago con esa lengua", fantaseó Alberto.

Convencer a Ana de que fuera a cenar a su casa y conocer a su hermano fue tarea fácil.

Así que el sábado por la noche, mientras preparaba los platos con su hermano, Ana llamó a la puerta y Alberto nervioso pensó que parecía ser él y no Lucas quien iba a encontrarse con esa misteriosa mujer.

Cuando Ana y Lucas se vieron de frente, Alberto creyó percibir chispas de fuego salir del rostro de los dos. Aquel momento fue extraño, por un lado se sorprendieron, se sofocaron y sobre todo por parte de Lucas se decepcionaron.

"Pobre Lucas, no sé si podré soportar verle así durante mucho tiempo".

Había comprado suficientes cervezas para todos, pero decidió no meterlas en el frigorífico y esconderlas. Y así fue como, con la excusa de ir a comprarlas, los dejó a solas. Incluso con las cervezas ya en la mano, esperó unos minutos en el portal del edificio. Cuando regresó se percató de que el ambiente entre ellos se había suavizado y comprendió que debían haber fumado la pipa de la paz.

"Seguro que Lucas le ha dicho que deben hacer lo posible para olvidar lo sucedido y no hacerme daño".

Unos minutos después, llamaron a la puerta.

"Pero si es Helena, la tía de Ana. ¿Es la canguro? Esto se está complicando más de lo que hubiese podido imaginar...", pensó Alberto algo confundido.

Capítulo 5
MARTINA

7 de junio
08:10 de la mañana.

—Papá, papá… Este mes no me has explicado la historia de las niñas. Por favor, por favor, cuéntamela ahora —Martina le suplicó a su padre, mientras se acababa de atar los cordones de los zapatos.

—Martina, tengo poco tiempo, hoy es importante que llegue temprano al trabajo. —Esa mañana Lucas estaba nervioso porque era martes y probablemente se encontraría con aquella hermosa mujer. Miró su reloj y calculó que le quedaban aún veinte minutos para dedicarle a su hija—. De acuerdo, pero será breve, no te la contaré entera.

—De acuerdo, papá, solo la parte que más me gusta.

—Hace muchos años una niña con una melena larga y rubia, con cinco años de edad como tú, entraba en su clase. Sus padres acababan de mudarse y ese día empezaba en su nueva escuela. La niña era muy tímida y estaba muy asustada. No sabía como hacer amigos nuevos y se mostró muy reservada durante varios días. El resto de los niños se reían de ella y se burlaban diciéndole que no sabía hablar porque era demasiado bebé.

—Ahora viene mi parte favorita, papá...

—Un día soleado, la mamá de la niña la acompañó al parque al salir de la escuela. Allí se encontraban la mayoría de los niños de su clase. Ella se sentó en un columpio vacío intentando apartarse de los demás. Pero evitarles fue imposible y algunos de ellos se acercaron para reírse de ella. Cuando estaba a punto de arrancar a llorar, apareció una de las niñas de su clase que también solía jugar sola. Lucía una melena rizada que la hacía muy divertida y llevaba un trapo rojo atado al cuello en forma de capa de superhéroe. Se plantó frente a los niños y les dijo: "Dejad en paz a mi nueva amiga. Si volvéis a meteros con ella os tendréis que enfrentar a mi súper fuerza".

Martina soltó una carcajada al escuchar esa frase.

—Los niños huyeron asustados y la muchacha se alejó hacia otro columpio. La niña rubia se quedó observándola, cuando de pronto pudo ver como una de las farolas contiguas al columpio cedía e iba a precipitarse sobre su nueva amiga. Rápidamente fue hacia ella y la empujó, tirándola al suelo. Las dos cayeron y un tremendo estruendo las asustó. La farola se había desplomado justo donde la niña jugaba. La muchacha de la capa roja abrió los ojos y se encontró a la niña de los cabellos dorados sobre ella, le había salvado la vida. "¿Eres mi Ángel de la Guarda?", le preguntó. Al sentarse las dos en el suelo esta vio como a su salvadora se le había salido un zapato y la caída le había roto el calcetín, dejando salir su dedo pulgar. La pequeña se lo tocó suavemente y le dijo: "Cuando un calcetín se rompe, un dedo se libera". Aquello las hizo reír y a partir de entonces se hicieron grandes amigas. Todos los días llevaban un calcetín agujereado y se quitaban los zapatos para rozar sus dos dedos pulgares, en forma de saludo. En la escuela las llamaban las *amigas mellizas*.

Lucas ya no podía entretenerse más, debía partir al aeropuerto.

—Nos tenemos que ir ya, Martina. Vamos, coge tu bolsa, que no puedes llegar tarde a la escuela.

—Papá, ¿tú crees que nosotros encontraremos alguna vez a nuestra *amiga melliza*?

—Tú seguro que no tardarás en conocerla. Todos hemos tenido algún amigo especial.

—¿Y tú, papá? ¿Crees que tendrás pronto una *amiga melliza*?

—Bueno, eso no se sabe nunca. ¿Por qué lo preguntas?

—Porque quiero que estés contento y con una *amiga melliza* seguro que lo estarás. Prométeme que en cuanto sepas quién es me lo dirás.

—Prometido. Y ahora, vámonos ya.

Capítulo 6

UNO DE LOS DOS NO SE EQUIVOCABA

La escena en la puerta del apartamento de Alberto no podía ser más surrealista. Ana no dejaba de mirar a su tía y a Martina. Lo de la niña podía llegar a entenderlo; recordando la conversación que escuchó en el lavabo del bar, aquellas chicas nunca mencionaron la palabra mujer, casado, novia, matrimonio… solo dijeron, si no recordaba mal, que no estaba solo y era evidente que debían referirse a su hija. Pero que Helena estuviera allí, eso no le encajaba.

—Tía, ¿qué haces aquí?

—Es mi nueva canguro —respondió Lucas—. Helena, ¿Ana es tu sobrina?

—Qué casualidad, ¿verdad? —y dirigiéndose a Ana continuó—. Perdona por no habértelo explicado antes. Me enteré en el aeropuerto que Lucas necesitaba una canguro y pensé que ayudarles me haría sentir mejor y no me aburriría tanto. Sabes que desde que te independizaste paso mucho tiempo sola. —En ese instante dirigió la mirada hacia Alberto.

—Helena, él es Alberto, hermano de Lucas, también casualidad, ¿verdad? —le preguntó Ana con mirada traviesa—.

Puede que lo reconozcas, trabaja en el mismo bufete que Sandra. Estaba con el señor Hernández la última vez que fuimos a arreglar papeles. Coincidimos con él en un bar unos días después y a partir de entonces estamos saliendo juntos para conocernos mejor. Yo también tengo que disculparme, debía habértelo dicho antes.

—Encantada, Alberto. —Helena le tendió la mano—. Aunque mi sobrina no me había hablado de ti, yo sí he oído maravillas del tío de Martina, sobre todo de boca de ella —Le dirigió una sonrisa cariñosa a la niña que permanecía callada sin entender bien lo que estaba sucediendo.

—Martina, cariño, ven, te voy a presentar a Ana —intervino Lucas—. Ana, ella es Martina, mi princesa de cinco años.

Aunque a Ana aquella imagen de Lucas besando a su hija en brazos le parecía muy conmovedora, había algo en la niña que le provocaba incomodidad, o tal vez tristeza, una de esas sensaciones de descontrol que tanto la irritaba.

"No me siento bien", pensó.

—Encantada, Martina. Eres muy guapa —dijo con expresión forzada.

—Bueno, una vez aclarada la situación, ¿qué os parece si nos sentamos a cenar? —animó Alberto.

La conversación divertida de Helena y Martina relajó la tensión vivida hacía unos minutos. Lucas sonriente, escuchaba atento las explicaciones de Helena y Alberto jugueteaba con la niña, haciéndola reír. Ana se sorprendió con esa imagen del tío y la sobrina, Alberto se estaba ganando su admiración, no dejaba de sorprenderle gratamente. Lucas, que con disimulo no le quitaba ojo a Ana, pudo percibir en ella unas miradas de aprecio hacia Alberto que lo entristecieron. Definitivamente, debía dejar de verla como la chica de los calcetines rotos.

A Ana le gustó observar a los dos hermanos, sentados uno al lado del otro. Era evidente que existía una gran complicidad entre ellos, con miradas y bromas se lo decían todo. No se había percatado hasta ese momento de que ambos tenían el mismo color de ojos y esa forma rasgada que les proporcionaba un aire atractivo. Lo que más les diferenciaba era el tono de piel y el color del cabello: Alberto era rubio y Lucas moreno. Sonrió al pensar en los hermanos Zipi y Zape. A pesar de la semejanza física que pudieran tener, el carácter de ambos parecía muy distinto. Alberto era más joven, más risueño y suspicaz, sin embargo Lucas se mostraba más maduro, comedido y tranquilo.

Pero lo que a Ana más le aturdía era la presencia de Martina. En varias ocasiones se cruzaron las miradas. La niña buscaba en ella algún gesto afectuoso, una sonrisa, un guiño, era la novia de su querido tío y lo normal era que le mostrara cariño, pero para Ana aquello era misión imposible. Y lo más extraño es que continuaba sintiendo una inexplicable aversión hacia ella, algo en Martina le provocaba angustia, vértigo y ansiedad.

"¿Qué me está sucediendo? ¿Qué tiene esa niña?", se preguntaba Ana constantemente.

—Martina, explícale a Ana la obra de teatro que hemos visto esta tarde. —Helena intentó un acercamiento entre la niña y su sobrina.

—Hemos visto Pinocho. ¿Tú lo conoces, Ana?

—Sí. —"Qué incomodidad, madre mía…", pensó ella.

—Era uno de los cuentos favoritos de Ana cuando tenía tu edad. Su madre le explicaba muchos —aclaró su tía.

—Helena, por favor, deja el tema, sabes que ya no me gustan los cuentos infantiles —la frialdad de Ana sorprendió a todos.

—Es que hace tiempo ya que a Ana no le cuentan cuentos —intervino Lucas, al ver la expresión de ella—, pero se los iremos recordando, sobre todo tío Alberto que se sabe muchos.

—¡Claro que sí! —a Alberto tampoco le pasó inadvertida la incomodidad de Ana.

Ante aquella falta de sensibilidad, Helena le lanzó a su sobrina una ruda mirada que Ana respondió de la misma manera. Afortunadamente, Lucas y Alberto continuaron conversando con Martina y el ambiente volvió a ser distendido.

Finalizada la cena, todos recogieron platos y vasos y los acercaron a la cocina. Martina se había quedado dormida en el sofá y Lucas la tapó con una mantita infantil que su hermano guardaba en un armario del salón, junto con otras cosas de su sobrina. Helena estaba cansada, la tarde con Martina en la obra la había dejado agotada y se sentó junto a la niña. Alberto fue a preparar cafés y algo de alcohol en un mueble en forma de barra de bar que adornaba el salón. En ese instante Ana fregaba los platos y vasos que se habían usado en la cena, mientras Lucas guardaba las sobras en el frigorífico. Ella aprovechó el momento para disculparse. Debía hacerlo.

—Lucas, tengo que pedirte perdón.

—¿Por qué? Creía que tenía que ser yo…

—Tú ya lo hiciste… Pero yo debería disculparme también. Verás, aquella noche en el bar de los chupitos, después de tropezar de esa forma tan estúpida, arrastrar las sillas que encontré a mi paso, tirar no sé cuántos vasos y casi dejar desnuda a una chica después de arrancarle dos o tres botones de su camisa… —Lucas arrancó a reír a carcajadas por la forma como Ana explicaba la caída y gesticulaba con las manos—. Cuando conseguí llegar a los lavabos, oí hablar a las chicas que te acompañaban.

—Gloria y su amiga, sí, las recuerdo. —Lucas no dejaba de reír.

—Hicieron un comentario por el que entendí que estabas casado. Tu comportamiento en el aeropuerto no me pareció propio de un hombre comprometido y además una de esas chicas estaba decidida a pasar una noche apasionada contigo y *si te he visto no me acuerdo*… —A Lucas le salían las lágrimas de las carcajadas—. No te rías así, que todavía me da más vergüenza. Esa noche además iba bebida y en fin, cuando te acercaste no pude controlar mi mano y ¡menudo tortazo te regalé!, ¡casi te giro la cara!... seguro que aún te duele.

El desparpajo con el que Ana explicó lo sucedido y su expresión de arrepentimiento le parecieron a Lucas tan divertido que con una de las carcajadas se golpeó en la cabeza con la puerta de la nevera. El ruido del coscorrón resonó en toda la cocina y Ana corrió asustada a revisar su frente. Lo agarró con las dos manos por las sienes acercándose para examinar la zona enrojecida, por donde comenzaba a asomar un chichón.

—Eso te pasa por reírte de mí. Te has dado un buen golpe. Tendremos que ponerle hielo.

Cuando bajó la mirada a sus ojos, los de Lucas estaban a la misma altura y la observaban fijamente.

"Si me miras así la que va a necesitar hielo soy yo", pensó Ana.

Todavía tenía lágrimas en su rostro, fruto de las carcajadas, lo que hizo que Ana sonriera con ternura. A Lucas le resultó un gesto encantador, esa dulzura en sus ojos hacía que aún brillaran más y le sorprendió la facilidad con la que podía cambiar la expresión en su rostro; en poco tiempo podía llegar a mostrarse fría, divertida o dulce. Durante varios segundos no dejaron de mirarse hasta que Ana se sorprendió al notar como sus pulsaciones se aceleraban.

—¿Sabes si tu hermano tiene guisantes congelados? —preguntó Ana, mientras se apartaba y abría la puerta del congelador.

Lucas en ese instante era incapaz de pensar en las legumbres que su hermano pudiera o no guardar en el frigorífico, su única preocupación era saber si sus pantalones podrían soportar la excitación que se abría paso entre los muslos. Tenerla tan cerca lo estaba matando.

—Toma, siéntate y colócate esto en la frente. —Ana ya había encontrado la bolsa que buscaba y se la ofreció a Lucas.

—Entonces, ¿pensabas que estaba casado y quisiste castigarme en nombre de mi mujer? —preguntó Lucas, intentado recuperar el ritmo de la respiración.

—Más o menos…

—Eso está bien… Bueno, Gloria y su amiga tenían parte de razón. Estoy muy comprometido con Martina desde hace cinco años.

—¿Y su madre? —preguntó Ana, temiendo una respuesta que pudiera incomodarlo.

—Murió al dar a luz a Martina.

—Lo siento, de verdad. Ha debido ser muy duro.

—Gracias. Nos casamos dos años después de conocernos, Martina nació unos meses más tarde y han pasado ya casi seis años de aquello. A veces me odio a mí mismo porque siento que no he tenido tiempo ni de llorarla ni de recordarla. —Lucas se sorprendió a sí mismo explicándole algo tan íntimo, casi no hablaba de este tema con nadie.

—Es comprensible Lucas, un bebé necesita dedicación plena. Ya imagino, por lo que Alberto me explicó, que tus padres no te ayudaron. ¿Y tus suegros?

—Murieron unos años antes de que conociera a mi mujer. Solo he tenido la ayuda de mi hermano. Cuando Martina nació, Alberto estaba acabando la carrera de Derecho y nunca dejó de ofrecer su ayuda. A veces pasaba horas estudiando mientras mecía la cuna de la niña para que no se despertara y yo pudiera dormir. Mi hermano es maravilloso, créeme, eres una mujer muy afortunada.

—Bueno, estamos conociéndonos, pero sí, ya me di cuenta de que tiene un gran corazón.

Mientras tanto, en el salón, Alberto tenía un único pensamiento en su mente.

"Tengo ganas de ver a Sandra y explicarle lo que está pasando aquí ¿Estará despierta cuando se vayan todos? Tal vez la llame. Estoy impaciente por oír su voz".

Estaba dejando a Ana y Lucas hablar tranquilos en la cocina pero empezó a notar cierta perplejidad por parte de Helena y decidió llamarles.

—¿Habéis acabado ya? El café se enfría.

Lucas apareció sujetando la bolsa de guisantes en la frente.

—¿Qué te ha pasado? —preguntó Alberto intrigado—. Ana, ¿qué le has hecho a mi hermano? Que tú eres muy peligrosa. Hace unos días le dio un bofetón a un tío en un bar y se quedó tan ancha… —Alberto se divertía con ese juego.

Ana y Lucas se miraron por un instante y se sonrojaron a la vez.

—Alberto, no seas burro, me he golpeado con la puerta del armario —respondió Lucas, disimulando su turbación.

Después del café, Ana y Helena se despidieron, mientras Lucas, con Martina en brazos, iba caminando a su apartamento, a dos calles de allí.

Una vez a solas, Alberto se puso cómodo, se estiró en su cama y cogió el móvil. Sandra no tardó en responder. Acababa de salir de la ducha, llevaba una toalla cogida en el pecho e iba a ponerse el pijama.

—Ya estás tardando en explicarme con pelos y señales lo que ha pasado —respondió Sandra, sin siquiera saludar.

—Vaya, vaya, nunca había tenido a una mujer tan pendiente de mi llamada... —se rió él, pensando en la expresión de curiosidad que Sandra debía de tener.

—No me extraña... Venga, Alberto, empieza...

—Vas a alucinar. El encuentro entre ellos ha sido extraño, se les notaba nerviosos a los dos y luego he visto la pena en la cara de mi hermano, ¡pobre!

—Ya te lo dije...

—Espera, que aún hay más. Mi sobrina ha llegado más tarde con su nueva canguro. Yo todavía no la conocía y Ana y yo nos hemos llevado una sorpresa. La canguro es Helena, la tía de Ana.

—¡Qué fuerte! ¿De verdad? —Sandra no se lo acababa de creer.

—De verdad. Al parecer escuchó en el aeropuerto que Lucas necesitaba una canguro. Es algo extraño, ¿verdad?

—Muy, muy extraño. Ahí hay gato encerrado ¿Conseguiste que Ana y Lucas se quedaran solos?

—¡Por supuesto! La primera vez poco después del encuentro. Cuando volví estaban más tranquilos, supongo que debieron hacer las paces. Conozco bien a mi hermano y hará lo que sea por tener una buena relación con ella para no hacerme daño.

—Sí, pero recuerda que lo que queremos es que tengan algo más que una buena relación... Y, ¿tu sobrina? ¿Qué cara puso Ana cuando la vio?

—Se quedó perpleja. Por cierto, Ana se mostró bastante incómoda con Martina ¿No le gustan los niños?

—Pues no estoy segura. Cuando hablamos de estos temas ella no suele opinar, es bastante reservada. Explícame más...

—Creo que Ana y Lucas hablaron de la niña cuando les dejé otra vez a solas en la cocina. Algo debió suceder allí, porque oí a mi hermano reírse a carcajadas y luego salir con un chichón en la cabeza.

—¿En serio? Qué pena habérmelo perdido.

—La próxima vez te invitamos.

—No tienes que hacerlo si no quieres…

—Cierto, en realidad no quiero.

—Imbécil.

—Sandra… —susurró Alberto con voz sensual

—¿Sí, rubiales…? —Ella decidió seguirle el juego, ya lo conocía lo suficiente como para adivinar sus intenciones.

—¿Estás en la cama?

—Sí…

—¿Y llevas pijama?

—No…

—Mmmm… ¿Y ropa interior?

—Sí…

—¿De qué color?

—Ehhh… y yo que pensaba que eras homosexual…

—¿En serio? Qué casualidad, yo pensé lo mismo de ti al principio.

—Bueno, al menos uno de los dos no se equivocaba… —Y colgó la llamada, dejando a Alberto totalmente descolocado.

"¿Será verdad? ¿Es lesbiana? No, no puede ser. Me debe estar tomando el pelo".

Sandra, tumbada en su cama no podía parar de reír.

—Te he dado tu merecido, rubiales

Y después de contemplar a su gatita como mordisqueaba su ropa interior, tomó el móvil y le escribió un mensaje a Alberto.

"Las braguitas son de color turquesa. Ahora Susi me las está quitando a mordiscos…".

Aquella noche Alberto no fue capaz de conciliar el sueño hasta casi el amanecer, sin saber muy bien si lo que lo inquietaba era la excitación que le provocaba imaginar a Sandra con su ropa interior turquesa o la preocupación de que aquella insinuación no fuera una broma más de su pelirroja. Al día siguiente lo aclararía con Ana.

Mientras tanto, Helena y Ana discutían camino de casa.

—Tía, no te hace falta el dinero y no acabo de creerme lo de que necesites compañía o alguien a quien cuidar. Desde que el tío murió, has procurado estar siempre ocupada. No te han faltado amigas con las que viajar, tomar un té o hacer yoga. ¿A qué ha venido eso de ser canguro? Y además de la hija del agente de seguridad que tanto me hizo enfadar. No me digas ahora que no lo recuerdas.

—Vale, me has descubierto. Sí, es verdad, no lo necesitaba aunque sí sabía que me beneficiaría. Y efectivamente ha ocurrido así. Me gusta estar con la niña y me siento útil. Ella es un verdadero encanto, lista y cariñosa. Y Lucas, bueno, él es un hombre maravilloso, ¡si yo tuviera treinta años menos! —Suspiró Helena, exagerando el gesto—. Escuché en el aeropuerto que necesitaba una canguro y cuando vi como reaccionaste ante su registro pensé que podría ser una oportunidad para que os conocierais. No sé, supongo que tuve una corazonada… Pero hoy vas y te presentas con tu nuevo novio que resulta ser su hermano.

—Helena, por favor, deja de buscarme un marido. Cuando tenga que aparecer, aparecerá sin más.

—Es verdad, tienes razón. Perdona. Y tú, ¿qué tienes que decirme sobre Alberto? ¿No te resulta extraño que se acercara a ti después de saber lo de la herencia en vida?

—En realidad fui yo la que se acercó a él. —Ana se vio forzada a mentir—. ¿No me negarás que es bien guapo?

—Sí, lo es. Los dos hermanos lo son.

Capítulo 7

EL ENSAYO GENERAL
DE UNA PRIMERA CITA

Como cada lunes a las diez de la mañana, Ana se reunió con su equipo de trabajo para revisar los proyectos pendientes y planificar las tareas. Aquel día Ana se encontraba especialmente irritante, sobre todo con Carla.

—Carla, ¿cómo puede ser que estos carteles no hayan sido impresos aún? El cliente los necesita ya.

—Perdona, Ana. La semana pasada fue muy complicada, me encargué de las artes finales de tres clientes, tuve problemas con las imprentas y nos vimos obligados a repetirlas. Entonces aquellas eran las más urgentes.

—Y si tanto trabajo tenías, ¿por qué a las seis de la tarde ya no estabas en tu puesto?

—Ana, sabes que tengo que ir a buscar a mi hijo a la escuela. Miércoles y jueves me llevé el ordenador a casa y pude continuar enviando correos electrónicos.

—Excusas, Carla. El trabajo debe ser lo primero y tú no estás cumpliendo con los objetivos. Debes estar más centrada.

A Ana los retrasos la enojaban, cada vez se mostraba más inflexible con las personas, no era capaz de ver el esfuerzo y sacrificio de los demás y siempre exigía más. El resto de supervisores ya no querían colaborar con ella y su equipo se veía desamparado. Algunos la empezaban a llamar "Ana la inhumana".

De nuevo, las sombras de su adolescencia reaparecían. Aquellas lágrimas que nunca derramó estallaban en su cerebro y resurgían en sus palabras cargadas de ira. Lo que tanto temía que pudiera ocurrir al volver a España comenzaba a suceder y no era capaz de controlarlo. Ahora más que nunca, necesitaba volver a Nueva York y alejarse de esa sensación que la asfixiaba.

"Necesito esa maldita herencia en vida ya", se repetía constantemente.

Por la tarde, después de un buen almuerzo, sola, en uno de los restaurantes alejados que Ana frecuentaba para evitar encontrarse con alguien de la oficina, hacía esfuerzos para calmar sus nervios. Había intentado pensar en algo agradable, algo que espantara sus espíritus malignos, algo o alguien... y no pudo evitar recordar a Lucas golpeando la puerta del frigorífico en casa de Alberto, sus carcajadas divertidas y su rostro húmedo por las lágrimas de la risa. Tal vez para otras personas aquella escena podría resultar cómica, pero para Ana fue muy erótica. El rostro de Lucas tan cerca del suyo, las miradas cruzadas como en el aeropuerto y el calor que desprendía su pecho... Su vello se erizaba al recordar esa cercanía. Nunca pensó que socorrer a un herido pudiera ser tan sensual, casi morboso.

Y justo en el momento en que su cerebro repasaba por tercera vez la escena, su móvil sonó.

—¡Alberto! Me alegra mucho que me llames. Hoy más que nunca necesito oír una voz amiga.

—No parece que hayas empezado muy bien la semana...

—Pues no, la verdad es que no. Y dime, ¿por qué me llamas? —preguntó Ana curiosa.

—Verás, tenemos un cliente que es productor de obras teatrales. Hemos ganado su caso y me ha obsequiado con cuatro entradas para ir a ver el Musical "Mamma Mía" este viernes a las siete y media de la tarde. He pensado que podríamos ir Sandra, mi hermano, tú y yo. Luego podríamos ir a cenar. ¿Te apetece la idea?

—Me parece fenomenal, tenía muchas ganas de ver ese musical. ¡Ya verás cuando se entere Sandra, le encantan!

—Pero, para Ana, aquella era solo una oportunidad para volver a ver a Lucas y no podía desperdiciarla.

—Entonces, ¿quedamos en la puerta del teatro a las siete? A esa hora abrirán las puertas. Yo se lo comento ahora a Sandra, estoy viéndola concentrada mirando la pantalla del ordenador, fingiendo que hace algo de provecho, claro... —Se rió sin dejar de admirar la figura de Sandra.

—Alberto, ten cuidado que "quién juega con fuego se acaba quemando".

—Lo sé, pero creo que me estoy volviendo pirómano... Y hablando de fuego y Sandra, ¿te puedo hacer una pregunta personal y, por favor, que quede entre nosotros?

—Suéltalo ya.

—¿A Sandra le gustan los hombres o las mujeres? —Las carcajadas de Ana resonaron al otro lado de la línea.

—Pero, Alberto, ¿a qué viene esa pregunta? A Sandra le gustan más los hombres que a un niño una pelota.

—¿Y quién es Susi?

—¿Susi? Susi es su gatita. ¿Qué tiene que ver Susi con la orientación sexual de Sandra?

—Déjalo, Ana, es una larga historia... —Alberto se sintió decepcionado.

"¿Cómo he podido caer en su trampa? Me las pagarás, pelirroja".

Ana, que ya había percibido entre ellos una atracción mutua, decidió que debía ayudar con algún empujoncito.

—Alberto, Sandra ha tenido malas experiencias con los hombres: los que parecían buenos para ella acababan huyendo de su inteligencia, demasiado lista para su ego masculino y los malos pues acababan haciendo lo que solo ellos saben hacer, ser infieles. Pero, Alberto, tú sigue así, lo estás haciendo muy bien y el esfuerzo merecerá la pena, te lo garantizo.

—Te creo, pero, en fin… ya veremos si acabo apagando el fuego o chamuscado.

Una vez se despidió de Ana, Alberto solo tenía ojos para admirar la figura de Sandra. Sentada con las piernas cruzadas, inclinada a un lado, los músculos de sus piernas se marcaban bajo su falda. Cuando estiraba uno de sus brazos para alcanzar la grapadora, el dibujo de sus pechos se trasparentaba bajo la blusa y sus rizos azafranados se deslizaban por su cuello. No podía dejar de disfrutar con aquella imagen.

"Vamos, Alberto, ya estás ardiendo en llamas, no tienes razones para temer al fuego".

Cuando se situó detrás de ella, Sandra no tuvo que girar su silla para saber de quién se trataba.

—¿Qué pasa, rubiales? ¿Vienes a preguntarme por mi ropa interior? ¿Quieres saber dónde me la compro? Te gustaría la tienda, tienen unos conjuntitos para hombre muy sexys.

—No, gracias, ya tengo ropa interior sexy. Sin ir más lejos, tengo unos calzoncillos turquesa que quedarían muy a juego con tus braguitas, iríamos conjuntados ¡Qué pena que acabaran destrozadas! Esa tal Susi debe ser toda una fierecilla felina.

—No puedes imaginarte hasta qué punto.

—Quería pedirte una cita para el viernes pero a la que te agradecería no asistieras…

—Alberto, tengo trabajo que hacer, no puedo jugar a los acertijos. Explícate. Intuyo que esto va de tu nueva novia postiza.

—Pelirroja lista. Acabo de hablar con Ana. Tengo cuatro entradas para ver el musical "Mamma Mía" el próximo viernes y le he preguntado si podíamos ir mi hermano, ella, tú y yo.

—¿Y me estás pidiendo que no asista y me pierda el musical? —Sandra frunció el ceño enfadada.

—He pensado llamar yo a mi hermano minutos antes diciendo que no puedo ir por una gastroenteritis. Y tú podrías llamar a Ana cuando ya esté en la puerta del teatro con cualquier otra excusa, así los dos no tendrán más remedio que compartir el espectáculo. Y, no te preocupes, me guardan las otras dos entradas para la semana siguiente. Si quieres, podríamos ir juntos, prometo no preguntar por tu ropa interior.

—Ya veremos, me gustan los musicales, pero ir contigo es un precio demasiado alto que no sé si debería pagar.

—¿Y si llevo los calzoncillos turquesa? —Alberto disfrutó viendo como Sandra cambiaba su expresión enfadada por otra más divertida, como si lo estuviera dibujando en su mente con esa ropa interior.

—Bueno, yo la llamaré a las siete menos cinco con cualquier mentira y sobre lo de la semana que viene, ya veremos.

El resto de la semana continuó siendo complicado para Ana. Los proyectos se estaban acumulando y los problemas para sacarlos adelante también. Tanto su equipo como ella tuvieron que dedicar muchas horas extras de trabajo. El viernes, aunque por fin habían podido finalizar los proyectos más urgentes y contentar a algunos de los clientes más exigentes, el cansancio y la continua irritación que mostraba Ana había generado un ambiente tenso en la oficina.

Después de comer, fueron sorprendidos por la inesperada visita de Helena y Martina. La simpatía y dulzura de la niña pronto suavizaron el clima y los compañeros de Ana reían más relajados.

—Tía, ¿qué hacéis aquí las dos? Sabes que es muy importante para mí que se aprovechen al máximo las horas de trabajo y Martina está siendo una distracción para el equipo. —Ana había logrado apartar a su tía del corrillo que hicieron alrededor de la niña y hablaban a solas en su despacho.

—Tranquila, tan solo estaremos unos minutos. El colegio de Martina no está muy lejos de aquí y hemos ido a merendar a una cafetería frente al edificio. Cuando le expliqué que trabajabas aquí insistió en venir a verte.

—¿A mí? —preguntó extrañada.

—A ti. ¿Por qué no?

—Por nada, solo que no fui muy amable con ella la otra noche, creo que no se me dan muy bien los niños.

—Pues a ella parece que sí le gustaste. Por cierto, me ha dicho Lucas que habéis quedado esta tarde con Sandra para ir los cuatro a ver un musical.

—Sí, tengo que acabar unas cosas antes de irme. Debo salir más temprano de la oficina si quiero arreglarme y no llegar tarde al teatro.

En ese instante, Martina apareció en el despacho acompañada de Carla.

—Ana, Martina nos ha contado que estás saliendo con su tío Alberto y que quería verte trabajando. Ya le hemos explicado algunas de las cosas que hacemos aquí. ¿Le podríamos enseñar aquella arte final que diseñamos para la empresa de colonias de niños? ¿Concretamente, aquel perfume para niñas princesas?

—Está bien, pasad, lo guardo en mi cajón. Pero tened cuidado. —Ana no estaba muy convencida, pero se sentía obligada a mostrarse amable con la niña, aunque solo fuera para no enfadar a su tía que la estaba observando.

El diseño estaba impreso en una cartulina grande que Carla abrió con sumo cuidado. Martina admiró el dibujo, hechizada, como si realmente apareciera ante ella la princesa ilustrada. Algo brilló en el cajón y la niña curiosa se acercó. Era uno de los botes de colonia que se utilizaron para el prototipo que aún debían mostrar al cliente. Martina estaba muy emocionada y al coger uno de los botes, este resbaló de sus manos y cayó al suelo, partiéndose en pedazos.

Ana enfureció, alzó las manos para tapar sus ojos mientras hacía esfuerzos para no gritar como un animal herido. Una vez hubo contenido su primera reacción, apartó las manos de la cara y le dirigió a Martina una fría mirada de desaprobación.

—Debes tener más cuidado, esto no son juguetes con los que divertirse una niña de tu edad.

—Ana, por favor, cálmate, ha sido un accidente. —Helena no podía entender esa frialdad que, a veces, mostraba su sobrina. Martina se acercó a ella abrazándola, con lágrimas en los ojos—. No te preocupes, no molestaremos más, ya nos vamos…

Una vez cerraron la puerta del despacho, aún pudieron oír los gritos de reproche de Ana hacia la pobre Carla. A Helena aquella situación la estaba preocupando. Podía aceptar que su sobrina tuviera un día duro de trabajo, conocía bien sus exigencias y profesionalidad, pero aquello había ido demasiado lejos. La vuelta a España no había sido fácil, sin embargo, haber conocido a su amiga Sandra y ascender dentro de la empresa hasta ser la diseñadora jefe habían conseguido llenar parte de ese vacío que tanto la hacía sufrir. Pero no, tal vez las cicatrices seguían sin cerrar y Ana necesitaba algo más que una amiga y un buen trabajo.

Lucas acababa de llegar del aeropuerto y tenía que arreglarse en poco tiempo. Después de ducharse, se vistió con unos pantalones de lino marrones y una camisa beige que resaltaba su tez morena. Cuando ya se estaba despidiendo de Helena y Martina, le sonó el móvil.

—Lucas, soy Alberto. Algo de lo que comí a mediodía no me sentó bien. Estoy con vómitos y como puedes imaginar no me apetece salir de casa, ¿te importaría ir tú solo con las chicas? A ellas les hace mucha ilusión ver este musical y no quiero que se lo pierdan por mi culpa. He reservado mesa para luego, a las diez, en una pizzería que ellas suelen frecuentar.

—Muy bien, Alberto, no te preocupes. Me sabe muy mal que no puedas ir, de verdad. ¿Se lo has dicho ya a Ana? Seguro que a ella le gustaría más ir contigo.

—No, no se lo dije aún y no me dará tiempo. Perdona, creo que tengo que ir rápido al lavabo. Llámame cuando llegues a casa y me cuentas.

—Te daré un toque, pero para saber cómo estás. Si no mejoras, llámame y te llevo al hospital.

—No te preocupes, se me pasará. Tú tranquilo y disfruta del espectáculo.

Antes de salir de casa, Lucas pidió a Helena que llamara a Alberto en una hora para comprobar si mejoraba o necesitaba ayuda médica. No podía evitar sentirse culpable, su hermano estaba enfermo y él iba a pasar unas horas con su novia, a la que tantas ganas tenía de volver a ver.

Ana finalmente pudo salir de la oficina a la hora deseada y tuvo tiempo suficiente de pasar por casa, ducharse y ponerse uno de sus vestidos favoritos, no demasiado elegante ni tampoco desenfadado, era sencillo y se ajustaba perfectamente a su figura. Su melena quedó perfectamente alisada, como a ella le gustaba. A falta de cinco minutos de la hora acordada, ya estaba allí, mirando su reloj y deseando no empezar a perder la paciencia esperando, eso no sería un buen comienzo. Sin embargo, un par de minutos antes de las siete, vio aparecer a Lucas que se aproximaba caminando. Estaba especialmente atractivo, fresco y natural. La camisa de manga corta dejaba entrever los músculos de sus brazos y el tono de la prenda resaltaba su tez morena. Su cabello moreno estaba aún algo húmedo y revuelto, lo que le daba un aire informal que contrastaba con la imagen que Ana recordaba del agente de seguridad del aeropuerto.

"¿Cómo puede ser tan guapo?", suspiró en silencio.

—Ana. —Lucas la miró de arriba abajo con los ojos bien abiertos—. Estás muy guapa. ¿Has podido hablar con Alberto?

—No, ¿ha pasado algo?

—Está enfermo con gastroenteritis y se perderá al musical. Estaba con vómitos cuando me llamó y me advirtió de que tal vez no le daría tiempo suficiente para llamarte. Ya sabes lo mal que se pasa en esos momentos.

—Tranquilo, no te preocupes, ya me dijo hace unas horas que no se encontraba muy bien —mintió Ana, al percibir preocupación en la voz de Lucas. Debía de sentir la necesidad de disculpar a su hermano y esa respuesta lo podía calmar.

—¿Y tu amiga Sandra? ¿No ha venido aún?

En ese preciso instante, sonó el móvil de Ana. Era un mensaje.

—Hablando de Sandra, otra que dice que no podrá venir. Al parecer la novia de su padre lo ha abandonado y ha tenido que ir a consolarlo.

—¿Qué quieres hacer? Me dijo Alberto que os acompañara, que os hacía mucha ilusión ver el musical. ¿Vamos o prefieres dejarlo?

—No, entremos, ya que estamos aquí y las entradas son regaladas... —Ana tenía demasiada curiosidad por saber qué sentiría estando a solas con Lucas.

"Será como el ensayo general de una primera cita", pensó.

Aquella noche el teatro había vendido todas las entradas. Una vez apagaron las luces, Ana y Lucas reían al comentar que los dos únicos asientos libres del anfiteatro estaban al lado de cada uno de ellos.

A medida que avanzaba el espectáculo, se fueron acomodando en sus respectivas butacas, riendo y tarareando las canciones.

—¿Te gusta el grupo Abba? —preguntó Lucas.

—Sí, me encanta. No soy tan fan como Sandra, pero conozco su música y disfruto escuchándola. Sandra se sabe de memoria la letra de todas las canciones.

Lucas no podía dejar de admirar a Ana de reojo. Su pelo brillaba como en otras ocasiones y en sus grandes ojos se reflejaban los focos del espectáculo. Perfiló con la mirada sus brazos, sus manos, sus pechos, su abdomen y sus piernas. Toda ella era perfección y deseo.

"¿Cómo puede estar sucediendo? Hace tan solo unas semanas me resignaba al pensar que no la volvería a ver y ahora la tengo a mi lado".

Ana se sentía especialmente excitable, se estremecía con cada roce casual con los brazos, codos o manos de Lucas. En un par de ocasiones, sus dedos meñiques se acariciaron y ella creyó que sus manos arderían. ¿Por qué aquel hombre la hacía sentir así? Esa pasión que fluía entre ellos estaba aniquilando años de prácticas de autocontrol. Ana se había preparado bien para evitar este tipo de sentimientos, pero durante todos esos años de autoaprendizaje nunca imaginó que un simple roce o una mirada cómplice pudieran desencadenar esa revolución en su interior.

Durante el tiempo de descanso, los dos salieron a la entrada principal. Apartados en una esquina, entre la muchedumbre, comentaron las escenas más divertidas y compartieron opiniones sobre los diferentes actores o personajes de la obra.

—Seguro que tienes algún recuerdo de tu infancia con una canción de Abba sonando de fondo: una coreografía en la escuela, algún anuncio de televisión... —dijo Lucas—. Yo recuerdo a mis padres que no podían evitar bailar al escuchar "Mamma Mia". Mi hermano y yo éramos aún unos niños, pero tengo la imagen viva en mi memoria. Escuchaban el disco del grupo y cuando sonaba esa canción los dos se dejaban llevar. Tal vez no hayan sido los mejores padres, pero me alegra mantener recuerdos agradables de ellos, al fin y al cabo, son mis padres y forman parte de mi vida.

—A mí no me vienen a la memoria momentos de la infancia con la música de Abba de fondo, aunque sí los he escuchado mucho. Pero inmersa en mi mundo, con los auriculares. Fui una adolescente solitaria y esquiva.

—¿Tuviste una infancia difícil? —Lucas percibió tristeza y dolor en su mirada.

—Se puede decir que mi adolescencia arrasó mi infancia como si se tratara de un *tsunami*, sin dejar rastro de ella, pero, por favor, dejemos de hablar de eso. El musical está resultando más divertido de lo que esperaba y me alegra mucho haber venido contigo. —Ana no creyó lo que acababa de decir.

"¿Habrá sonado a declaración de amor? ¿Le digo también que acabemos de hablar de las canciones de Abba en mi casa, después de hacer el amor en el tocador, sobre la mesa del comedor y en el cálido parqué? Mejor será que deje de pensar en ello".

—Yo también me alegro, Ana, aunque me siento mal por mi hermano —Lucas tuvo que mentir—. Siempre podrás volver a venir con él, seguro que no te importará repetir.

—Volvamos a las butacas, van a empezar sin nosotros... —Ana se sorprendió al ver que la entrada estaba casi vacía. Se sentían tan cómodos el uno con el otro que no cayeron en la cuenta de que ya habían acabado los treinta minutos de descanso.

Los dos se adentraron de nuevo en el anfiteatro y disfrutaron del resto de la obra.

La noche era cálida y las calles estaban llenas de turistas, estudiantes celebrando el fin de curso, terrazas repletas de gente, cervezas y risas. Cruzaron un par de avenidas hasta llegar a la pizzería que Ana y Sandra solían frecuentar. Justo cuando entraban por la puerta, Ana estaba explicando a Lucas cómo conoció a su amiga, lo inseparables que habían sido desde entonces y lo divertida que podía llegar a ser, incluso se atrevió a hablarle de los ocurrentes diálogos que mantenía con Alberto. Después de aquello decidió dejar de conversar y tratar de escuchar más a Lucas, sobre todo porque debía evitar hacer comentarios que pudieran delatarla.

Lucas la escuchaba animado y la observaba absorto.

"¡Es preciosa e intrigante! Hay momentos en los que se muestra triste, en otros se vuelve inquebrantable y cuando desaparece su tensión es alegre y divertida. Necesito descifrar ese misterio, sea como sea...".

Mientras cenaban, Lucas explicó anécdotas divertidas sobre Martina. Cómo, con tan solo cinco años, aconsejaba a su padre sobre como vestir a la vez que lo consultaba con sus dos amigos invisibles, una jirafa y un hipopótamo. Le confesó lo mal que se sentía porque su hija adoraba a los animales y no podía permitirse tener un perro en casa. Y reía al recordar las colas de espera que su hija provocaba cada vez que se sentaba sobre el regazo de Papa Noel y le narraba con detalle lo que haría con su perrito si este se lo concediera en Navidad.

—Perdona, Ana, te estoy aburriendo con las historias de mi hija. Es típico de los padres no poder evitar hablar de sus hijos.

—Tranquilo, no tengo hijos pero sé que cuando los tienes todo tu mundo gira alrededor de ellos.

—Sí, esa sería la mejor manera de describirlo. Y tú... ¿Te gusta la idea de ser madre alguna vez? —Lucas se detuvo unos segundos—. Perdona, tal vez he sido demasiado indiscreto, creo que es una pregunta muy personal.

—No te preocupes, a nuestra edad, y todavía sin descendencia, te acabas acostumbrando a dar ese tipo de explicaciones… La verdad es que no he pensado demasiado en ello. Mi mundo, a diferencia del tuyo, gira alrededor de mi trabajo. Mi objetivo es levantar mi propia empresa de diseño gráfico y no entra en mis planes crear una familia.

Sin entender demasiado bien la razón, Lucas sintió como una aguja fina y afilada atravesaba su corazón. Él sabía que lo que sentía por Ana no era únicamente atracción física pero nunca se había planteado la posibilidad de que surgiera algo más, sobre todo después de averiguar que era novia de Alberto. Pero aquellas palabras de Ana hicieron que toda posible esperanza de estar con ella se desvaneciera por completo. Podía soñar con la posibilidad de que su hermano y ella rompieran su relación, pero él ya era un hombre con familia, eso era irremediable y un impedimento en los sueños de ella.

—Y tú, Lucas, ¿has pensado en volver a ser padre?

—Pues, a pesar de lo sacrificado que es, sí, me gustaría mucho tener un hijo. Aunque si tuviera otra niña, tampoco me iba a importar. Pero para eso tiene que aparecer la madre y en mis circunstancias es complicado, las mujeres huyen de mí…

—Eso es porque el destino no te ha hecho tropezar con la mujer que te merezca.

—Bonita frase.

Era evidente que no estaban hechos el uno para el otro, planes de futuro distintos y situaciones familiares distintas.

Una vez acabaron el café y discutieron sobre como pagar la cena, caminaban juntos hacia el edificio donde Ana tenía su apartamento, a pocos metros del restaurante.

—Lucas, lo he pasado muy bien, de verdad. Tenemos que salir a cenar los cuatro, con Alberto y Sandra. Podría ser muy divertido.

—Sí, por supuesto —afirmó Lucas, sintiéndose abatido.

"No sé si va a ser buena idea. Tenerla cerca y no poder tocarla me está matando".

Se despidieron en la puerta del edificio de Ana con un beso en la mejilla y una leve sonrisa.

Mientras Lucas volvía solo a casa pensaba en sus últimas relaciones. Después de la muerte de Mónica, no había salido con la misma mujer más de dos semanas. Sus encuentros se limitaban a un par de cenas y sexo en alguna habitación de hotel. Las conversaciones que mantenía con ellas eran triviales, trabajo, cine, gastronomía y poco más. Nunca hablaba de Martina y menos aún de lo que había sufrido por la muerte de Mónica. Ana se ajustaba a ese tipo de mujeres con las que se relacionaba, independiente, segura de sí misma, ambiciosa y con escaso o nulo instinto maternal, mujeres que solo buscaban sexo en hombres como él, pero aun así, continuaba viendo algo distinto en ella, algo que la hacía diferente y sentía que con ella era capaz de mostrar sus sentimientos. Aunque no podía olvidar que esa mujer ya estaba comprometida con su hermano, algo que aún no lograba comprender, Ana y Alberto no encajaban, él buscaba otras cualidades en una mujer.

Helena decidió llamar de nuevo a Alberto. Este no parecía estar muy enfermo cuando habló con él, pero debía volver a interesarse para contentar a Lucas. Martina, que se negaba a conciliar el sueño, apareció en el salón.

—Helena, ¿vas a llamar a mi tío?

—Sí, Martina, ¿quieres hablar tú con él?

—Sí, sí…

—De acuerdo, pero con una condición: me tienes que prometer que luego irás a la cama y estarás quietecita hasta que el sueño consiga encontrarte, que debe andar por ahí muy despistado…

—Te lo prometo.

Helena marcó el teléfono y se lo entregó a la niña.

—Tío, ¿estás ya mejor? —Martina sonrió al escuchar la voz de Alberto.

—Estoy mucho mejor ¿Por qué sigues despierta?

—Dice Helena que el sueño no me ha encontrado aún.

—Y tu papá, ¿ha llegado ya?

Alberto estaba impaciente por hablar con su hermano. No le iba a explicar lo que había sentido al estar a solas con Ana, pero conocía bien a Lucas y sabía que podría intuirlo con solo oír su voz.

—Todavía no. Tío Alberto, ¿Ana sigue enfadada conmigo? —Aquella pregunta lo sorprendió.

—¿Por qué preguntas eso, Martina?

—Es que esta mañana hemos pasado a verla a un sitio muy bonito donde ella trabaja. Y se me ha caído una cosa al suelo, se ha enfadado mucho conmigo y me ha gritado. ¿Ya no me hablará más?

—Seguro que fue un malentendido. Ana debía estar preocupada por otro problema y ha reaccionado así. Pero seguro que el enfado se le pasó enseguida.

—No sé, tío, porque luego mientras nos íbamos también estaba enfadada con otra chica muy simpática que trabaja con ella. Le chillaba mucho.

—Olvídalo, Martina, no pasa nada, ya verás como la próxima vez que veas a Ana ni se acuerda de esa tontería.

Aquella conversación con su sobrina cambió el rumbo de sus planes. No podía contarle aún la verdad a su hermano sin antes entender mejor qué había provocado en Ana esa actitud agresiva hacia Martina.

"¿Será porque no le gustan los niños?", volvió a cuestionarse.

Y justo antes de que Martina y Alberto cortaran la llamada, Lucas entró por la puerta de casa.

—Tío, papá acaba de llegar. ¡Papá, papá, ven! —Martina le entregó el teléfono a Lucas.

—Alberto, ¿estás mejor?

—Mucho mejor, gracias. Helena me ha llamado ya dos veces para preocuparse por mí y luego darte el parte médico. Pero cuéntame, ¿qué tal lo habéis pasado? ¿Les ha gustado a las chicas el musical?

—Sandra tampoco pudo venir y fuimos Ana y yo. Espero que eso no te moleste. Me he sentido mal, estando yo allí con ella y tú enfermo en casa.

—No te preocupes, Lucas, ya iré a más musicales con Ana. Y dime, ¿os ha gustado? —La voz de Lucas no le estaba agradando a Alberto.

—Mucho. La obra es divertida, alegre y los actores cantan muy bien. La puesta en escena, vestuarios, bailes, escenario… todo ha sido maravilloso. A Ana también le ha gustado mucho. Si puedes, no pierdas la oportunidad de ir y si vas con ella seguro que no le importará repetir.

—¿Y habéis ido a cenar luego a la pizzería?

—Sí, hacen muy buenas pizzas ahí.

—Y ¿qué te parece Ana? —Alberto no aguantaba más, necesitaba saber más sobre los sentimientos de Lucas.

—Pues creo que eres afortunado, es lista, inteligente, divertida, muy dedicada a su trabajo, tal vez demasiado.

—¿Por qué dices eso?

—Me explicó que su mayor deseo es fundar su propia empresa y su trabajo es su máxima prioridad, incluso crear una familia no entra en sus planes. ¿Eso ya lo habéis hablado? Tú siempre me has dicho que no tardarás en tener hijos una vez conozcas a la mujer adecuada.

Alberto empezó a percatarse del porqué percibía en Lucas esos sentimientos de frustración y desencanto. Su hermano había descubierto que la mujer que deseaba no encajaba en su vida. Y ya no sabía como ayudarle, provocar más encuentros con Ana podía acabar siendo un arma peligrosa y no podía permitir que Lucas sufriera otra vez. Tenía que meditar sobre qué y cómo proceder y esta vez tenía que caminar sobre suelo seguro.

Helena acostaba a Martina mientras los dos hermanos hablaban. Tenía ganas de poder compartir con Lucas un té a solas y entender mejor qué había sucedido aquella noche.

"Si Alberto no fue al teatro, entonces Lucas fue solo con Ana y Sandra…", pensó curiosa.

Cuando regresó al salón, Lucas ya se había cambiado de ropa y estaba preparando unas tazas de té en la cocina. Parecía ausente. Helena lo observó durante unos segundos, apoyada en el marco de la puerta. Su expresión alternaba una sonrisa dulce con un gesto de negación, como si debatiera consigo mismo.

—¿Qué tal ha ido la noche? ¿Os gustó el musical?

—El musical es increíble, totalmente recomendable. Sandra tampoco pudo venir y fuimos Ana y yo solos.

—¿Has ido solo con mi sobrina? —Helena se sintió feliz y satisfecha. "Ni que lo hubiese preparado yo misma", pensó—. ¿Y has sobrevivido?

—Creo que sí… —Lucas soltó una carcajada—. No me pareció peligrosa.

—Mi sobrina es de armas tomar. Es buena chica y, como puedes imaginar, para mí es como una hija y la quiero mucho. Pero eso no impide que conozca sus defectos y tiene unos cuantos.

—Pues a mí me ha parecido encantadora. Es agradable, inteligente y segura de sí misma. Aunque cuando hablamos sobre nuestra infancia se mostró distinta, insegura y afligida. Me explicó que su adolescencia había sido complicada, pero no quiso hablar más de su pasado. —Bebió un sorbo de su té caliente y permaneció durante un instante absorto, perdiendo la mirada en el fondo de la taza.

—Mi sobrina ha pasado una época complicada y su carácter obstinado no ha ayudado demasiado. Ni siquiera yo entiendo exactamente qué fue lo que provocó aquella actitud de enfado y Ana hace tiempo tomó la determinación de no hablar de su infancia.

—Es una verdadera pena, no se puede huir del pasado por muy doloroso que nos resulte recordarlo. Yo creo que las vivencias de nuestra infancia nos forman como persona. Tarde o temprano Ana se dará cuenta de que no puede seguir huyendo de ella misma.

—Eso espero Lucas, porque su conducta es cada vez más agresiva y voluble. Empiezo a preocuparme por ella.

Capítulo 8
¿ME SIGUES TÚ A MÍ?

El timbre del teléfono retumbaba en su cabeza. Ana apenas había podido dormir. Una vez se despidió de Lucas, la soledad se apoderó de ella y ese torbellino de sensaciones volvía de nuevo a torturarla. Nunca antes un hombre le había hecho sentir así. Era indiscutible que existía una fuerte atracción física y un deseo que no era capaz de reprimir. Durante horas no dejó de reproducir en su mente la sonrisa seductora de Lucas, con esos labios que ansiaba besar, sus ojos verdes cautivadores y su pelo moreno y alborotado. Recordó cómo en varias ocasiones dejó de respirar mientras él clavaba sus pupilas en las de ella, totalmente hipnotizada por su intensa mirada. Pero Ana no creía merecer esos sentimientos y debía hacerlos desaparecer, debía huir de ellos, una vez más... Sabía que la ternura que Lucas podía buscar en una mujer nunca la encontraría en ella. Jamás podría llegar a darle lo que él necesitaba.

—¿Quién es? —Ana apenas era capaz de susurrar.

—Ana, soy Helena. ¿Estás bien?

—Sí, tía, sí. Es que acabo de despertarme y me duele la cabeza.

—¿Te acostaste tarde anoche?

—No, pero no he dormido bien. Dime, Helena, ¿por qué llamabas?

—He estado pensando que como hace ya mucho calor podríamos organizar una barbacoa en mi casa este domingo. Coméntaselo a Alberto y a Sandra. Yo ya se lo dije anoche a Lucas. Podríamos refrescarnos en la piscina. Todavía no llevé a casa a Martina, le hará mucha ilusión. ¿Qué te parece la idea? —Helena disfrutaba con este tipo de reuniones familiares.

—Me parece una idea estupenda.

—Pues no te noto muy animada.

—Tranquila, tía, mañana sí lo estaré. Yo me encargo de las bebidas. ¿Podrás comprar tú la carne?

Una vez acabó de hablar con su tía, Ana se preparaba un café y unas tostadas para desayunar cuando llamaron por el interfono del portal.

—¿Me abres o me dejas aquí, esperando que alguna alma caritativa que pase por la calle me invite a un café? —Sandra, tan divertida como siempre.

—Sube y deja de ver tantas películas.

Sandra vestía una camiseta de algodón blanca y un pantalón corto. Le gustaba correr por las mañanas y, muchas veces, una vez hechos los cuatro o cinco kilómetros de rigor, se acercaba a desayunar con Ana antes de volver a su casa. Mientras Ana calentaba el pan y exprimía unas naranjas, Sandra estiró algunos músculos.

—¿Qué tal fue ayer en el musical? ¿Fuiste con los dos hermanos?

—No, al final Alberto tampoco pudo ir y me dejó a solas con Lucas. —Ana sintió una terrible necesidad de confesarse con su amiga—. Sandra, tengo algo que explicarte, si no lo cuento estallaré en pedazos. ¿Recuerdas que os dije a ti y a Alberto que le había dado un bofetón en el bar de los chupitos a un hombre muy guapo con el que ya había tenido algún encuentro?

—Algo recuerdo. Te habías enterado de que estaba casado, ¿verdad? —disimuló Sandra.

—Ese mismo. Pues no estaba casado, es viudo y es el hermano de Alberto, Lucas. Es agente de seguridad en el aeropuerto y el día que viajaba con Helena por última vez a Madrid me cacheó en el control. Se acercó mucho a mí y bueno, tengo que confesar que me sentí muy atraída por él. La noche que lo vi en el bar de los chupitos entendí que estaba casado y, en fin, como os expliqué, lo castigué por la vergüenza que me hizo pasar en el aeropuerto.

—¡Ostras! ¡Qué pequeño es el mundo! —exclamó Sandra.

—Pues sí. Imagina la escena cuando nos encontramos en casa de Alberto.

—¿Qué dijo al verte?

—Pues se comportó como un caballero. La verdad es que cada vez que lo conozco mejor, más me sorprendo. No solo es increíblemente atractivo, además es educado, encantador, cariñoso… Creo que nunca había pasado una tarde tan agradable con un hombre.

—Entonces, si eso que me cuentas es así, ¿por qué estás tan triste? Yo diría que has encontrado al chico ideal y, sin embargo, parece que te acaba de abandonar el amor de tu vida.

—Sandra, ya hemos hablado antes de esto, sabes que me quiero volver a Nueva York. No puedo estar mucho tiempo en esta ciudad y el conocer a Lucas todavía me confirma más la necesidad de salir de aquí. Creo que me estoy volviendo loca, pierdo la paciencia y no me soporto ni yo misma. Y luego está su hija. Tiene una niña de cinco años y no entiendo el porqué, pero cuando la veo me provoca una extraña sensación de amargura que no puedo controlar. Ya sé que solamente es una niña, pero hay algo en ella, algo que me aterra, y no sé qué es.

—Ana, tienes que intentar calmarte. Debes controlar tus emociones y dejar de esquivarlas. Si ese chico te gusta, déjate llevar, siéntelo sin miedo.

—Sandra, no creo que pueda. Además, Lucas merece a alguien mejor que yo, una mujer que le dé hijos y sabes que esa vida no es la que yo quiero vivir. —Ana observó absorta la tostada que era incapaz de comer. Hacía días que había perdido el apetito.

—Creo que exageras. Replantéate la posibilidad de dejar de huir y afrontar los problemas.

—La decisión está tomada —replicó Ana con rotundidad—. En cuanto tenga la oportunidad me volveré a Nueva York. Me ahogo en esta ciudad, no puedo continuar aquí.

Sandra ya sabía que esa era la última palabra de su amiga. Cada vez que la conversación se inclinaba hacia sus problemas con su pasado y sus emociones, Ana rehuía y zanjaba el tema.

—Cambiemos de tercio, Sandra, que tú también tienes algo que explicarme.

—¿Yo...?

—¿Qué hay entre Alberto y tú?

—¿Alberto? ¿Hablas de Alberto, el abogado rubiales? ¿Tu novio postizo? —preguntó, haciéndose la indiferente.

—Sí, Sandra, sí, no juegues conmigo que te conozco.

—Ya te dije que era un chico muy extraño —dijo Sandra, rehuyendo de la mirada de su amiga.

—Sí, pero no solo no parece homosexual por la forma como te mira, o mejor dicho como te devora, sino que además es un encanto de persona y guapo, no nos olvidemos.

—No sé qué decirte...

—La verdad, Sandra, dime la verdad ¿Qué pasa por esa cabecita?

—Bien, lo haré, te diré la verdad. Sí, admito que es guapo, mucho, por cierto, y sí, parece una buena persona... —Sandra ya no pudo seguir resistiéndose— ... y no puedo evitar acelerarme cuando estoy cerca de él, me saca de quicio... me busca, está buscando donde otros nunca lo hicieron y está llegando, Ana, se está colando dentro de mí y yo cada vez estoy más impregnada de él... Cuando lo veo en el bufete, tan serio, tan trabajador, parece otra persona, pero cuando se me acerca, cuando me habla, cuando me mira... Ana, pierdo el control... —Su voz se fue apagando—. Tengo mucho miedo, mucho... ¿Qué puedo hacer? No quiero sufrir más decepciones.

—Lo sabía, lo sabía... —Ana empezó a reír a carcajadas.

—Tú ríete. Hace un momento hablabas de sentimientos que no te puedes permitir y ¿crees que yo sí?

—Por supuesto que sí, tú sí. Sandra, sigue tu propio consejo y déjate llevar.

—No sé. Tengo que meditarlo bien. Estoy cansada de que me manipulen y de que los hombres persigan solo una cosa de mí.

—No creo que Alberto sea de esos, pero piénsalo bien, que mañana vas a comer con él. Helena nos ha invitado a una barbacoa en su casa. Llévate tu mejor biquini, a ver si tú también sacas de quicio al rubiales.

—Ana, Ana... —Sandra sonrió orgullosa de su amiga—. Estar a mi lado no te está haciendo nada bien. Como dice mi abuela: todo lo malo se pega.

Las dos amigas continuaron su desayuno entre risas y más confidencias. Para Ana, Sandra era la mejor vía de escape. Siempre estaba allí en los momentos malos y ella sí sabía cómo hacerla reír. Después de que Sandra se despidiera de Ana, esta tomó su móvil para llamar a Alberto.

—Mi tía nos ha invitado a una barbacoa mañana en su casa. Tiene piscina así que llévate bañador que nos daremos un chapuzón. También vendrá tu hermano y tu sobrina. He pensado pasar a recogerte a las doce para llegar juntos, ya sabes, mi tía tiene que vernos unidos.

—Muy bien, Ana, estaré preparado a esa hora. Acabo de salir del supermercado de comprar unas olivas y jamón recién cortado, lo llevaré para comerlo mientras cocinamos la carne.

—Buena idea.

—Ana. —Alberto dudó durante unos segundos—. ¿Sandra irá?

—Sí, justo ahora acaba de salir de mi casa. Ella va a preparar un...

—¿Acaba de salir justo ahora? Sandra vive a dos manzanas de tu casa, ¿verdad? ¿Al final de la calle?

—Sí, ¿por...? —Ana no entendió la reacción de Alberto.

—Te tengo que dejar, hasta mañana.

Alberto, que acababa de salir de un supermercado cercano al apartamento de Ana, corrió manzana abajo para llegar hasta la calle donde podía toparse con Sandra.

"Si me doy prisa, la encontraré de frente y parecerá casual", pensó.

Y efectivamente, así fue, apenas un par de minutos después de hablar con Ana, se chocaba, aparentemente de forma accidental, con una Sandra sorprendida. Alberto nunca la había visto con ropa deportiva. En el bufete siempre lucía blusas, faldas o pantalones de pinzas, acorde con el atuendo de los abogados. Pero verla con aquella simple camiseta de algodón y pantalón corto que dejaban ver sus delgadas pero musculosas piernas era algo para lo que Alberto no estaba preparado. Aquella ropa tan ceñida que marcaba sus curvas y dejaba ver la forma redondeada de sus senos le permitió imaginarla desnuda y tuvo que respirar profundamente para contenerse. Aquella mujer lo excitaba demasiado.

—Pelirroja, ¡qué casualidad!

—Rubiales, ¿de compras?

—Sí y justo ahora acaba de llamarme Ana. Tenemos barbacoa mañana en casa de Helena ¿Irás tú también?

—Por supuesto. —Sandra le dirigió esa expresión chulesca que tanto divertía a Alberto.

—¡Cómo no! Tú eres imprescindible… —Él le devolvió una de sus sonrisas maliciosas—. ¿Estabas haciendo ejercicio?

—Salí a correr hace rato, pero paré en casa de Ana y desayunamos juntas.

—¿Te ha explicado cómo se lo pasó ayer con Lucas?

—Realmente a Ana le gusta tu hermano, pero, Alberto, esa relación no tiene futuro. Ana sigue con su empeño de volver a Nueva York y no parece que podamos hacer nada para impedirlo.

—Lo sé —respondió algo abatido—, no va a ser nada fácil.

Alberto, apoyado en el capó de un coche, admiró el rostro fresco y limpio de Sandra. No llevaba pintura en sus ojos, ni maquillaje en la piel y había recogido su melena pelirroja con una trenza, dejando caer algunos mechones sobre sus mejillas. Hasta ese momento no se había percatado de las chispas verdes que brillaban en el iris marrón de sus ojos, ni de las pecas que adornaban sus pequeñas orejas, ni de la ondulación de sus pestañas. Toda ella era un nuevo mundo por explorar y cada vez se sentía más ansioso por adentrarse en esa aventura que supondría tenerla solo para él, en todos los sentidos.

Durante unos segundos, se miraron fijamente y en silencio, hasta que Alberto dio un brinco y cogió sus bolsas.

—Vamos, te acompaño hasta tu puerta. Vives por aquí cerca, ¿verdad?

—En esta misma calle, dos manzanas más abajo.

—¿Vais a salir esta noche Ana y tú?

—No, Ana quería adelantar trabajo y yo prepararé un bizcocho para mañana y pasaré a ver a mi padre. Tal vez cene con él. ¿Y tú, tienes planes?

—Pues, no adivinarías quién me ha invitado esta noche a una fiesta que organiza en su casa.

—Suéltalo, lo estás deseando.

—Elvira, la secretaria de Sánchez. Yo estoy convencido de que fue ella la que perdió el sujetador en el despacho de su jefe. Puedo aprovechar esta noche para comprobar si el tamaño de su busto encaja con aquella prenda. —Su expresión picarona estaba empezando a enojar a Sandra.

—Creía recordar que eras hombre de una sola mujer —masculló ella sin mirarle.

—Y lo soy, pero es que… Bueno, no veo que mi relación con esa mujer pueda funcionar.

—Aquí es donde vivo. —Sandra lo interrumpió tajante. No le apetecía continuar con aquella conversación.

—Muy bien, pues pásalo genial, pelirroja. Nos vemos mañana.

—Disfruta tomando medidas, rubiales.

Al despedirse, Alberto le dedicó una sonrisa traviesa y seductora que dejó a Sandra totalmente hechizada. La forma de esos labios tan apetecibles y el movimiento de su ceja derecha al reír la volvían loca. Nunca antes le habían parecido tan largos los cuarenta escalones hasta llegar a su apartamento. Durante los veinte primeros, solamente podía rememorar esa sonrisa tan sensual y en los veinte siguientes esa última frase que la torturaba "no veo que mi relación con esa mujer pueda funcionar".

"¿Se referiría a mí? ¿Todavía cree que soy lesbiana? Puede que no sea yo, que todo sea imaginación mía... pero hay momentos en los que estoy segura de que intenta seducirme".

Cada vez que se encontraban, Sandra acababa haciéndose las mismas preguntas. Hasta entonces nadie había conseguido crearle tanta incertidumbre y expectación. No solo se trataba de un hombre atractivo con el que podría vivir alguna que otra noche de sexo apasionado, el interés que le suscitaba iba más allá.

Tal y como estaba pronosticado, la mañana del domingo fue muy calurosa. Ana había elegido para la ocasión una minifalda estampada y una camiseta de tirantes que dejaba ver la parte superior de su biquini. Esperaba en el asiento de su coche, frente al portal de Alberto, que ya empezaba a retrasarse. Pasados cinco minutos de la hora prevista, apareció con un par de bolsas en la mano y una mochila colgada de su espalda.

—Llegas tarde. —Ana no pudo ocultar su enojo.

—Buenos días. ¿No te despertaste de buen humor? Me retrasé tan solo cinco minutos.

—No soporto los retrasos.

—Está bien, perdona. No te enfades.

Durante el trayecto hasta casa de Helena, Ana se mostró seria y molesta. A Alberto aquella situación le estaba resultando muy cómica.

"¡Menudo carácter tiene esta chica!", se dijo con una media sonrisa.

Aparcaron frente a la entrada principal. Alberto se sorprendió al ver la casa. Era muy amplia, de una sola planta y rodeada de jardines muy bien cuidados.

"No tiene la pinta de ser la casa de una canguro", pensó.

Helena estaba ligando una salsa para acompañar la carne y ya había dejado todos los utensilios y bandejas de comida en una mesita cerca de la barbacoa. Después de saludar a su sobrina, acompañó a Alberto hasta donde debía preparar las brasas para asar la carne.

—¿Qué le pasa a Ana? Parece disgustada.

—Se enfadó conmigo porque llegué cinco minutos tarde.

—¡Uhhh...! Cuidado, Ana es inflexible con la puntualidad.

—Ya veo, ya... —Alberto le guiñó un ojo a Helena—. Ya se le pasará.

—Dejé unas cervezas en un cubo con agua fría y hielo cerca de la barbacoa. Sírvete tú mismo.

—Muchas gracias, Helena, no falta el más mínimo detalle. Tienes una casa magnífica y el patio con los jardines y la piscina son una maravilla. Es el sitio ideal para pasar un día de calor como hoy con amigos o familia.

—Sí, a mí me gusta mucho este tipo de reuniones. —Helena se acercó discretamente a Alberto para que su sobrina no la escuchara—. Ana no quiere que hable del pasado, pero con mi hermana y nuestros respectivos maridos hemos pasado muchos momentos buenos aquí. Ana ha jugado mucho sobre este césped cuando era pequeña, es una pena que se empeñe en olvidarlo.

—¿Tan doloroso resulta para ella su pasado?

—Nunca llegó a superar la pérdida de sus padres.

—Entiendo, debió ser duro para Ana.

En ese preciso instante, Sandra los interrumpió. Estaba especialmente radiante, llevaba un vestido verde corto muy ceñido que resaltaba el color de sus ojos y el brillo de su melena grana. Saludó luciendo una gran sonrisa.

—Hola, Helena. Hola, abogado —se dirigió a Alberto, casi sin mirarlo.

Alberto no fue capaz ni de responder. Se había quedado sin habla y tuvo que hacer grandes esfuerzos para evitar examinarla con la mirada.

"Se ha tenido que vestir así hoy, ¿querrá castigarme?".

Aquel iba a ser un día realmente difícil, tenía que estar cerca de ella y disimular su atracción. Decidió concentrarse en preparar las brasas mientras intentaba refrescar su garganta y alguna parte más de su cuerpo con una cerveza.

Lucas llamó al timbre de la puerta exterior observando atónito el jardín y la casa. Helena ya le había explicado que su situación financiera era cómoda y vivía en una zona residencial adinerada, pero no la había ubicado aún en aquel entorno. Siempre tan servicial, trabajadora, amable y tremendamente cariñosa, sobre todo con Martina, no parecía encajar en ese ambiente acaudalado. Cuando atravesaron el jardín y accedieron a la parte trasera, cerca de la piscina, Martina creyó estar viendo un oasis en medio del desierto.

—Papá, mira. ¡Qué bonito! ¡Qué piscina tan grande! ¿Me puedo bañar ya? Por favor, por favor…

—Espera, Martina, primero saludamos y luego te pongo el bañador.

Helena se acercó a la niña, dedicándole como siempre la mejor de sus sonrisas.

—Martina, cariño, tenía muchas ganas de enseñarte la piscina —le dijo, mientras la abrazaba—. Lucas, me tienes que dejar que la traiga más a menudo ahora que empezó las vacaciones y ya no va a la escuela.

—Ningún problema, además, ya pronto empiezo a trabajar más horas y los fines de semana, o sea que ahora tendréis que pasar más tiempo juntas y, con el calor que hace, aquí os podréis refrescar bien.

Una vez Lucas y Martina saludaron a Ana, esta presentó a Sandra.

—Encantada, Lucas, he oído hablar mucho y muy bien de ti —dijo su amiga sonriente.

—Tengo que decir lo mismo de ti, Sandra. —A Lucas le pareció, desde el primer instante, una persona encantadora y divertida, tal y como Alberto y Ana la habían descrito.

—Y esta niña tan guapa es Martina, ¿verdad? —Sandra tenía un don especial con los niños y disfrutaba hablando y jugando con ellos—. ¿Cuando esté todo preparado jugamos juntas a adivinar canciones bajo el agua? Me encanta ese juego.

—Sí, sí, me lo tienes que enseñar… —Martina sonrió feliz al comprobar que acababa de hacer una nueva amiga.

Después de cambiar a Martina, Lucas se acercó a Alberto que seguía absorto en la preparación del fuego y apartado de las tentaciones.

Helena y Martina fueron las primeras en darse un chapuzón. Mientras tanto, Ana y Sandra preparaban una ensalada y algo de aperitivo. Desde la cocina y a través de una ventana situada sobre la pica, se podía ver la zona de la barbacoa y la piscina. Ana limpiaba unas hojas de lechuga mientras observaba la escena. Lucas llevaba un bañador tipo pantalón estampado con tonos azules y una camiseta blanca que le marcaba los músculos del torso. Su pelo seguía alborotado y en su rostro asomaba una sutil barba de dos días. No era la imagen del apuesto e impecable agente de seguridad, mostraba un aspecto más desenfadado, juvenil y encantador que todavía lo hacían, si cabe, más atractivo. Sandra se acercó a su amiga para poder contemplar a los chicos.

—Tenías razón, Ana, Lucas es muy guapo. Es normal que te sientas atraída por él, además parece un encanto de persona. No comprendo por qué prefieres dejarle escapar.

Ana bajó la mirada para centrarse en la preparación de la ensalada y despistar su atención hacia otra imagen menos seductora. Una vez cortó tomates, zanahorias y pimientos los colocó sobre la bandeja, junto a la lechuga, y mientras cortaba algo de queso, su amiga empezó a aderezar la ensalada. Cuando Sandra levantó la mirada curiosa hacia la ventana, sintió cómo se encendía su rostro y su corazón se aceleraba. Alberto se estaba quitando la camiseta y se preparaba para entrar en la piscina a jugar con su sobrina. Aunque estaba delgado, su complexión era fuerte, su piel estaba levemente bronceada, en su pecho se apreciaba algo de vello rubio y el bañador le caía por debajo de la cintura.

"¡Madre mía, si parece una escultura de Miguel Ángel!", pensó Sandra, notando las palpitaciones que Alberto le provocaba.

¿Qué era lo que le atraía tanto de aquel hombre? Ya había conocido otros chicos atractivos como Alberto, pero ¿por qué con él se desquiciaba de esa forma? A su mente acudió el momento en que se conocieron, unos cinco meses atrás, cuando fue presentado en el bufete como una joven promesa. Le resultó guapo pero no se sintió interesada por él. Parecía un letrado más, uno de esos con buena fachada pero vacíos en su interior, capaces de hablar mucho y no decir nada. Sin embargo, con el paso del tiempo, Alberto fue demostrando ser un buen abogado y mucho más trabajador y dedicado que sus compañeros. Se mostraba serio y reservado, centrado en sus tareas, sin apenas conversar con nadie. Sandra sabía que varias compañeras de administración se le habían insinuado, pero él sabía cómo esquivarlas. Y mientras sus colegas perdían el interés por él, para ella el nuevo abogado resultaba cada vez más intrigante. Proponerle ser el novio postizo de Ana y conocer más a la persona escondida detrás de aquella fachada de abogado formal propició que esa intriga se convirtiera en algo más, algo que empezaba a atemorizarla.

—Sandra, dame esa bandeja. —Ana se fue hacia el cubo de basura y cuando estaba a punto de arrojar la ensalada, Sandra levantó las manos espantada.

—Pero ¿qué haces, loca? No la tires.

—Sandra, has llegado a derramar sobre la ensalada medio litro de vinagre. ¿Quién crees que será capaz de comerse esto? —Ana se reía de su amiga.

—Ana, Ana… no sé qué me pasa.

—Sí que lo sabes, te gusta mucho, ¿verdad?

—Creo que sí… Bueno, sí, mucho.

—¿Y por qué no haces algo? Nunca te había visto tan indecisa con un hombre, tú que siempre te has lanzado al sentir la más mínima atracción.

—Metí la pata con él, Ana. Verás, hace unos días hablábamos por teléfono y bromeando le di a entender que era lesbiana. Pensé que se lo tomaría a guasa, pero me parece que aún se lo cree. Además, anoche quedó con una secretaria del bufete, una que se le ha insinuado más de una vez. Puede que me haya equivocado y se trate de uno de esos que se van con la primera que se baje las bragas.

Ana arrancó a reír a carcajadas mientras su amiga la miraba estupefacta.

—Ana, no tiene gracia…

—Sandra, primero: él ya sabe que no eres lesbiana.

—¿Y tú cómo estás tan segura de eso?

—Porque me lo preguntó y yo se lo negué. Y segundo: anoche estuvo cenando en casa de Lucas. Lo sé porque me lo ha dicho viniendo de camino en el coche.

—¡Será imbécil, el muy cretino! ¿Pero a qué está jugando?

—¡A qué estáis jugando los dos, Sandra! ¿No fuiste tú quién le insinuó que eras lesbiana?

—Sí, pero… no sé qué quiere lograr él con este juego.

—Lo que ha conseguido, llamar tu atención.

—Me las pagará, este rubiales no sabe con quién se enfrenta.

—Uhhh… yo mejor me aparto, no quiero que me salpique sangre.

—Tú déjame a mí y sobre todo no te vayas a molestar por lo que va a pasar durante el resto del día.

—Me das miedo.

Sandra salió decidida de la cocina con una nueva bandeja de ensalada y algunos vasos. Una vez los colocó sobre la mesa se acercó a la zona de la barbacoa, donde Lucas cuidaba de la carne.

—¿No te vas a bañar, Lucas? —preguntó ella, mientras colocaba una mano sobre su hombro.

—Lo dejaré para después de comer, ¿y tú?

—Creo que me quedaré aquí, ayudándote. —Sandra se percató de que aquella escena no estaba siendo indiferente para Alberto y aprovechando que él los estaba observando desde la piscina, se agarró el vestido por la falda y comenzó a levantarlo poco a poco, con movimientos suaves y sugerentes, hasta sacarlo por la cabeza y quedarse en biquini—. Hace mucho calor, ¿verdad?

Alberto creyó fallecer ante esa visión y pensó en la suerte que había tenido de estar dentro de la piscina en ese instante. Su cuerpo se estaba pronunciando y el frío del agua era lo único que podía contener el deseo que aquella pelirroja despertaba en él.

"Pero ¿por qué me hace esto? Me está volviendo loco".

Lucas estaba ocupado con las pinzas y las brasas y era totalmente ajeno a los movimientos sensuales que Sandra se esforzaba en exagerar cuando se dirigía a él. Pero su hermano sí estaba captando cada uno de esos gestos y los intentaba descifrar.

"¿Está insinuándose a Lucas?", se preguntaba Alberto.

Por otro lado, Lucas disfrutaba de la conversación divertida de Sandra. Le contaba anécdotas de su época de estudiante y algunos chismorreos del bufete. Su forma jovial y desenfadada de hablar la hacían irresistible. Sandra conocía bien su capacidad para encandilar a los hombres. Y parecía que había conseguido no solo llamar la atención de Alberto, que los observaba de lejos, sino que además tenía a Lucas ensimismado con su charla. Hasta que, claro está, Ana se acercó y Lucas desvió totalmente su atención.

Había pensado mucho en la tarde que pasaron juntos el viernes y en los sentimientos que Ana despertaba en él y, cómo no, en los dos impedimentos que los separaban: su hermano y las prioridades de ella. Por tanto, ya había tomado una determinación: se limitaría a observarla, disfrutar de su belleza y olvidarse de aspirar a nada más. Cuando la encontró en el bar del amigo de Alberto pensó que el destino los unía y que aquella podía ser la mujer de su vida, pero estaba claro que fue un error y que lo mejor era resignarse. Así que allí estaba él, admirando en silencio a la que creía la mujer más fascinante que había conocido, observándola desde la sombra y recordando la cercanía de sus labios cuando la cacheaba.

Mientras Lucas sacaba de la parrilla la carne y la colocaba en las bandejas, Ana repartía los cubiertos y acercaba las sillas alrededor de la mesa. Cuando sus miradas coincidían ambos intentaban despistar la atención y disimular las sensaciones provocadas por esos encuentros visuales. Lucas incluso llegó a notar como su hermano los observaba desde la piscina, aparentemente algo irritado. Fue entonces cuando decidió ignorar a Ana y centrarse en la agradable compañía de Sandra.

Pocos minutos después, todos se acercaban a la mesa, entre risas y bromas. Sandra se sentó junto a Lucas, que ya estaba ayudando a su hija a comer. Helena se situó frente a él y en el otro extremo Alberto y Ana. Lucas se sintió aliviado al comprobar que desde esa posición y con un poco de esfuerzo por su parte, no cruzaría la mirada con la de Ana durante unas horas.

Sandra se mostró especialmente atenta con Lucas, lo que estaba sacando de quicio a Alberto, y la niña también estaba maravillada con la amiga de Ana.

—Martina, a ver si adivino cuál es tu princesa Disney favorita. Seguro que es… Cenicienta.

—No, no has acertado. —La pequeña rió divertida—. Pero es mi segunda favorita.

—No me lo digas. Entonces es… Blancanieves.

—Sí… es la más guapa de todas. ¿Y cuál es tu favorita, Sandra?

—A mí me gusta mucho la Bella Durmiente. ¡Poder dormir tantas horas seguidas! Me da mucha envidia. —Todos rieron por el comentario de Sandra, bueno, todos menos Alberto que cada vez se mostraba más desconcertado.

—La favorita de papá es Cenicienta y la de tío Alberto es Ariel, la Sirenita. Ana, ¿cuál es tu favorita? —A Ana le invadió de nuevo la incomodidad y la tensión, seguía sin comprender por qué Martina la alteraba tanto.

—Pues, no sé, no las recuerdo bien.

—A Ana de pequeña le gustaban más las películas de acción que las de princesitas. Ella quería ser de mayor como Indiana Jones y viajar por el mundo en busca de tesoros escondidos. —Helena había percibido el apuro que sentía su sobrina y decidió intervenir para ayudarla.

—A papá también le gusta mucho Indiana Jones —añadió Martina—. Hemos visto muchas veces las películas aunque en algunas escenas me tapa los ojos para que no me asuste con las serpientes y los esqueletos.

—Reconozco que no debería compartir esas películas con una niña de cinco años, pero las he visto tantas veces que ya sé en qué momentos tengo que taparle los ojos —explicó Lucas, mostrándose algo avergonzado.

—Papá, que ya casi tengo seis años.

—Es verdad. Y, aprovechando que lo mencionas, el próximo sábado es el cumpleaños de Martina y os queríamos invitar a todos a comer en casa.

—Sí, sí… —Aplaudió la niña.

—Yo no me lo perdería por nada del mundo. —Sandra se levantó para darle un beso a Martina en la frente—. ¿Qué te parece si ahora nos vamos a la piscina y jugamos a adivinar canciones?

—Yo me uniré en unos minutos, dejadme alguna canción —dijo Lucas sonriente, mientras observaba como se zambullían en la piscina.

—No sabía que Sandra tenía tanta mano con los niños —dijo Helena, sorprendida por el cariño que la amiga de su sobrina mostraba hacia Martina.

—Sandra es así con los niños —explicó Ana—. Su padre se ha casado cuatro veces y tiene ya varios hermanos pequeños. Y aunque ya no vive con ellos, los va a recoger a la escuela siempre que puede y los lleva al parque. Si ya la veis, ella es como una niña más… —Ana admiraba esa facilidad que su amiga tenía para tratar a los pequeños. Con una sonrisa divertida en los labios y dirigiendo la mirada hacia Alberto añadió—. Se le dan mejor los niños que los adultos, especialmente los hombres, pero estoy segura de que pronto encontrará al padre de los cinco hijos que quiere tener.

—¡Cinco hijos! Sí que tiene energía tu amiga —Lucas rió animado.

Después de limpiar la barbacoa, Lucas se unió al juego de Sandra y su hija. Los tres se sumergían en el agua y chapurreaban canciones que debían adivinar. Helena observaba la escena divertida, mientras Ana y Alberto recogían la mesa y preparaban los cafés.

—Vaya con la pelirroja, es toda una caja de sorpresas.

—Es un encanto… Alberto, quería agradecerte lo que estás haciendo por mí. De verdad, está siendo muy agradable estar contigo, conocer a Lucas y a tu sobrina. Me siento mal por mentir a mi tía y espero que todo esto acabe pronto, pero quisiera que eso no impidiera que siguiéramos siendo amigos.

—No te preocupes, Ana, simularemos nuestra mutua ruptura y quedaremos como buenos colegas. —Alberto se acercó a Ana, le dio un dulce abrazo y un beso en la mejilla.

En ese instante, Lucas y Sandra miraban la escena desde la piscina. A Sandra le conmovió la forma como a Lucas se le encogió el corazón, su expresión lo decía todo. Aquella situación no podía continuar así mucho tiempo, ese chico estaba sufriendo demasiado. Decidió que hablaría seriamente con Alberto sobre su hermano.

Una vez tomaron el café y merendaron el bizcocho de zanahorias que Sandra cocinó el día anterior, recogieron entre todos y se despidieron, quedando en volver a verse el sábado para celebrar el cumpleaños de Martina.

Las horas pasaron lentas aquella noche para Alberto. Intentó analizar la situación: Sandra se había insinuado a Lucas y su hermano parecía impresionado con ella. La relación entre Martina y Sandra había sido perfecta, ella adora a los niños y enseguida supo ganarse el cariño de su sobrina. Mientras los observaba en la piscina jugando con la niña, sonrientes, cariñosos y cómplices, Alberto creyó perderla, perdió a su pelirroja antes de conseguirla. Era evidente que Sandra encajaba mejor en la vida de Lucas que Ana y él no debía ser un obstáculo para que esa relación funcionara. Y después de horas de insomnio decidió que tenía que evitar en lo posible a Sandra, apartarla de sus pensamientos y olvidarla.

A primera hora de la mañana Alberto mantuvo una reunión con su jefe e hizo todo lo posible para que este aceptara una serie de visitas a clientes fuera de la ciudad. Por suerte, tenían varios casos abiertos con empresas que se encontraban en otras provincias y consiguió ocupar su agenda dos días, durante los cuales no aparecería por el bufete. Las horas al volante y las visitas a las empresas de sus clientes lo ayudarían a espantar de su mente aquellos pensamientos que lo entristecían.

A Sandra le extrañó la reacción de Alberto. Desde que le ofreciera ser el novio postizo de Ana, Alberto y ella tomaban casi todos los días algún café juntos. Él bromeaba con ella pero siempre se mostraba atento. Sandra sabía bien que él estaba jugando, al igual que ella lo hacía con él, pero siempre había sido educado y respetuoso. Sin embargo, aquella mañana, antes de salir de la oficina, casi ni la había mirado y no se acercó a darle los buenos días. Sandra empezó a sentirse arrepentida, tal vez no debió comportarse de aquella manera en casa de Helena. No sabía qué pensar, como siempre, todos los sentimientos que Alberto le provocaba la confundían desmesuradamente.

Por fin, el miércoles por la mañana Alberto asomó por la puerta del bufete. Volvía a estar esquivo con Sandra, que notó como a pesar de darle los buenos días, lo había hecho casi sin mirarla a los ojos y cabizbajo. A través de la puerta de su despacho Alberto podía ver a Sandra de espaldas y no dejaba de pensar en lo sucedido el domingo. Debía continuar evitándola y olvidarla. Decidió cerrar la puerta del despacho y así permaneció todo el miércoles sin ni siquiera salir para almorzar.

El jueves, después de otro fugaz buenos días con ella, se encerró de nuevo, dispuesto a evitar cualquier tentación. Pero aquella mañana fue Sandra quien irrumpió en su despacho, cerrando la puerta tras de sí. Ya no soportaba más que la evitara y decidió que no quería que aquel hombre saliera de su vida sin ni siquiera haber entrado en ella. Y eso era lo que más anhelaba, compartir con él algo más íntimo, ir más allá, dejarse llevar, tal y como Ana le había aconsejado.

—¿Qué te pasa conmigo? ¿Ya no me das la lata con tomar un café juntos o hablar de nuestra ropa interior? ¿Qué te ha picado?

—Nada, Sandra, solo que tengo mucho trabajo —respondió él, sin levantar la mirada.

—Ya, ¿crees que soy tonta? Y dime, ¿desde cuándo soy Sandra? ¿Ya no soy la pelirroja?

Ante la insistencia de Sandra y después de inspirar profundamente, Alberto la miró a los ojos. Estaba molesta y dolida y no pudo evitar sentirse mal. No estaba siendo justo con ella. Al fin y al cabo, todo aquello no era más que un juego de palabras que a los dos divertía, tampoco tenía por qué significar nada más... eran buenos amigos y ya está.

—Perdóname. He estado algo ausente y preocupado estos días. Lo siento si te he ignorado, no lo pretendía.

—Ya... —Sandra se mostró desconfiada, pero decidió dejar de insistir—. Te perdono con una condición.

—Dime, tus deseos son órdenes para mí.

—¡Ese es mi rubiales! —Sonriente se acercó a su mesa y apoyando sus manos para acercarse más al rostro de Alberto, le susurró—. ¿Vas o no vas a invitarme mañana al musical?

—¡Ah! Claro, el musical. Ya me extrañaba a mí que tú me echaras de menos. Te intereso únicamente por ese musical, ¿verdad?

—¿Acaso lo dudabas, rubiales?

—Por un momento sí, pelirroja.

—Bien, así me gusta.

—Así te gusta ¿qué?

—Que me llames pelirroja. —Se separó de la mesa y se dirigió hacia la puerta—. ¿A las siete en el teatro?

—Allí estaré. ¡Ah! Y deja la puerta abierta, por favor...

Aunque después de aquella conversación Alberto se sentía más aliviado, pensó que antes debía conocer los sentimientos de Lucas hacia Sandra y por la tarde decidió llamarle. Todo lo sucedido era verdaderamente surrealista, hacía apenas unas semanas Lucas le explicaba sus encuentros con la chica de los calcetines rotos mientras él suspiraba en secreto por la pelirroja que tanto lo ignoraba. Y ahora, la chica misteriosa del aeropuerto era para Lucas la novia de su hermano y Alberto se sentía celoso de pensar que tal vez su pelirroja podía ser la mujer ideal para Lucas. ¿Cómo habían llegado a esa situación?

—Hola, hermano ¿Qué tal estáis?

—Estamos haciendo la lista de la compra para la fiesta de Martina. Está muy ilusionada. Yo tengo esta semana mucho trabajo, ya sabes, en esta época el aeropuerto es un hervidero de gente, pero Helena nos está ayudando mucho. ¿Y tú cómo vas?

—También con mucho trabajo, los clientes quieren cerrar muchos temas antes de empezar vacaciones y estamos algo más cargados de papeleo. Por eso no había tenido la oportunidad de hablar contigo, quería saber qué tal lo pasasteis el domingo en casa de Helena.

—Muy bien, la verdad que tanto Ana como Sandra son encantadoras. Ya me habíais hablado de Sandra pero aun así me sorprendió. Es muy divertida y Martina me pregunta todos los días por ella, tiene ganas de volver a verla.

—Me alegro mucho, Lucas. Quién sabe, tal vez Sandra te haga olvidar a la chica misteriosa de los calcetines rotos. ¿Has vuelto a verla?

—Pues no, no la he visto más —mintió Lucas—. Y creo que es lo mejor. Debo encontrar a alguien real y dejar de soñar con imposibles.

—Muy bien, así me gusta, hermano. —Alberto tuvo que hacer un esfuerzo para mostrarse animado—. Nos vemos el sábado entonces. Iré antes que los demás para ayudaros.

—Perfecto, hasta el sábado.

Alberto se sintió de nuevo abatido. Acompañaría a Sandra al musical pero tenía que acabar aquel juego y retirarse de la partida, si podía ocurrir algo entre Sandra y Lucas él no debía ser quién lo impidiera. Dejaría que fluyera sin más, limitándose a observar y a esperar.

El viernes a las siete se encontró con una Sandra radiante y tremendamente sexy que lo aguardaba en la puerta del teatro. Lucía un vestido largo estampado y su melena ondulada caía sobre sus hombros descubiertos. Su vestido llevaba un escote alargado que acababa mostrando la separación de sus pechos. Estaba espectacularmente hermosa. Al acercarse Alberto no pudo evitar dedicarle un silbido de admiración al que ella respondió con un gruñido.

Una vez comenzó el musical, Sandra tarareaba todas las canciones. Estaba disfrutando como una niña.

—¿Te las conoces todas?

—Me sé la letra de casi todas. Me gusta mucho el grupo.

Durante la primera mitad del musical Alberto se mostró algo serio y ausente. Aunque insistía en que los musicales y Abba le gustaban, a Sandra le pareció que había algo que lo continuaba preocupando, seguía actuando de la misma forma que en el bufete y empezó a desesperarse. Y fue allí, mientras disfrutaba del mejor de los espectáculos, cuando se sintió perdida, desamparada. ¿Y si Alberto dejaba de intentarlo? ¿Y si él decidía dejar de jugar? Sus mutuos enfrentamientos verbales, sus divertidos reproches, sus insinuaciones, todo aquello les había unido, creando un vínculo especial, único. Por suerte, en ese instante de desaliento para Sandra, las luces del teatro se encendieron y tenían media hora de descanso.

—¿Salimos del anfiteatro? Me gustaría hablar contigo un momento sobre tu hermano. —Sandra tenía que explicarle lo que pensaba del sufrimiento al que estaban sometiendo a Lucas. Además intuía que eso podía ser una forma de aclarar posibles dudas que rondaran en la cabeza de Alberto.

—Salgamos.

Mientras se dirigían a la entrada del teatro, Alberto se temió lo peor.

"Lo sabía y ahora voy a tener que oírlo de su propia boca. ¡Qué ganas tengo ya de que acabe esta agonía!".

Una vez situados en un lado del salón, cercanos el uno del otro para poder hablar mejor, Sandra comenzó la conversación. Necesitaba ser directa y serlo ya, sin más demora.

—Alberto, tienes que decirle a tu hermano que Ana y tú no sois novios.

—Pero ¿por qué dices eso?

—¿Es que no te diste cuenta el domingo? No paraba de mirar a Ana mientras preparábamos la comida. Únicamente cuando no la tenía cerca o cuando la evitaba, se le notaba más relajado y era capaz de disfrutar. ¿Recuerdas cuando Ana y tú estabais preparando el café que te acercaste y le diste un beso en la mejilla?

—Lo recuerdo.

—Tenías que haber visto su cara. Ese chico está sufriendo una agonía.

—Pero ¿tú te diste cuenta de eso? Quiero decir, estabas tan bien con mi hermano y a él le resultaste tan encantadora.

—Y, dime, ¿a quién no le parezco yo encantadora? Ya sabes que soy irresistible… —bromeó Sandra con su sonrisa maliciosa—. Tu hermano solo tiene ojos para Ana. Los hombres no os dais cuenta de estas cosas.

—Sí, bueno, yo estaba…en fin, no me di cuenta, no… Tienes razón, debo aclararlo con él. Mañana sin falta se lo digo.

—Muy bien, rubiales. Y ahora volvamos al anfiteatro, tengo ganas de ver como acaba. ¡Me encantan estos musicales!

Alberto la siguió atónito. Sentía una mezcla de alivio y agitación que lo había dejado sin palabras. En ese instante pensó que era una marioneta colgando de los hilos de su pelirroja, respiraba y vivía por y para ella. Cuando se volvieron a sentar, no se atrevía a mirarla, tenía miedo de no poder controlarse, deseaba besarla como nunca antes había deseado besar a una mujer.

Durante los siguientes minutos y a pesar del animado espectáculo que se desarrollaba en el escenario, Alberto sufría una terrible desazón en su interior, intentaba escapar de esa fuerza que lo empujaba hacia ella, necesitaba tocarla, besarla, amarla… pero solo era capaz de admirarla de reojo, debía controlarse, contener ese deseo que desbordaba por todos y cada uno de los poros de su piel.

En una de las ocasiones que tornó los ojos, se percató de que Sandra lo estaba observando de forma descarada. Se giró hacia ella y se encontraron cara a cara. Así permanecieron unos segundos, como si nada más ocurriera a su alrededor. Alberto, totalmente hechizado por su mirada, no supo como reaccionar, los nervios le bloquearon las cuerdas vocales.

—Sandra, yo…

Sandra, decidida, lo cogió del brazo y tiró de él, levantándose apresuradamente.

—Vámonos de aquí.

—¿Qué haces? Todavía no ha acabado el espectáculo. —Pero para cuando Alberto acabó la frase ya estaban saliendo del anfiteatro—. ¿Qué te pasa, te has vuelto loca?

Sandra no contestó, caminaba rápidamente sin dejar de sujetarle con fuerza. Alberto no entendía nada, estaba aturdido.

Salieron del teatro y ella seguía tirando del brazo de él guiándolo por las calles repletas de gente, sin apenas pararse en los cruces para dejar pasar los coches.

—¡Qué nos van a matar!

—Calla y camina, holgazán.

—No seas tan bruta, me estás haciendo daño en el brazo.

Pero ella no respondió, se limitó a esquivar a la gente y a adentrarse por diferentes calles. Unos metros más adelante, Alberto reconoció el supermercado donde estuvo comprando el día en que se hizo el encontradizo con ella. Siguieron caminando a marchas forzadas hasta que adivinó a dónde se dirigían. Iban al apartamento de Sandra. Una vez ella abrió el portal, lo miró desafiante.

—¿Preparado para hacer más ejercicio? No hay ascensor y yo siempre subo los cuarenta escalones corriendo. ¿Me sigues o te vas a acobardar? —Sandra se había quitado los zapatos de tacón y los sostenía en una mano, mientras con la otra levantaba su falda hasta las rodillas. Aquella visión hizo que Alberto recuperara su sonrisa.

—¿Me sigues tú a mí? —la retó él.

Alberto empezó a subir escalones de dos en dos, delante de una Sandra que no se separaba de él. Corrían casi a la vez a pesar de que ella debía sujetar los zapatos y el vestido.

—¿A qué piso vamos? —preguntó Alberto sin aliento.

—Al más alto.

—¡Cómo no…!

Y casi a la par llegaron exhaustos donde acababan las escaleras. Sandra, sin apenas esperar para tomar aire y sin soltar el vestido y los zapatos, cogió sus llaves y abrió la puerta, haciéndole un gesto a Alberto para que entrara. Una vez dentro los dos, dio unas vueltas al cerrojo.

—¿Cierras para que no me escape? ¿Esto es un secuestro? —Alberto intentaba recuperarse de la carrera, inspirando y expirando con dificultad.

—Ven aquí. —Sandra lo sujetó del cuello de la camisa y tiró de él con fuerza hasta que ella quedó aprisionada entre la pared y el cuerpo de Alberto.

Sus frentes se unieron como imanes y sus narices se acariciaron mientras los dos sentían la respiración excitada del otro.

—Rubiales...

—Dime, pelirroja...

—Ya sé cuál es tu segunda debilidad.

—¿Y me has hecho subir los escalones corriendo para decirme eso?

—No, no estás aquí para que te recuerde tu debilidad, hemos venido para que disfrutes de ella.

Alberto sintió como el deseo que Sandra despertaba en él y que había contenido durante tantas semanas estaba a punto de estallar. Colocó la palma de su mano derecha sobre la mejilla sonrojada de Sandra acariciando sus labios con su dedo pulgar mientras con la mano izquierda la acercaba a él por la cintura.

—Tienes que saber que soy un hombre difícil de saciar y es muy probable que no me conforme y desee repetir.

—Pues si eres capaz de subir otra vez los cuarenta escalones, ya sabes dónde encontrarme.

Sus labios se acercaron despacio hasta rozarse formando un primer beso suave, dulce y profundo, al que sucedieron muchos más llenos de pasión contenida. Las manos de Alberto rodearon el cabello cobrizo de Sandra mientras mordisqueaba su cuello y besaba su escote, hambriento y sediento de ella, la deseaba desesperadamente. Sandra abrió impaciente la camisa de él, rompiendo algunos de sus botones, anhelaba acariciar su pecho, perderse en su cuerpo, sentir que por fin iba a ser suyo. Ambos habían dominado su deseo demasiado tiempo y se despojaron de sus prendas con impaciencia, jadeantes, dejándolas esparcidas por el salón. No podían perder ni un segundo más.

—¿Me deseas tanto como yo te deseo a ti? —Acercándose a su oreja, él preguntó sin apenas poder vocalizar, mientras

Sandra, enloquecida, notaba como le quitaba el sujetador con prisas.

—No, más… —Sandra gimió cuando, excitado por la respuesta, él introdujo la lengua en su oreja, lamiéndola y jugando con ella.

El calor de los labios, la lengua y las manos de Alberto hicieron que Sandra perdiera el control. Ninguno de los amantes que había tenido anteriormente la había hecho sentir así solo con besos y caricias. Alberto era pasión, fuego y ternura. Mientras se dirigían al dormitorio, él la inmovilizó con su cuerpo contra una pared del pasillo y sin dejar de besarla, le dio una cachetada suave en la nalga derecha.

—Esto por hacerme creer que eras lesbiana —le susurró, mientras rozaba sus labios con los de ella, usando un tono de voz desconocido para Sandra. Acababa de descubrir un lado morboso de Alberto que la excitó todavía más.

Respondiendo a ese gesto, ella empujó con fuerza el pecho de Alberto, lo inmovilizó contra la pared de enfrente y le dio un mordisco en el hombro izquierdo.

—¡Ayyyy! —Se quejó él con ojos amenazantes y una sonrisa maliciosa.

—Esto por decirme que ibas a tomarle medidas a Elvira —murmuró ella, mientras con la lengua subía de los hombros hacia su cuello.

Feliz por su respuesta y por lo que le estaba haciendo, después de deshacerse de las bragas de Sandra, Alberto la sujetó con fuerza por sus glúteos y la elevó, abriendo sus piernas para que ella le rodeara la cintura. Mientras succionaba uno de sus pezones, acarició su sexo, sintiendo su humedad y como los músculos de sus piernas se tensaban apretándole con fuerza. Ella enredó sus dedos entre el cabello rubio y le sujetó con fuerza la cabeza animándolo a continuar. Los gritos roncos de placer que Sandra exhalaba excitaron más a Alberto y ansioso por hundirse en su interior se dirigió hacia el dormitorio.

La tumbó en la cama colocándose encima, con cuidado de no aplastarla, sin dejar de besar sus labios, su cuello, sus pechos, su abdomen… notando como su menudo cuerpo respondía ante sus caricias, arqueándose y temblando de placer.

—¿Tienes preservativos? —susurró Alberto, con la respiración entrecortada.

—No hace falta, tomo pastillas. De todas formas, que sepas que siempre los he usado.

—Y yo también, por eso puedes estar tranquila.

Alberto introdujo su erección dentro de una Sandra ansiosa y jadeante. Nunca había anhelado tanto sentir el calor de un hombre en su interior. Sus cuerpos se fusionaron de tal forma que Sandra creyó que el corazón que latía en su pecho era el de Alberto y el suyo era evidente que lo debía tener él... hacía días que se lo había robado.

—No puedo más Sandra, te deseo demasiado —susurró él, mientras se movía suavemente queriendo disfrutar de cada roce.

—Pues deja de resistirte, tenemos toda la noche por delante...

Emocionado por la invitación, la miró a los ojos, rodeó con sus manos su rostro suavemente y comenzó a acelerar sus movimientos. Y tras varias sacudidas, intensas y llenas de placer, los dos alcanzaron el clímax, sin apartar la mirada del otro y aunque ambos callaron, coincidieron al pensar que acababan de disfrutar del mejor orgasmo de sus vidas.

Estirados de lado sobre el colchón, uno frente al otro, intentaban calmar sus respiraciones mientras se sonreían con ternura.

—Ya te dije que era irresistible —se mofó Sandra.

—Pues la verdad, no me había fijado... estaba tan agotado por subir las escaleras que no he tenido fuerzas para negarme a tus peticiones, me ha parecido descortés no seguirte la corriente.

—Serás imbécil. —Sandra se giró hacia el otro lado para darle la espalda—. Pues muchas gracias por haber sido tan considerado. Y ahora, ya puedes irte por donde llegaste.

Alberto la agarró por los hombros mientras se situaba sobre ella, inmovilizándola con su cuerpo desnudo, acarició con sus manos su melena ondulada y la miró fijamente a los ojos.

—Pelirroja, a ver si te enteras ya de una vez. He ansiado hacerte el amor desde el primer día que te vi en el bufete. He sufrido durante meses admirándote y deseándote mientras tú me ignorabas. ¿Crees que ahora, que por fin he conseguido hacer mi fantasía realidad, me voy a ir? ¡Ja! Lo tienes claro.

—¿Desde el primer día? —Sandra se estremeció al oír aquella declaración. Sin duda Alberto era genuino, auténtico y no se andaba con rodeos—. Si llegaste al bufete hace casi seis meses...

—Sí, lo sé, han sido seis largos meses. Ya estaba realmente desesperado, hasta el día que me hiciste la propuesta de hacerme pasar por novio de Ana. Ese día me miraste, por fin, y recobré la esperanza.

—¿Y quién te ha dicho a ti que no te había mirado antes?

—¿Te habías fijado en mí? —Alberto abrió sus ojos verdes con sorpresa.

—Sí —afirmó Sandra con una amplia sonrisa.

—¿Sí? —insistió Alberto incrédulo.

—Me intrigaste, había algo en ti que te hacía distinto a los demás.

—¿Y por eso pensaste que era homosexual?

—Lo llegué a pensar porque se te habían insinuado varias chicas en el bufete y siempre te habías negado.

—Ya os dije, soy hombre de una sola mujer. —Rozó divertido la nariz de Sandra con su dedo índice, acercó sus labios a los de ella y la besó con dulzura—. ¿Te apetece una ducha?

—Si eres capaz de hacerme el amor en un plato de ducha diminuto, sí, me apetece y mucho.

—Supongo que me las apañaré...

Y casi de un salto, la elevó con agilidad y la llevó a horcajadas hasta el baño mientras la besaba ardientemente. Aquella hermosa mujer era todo lo que él anhelaba y por fin tenía la oportunidad de hacérselo saber. Y puso todo su empeño en ello, procurando que Sandra disfrutara de una increíble noche de sexo, sin dejar, en ningún momento, de regalarle besos tiernos y múltiples caricias, que no pasaron inadvertidas para ella. Sandra no solo pudo comprobar lo buen amante que era Alberto, también pudo corroborar lo que ya sabía, que a pesar de su apariencia seria y formal, era un hombre cariñoso y apasionado.

Capítulo 9
ESCUPIR FUEGO POR LA BOCA

Sandra se sentó en la cama mientras admiraba ensimismada el rostro dormido de Alberto. Con sus dedos acarició su cabello rubio y despeinado, rozó sus orejas y continuó hasta su cuello mientras sonreía recordando las veces que esa noche había jugado con su lengua por esa zona. Se acercó a sus labios y los besó suavemente.

—Despierta, bello durmiente. —Alberto abrió sus ojos con pereza y le dedicó esa sonrisa que hacía estremecer a Sandra—. Siempre había querido ser yo quien sacara al príncipe del hechizo.

Alberto se levantó súbitamente, agarrando sus brazos y tumbándola al otro lado de la cama

—Pues lo siento, princesa, pero acabas de despertar al león que hay en mí.

—Bruto. —Sandra arrancó a reír a carcajadas—. Eres insaciable.

—Tienes razón, no creo que llegue a cansarme nunca de ti. —Cuando iba a besarla, Alberto notó algo abultado en las manos de Sandra—. ¿Qué llevas aquí?

—Tu ropa.

—¿Me estás echando? —Se reincorporó afligido.

—Mira la hora que es. —Sandra le señaló con la mirada el reloj despertador de su mesita.

—¿Son las doce? —Alberto se sentó de un salto en la cama, mientras metía las piernas por sus pantalones.

—Yo hace apenas diez minutos que me desperté. Te iba a preparar desayuno pero cuando he visto la hora me acordé de la fiesta de cumpleaños de Martina y pensé que querrías ir antes para ayudar a Lucas.

—Sí, eso le dije y tendré que pasar por casa a cambiarme.

—He preparado café. Ven, te tengo que presentar a Susi. —Sandra le sonrió con picardía.

Los dos se dirigieron al salón mientras Alberto se abrochaba la camisa. Había una cocina americana en una esquina y en una mesa pequeña estaban los dos cafés humeantes. Sandra tomó en brazos a una gatita blanca y marrón que estaba holgazaneando en el sofá.

—¿Así que tú eres la "come braguitas"? —Alberto acarició la cabeza del animal—. Tú y yo vamos a tener que hablar muy seriamente.

Alberto bebió su café rápidamente y se acercó a Sandra para despedirse.

—No sé si podré soportar estar cerca de ti en el cumpleaños y no poder tocarte.

—Tendremos que contenernos —le respondió ella, totalmente entregada a sus besos.

—Mi apartamento está en una tercera planta pero tiene ascensor. Te puedo preparar una deliciosa cena esta noche. ¿Vamos cuando salgamos de casa de mi hermano?

—¿Una segunda cita con un abogado? No sé si será seguro.

—Tú déjale comida a Susi, por si no vuelves hasta el lunes. No pienso dejarte escapar. ¡Ah! y tráete ropa interior de recambio, puede que me apetezca mordisquearla.

Y después de un apasionado beso, Alberto salió rápidamente del apartamento. Sandra, sonriente, se acercó a la ventana con Susi en brazos para ver como su rubiales corría cruzando la calle.

—Susi, ¿crees que con él funcionará?

En ese instante, Alberto se paró en seco y se dio una vuelta para buscar su ventana, encontrando la figura menuda de Sandra a través del cristal. Le dirigió esa sonrisa seductora que a ella tanto la excitaba y después sacó su lengua en forma de burla. Ella le respondió con el mismo gesto y divertido se giró para proseguir con su camino.

—Sí, yo también creo que esta vez funcionará —dijo ella, acariciando a su gata, sonriente y feliz.

Para Ana aquella semana había sido exasperante. Se sentía más abatida que nunca. Cada vez era, si cabe, más irritante e intransigente. El lunes había gritado a Carla, el martes se peleó con otro diseñador, chillándole en público, pasando a ser la comidilla de la empresa, el miércoles discutió con al menos tres personas en el supermercado y el jueves la conversación que mantuvo con su tía por teléfono no podía ser más enervante. Helena la llamó para hablarle sobre el regalo que le podían comprar a Martina.

—Ana, ¿qué te parece si le compramos una de esas Nancys de ahora? Son muy parecidas a la que tú tuviste de pequeña. ¿Crees que le gustará?

—Helena, por Dios, y yo que sé… Primero: no conozco a esa niña para poder saber lo que le gusta o no. Y, segundo: ni quiero saberlo ni me importa. —A su tía aquella respuesta la enojó.

—Pero vamos a ver, Ana, ¿a ti qué te pasa con Martina? Bueno, mejor dicho ¿qué te pasa con la humanidad? Cada vez estás más insoportable.

—Helena, sabes perfectamente lo que me pasa. No debimos volver a España y sabes de sobra que teníamos que habernos quedado en Nueva York. Yo allí estaba más tranquila.

—Tú no estabas tranquila tampoco allí. Empezabas a tener enfrentamientos en el trabajo igual que los tienes aquí ¿verdad que no me equivoco? Porque tu problema lo llevas contigo y hasta que no te desprendas de él, te acabará consumiendo. Como sigas así terminarás sola, muy sola. Pensé que con Alberto te calmarías, parece un buen chico, pero seguro que pronto se irá huyendo de ti, como todos los demás.

—Alberto no tiene nada que ver con esto.

—Sí, la verdad, sería una pena que te abandonara, me cae bien y su hermano y su sobrina son maravillosos. Tienes la oportunidad de pertenecer a una familia que te haría feliz, con la que no te sentirías sola.

Ana estaba disgustada pero su tía no tenía ninguna culpa y hablar de Alberto le recordaba la mentira que la estaba corrompiendo. Por un instante sintió la necesidad de explicarle la verdad, que Alberto era tan solo un amigo, que quería renunciar a su dinero y que deseaba volver a Nueva York aunque no tuviera los recursos suficientes para crear su propia empresa. Aquel sueño empezaba a quemarle la razón. Solo quería huir de allí y no hacer sufrir más a la gente que la rodeaba. Pero no tuvo el coraje suficiente y se despidió de Helena sin más explicaciones, dejando a su tía totalmente abatida.

Aquel sábado por la mañana se despertó con una terrible migraña. Imaginaba el día que le esperaba; regalos para la niña, tarta, globos, besos, felicidad a su alrededor... todo aquello la estaba fastidiando antes incluso de que sucediera. Y Lucas estaría allí, ese hombre que tantas sensaciones le suscitaba y que era incapaz de controlar. Empezaba a sentirse molesta e incluso enfadada con él. ¿Era él el culpable de toda aquella tensión? Sería mejor evitarle. Y su subconsciente decidió centrar su ira en él y recriminarle por hacerla sentir débil y vulnerable.

El salón comedor estaba decorado con globos y guirnaldas en forma de corazones que Alberto colgó de pared a pared. La mesa había sido cuidadosamente adornada con platos de colores y servilletas con estampados de las princesas Disney. Aquella mañana cocinaron el menú favorito de Martina: macarrones, pechuga de pollo rebozada y natillas. Mientras Lucas preparaba la pasta y la carne, Helena horneó un bizcocho que, con la ayuda de Martina, decoraron con chocolate y estrellitas rosas de azúcar. A la hora acordada Ana llamaba a la puerta y, tal y como ella se esperaba, aquella imagen la exasperó aún más. Una vez saludó a todos y felicitó a la niña, paseó por el salón observando cada detalle. Aunque los muebles eran modernos, con un aire minimalista, las múltiples fotografías, los dibujos de Martina enganchados en las paredes y los juguetes habían transformado la estancia, dándole un ambiente más infantil y familiar.

A Ana le llamó la atención un cuadro colgado sobre el sofá. Era una fotografía en blanco y negro de una mujer embarazada que posaba de perfil pero sin dejar ver su rostro. Imaginó que sería un retrato de la mujer de Lucas. Aquella imagen le pareció enternecedora, pero a la vez triste. Y otra vez volvió a suceder, ese torrente de sentimientos que engendraba todo lo que rodeaba a Lucas la volvía a irritar.

"Espero que pase rápido este calvario", murmuró.

Sandra no tardó en aparecer, iluminando las caras de todos los allí presentes con su sonrisa y su frescura, especialmente la de Alberto y la de Martina, que corrió a abrazar a su nueva amiga. El domingo pasado habían congeniado perfectamente y la niña estaba impaciente por mostrarle su habitación y la colección de peluches que adornaba su cama.

Unos minutos después, todos estaban situados alrededor de la mesa. Lucas, Martina y Sandra volvieron a sentarse juntos, disfrutando de una conversación animada y divertida. En esta ocasión Alberto ya no se sentía amenazado y se hallaba feliz y orgulloso de contemplar como su pelirroja y las dos personas más importantes de su vida se entendían tan bien.

"Me muero de ganas de contárselo a Lucas y a Martina", sonrió al pensarlo.

Ana y Helena, sin embargo, no compartían esa alegría. Ana estaba incómoda y su negatividad no pasó desapercibida para Helena, que la observaba malhumorada. Temía que tarde o temprano su sobrina explotara y con su carácter estropeara la fiesta de Martina. La conocía bien.

Cuando acabaron los macarrones, Ana se levantó para ir a buscar la carne a la cocina, necesitaba escaparse de esa mesa, aunque fuera por unos segundos. Una vez dentro, se apoyó en el mármol e inspiró profundamente. Lucas, que a pesar de sus múltiples intentos no logró evitar dejar de mirarla, aprovechó la oportunidad de estar a solas con ella y la siguió. Había empezado a percatarse de su incomodidad.

—Ana, ¿te pasa algo? ¿Os habéis enfadado mi hermano y tú? Te he notado rara.

—No pasa nada y si fuera así no sería de tu incumbencia. —La respuesta de Ana fue contundente y fría. Cogió la bandeja y salió hacia el salón.

A Lucas le sorprendió aquella actitud. Ya había percibido en Ana algunos episodios de malhumor que chocaban con su rostro dulce, pero no esperaba tanta agresividad.

De vuelta en el comedor, la situación no mejoraba para Ana. Alberto y Sandra permanecían totalmente ajenos a su enfado, pero Lucas y Helena no dejaban de examinarla. Algo que la estaba enojando aún más. Cuando acabaron las natillas, Alberto se levantó recogiendo las tazas y Sandra lo siguió a la cocina con los cubiertos sucios. Mientras los dos colocaban los utensilios en el lavavajillas, se susurraron al oído.

—Pelirroja, ¿preparada para pasar otra noche de lujuria?

—Madre mía, si aún no me he recuperado. ¿Y cuándo vamos a dormir?

—Mañana tendremos todo el día para descansar. Podríamos desayunar en la cama y luego ver alguna película.

—¿Y piensas continuar ocupándome todos los fines de semana o me dejarás alguno libre?

—No sé, me lo pensaré. Como te dije hace unas horas, no pienso dejarte escapar.

—Eso me temo… —E irresistiblemente, sus labios se buscaron, acabando en un beso breve pero apasionado.

—¿Se puede saber qué está pasando aquí? —Lucas apareció en la cocina justo en el instante del beso e irrumpió a gritos, sorprendido y muy molesto—. Alberto, ¿pero a qué estás jugando? Serás cabrón.

Sandra se tapó la boca con las manos y miró a Alberto angustiada. Lucas decepcionado y muy enfadado se giró hacia el comedor sin saber si debía contarle lo sucedido a Ana o simplemente callar para no herirla. Alberto corrió tras él.

—Lucas, Lucas… Tengo que contarte algo.

—No tienes nada que decirme, ya lo he visto todo.

Cuando llegaron al salón Alberto buscó a Ana con la mirada y por su expresión ella se temió lo ocurrido. Enseguida miró a su tía que observaba atónica el espectáculo. Aquella situación la estaba superando y había llegado la hora de desenmascarar el engaño.

—Tía, Alberto y yo no somos novios —escupió rápidamente antes de que Lucas reaccionara.

—¿Qué dices, Ana? —Helena no daba crédito a lo que estaba ocurriendo.

Lucas se giró estupefacto hacia Ana y la miró con los ojos encendidos.

—Yo le pedí a Alberto que se hiciera pasar por mi novio para cobrar la herencia en vida.

—Alberto, ¿tú te has prestado a un juego así? ¿Estás loco? —Lucas no creía lo que estaba escuchando.

—Lucas, yo... —Alberto se sintió muy arrepentido. Visto desde los ojos de su hermano, aquella mentira efectivamente no había sido una buena idea.

—Ana, ¿cómo has podido mentirme en algo así? —Helena se fue enojando por momentos.

—Ya te lo dije el otro día. No debimos volver a esta maldita ciudad, tengo que regresar a Nueva York y ese dinero me permitía crear allí mi propia empresa. Helena, no puedo más, me tengo que ir...

—¿Has hecho todo esto por dinero? ¿Para irte a Nueva York? —Lucas no pudo evitar hacerle la pregunta en un tono de decepción e irritación.

Ana, que hasta ese momento había intentado dialogar con su tía en un tono calmado, dirigió una mirada encendida hacia Lucas y comenzó a gritar.

—Primero, a ti eso no te importa y, segundo, que yo sepa entre tú y yo no hay ni ha habido nada por lo que yo tenga que darte explicaciones, ¿entendido? —Ana descargó toda su rabia contenida, mirando a Lucas con expresión de odio.

—Tienes razón, no me importan en absoluto tus jueguecitos de materialista insensible y sí, entre tú y yo ni hay, ni ha habido nada y descuida que no lo habrá en la vida. ¿Entendido? —Lucas enfureció. ¿Qué le pasaba a esa mujer? ¿Cómo no se había dado cuenta antes de lo desquiciada que estaba?

Ana, completamente fuera de sí, se levantó de la silla bruscamente, haciendo caer accidentalmente el plato de natillas que todavía rebañaba Martina. La pequeña estaba justo detrás de ella, atónita por todo lo que estaba sucediendo.

—Ha sido Ana... —La niña miró a su padre, asustada, mientras señalaba el plato en el suelo.

Y en ese instante, la bestia que se había apoderado de Ana comenzó a escupir fuego por la boca. Un fuego que dejó a todos completamente helados.

—Y claro, cómo no, la niñita dulce y encantadora tenía que volver a echarme a mí las culpas de todo. —Fulminó con la mirada a Martina—. Otra vez me va a tocar a mí cargar con la responsabilidad, ¿no es así? Y dime, ¿también tengo yo la culpa de la muerte de tu madre?

La niña corrió llorando hacia los brazos de su padre que estaba totalmente furioso, clavando en Ana sus ojos enrojecidos por la rabia. Y colocando a su hija detrás de él, con un gesto protector, dio un paso hacia adelante.

—No sé qué demonio de problema o trauma tienes tú, pero ni mi hija ni su madre tienen absolutamente nada que ver. Madre mía, ¡estás loca! —Señaló con un dedo la puerta y apartándole la mirada, añadió totalmente fuera de sí—. Haz el favor de salir ahora mismo de esta casa y no volver nunca más, ¿me oyes? ¡Fuera!

Ana salió del apartamento dando un fuerte portazo y dejando a Sandra, Helena y Alberto completamente desconcertados. Lucas, fuera de sí, todavía estaba enrojecido e intentaba calmar a su hija que lloraba desconsoladamente. Le dedicó unas caricias y palabras de consuelo y cuando creyó estar algo más tranquilo, levantó la vista hacia los demás.

—No me importa lo que habéis estado tramando, qué ha sucedido ni cuáles eran vuestras intenciones, pero quiero que quede clara una cosa: está totalmente prohibido volver a mencionar el nombre de esa mujer delante de mí o de Martina. No queremos saber nada más de ella, ¿ha quedado claro?

Y cogiendo a Martina en brazos, se la llevó a su habitación para serenarla.

Helena estaba totalmente avergonzada. Su sobrina había vuelto a perder el control y lo peor de todo era que había hecho daño a personas que no lo merecían, especialmente a Martina. Una niña de apenas seis años había tenido que sufrir su ira. Aquello era imperdonable y así se lo haría saber a Ana.

Sandra, aunque conocía los cambios de humor de su amiga, no daba crédito a lo sucedido. Nunca creyó que pudiera mostrarse tan agresiva con una niña pequeña. Pero sobre todo estaba preocupada por Alberto. Su rostro mostraba un inmenso dolor. Estaba sufriendo por su hermano y su sobrina y lo peor de todo es que se sentía culpable. Con dulzura le acarició el dorso de la mano.

—Alberto, me voy, habla con Lucas cuando se calme. Te acabará perdonando. Y no te preocupes por mí, yo me voy a casa. Ya nos vemos otro día.

—Lo siento, Sandra. —Alberto se sentía abatido—. ¿No te importa?

—No, tranquilo. Lo primero es tu hermano y tu sobrina. Llámame cuando puedas. —Le dio un beso tierno en la mejilla y se despidió de Helena.

Helena recogió la mesa y barrió, en silencio, mientras esperaba que Lucas volviera al salón. Cuando apareció, se despidió con una súplica.

—Lucas entiendo tu enfado y me avergüenza lo que ha sucedido. Lo único que deseo de todo corazón es que esto no me separe de Martina, ni de ti tampoco, sois muy especiales para mí.

—Gracias, Helena. Aunque quisiera, que no quiero, Martina no me perdonaría nunca que os separara. Eres muy importante para nosotros.

—Gracias, Lucas. —Helena estaba visiblemente emocionada—. Os dejo.

Los dos hermanos se quedaron solos. Alberto observaba a Lucas, esperando alguna reacción por su parte, mientras que este se sentaba en el sofá y apoyaba los codos en las rodillas, sosteniendo su cabeza con las manos. Necesitaba calmarse para no ser desagradable con su hermano pequeño.

—¿Cómo está Martina?

—Se ha quedado dormida.

—Lucas, lo siento. —Alberto ya no resistió más la presión—. Déjame que te lo explique.

—Alberto, preferiría no hablar del tema. Como os he dicho, no quiero saber más.

—Lo sé y lo respeto, pero necesito que entiendas que si acepté seguir el juego fue por ti.

—¿Por mí?

—Yo estuve en el aeropuerto aquel día que registraste a aquella mujer misteriosa. Fui con la intención de ayudarte, no sabía cómo, pero tenía que intentarlo. Cuando la vi, la reconocí. Sabía que era amiga de Sandra y que su tía era clienta del bufete. Unos días después, pregunté a Sandra por ella y, tal vez por esa razón, me hizo la proposición de hacerme pasar por su novio. Y pensé que sería la manera de acercarte a ella. Si no te dije la verdad antes es porque no me estaba convenciendo el comportamiento de Ana y su forma de tratar a Martina. De todas formas, hoy te lo iba a contar todo, de verdad, se lo prometí a Sandra.

Lucas, que no había cambiado su postura, permaneció un rato en silencio, mientras Alberto se sentaba junto a él, esperando alguna respuesta.

—Alberto, por favor, no vuelvas a hacer algo así. No hace falta que me ayudes y deja de preocuparte porque no tenga pareja. Cuando llegue el momento llegará. Dejemos el tema, quiero olvidar lo que ha sucedido.

—Será lo mejor.

—Ayúdame a recoger los adornos ¿Qué te parece si cuando se despierte Martina la llevamos a merendar un croissant a esa pastelería que tanto le gusta? Tiene que saber que su tío y su padre siguen estando ahí y que eso no cambiará nunca.

—Me parece perfecto. Gracias, Lucas —añadió Alberto, emocionado.

Y, efectivamente, una vez la niña se despertó de lo que creyó había sido una pesadilla, se fueron los tres a merendar. Los dos hermanos le dedicaron toda su atención y cariño, para ellos la felicidad de Martina era lo más importante. Pasearon por el parque y tomaron un helado sentados en el césped, consiguiendo que ella olvidara lo sucedido y se tranquilizara, volviendo a reír feliz por ser la princesa de la casa.

De vuelta en el apartamento, Martina sopló las velas y comieron un trozo de la tarta. Cuando los dos tomaban un café y la niña jugaba con sus muñecas, Lucas notó a su hermano pensativo, ausente.

—Alberto, ¿no tienes algo que contarme?

—¿Yo? —Se sorprendió por la pregunta.

—¿Qué hay entre Sandra y tú?

A Alberto se le iluminó la cara, sofocándose al recordar lo que había vivido la noche anterior.

—Estoy loco por ella, Lucas. Desde que la conocí en el bufete, hace unos seis meses, no he dejado de intentar acercarme, pero es una mujer difícil y creo que por eso me gustaba cada vez más. Llevábamos unos días jugando a seducirnos con indirectas, provocándonos celos, hasta que anoche sucedió. Fue increíble, Lucas. Todavía no me lo acabo de creer.

—¿Era de ella de quién me hablabas y la razón por la cual estabas tan contento estas semanas?

—Sí, tenía tantas ganas de contarte la verdad...

—¿Y estuviste con ella anoche?

—Sí, en su apartamento. Toda la noche. —Sonrió, mordiéndose el labio inferior.

—Y ¿se puede saber qué estás haciendo aquí ahora? Ve con ella, no te quiero más rato conmigo. Son las nueve, envíale un mensaje y dile que la llevas a cenar.

—¿De verdad? Para mí vosotros sois lo primero, ¿lo sabes?

—Lo sé, Alberto, eso no lo pondré nunca en duda, pero si tú eres feliz, nosotros también lo somos. Además, tanto a Martina como a mí nos gusta Sandra y será un placer que forme parte de nuestra familia.

—Joder, Lucas, no te merezco. —Los dos hermanos se abrazaron emocionados.

Alberto se despidió de su sobrina y salió a toda prisa del apartamento. Cogió el móvil y le envió un mensaje a Sandra.

"Ponte guapa, te invito a cenar. En quince minutos estoy ahí".

En unos segundos recibió la respuesta.

"Qué pena. Estaba esperándote con el conjunto turquesa y pensaba pedir comida china".

Alberto apresuró la marcha mientras escribía.

"Rollito primavera y pollo con almendras para mí".

En cinco minutos, Alberto, exhausto de volver a subir los cuarenta escalones corriendo de dos en dos, apareció en la puerta del apartamento de Sandra, que lucía un sexy picardías negro.

—¿No has pensado nunca en mudarte? —preguntó mientras intentaba recuperar el aliento.

—¿Y perderme la cara que tienes de extenuación?

—Estás graciosilla... —Alberto aún respiraba con dificultad.

—Ya he pedido la cena. En veinte minutos la traen.

—Tiempo suficiente para ver como te queda el turquesa —le dijo a Sandra con su sonrisa más picarona.

—¿Desde cuándo te interesas tanto por ese color? —le preguntó ella, mientras lo agarraba por el botón del pantalón acercándolo a su cuerpo.

—Desde que te imagino todas las noches con esa ropa interior y Susi comiéndosela. Por cierto, ya puedes ir escondiendo a tu gata, no pienso compartir las braguitas con ella. —Alberto empezó a levantar el picardías de Sandra, sintiendo que la boca se le secaba.

—Ya está encerrada en el baño.

Mientras sacaba la prenda por su cabeza, Alberto admiró excitado su cuerpo. La ropa interior turquesa resaltaba su preciosa melena color rubí y contrastaba con su piel rosada.

—¿Te he dicho ya que estoy loco por ti? —preguntó él, mientras besaba cada centímetro de su cuello, hasta llegar al tirante del sujetador, que mordió a la vez que lo retiraba de su hombro.

—Todavía no, pero más te vale volver a decírmelo, por tu bien. —Sandra creyó estar perdiendo totalmente el control. Alberto en sus besos sabía combinar a la perfección el erotismo con la ternura.

—El turquesa te queda de maravilla, pero me gustas más sin ropa... —murmuró mientras dejaba caer su sujetador sobre el sofá.

—Rubiales, te quedan diez minutos y yo estoy excitada desde que te escribí el mensaje. Por lo que más quieras, haz lo que tengas que hacer ya, no aguanto más...

Con la ayuda de Sandra, Alberto no tardó en quedarse completamente desnudo y llevando a su pelirroja sobre los hombros entraron en la habitación. Con suavidad la dejó caer sobre la cama y con su lengua acarició su piel desde el ombligo hasta sus pechos, recreándose luego en ellos. Sandra abrió sus piernas para recibirle, totalmente sumida en el placer que él le proporcionaba.

La comida llegó justo después de que ambos se vistieran con una simple camiseta. Cenaron sentados en el suelo, junto a una pequeña mesa y apoyados en el sofá del salón. A Sandra había algo de esa relación que le preocupaba y necesitaba comentarlo con él.

—Alberto, ¿has pensado cómo van a reaccionar en el bufete si saben que estamos liados?

—Pues, no, no lo he pensado y no me preocupa. ¿Crees que puede suponer un problema?

—Antes de trabajar en este bufete, estuve en otra firma donde las relaciones entre los empleados estaban prohibidas. Pero, aun así, los abogados siempre intentaban llevarse a las secretarias o administrativas a la cama. Yo tuve problemas con un abogado.

—¿Tuviste alguna relación con él?

—Siempre me negué. He tenido relaciones breves con algunos hombres, pero nunca con un compañero de trabajo.

—Yo soy un compañero de trabajo.

—Ya, me enredaste… yo no quería… —Sandra le lanzó una mirada socarrona, mientras acercaba los labios para que la besara.

—Si fuiste tú la que me obligó a acostarme contigo.

—Y lo seguiré haciendo, lo sabes… —Alberto le dirigió una de esas sonrisa que la dejaban sin respiración.

—Y, ¿qué pasó con aquel abogado?

—Pues, enfadado por mis reproches, empezó a correr la voz de que yo mantenía relaciones con otro abogado que estaba casado y con el que tenía una gran rivalidad. Yo incluso conocía a la mujer. El pobre tuvo muchos problemas personales y profesionales, bueno los dos tuvimos problemas y decidí irme para que no lo echaran a él.

—¿De verdad lo hiciste por ese hombre?

—Bueno, también lo hice por mí, ya no podía seguir trabajando allí y por suerte ya había mantenido una primera entrevista con el departamento de Recursos Humanos de este bufete.

—¿Pero crees que nos puede pasar algo parecido a nosotros? No estamos en el mismo departamento, no tiene por qué afectar a nuestro trabajo.

—Rubiales, no es fácil para una simple secretaria como yo. El entorno de la abogacía aún sigue siendo, por desgracia, un mundo de hombres y las administrativas muchas veces estamos consideradas como jarrones, solo servimos para alegrar la vista.

Alberto comenzó a sentirse irritado con aquella conversación, nunca había considerado a una mujer un objeto y odiaba la posibilidad de que alguien lo hiciera con Sandra.

—Sandra, escucha, la atracción que sentí por ti desde el primer día no fue puramente física. Para mí sería un orgullo gritar a los cuatro vientos que tú y yo estamos empezando una relación, una relación que espero sea muy larga. —Acarició su barbilla con sus dedos a la vez que la acercaba para besarla.

—Lo sé, sé que no eres de los que ven a una mujer solo como un objeto sexual. Tengo que reconocer que cuando te vi por primera vez pensé que tenías pinta de ser otro más, pero necesité poco tiempo para darme cuenta de que eras distinto.

—Me alegro. —Le sonrió agradecido.

—Pero por ahora preferiría no dejar ver nuestra relación. Podemos seguir tomando juntos el café y hablar como hasta ahora, pero como amigos, nada más. Al menos durante un tiempo.

—De acuerdo, no te preocupes. No sé si podré resistirme, pero lo intentaré.

—Tampoco deberíamos salir mucho por ahí los fines de semana, para que no nos vean juntos.

—Eso tiene su parte buena y su parte mala. Quedarme encerrado contigo todo un fin de semana no es para mí un sacrificio. —Alberto volvió a hipnotizarla con la forma de sus labios al sonreír y su ceja levantada.

—Si sigues lanzándome esas sonrisitas, la que no va a poder resistirse más soy yo. Vamos a cambiar de tema, que tengo que comerme estos fideos para recuperar fuerzas. Tenemos mucha noche por delante…

—Esa es mi pelirroja.

—Y, dime, ¿cómo ha ido con Lucas? —preguntó Sandra, mientras aspiraba varios fideos de arroz.

—Tengo un hermano que no me merezco. He podido explicarle, en pocas palabras, la razón por la que accedí a hacerme pasar por novio de Ana y al menos he conseguido que me escuchara. No quiere seguir hablando del tema y así tendrá que ser.

—Todavía estoy alucinada por la reacción de Ana. La conozco desde hace ya cinco años y te puedo asegurar que, a pesar de que ella se empeña en parecer un ogro, es una maravillosa persona. Pero hay algo que la perturba y ni yo ni Helena sabemos exactamente qué es.

—Hoy se ha portado fatal, no pensé que alguien pudiera hablarle así a una niña de seis años, además el día de su cumpleaños. Pero tengo que decirte que en el fondo, Ana me da pena.

—Yo también siento lástima por ella. La llamaré, aunque es muy probable que no quiera hablar de lo sucedido. Si en algo coinciden Ana y Lucas es en tozudez.

—Pobre Lucas. Se prendó de una mujer misteriosa que deseó en silencio, que luego resultó ser novia de su hermano y que al final se convirtió en su pesadilla. No debí intervenir, no tenía que haber ido aquel día al aeropuerto.

—No te culpes, rubiales, si aquella mujer misteriosa era el destino de Lucas, volverá a aparecer en su vida y si el destino se había equivocado, pues ya rectificará... Ahora lo que tenemos que hacer nosotros es mantenernos al margen, acabar la cena y volver a hacer el amor hasta caer dormidos.

—Uhmm... Pelirroja, me gusta el plan.

Mientras Sandra recogía los envoltorios de la cena, Alberto envió un mensaje a su hermano.

"¿Todo bien?".

La respuesta no se hizo esperar.

"Sí, tranquilo. Martina ya duerme y yo estoy bien. Disfrutad y dale un beso a Sandra de mi parte".

Después de acostar a Martina, Lucas fue en busca del álbum de fotos de Mónica. La tapa había sido decorada por su mujer con lazos rosas y algunos calcetines de bebé. En el interior se guardaban imágenes y recuerdos del embarazo, como fotos con la evolución de la barriga, ecografías, pruebas médicas y, por último, aunque todavía Lucas no había sido capaz de comprobarlo, mensajes que su mujer había escrito para Martina. El libro fue cuidadosamente preparado por Mónica para que Martina la recordara. Durante los últimos meses del embarazo, Lucas la observaba seleccionando fotos y enganchándolas cariñosamente, convencido de que simplemente comenzaba el álbum de su bebé, ignorando por completo la verdadera finalidad del libro. Y esa era la razón por la cual Lucas no había sido capaz de abrir aquel álbum. Más de una noche se había quedado dormido en el sofá abrazado a él, sin fuerzas para abrirlo pero también sin fuerzas para separarse de él.

Mónica estaba ya de siete meses cuando los médicos lo advirtieron de que el parto podía matarla. Aquel día Lucas no pudo asistir a la visita y ella se lo ocultó, hasta que días antes del parto, al verla tan débil, él decidió ir a hablar directamente con su doctor. Aún siente un dolor indescriptible en el pecho cada vez que recuerda las palabras del ginecólogo: "Su mujer no resistirá el parto y posiblemente no llegue a ver a su hija". ¿Puede una frase de apenas diez palabras esconder tanto sufrimiento? A pesar de la noticia y de la tortura que Lucas estaba padeciendo, se armó de valor y decidió continuar mostrándose ajeno a lo que estaba a punto de suceder. Debía hacer todo lo posible para que Mónica disfrutara de los últimos días de su embarazo y de su existencia, para que pudiera cederle la vida a su hija, a la que tanto amaba y a la que nunca vería crecer.

Capítulo 10
TÚ ERES MI ÁNGEL
DE LA GUARDA

Ana apenas había podido descansar y estaba sufriendo una terrible migraña. Estar delante de la pantalla del ordenador todavía agudizaba más el dolor, pero tenía que encontrar un vuelo a Nueva York para esa misma semana, a cualquier precio. Ya lo había decidido, hablaría con su jefe y le pediría un mes para ausentarse de la oficina, trabajando desde Nueva York, manteniéndose en contacto con su equipo y adaptándose en todo momento al horario español. No sería fácil, pero conseguiría estar muy lejos de todo, del recuerdo, del dolor y de Lucas, al menos durante un mes. Treinta días durante los cuales intentaría olvidar lo sucedido, recuperar contactos perdidos en Nueva York y replantear su vida. Tenía que decidir si quería continuar en Barcelona o quedarse a vivir definitivamente en Estados Unidos.

Solo había dos impedimentos, dos razones por las que irse de allí iba a ser tan doloroso como quedarse: Helena y Sandra. Y lo que tenía que hacer ahora también era desgarrador para Ana. Debía despedirse de ellas y sobre todo, pedirles perdón. Tanto Helena como Sandra podían verse salpicadas por su actitud con Lucas y Martina. Lucas podía querer prescindir de la ayuda de Helena y la relación de Sandra y Alberto podía verse también afectada. Y eso la estaba atormentando.

A mediodía ya había reservado dos vuelos directos. El de ida sería para el martes siguiente, a las nueve de la noche. Recordó aliviada que ese no era el turno de Lucas. Era mejor no coincidir con él en el control policial. El viaje de vuelta sería cuatro semanas después.

Empezó a preparar las maletas, convencida de que aquello la ayudaría a sentirse lejos de allí. Pero era imposible, su mente no dejaba de reproducir las caras de Helena y Sandra cuando salía del apartamento de Lucas. A mediodía llamaron a su puerta y tras ella se encontró con una Helena abatida y molesta, con claros síntomas de no haber dormido aquella noche.

—Tengo que hablar contigo.

La mujer se sentó en el sofá, claramente agotada. Ana la miraba preocupada y cabizbaja. Sabía que no le gustaría lo que iba a oír, pero se lo había merecido y tenía que soportar el chaparrón.

—Ana, sabes perfectamente lo que has hecho mal. Siempre lo sabes, pero tu problema es que no puedes controlarlo. Y yo ya no sé qué más hacer por ti.

—Tía, has hecho mucho por mí, siempre, no tengo razones para quejarme.

—Pero así me lo agradeces —le reprochó Helena.

Ana permaneció en silencio sin poder mirar a su tía a los ojos. Sabía que esta vez le había hecho demasiado daño.

—Voy a tirar para atrás el proceso de la herencia en vida. Como puedes imaginar no creo que lo merezcas. De hecho, no creo que merezcas muchas de las cosas que tienes.

—Lo sé y lo acepto.

—Imagino que estás preparando la maleta para irte a Nueva York, ¿me equivoco?

—No, no te equivocas. Me voy el martes y volveré en cuatro semanas. Trabajaré desde allí.

Helena se levantó en busca de su bolso y rebuscó entre los bolsillos exteriores hasta extraer unas llaves.

—Toma, no alquilé todavía el piso en Manhattan. Pediré que lo preparen para cuando llegues. Podrás vivir allí durante esas semanas.

—Tía, muchas gracias. —Ana se sintió conmovida. Realmente su tía era una mujer maravillosa.

—Pero, por favor, utiliza ese tiempo para reflexionar. Siempre te lo he dicho, necesitas los consejos de un psicólogo y creo que, a medida que pasa el tiempo, cada vez será más difícil tu recuperación. Necesitas ayuda, Ana. Por favor, prométeme que lo pensarás.

—Lo pensaré, te lo prometo.

Y tras un largo y tierno abrazo, se despidieron. Después de diez años Ana notó sus ojos humedecidos por primera vez. Decidió evitar las lágrimas concentrándose en doblar sus camisetas y preparar una lista de las cosas que no podía olvidar.

El lunes lo dedicó a organizarlo todo en el trabajo. Su jefe aceptó las condiciones que ella le propuso, sabía que Ana estaba muy irritante y esa lejanía mejoraría el ambiente en su equipo. Preparó algunos documentos y visitó el banco para comprar dólares. Todo parecía estar bajo control. Solo faltaba algo más. Otra prueba dolorosa que debía superar.

A las siete de la tarde se dirigió al apartamento de Sandra. Sabía que a esas horas ya estaría en casa. Subió los cuarenta escalones con miedo a la reacción de su amiga, pero no era capaz de echarse atrás, no podía irse de España sin despedirse de ella. Sandra le abrió la puerta con una expresión seria, pero le dio paso.

—Ya sé que por mucho que diga, nada cambiará mi horrible comportamiento. No vengo a disculparme, vengo a despedirme.

Los ojos de Sandra se inundaron de lágrimas y su barbilla comenzó a temblar, conteniendo el llanto.

—Te echaré tanto de menos —dijo entre sollozos.

Las dos amigas se fundieron en un abrazo largo y enternecedor. Habían sido inseparables durante más de cinco años y sabían que alejarse la una de la otra iba a ser doloroso.

—Sandra, vuelvo en cuatro semanas. Necesito tiempo para pensar qué quiero hacer. Tal vez no sirva de nada, pero ahora en lo único que pienso es en salir de aquí.

—Lo sé. Aprovecha esas semanas para relajarte, para buscar en tu interior esa Ana maravillosa que yo sé que existe, pero que tú te empeñas en obviar.

—Espero que lo que sucedió el sábado no haya estropeado tu relación con Alberto.

—Tranquila, estamos bien —dijo, mientras se le escapaba una sonrisita.

—¿En serio? ¿Ya te lanzaste? —Ana la miró feliz por ella.

—Fuimos al musical que no pudimos ver la semana anterior y no llegamos a acabarlo, no pude más, lo arrastré hasta aquí y ya puedes imaginar lo que sucedió luego.

Ana se echó a reír, sabía que esos dos estaban hechos el uno para el otro.

—¿Y ahora? ¿Qué vas a hacer? No te vayas a acobardar, que te conozco, Sandra.

—No quiero pensar en el futuro. Disfrutaré del presente. Alberto me gusta demasiado y sé que es buen chico, esta vez podría funcionar.

—Muy bien. Por favor, ponme al corriente de todo. Envíame mensajes o correos electrónicos. Estaremos en contacto.

—Lo haré. Pase lo que pase, Ana, quiero que sepas que para mí siempre serás una gran amiga.

—Te quiero mucho, Sandra.

—Y yo a ti, Ana.

Y, abrazadas de nuevo, se despidieron con gran pesar.

Las nueve horas de vuelo hasta el Jonh F. Kennedy fueron las más largas de su vida. A pesar de sus intentos de dormir, le fue imposible conciliar el sueño, no podía dejar de pensar en lo sucedido aquella tarde en casa de Lucas. El llanto de Martina retumbaba en sus oídos y el dolor en el pecho no la dejaba respirar con normalidad. ¿Por qué reaccionó así con ella? Y, sobre todo, ¿por qué Martina trajo a su mente aquellos recuerdos que tanto necesitaba olvidar?

Ya en el taxi, camino del apartamento, consiguió retirar de su mente aquellos pensamientos que la angustiaban. Los rascacielos, las tiendas, los restaurantes, los puestos de perritos calientes... todo aquel paisaje urbanístico la apasionaba. Fue allí donde consiguió arrinconar de su memoria todo aquel dolor, diez años atrás, cuando se fue a vivir con sus tíos. Durante aquellos años estudió en las mejores escuelas de diseño, vistió prendas de las mejores marcas, comió en los mejores restaurantes... nunca le faltó nada. Y sin embargo, había fallado a su tía, la había decepcionado, primero unos años atrás cuando comenzaron sus problemas con sus compañeros de trabajo y después el sábado pasado, delante de unas personas a las que Helena tanto quería. Solo recordándolo, el dolor en el pecho se agudizaba.

El apartamento donde pasó aquellos cuatro años con sus tíos estaba en perfectas condiciones. Situado en una de las mejores zonas de la ciudad y con unas vistas espectaculares. Todo estaba en su sitio y la empresa de limpieza lo había dejado impecable. En la mesa del comedor vio un grupo de cartas y paquetes. Debía tratarse del correo que se había ido acumulando en la portería durante esos seis años de ausencia. Fue directa a su habitación y dejó las maletas sobre la cama. Ya se encargaría más tarde de colocar su ropa en el armario. Lo que necesitaba en ese momento era un baño. Había comprado unas velas y unas sales de canela y mandarina en el aeropuerto, pensando en usarlas nada más llegar. Durante veinte minutos disfrutó del silencio y el olor que desprendían las sales, consiguiendo relajar sus músculos, tan tensos desde hacía días.

Se dejó secar cubierta por un albornoz, así seguiría disfrutando de la fragancia de las sales en su piel. Abrió una botella de vino tinto que compró en el supermercado cercano al edificio, cogió las cartas de encima de la mesa y se sentó en el sofá para comprobar si alguna de ellas merecía la pena abrir antes de tirarlas. La mayoría eran de la asociación de antiguos estudiantes de la escuela de diseño, otras de publicidad y una no llevaba remitente. Era una carta para ella, con un matasellos de Barcelona. Por la fecha marcada en el sello debieron recibirla pocos días después de que Helena y ella se trasladaran a España. Aquello la extrañó y decidió abrirla.

A pesar de estar en el mes de julio, aquel jueves llovía a cántaros. Las calles estaban inundadas de agua y los transeúntes corrían de lado a lado. Ese día Lucas había trabajado doce horas seguidas. Aunque resultaba agotador, aquellas horas extras le vendrían muy bien. De camino a casa pensó en la posibilidad de llevar a Martina a Eurodisney en octubre. Sabía la ilusión que le hacía a su hija y para él también sería un motivo para desconectar del día a día y recuperar tiempo con Martina, pues su trabajo le impedía disfrutar de ella durante el verano. A las ocho y media llegó a casa agotado. Helena calentaba unos filetes de ternera y Martina la ayudaba a preparar una ensalada. Como tantas veces había hecho, volvió a agradecer el haber conocido a Helena, para ellos ya no era una simple canguro, era un miembro más de la familia. Las saludó cariñosamente y se dirigió al cuarto de baño para darse una ducha, uno de los mejores momentos del día. Se estaba acabando de vestir en su habitación, cuando se oyó el timbre del interfono. Cuando Lucas llegó al salón, se encontró a Helena totalmente aturdida y con el rostro empalidecido.

—¿Qué pasa? ¿Quién ha llamado?

—Lucas, es... —Helena fue incapaz de continuar. Volvieron a llamar a la puerta y Lucas iba a abrir cuando se puso frente a él—. Lucas, por favor, no seas duro con ella.

—¿Con quién, Helena? Me estás asustando.

Cuando abrió la puerta se encontró con Ana totalmente empapada por la lluvia y con dos maletas en las manos. Estaba pálida y tenía los ojos hinchados de llorar.

—¿Se puede saber qué haces tú aquí? —Lucas enrojeció de la ira—. ¿No te habías ido a Nueva York? Te dije bien claro que no volvieras a esta casa.

—Lucas, yo... necesito hablar con Martina. —Ana casi no podía mantenerse en pie.

—Ana, ¿estás bien? Madre mía, si pareces enferma.
—Helena se asustó de su aspecto y corrió al ver que su sobrina
perdía el conocimiento y se desvanecía ante ellos.

Lucas consiguió agarrarla justo antes de que cayera al suelo y entre los dos la tumbaron en el sofá. Él le levantó las piernas con unos cojines mientras Helena iba en busca de algunas toallas.

—Lucas, por favor, tráeme una camiseta de algodón y unos pantalones de esos cómodos que tienes para estar por casa. Está empapada y cogerá una pulmonía si no la secamos. ¡Madre mía, qué ojeras tiene! —exclamó preocupada—. Si se fue el martes por la noche y acaba de llegar ahora, esta chica no ha dormido nada.

Helena se encargó de secarla y cambiarle la ropa mientras Lucas preparaba un té caliente. Martina, al comprobar quién era la mujer a la que Helena vestía, salió corriendo del salón y se encerró en su habitación, asustada.

En pocos minutos consiguieron reanimarla, pero el rostro de Ana continuaba desencajado.

—Yo… yo tengo que hablar contigo y con Martina —suplicó con un hilo de voz.

—No creo que Martina quiera verte. Me ha costado mucho que olvide lo que le dijiste, no es buena idea.

—Lo entiendo, pero es realmente importante. Si no lo fuera no estaría aquí. He venido directamente desde el aeropuerto porque no puedo esperar más tiempo, por favor.

—Está bien, espero que sea tan importante como dices —aceptó Lucas con recelo.

Ana se levantó del sofá haciendo acopio de las pocas fuerzas que tenía y agarrando su bolso siguió a un Lucas desconfiado. Los dos entraron en la habitación de la niña que se había escondido entre los peluches. Lucas se sentó junto a Martina y Ana al otro extremo de la cama. Helena los acompañó hasta la puerta con el té de su sobrina en las manos y decidió esperar allí por si ella lo necesitaba.

—Martina, sé que tu papá te ha contado una historia muy bonita de dos niñas que se conocieron en un parque. —Ana casi no podía hablar y mirando a Lucas le suplicó—. Por favor, ¿me podríais explicar esa historia ahora?

—No creo que sea muy oportuno. —De pronto Lucas, extrañado, la miró confuso—. ¿Y tú cómo sabes eso?

—Por favor, Lucas, te lo ruego.

—Está bien… —Y comenzó la narración—. Hace muchos años una niña con una melena larga y rubia, con unos cinco años de edad, entraba en su nueva clase. Sus padres acababan de mudarse y ese día empezaba en su nueva escuela. La niña era muy tímida y estaba muy asustada. No sabía como hacer amigos y se mostró muy reservada durante varios días. El resto de los niños empezaban a reírse de ella, decían que no sabía hablar porque era demasiado bebé. Un día soleado la mamá de la niña la acompañó al parque al salir de la escuela. Allí se encontraban la mayoría de los niños de su clase. Ella se sentó en un columpio que estaba vacío intentando apartarse de los demás. Pero evitarles fue imposible, algunos de ellos se acercaron para reírse de ella. Cuando estaba a punto de arrancar a llorar, apareció una de las niñas de su clase que también solía jugar sola. Lucía una melena rizada que la hacía muy divertida y llevaba un trapo rojo atado al cuello en forma de capa de superhéroe. Se plantó frente a los niños y les dijo: "Dejad en paz a mi nueva amiga. Si volvéis a meteros con ella os tendréis que enfrentar a mi súper fuerza". Los niños huyeron asustados y la muchacha de los rizos se alejó hacia otro columpio. La niña rubia se quedó observándola, cuando de pronto pudo ver como una de las farolas contiguas al columpio cedía e iba a precipitarse sobre su nueva amiga. Rápidamente fue hacia ella y la empujó, tirándola al suelo. Las dos cayeron y un tremendo estruendo las asustó. La farola se había desplomado justo donde la niña jugaba. La muchacha de la capa roja abrió los ojos y se encontró a la niña de los cabellos dorados sobre ella, le había salvado la vida. "¿Eres mi Ángel de la Guarda?", le preguntó. Al sentarse las dos en el suelo esta vio como a su salvadora se le había salido un zapato y la caída le había roto el calcetín, dejando salir su dedo pulgar. La pequeña se lo tocó suavemente y le dijo: "Cuando un calcetín se rompe, un dedo se libera".

En ese instante Helena sintió que se iba a desmayar y fue a sentarse en una de las sillas de la habitación de Martina, dejando la taza de té en la cómoda.

—Continúa, continúa, Lucas —lo animó, cuando él la miró preocupado.

—Aquello las hizo reír y a partir de entonces se hicieron grandes amigas. Todos los días llevaban un calcetín agujereado y se quitaban los zapatos para rozar sus dos dedos pulgares, en forma de saludo. En la escuela las llamaban las *amigas mellizas*. Sus padres se hicieron amigos a raíz de aquel día y los seis se hicieron inseparables durante años: viajaban juntos en verano, pasaban las Navidades en familia, barbacoas, cumpleaños... mientras las niñas crecían en un ambiente de felicidad absoluta. Incluso dejaron de decir que eran amigas y se hacían conocer como hermanas.

—Martina —interrumpió Ana, mirándola con dulzura—, ¿sabes cómo se llamaban esas niñas?

Martina, que permanecía abrazada a su padre, lo miró, asustada. Lucas asintió con la mirada.

—La niña rubia es mi mamá, se llamaba Mónica, y la niña de los ricitos se llamaba Anabel.

Helena se tapó la boca con las dos manos y sus ojos comenzaron a humedecerse. Lucas no entendió su reacción.

—Helena, ¿estás bien? —le preguntó alarmado.

—Sí, sí... continúa, por favor.

Lucas buscó con la mirada a Ana que lo alentó a que prosiguiera con la historia.

—Las niñas crecieron, ya eran unas adolescentes y sus padres aprovechaban las noches de los sábados para salir al teatro, al cine o ir a tomar algunas copas. Una noche de verano Anabel quería preparar una fiesta en su casa e invitar a todos los niños del instituto para celebrar el fin de curso. Su padre no se encontraba demasiado bien, había tenido un ataque de ciática y no le apetecía salir aquella noche, pero Anabel insistió y los convenció. A pesar de la molestia, el padre de Anabel se empeñó en conducir aquella noche, pues iba a ser el único que no bebiera alcohol. Cuando circulaban por una carretera de curvas, a las afuera de la ciudad, el coche se descontroló y cayeron por un acantilado. Los cuatro murieron en el acto.

Helena empezó a llorar desconsoladamente y las mejillas de Ana comenzaron a humedecerse por las lágrimas. Casi sin poder articular palabra, Ana lo animó a acabar.

—Lucas, por favor, acaba.

—Aquella noche, durante la fiesta, Anabel había bebido más de la cuenta y Mónica no se divertía viendo así a su amiga, reprochándoselo en numerosas ocasiones. Cuando la policía llamó a la puerta, Mónica recibió la terrible noticia, mientras veía como Anabel reía a carcajadas entre sus amigos. Durante los siguientes días, las dos vivieron atormentadas las peores horas de sus vidas. El accidente las había dejado solas y las había privado de las personas que más querían. A pesar del sufrimiento, Mónica no podía olvidar el estado en que se encontraba Anabel en la fiesta y cuando salieron del cementerio, después de enterrar a sus padres, Mónica culpó a Anabel. A gritos le dijo cosas terribles, sumida en un tremendo dolor, mientras Anabel callaba y asumía toda la culpa. Aquella fue la última vez que se vieron. Anabel desapareció y Mónica se mudó a casa de sus abuelos. Unas semanas después, totalmente arrepentida y echando de menos a su hermana, Mónica comenzó a buscarla desesperadamente. Nunca más supo de ella. —Lucas concluyó apenado, recordar el final de aquella historia lo entristecía demasiado—. Cuando yo conocí a Mónica aún la buscaba e incluso la ayudé usando algunos contactos en la policía, pero fue imposible. Mónica murió sin tener la oportunidad de pedirle perdón a su hermana y amiga.

Ana, con los ojos encharcados, buscó entre su bolso y sacó la carta que encontró en Nueva York. Se secó las lágrimas con las manos e inspiró profundamente. Levantó su mirada hacia Lucas y le dedicó una leve sonrisa.

—La encontró, al final la encontró.

Lucas, sin comprender lo que Ana insinuaba, se quedó mirándola con la boca abierta. Ella comenzó a leer.

"Querida Anabel,

Por fin te he encontrado, te he estado buscando durante años, sin éxito. Pero el destino hizo que ayer acabara en mis manos una revista donde hacían mención a la muerte de tu tío. Lo siento, no debió ser fácil para ti perder otra vez a un ser querido. He estado investigando más sobre la noticia y conseguí vuestra dirección. Ahora te haces llamar Ana y veo que has cambiado el orden de tus apellidos, así era imposible que te encontrara.

¡Te he echado tanto de menos! Nunca me he perdonado por lo que te dije. Tú no tenías la culpa de nada, Anabel, fue un fatal accidente y tuviste que acarrear tú con aquella responsabilidad. Me he sentido y me siento fatal por lo que hice y no ha pasado un solo día desde entonces en que no me arrepintiera de mis palabras. He deseado ardientemente volver a verte, abrazarte, pedirte perdón y recuperar el tiempo perdido. No solo fuiste una amiga para mí, eras mi hermana, mi querida hermana.

Aunque sea demasiado tarde, te encontré y voy a tener la oportunidad de descansar sabiendo que por fin te pedí perdón.

Anabel, es muy probable que mañana muera, dando a luz a mi querida hija Martina y aunque parezca triste, me siento la mujer más afortunada del mundo.

Hace algo menos de un año me casé con mi marido, Lucas. Es un hombre maravilloso al que quiero con locura. Los médicos me han dicho que no sobreviviré al parto. No he tenido el coraje de decírselo a él, pero lo noto muy nervioso, creo que presiente que algo malo va a suceder. Me duele mucho pensar que va a tener que cuidar él solo de nuestra hija, aunque lo que más me duele es saber que no voy a poder estar ahí cuando ella dé sus primeros pasos, cuando se le caiga su primer diente o el día de su boda.

A pesar de todo ello, hoy me siento feliz, ella va a nacer, será una niña maravillosa y yo al fin te encontré y te pedí perdón. ¿Qué más le puedo pedir a la vida?

Al final de la carta te dejo anotada nuestra dirección. Me gustaría mucho que los conocieras y que estuvieras presente en la vida de Martina, compartiendo con ella esos momentos que yo me perderé. Tú eres su tía y deseo que ella te tenga a su lado.

A Lucas le he contado varias veces nuestra historia y le he pedido que continuara explicándosela a nuestra hija.

Me despido de ti con la esperanza de que consigas perdonarme y alguna vez le des a esa historia el final feliz que se merece.

Tu hermana, que te quiere mucho.
Mónica".

Ana, que en todo momento no había dejado de llorar, levantó la mirada y se encontró con el rostro de Lucas bañado en lágrimas, observándola aturdido y conmovido. Mientras doblaba la carta y la sujetaba contra su pecho, continuó hablando, cabizbaja.

—Después del entierro, mi tía Helena me propuso mudarme a Nueva York con ellos y acepté. Necesitaba salir de aquí y esa era mi oportunidad. —Se volvió para dirigirse a su tía—. Tía, nunca tuve el valor de contarte lo que sucedió la noche del trágico accidente, ni lo que Mónica me reprochó el día del entierro. Quise olvidarlo, me dolía demasiado. Pero el tiempo no me curó las heridas, es más, cada vez me sentía más culpable. Yo había matado a mis padres y a los padres de Mónica y la había dejado sola.

—Ana, eras una niña, una adolescente, tú no fuiste la culpable, fue un accidente.

—Pero yo nunca lo vi así y cargué con la culpa. —Y volviendo a mirar a Lucas, continuó—. Me acorté el nombre y cambié el orden de mis apellidos con la absurda convicción de que eso me haría ser otra persona. Después de cuatro años, de vuelta a España, un día me armé de valor y pasé frente a la casa donde vivían los abuelos de Mónica, pensando que tal vez la vería, aunque fuera de lejos. Cuando comprobé que allí vivía una familia que nada tenía que ver con ella, pensé que no la volvería a ver jamás. Era lo que me había merecido, el castigo que me había ganado.

Volvió a retirarse las lágrimas de la cara con las manos, mientras se acercaba un poco más a Martina que la miraba atónita.

—Martina, eres igual que tu madre. Igual a aquella niñita rubia y dulce que me salvó aquel día en el parque. Y cuando te vi por primera vez en casa de tu tío, sentí un desgarro en mi corazón, aunque no entendía muy bien el porqué. Yo no reconocí a Mónica en ti, pero mi subconsciente sí. Y por eso, el día de tu cumpleaños, cuando perdí el control, te dije aquellas terribles palabras. Sin yo siquiera saberlo, estaba respondiendo a tu mamá, enfadada con ella por lo que me estaba haciendo sufrir.

Ana volvió a tomar el bolso entre sus brazos y arrancó a llorar desconsoladamente.

—Martina, por favor, perdóname… tú nunca has tenido la culpa de nada, ni tu mamá tampoco. Ella fue una hermana para mí y la quise y la querré siempre. Por favor, perdóname… —Se retiró de nuevo las lágrimas que no la dejaban ver y sacó un paquete de su bolso—. El sábado no te había comprado ningún regalo. Este es el único recuerdo que guardo de mi infancia, nunca quise desprenderme de él. Es mi mayor tesoro. Y ahora no hay nada que me haga más feliz que regalártelo a ti y saber que tú lo guardarás para no olvidar a las dos *amigas mellizas*.

Martina, que hasta ese instante había permanecido abrazada a su padre, se separó de él y se acercó despacio a Ana, para coger su regalo. El paquete no estaba bien envuelto y enseguida vio de lo que se trataba. Era un pequeño trozo de tela rojo que llevaba bordado en un lateral el nombre de las dos niñas de la historia.

—¡Es la capa de superhéroe de Anabel! —Martina miró la prenda con los ojos bien abiertos.

—La guardé como recuerdo de aquel día y unos años después le pedí a mi madre que bordara en ella nuestros nombres.

La niña, que parecía haber entendido en ese instante lo que acababa de suceder, saltó hacia Ana para abrazarla.

—Anabel, eres tú, eres tú...

Ana la tomó en sus brazos con fuerza, acariciando su pelo y besando su rostro una y otra vez mientras sollozaba.

—Martina, por favor, perdóname, perdóname...

—Sí, Anabel, sí, te perdono.

El llanto de Ana se alternaba con besos y sonrisas de dulzura hacia la niña. Esta, le acariciaba las mejillas para borrar sus lágrimas y le devolvía las sonrisas.

—No llores más, Anabel, no llores. Ya te hemos encontrado, por fin te hemos encontrado.

—Ahora no lloro de tristeza, cariño, estoy llorando de alegría. Pensaba que había perdido a mi Ángel de la Guarda y estoy contenta porque la acabo de encontrar. Tú eres mi Ángel, Martina, tú eres mi Ángel de la Guarda.

—¿Yo? Pero si yo no soy tan valiente como mi mamá que te salvó la vida.

—Tu mamá me salvó de la muerte, sí, pero tú me has devuelto a la vida.

Lucas que observaba la escena con la cara llena de lágrimas, decidió retirarse, debía dejarlas solas y él podía aprovechar para calmarse y asumir lo que acababa de suceder. La carta de Mónica le había hecho recordar el dolor de aquellos días antes y después del parto y necesitaba desahogar su pena fuera de allí para que Martina no lo viera sufrir.

Salió de la habitación y Helena, que no había dejado tampoco de llorar, lo siguió. Los dos se sentaron aturdidos en el sofá, sin mediar palabra, cabizbajos y con los ojos encharcados por las lágrimas. Al cabo de media hora, Helena ya fue capaz de hablar.

—Yo conocí a tu mujer poco después de que sucediera lo del parque. Nosotros aún vivíamos aquí, en la misma casa donde vivo yo ahora. Allí también conocí a sus padres e hicimos varias barbacoas todos juntos. La madre de Ana era mi hermana. Cuando mi marido y yo nos fuimos a vivir a Nueva

York, Ana tenía apenas diez años y luego nos veíamos solo en Navidades y durante algunos veranos. Ellas siempre estaban juntas, realmente se querían mucho y parecían hermanas. Cuando nos enteramos de la muerte de mi hermana y mi cuñado, mi marido y yo decidimos llevarnos a Ana con nosotros. Nunca supe lo que sucedió en el cementerio, lo que Mónica le reprochó, ni la culpa que Ana llevaba a cuestas.

—Mónica vivía muy arrepentida por aquello. Yo la conocí dos años después de la muerte de sus padres y nunca dejó de buscar a su amiga. Necesitaba pedirle perdón, era su mayor deseo.

Lucas se sentía muy agotado, aquel día había sido duro y lo sucedido lo había dejado sin fuerzas.

—Helena, es tarde, creo que será mejor que os vayáis. Yo tengo que trabajar mañana.

—Es verdad. Además, mi sobrina necesitará dormir.

Cuando Lucas entró en la habitación de Martina se las encontró a las dos dormidas. Martina agarraba la capa de superhéroe y Ana abrazaba a Martina, tumbadas en la cama, una al lado de la otra. Sin hacer ruido retiró los peluches que quedaban encima de la cama y las arropó con una sábana. Quiso quitarle antes los zapatos a Ana pero se percató de que ya no los llevaba y sonrió al comprobar que uno de sus calcetines estaba roto y que Martina también se había puesto el agujereado. Debieron estar saludándose como hacían las dos *amigas mellizas*. Antes de apagar la luz se fijó en el pelo de Ana. La lluvia lo había mojado y ahora que estaba más seco se veía totalmente rizado, como la niña de la historia. El parecido de Martina con su mujer le hizo pensar que aquella imagen de las dos abrazadas podía ser el final feliz que Mónica quiso para esa historia. Las dos hermanas abrazadas de nuevo.

Cuando llegó al salón le dijo a Helena que sería mejor no despertar a Ana y le pidió un taxi. Acordaron que llegaría al día siguiente antes de que Lucas se marchara a trabajar.

Lucas apenas pudo cenar y a pesar del cansancio, le costó conciliar el sueño. Volvía a tener entre sus brazos el álbum de Mónica pero prefirió no abrirlo aquella noche, ya había sido demasiado duro oír las palabras que contenían la carta de su mujer y avivar más el recuerdo podía ser excesivo.

Pero lo que aún no era capaz de coordinar en su cerebro era la combinación Ana Anabel. Por un lado Ana, la loca que se inventa noviazgos para conseguir dinero, y luego Anabel, la niña dulce de la que tanto le había hablado Mónica. A pesar de que intentaba comprender lo que Ana había sufrido, su comportamiento del otro día todavía le generaba desconfianza. Y tener a Martina por medio era peligroso, la niña podía sufrir y eso no lo debía permitir. Decidió mantenerse cauteloso y esperar a que Ana ganara su confianza.

A la mañana siguiente, Helena se presentó puntual y Lucas ya estaba preparado para salir al trabajo. Antes de irse, entró en la habitación de su hija y con cuidado de no despertar a la niña, se acercó a Ana, dándole toques en el hombro.

—Ana, despierta.

—¿Sí…? —Apenas levantó los párpados, pero cuando entendió dónde estaba, abrió los ojos asustada—. Perdona, me quedé dormida.

—No te preocupes. Yo me tengo que ir a trabajar. Helena acaba de llegar y os está preparando el desayuno. Te dejo aquí unas toallas por si quieres ducharte y cambiarte. —Aunque con sus palabras pretendía ser educado, Lucas se mostró rígido y desconfiado.

—Gracias, gracias por todo…

Lucas, sin responderle, se dio media vuelta para salir de la habitación.

—Me… me gustaría pasar el día con Martina —tartamudeó Ana—. Quisiera llevarla al parque donde conocí a su madre y a nuestros rincones favoritos. Por favor, no impidas que entre en su vida, por favor.

—Ana. —Él se paró frente a la puerta, sin mirarla—. No puedo impedir que entres en su vida porque ya formas parte de ella. Si eres Anabel, es lo que Mónica hubiese querido. No me importa que paséis el día juntas, siempre y cuando Helena esté con vosotras. Y quiero que ella me tenga informado en todo momento de a dónde queréis ir y qué estáis haciendo. ¿Entendido?

—Entendido, me parece justo.

—Y si vuelvo a ver o a saber que Martina ha llorado por tu culpa, si sé que has vuelto a gritarle o a hablarle como en el día de su cumpleaños, la dejarás de ver y desaparecerás de su vida.

Y sin más que decir Lucas salió de la habitación y después de repetirle las mismas normas a Helena, se marchó al aeropuerto.

Capítulo 11
ANABEL

Maite lloró emocionada mientras Lucas le explicaba lo sucedido. Ella había estado en todo momento al corriente de los encuentros entre Lucas y aquella misteriosa mujer de los calcetines rotos y de los días de desesperación que había sufrido desde que se enterara que era novia de su hermano.

—Lucas, decías que Ana era diferente y ahora sabes por qué había algo en ella que la hacía distinta.

—Yo he visto fotos de ella de niña aunque nunca la reconocí, pero tal vez algo en ella me resultara familiar o me recordara a Mónica y por eso me parecía especial.

—¿Qué vas a hacer a partir de ahora? ¿Vas a perdonarla por lo del cumpleaños?

—No sé qué hacer… Puedo llegar a entender lo que ha sufrido durante todos estos años, Martina se parece mucho a su madre y eso debió de confundirla, pero no es excusa y no puedo confiar aún en ella.

—Pero según me has dicho, Mónica en su carta le pidió que fuera tía de Martina. No deberías negarte.

—Y no lo haré, pero la vigilaré. Como le haga daño a Martina, no la volverá a ver jamás.

—¿Y tú, ya no te sientes atraído por ella?

—Me ha decepcionado mucho, Maite, ahora mismo no puedo verla más que como una amenaza. Si consigue mi confianza, tal vez llegue a reconocerla como la amiga de Mónica.

—Ahora vas a trabajar más horas y también fines de semana, no te va a ser fácil controlarla.

—Ya he pedido a Helena que siempre esté con ellas y que me vaya informando. Aunque sea tía de Ana, confío en ella y sé que quiere mucho a Martina.

Cuando Martina se despertó, descubrió feliz que Anabel, como así la llamaba ahora, continuaba en casa, con ella. Ana, después de ducharse, se cambió de ropa, luciendo unos tejanos cómodos y una sencilla camiseta de algodón. Había dejado secar su melena al natural y sus ondulaciones volvieron a caer sobre su espalda. Antes de salir del baño se miró al espejo y recordó su antigua imagen, la imagen de Anabel. Pocos minutos después, las tres desayunaban juntas las crepes que Helena había preparado.

—¿Sabías que las crepes eran nuestro desayuno favorito, el de tu mamá y mío? Todos los domingos desayunábamos juntos, o en mi casa o en la casa de tus abuelos, y siempre nos preparaban crepes con chocolate o con azúcar y canela —Ana, sentada junto a Martina, habló con nostalgia.

—¿Sí? A mí me gustan mucho, pero solo con azúcar, con un poco, papá dice que no es bueno comer mucho azúcar.

—Tu papá tiene razón. También están muy buenos con nata o con frutas.

—Ana, ¿has pensado adónde quieres ir hoy? —Helena debía informar a Lucas, se lo había prometido, y pensó que si Lucas se sentía seguro, acabaría aceptando de nuevo a su sobrina.

—Primero, después de desayunar, me gustaría llevaros al parque donde conocí a Mónica, creo que todavía está la farola que volvieron a levantar. Tengo muchas ganas de ver la casa de mis padres, aunque sea desde fuera y le podría enseñar a Martina donde vivía su mamá. También pasaremos frente a la escuela donde estudiamos.

—¡Bien! —Martina aplaudió entusiasmada.

—Si todavía está abierta, podríamos comer en nuestra pizzería favorita y luego he pensado en ir al parque de atracciones. A Mónica y a mí nos encantaba subir a la noria.

Tal y como prometió, Helena envió un mensaje a Lucas informándole de lo que iban a hacer y él respondió al instante.

"Perfecto. Avísame cuando estéis comiendo".

El parque era muy diferente al que Ana recordaba. Había dos zonas separadas, una con columpios para niños más pequeños y otra para niños mayores. La farola que iba a caer sobre Anabel había sido reparada y continuaba allí, junto a un banco donde se sentaron las tres.

—Martina, fue justo aquí donde empezó todo. Aquí fue donde cayó la farola.

Martina, emocionada y feliz al sentir que estaba formando parte de la historia que tantas veces le había contado su padre, jugó alrededor de la farola a lo que llamó "el juego de las *amigas mellizas*". Por momentos, corría imaginando que era el Ángel de la Guarda de Anabel o saltaba desde uno de los columpios diciendo que tenía súper fuerza y que nadie podía reírse de su amiga.

Helena y Ana la miraban divertidas. Martina era una niña muy lista y con mucha imaginación.

—Es increíble, tía, ella es hija de Mónica, esa preciosa niña es hija de mi hermana... Desde que nos fuimos a Nueva York, no ha pasado un solo día en que no la echara de menos, a ella y a mamá y a papá, claro...

—Lo sé, Ana, aunque no lo demostraras, aunque no lloraras, yo sé que te acordabas de ellos.

—Todavía no puedo creer que la tratara tan mal el día de su cumpleaños —dijo Ana, mirando a Martina—. Me odio por ello. ¿Cómo he podido ser tan insensible?

—Yo nunca he dudado de tu buen corazón y me alegro mucho de que la Anabel que hay en ti haya regresado. —Helena agarró a su sobrina de la mano—. Has debido sufrir mucho y me duele no haberte podido ayudar.

—Tranquila, tía, no te culpes. Debí hablar contigo antes, debí explicarte lo que me estaba haciendo tanto daño, pero me empeñé en olvidar, creyendo que así borraría el sufrimiento. Pero no fue así, todo lo contrario, el dolor y la culpabilidad fueron creciendo.

—Debes aprovechar esta ocasión para dejar de huir y de culparte por el accidente.

—Lo haré. Dedicarle tiempo a Martina me ayudará y es lo que más deseo, por Mónica, por mi hermana.

—Lamento que Lucas siga enfadado contigo. Él solo se preocupa por su hija.

—Y debe ser así, tía. Yo me comporté muy mal y es normal que desconfíe. Espero que algún día me perdone y podamos hablar sobre Mónica. ¡Tengo tantas preguntas que hacerle! Pero por ahora respetaré sus normas y su comportamiento hacia mí, no quiero presionarle.

Después de unos minutos en el parque, pasearon por las calles del barrio que tantos recuerdos le trajeron a Ana. Mientras recorrían el mismo camino por el que Mónica y Anabel se dirigían a la escuela cogidas de la mano, Ana le explicó a Martina algunas de las anécdotas de las dos *amigas mellizas*. Reconoció el buzón de correos al que las dos habían subido jugando a las superhéroes y desde donde Mónica cayó hiriéndose en la rodilla. Pasaron delante del local, ahora cerrado, que había sido una escuela de danza y al que las dos acudían juntas los martes y jueves.

Pasar frente a la casa donde Ana vivió con sus padres fue muy doloroso para ella. Los echaba tanto de menos que no pudo evitar derramar unas lágrimas. Allí había vivido los mejores momentos de su vida y ahora lo que más deseaba era recordarlo, sentir a sus padres y llorar por ellos, lo que no había sido capaz durante aquellos diez años. Con los ojos inundados de lágrimas y abrazada a su tía, las dos recordaron a sus padres, cariñosos, divertidos y algo alocados. También pasaron frente a la que fuera casa de Mónica y la escuela donde estudiaron las dos niñas.

A las dos del mediodía, se sentaron hambrientas en la pizzería favorita de Mónica y Anabel, que afortunadamente continuaba allí, tal y como Ana la recordaba. Una hora después, Sandra se unió a ellas. Ana la había llamado durante la mañana para explicarle lo sucedido y su amiga no dudó en apuntarse a lo que denominó una "tarde de chicas". Cuando las dos se encontraron, se abrazaron emocionadas.

—Es increíble, Ana, todavía no me lo acabo de creer. Debiste explicármelo, no tenías que haber sufrido tú sola, las amigas estamos para ayudarnos.

—Tienes razón, perdóname.

—Ya hablaremos de todo esto y me darás más detalles. Ahora, disfrutemos de esta "tarde de chicas" que, por cierto, tenemos que repetir más de un viernes.

Cuando Sandra acabó de comer, las cuatro se dirigieron al parque de atracciones. Una vez allí disfrutaron de una tarde maravillosamente divertida: subieron a la noria, al carrusel, tiraron vasos con una pelota hasta conseguirle un muñeco de peluche a Martina y comieron algodón de azúcar y manzana caramelizada.

Helena, que ya había enviado un par de mensajes a Lucas, se sentía feliz al comprobar que su sobrina disfrutaba por primera vez desde hacía años. Vio como reía junto a Martina y Sandra, como iba cogida de la mano de la niña, como la trataba con ternura y, sobre todo, como el rostro dulce y calmado de Anabel volvía a ser el rostro de su sobrina.

Cuando Lucas regresó del trabajo, Helena ya estaba bañando a Martina mientras calentaba la cena.

—Papá, papá... hemos estado en el parque de atracciones, he probado una manzana con caramelo, me he subido a la noria, hemos comido pizza y he visto la farola que casi cae sobre Anabel. También hemos visto la casa de mi mamá y de Anabel.

—Ya veo que lo has pasado muy bien hoy, ¿te divertiste?

—Mucho. ¿Mañana puedo estar otra vez con Anabel?

—Si ella quiere... —Lucas buscó la afirmación de Helena con la mirada.

—Mi sobrina dice que si estás de acuerdo, podríamos ir las tres al cine después de comer y luego merendar en una crepería, donde también hacen unos batidos muy buenos. ¿Te parece bien?

—Ningún problema —aceptó sin dudar.

—Papá, ¿sabías que las crepes eran el desayuno favorito de mamá?

—Es cierto... Ya no lo recordaba.

—También es el desayuno favorito de Anabel y ahora el mío.

—Pues entonces, tendré que aprender a hacerlos... —Lucas se echó a reír.

¡Qué ganas tenía de acabar esa temporada de tanto trabajo y pasar más tiempo con su hija!

Mientras tanto, Sandra que había acompañado a Ana hasta su apartamento, la ayudaba a deshacer las maletas.

—Entonces, ¿Lucas sigue enfadado contigo?

—Sí, eso creo, pero es normal, Sandra, yo también lo estaría.

—Ya se le pasará.

—Eso espero...

—¿Crees que podría haber algo entre vosotros, una vez se le pase el enfado?

—Sandra, yo ahora no quiero pensar en eso. Sí, es verdad que me sentí muy atraída por Lucas, pero ahora ya no lo veo así. Estuvo casado con mi amiga, bueno, mejor dicho, con mi hermana. Se podría decir que somos cuñados. Y tú, ¿no has quedado hoy con Alberto?

—Sí, en diez minutos me voy a casa a cambiarme. Nos veremos a las nueve en su apartamento. Supongo que me quedaré allí todo el fin de semana, eso espero... — Sandra se sonrojó al imaginar las dos noches que iba a pasar con Alberto.

—¿Y qué tal en el bufete? Se habrán enterado ya de que estáis enrollados.

—No hemos dicho nada y ha sido extraño.

—¿Por qué?

—Bueno, le pedí que mantuviera en secreto nuestra relación y hemos estado disimulando. Se me hace raro tenerle tan cerca y no besarle. Ya sé que ha pasado tan solo una semana desde que nos liamos, pero es que me apetece mucho estar con él.

—Pues, no pierdas más el tiempo y vete ya. Dale recuerdos de mi parte y a ver si quedamos un día los tres para cenar.

—Sí, me voy ya. Por cierto, Ana, me encanta tu nuevo *look*, ese pelo ondulado te sienta de maravilla, pareces más joven.

—¿Te gusta? He pensado ir mañana a cortármelo, ya no me apetece llevarlo tan largo y liso. Antes no dejaba que bajara de los hombros.

—Me gusta.

Sandra se despidió de su amiga con un beso en la mejilla. Estaba feliz por ella, nunca la había visto tan radiante y había eliminado su expresión de perfeccionista exigente, mostrándose más natural y dulce. Era una faceta de Ana que aunque le era casi desconocida siempre había apostado por ella, sabía que existía y que tarde o temprano resurgiría.

Alberto estaba totalmente emocionado y sorprendido escuchando a su hermano que lo llamó para explicarle lo sucedido con Ana. Alberto conocía la historia que Lucas contaba a su hija sobre su madre y su amiga y le llegó al alma conocer el final.

—Es increíble. Tengo que decir que me alegro de que hayáis encontrado por fin a Anabel, pero por otro lado, se me hace extraño que sea Ana.

—Es todo bastante surrealista.

—Ana no parece encajar con la niña dulce y divertida de la que tanto hablaba Mónica.

—Yo tampoco acabo de relacionar la una con la otra.

—¿Qué vas a hacer?

—Pues, por ahora, esperar. Helena estará con ellas en todo momento. Martina está muy ilusionada, hoy han pasado el día juntas y mañana van al cine. Ahora mismo, para Martina, Ana es la persona más cercana a su madre, podríamos decir que es su único familiar y eso no puedo ignorarlo. Pero me preocupa una cosa.

—¿Qué?

—Tengo miedo de que la malcríe. Aunque fuera Anabel, la niña dulce que nos describía Mónica, ahora es Ana, una materialista, mentirosa e insensible. Entiendo que quiera arreglar las cosas con Martina y que se sienta arrepentida, pero dudo que sea un buen ejemplo para la niña.

—Dale un voto de confianza.

—Ya veremos…

Poco después de hablar con su hermano, Alberto preparaba impaciente la cena. Los días en el bufete nunca se le habían pasado tan lentos, tener cerca a Sandra y no poder tocarla había sido insufrible. Necesitaba verla a solas, desesperadamente. A pesar de sus mensajes, Sandra se había negado a encontrarse de lunes a jueves con él. Siempre estaba demasiado ocupada y Alberto desconocía la razón. Sabía que dos días a la semana iba a recoger a sus hermanos pequeños, pero ¿por qué no quería verle? ¿Por qué no podían simplemente cenar juntos? ¿Y si Sandra dudaba de sus sentimientos hacia él o de los de él hacia ella?

Pero por fin aquella mañana Sandra se acercó a Alberto para entregarle unos papeles, sobre los que puso una nota que decía "este fin de semana ¿en tu casa o en la mía?". Todas las preocupaciones se desvanecieron y ahora pensaba únicamente en como complacerla y conseguir que Sandra deseara pasar más tiempo con él. Así que cocinó sus mejores platos, alquiló algunas películas de abogados y detectives y compró un paquete de velas que repartió por el dormitorio, el baño y el salón.

Cuando por fin Sandra llamó a su puerta, Alberto corrió excitado. Al verla apoyada en el quicio de la puerta pensó que en ese instante era el ser más afortunado del universo, aquella maravilla de la naturaleza iba a ser suya y solo suya. Acercando su rostro al de ella, le susurró al oído.

—Estás increíblemente preciosa.

—Sí, la verdad es que eres un hombre con suerte.

—Lo seré mucho más dentro de exactamente… sesenta segundos —dijo Alberto, mirando su reloj.

—¿Sí? ¿Qué pasará entonces? —Sandra se acercó más a él.

—Que estarás completamente desnuda en mi cama, bajo mi cuerpo. Solos tú y yo, por fin, sin tener que fingir.

—Cincuenta y nueve, cincuenta y ocho, cincuenta y siete... —Sandra empezó la cuenta atrás con una sonrisa seductora.

Alberto la abrazó elevándola por la cintura mientras cerraba la puerta y la besaba apasionadamente. Poseer otra vez esos labios, jugar con su lengua y volver a sentir su aliento dentro de él era lo que más anhelaba. Tener a aquella mujer entre sus brazos era mucho más de lo que siempre había soñado. Tropezando con los muebles del salón y dando patadas a las puertas se fueron abriendo camino hasta llegar a su dormitorio.

—Treinta y cinco, treinta y cuatro... —Cuando sus bocas se liberaban, Sandra seguía contando.

Con habilidad, él consiguió quitarle el vestido, acariciando con sus manos las piernas, las nalgas y la espalda de Sandra, mientras ella le sacaba la camiseta por la cabeza a la vez que besaba su pecho. Se pararon junto a la cama y él dejó de besarla para admirar su rostro y soltar su melena roja que llevaba recogida con una goma.

—Creo que he pasado los cuatro días más largos de mi vida. No podía soportarlo más. Tenerte tan cerca y no besarte ha sido terrible ¿Qué me has hecho, pelirroja? —le susurró al oído, mientras desabrochaba su sujetador.

—¿Qué te he hecho yo? —Sandra enredó sus dedos entre el pelo rubio de Alberto—. ¡Qué me has hecho tú a mí, rubiales! ¿Crees que para mí ha sido fácil verte tan formal, con tu traje, tu camisa, tan repeinado y no poder arrancarte los botones y despeinar ese pelo que me vuelve loca? —le murmuró Sandra, con la respiración entrecortada y muy excitada, mordisqueando a la vez los labios de Alberto.

—Mmmmhh... pelirroja, te estás confesando. Al final va a resultar que tú también estás loca por mí. —Alberto se echó a reír mientras la tumbaba en su cama y se deshacía de la poca ropa interior que aún llevaba Sandra.

—Cuatro, tres, dos, uno... —Ella acabó su cuenta atrás sonriente.

—Ahora ya eres solo mía. ¿Te parece bien si empezamos la cena por el postre?

—Me parece perfecto, rubiales.

Después de hacer el amor, se sentaron a cenar en una pequeña mesa del salón. Alberto había ambientado la estancia con velas y sonaban canciones románticas. Sandra se sentía totalmente abrumada y maravillada, nunca antes un hombre se había esforzado tanto por complacerla.

—Gracias por esta velada tan especial.

—¿No es demasiado cursi?

—La verdad es que sí. —Sandra se echó a reír—. Pero me gusta, en serio, me parece perfecta.

—Creo que me excedí con las velas. También tengo algunas preparadas alrededor de la bañera, como en las películas. —Sandra no paraba de reír.

—Pues estoy deseando que llegue la escena del baño…

—No sabía qué preparar para hacer que el fin de semana fuera especial. Si hay algo que no te guste o que quieras cambiar, lo que sea, dímelo, quiero que seamos sinceros y claros el uno con el otro.

—Todo estará genial y no te preocupes, seguiré diciéndote lo que pienso, sin tapujos, como siempre he hecho contigo.

—Eso espero, es una de las cosas que más me gustan de ti.

Sandra alzó su copa de vino para brindar.

—Por la sinceridad, las velas del baño y el sexo. Y porque podamos disfrutar de esas tres cosas muchos fines de semana.

—Brindo por ello.

El sábado no salieron del apartamento de Alberto. Se prepararon un baño lleno de espuma y aunque en un inicio pretendían relajarse en él, no pudieron resistir la tentación de hacer el amor con sus cuerpos húmedos, rodeados de velas encendidas y aroma de lavanda. Prepararon juntos un copioso desayuno, vieron algunas de sus películas favoritas, jugaron al *Monopoli* y se explicaron todo sobre sus vidas, sus familias, sus amigos, sus gustos, sus experiencias y sus sueños. Sandra le habló de su padre, de las diferentes madrastras que había tenido, de sus hermanos pequeños, de su época de mala estudiante y de lo mal que había vivido sus inicios como administrativa en otros bufetes de abogados. Alberto le habló de sus padres, de su infancia y de su época universitaria. También opinaron sobre la increíble historia de Anabel y Mónica, que tanto había sorprendido a ambos. Compartir tantas confidencias les estaba uniendo más y cada vez que se besaban no podían frenar el deseo incontrolable de tocarse, acariciarse y mirarse a los ojos como si se tratara de la primera vez.

El domingo después de desayunar, Sandra se vistió y recogió sus cosas.

—¿De verdad que te tienes que ir ya?

—Sí, rubiales, lo siento, tengo cosas que hacer...

—¿Y no nos volvemos a ver hasta el viernes? —Alberto le cogió las dos manos y la acercó a él.

—Pero si nos vemos todos los días. —Sandra le sonrió.

—No es lo mismo. Otros cuatro días sin tocarte. No sé si podré resistirlo.

—Alberto, por favor, no lo hagas más difícil. Déjalo como está... Hemos pasado un fin de semana maravilloso. Hagamos que el siguiente sea todavía mejor —dijo Sandra, besando sus labios.

—Está bien, no quiero presionarte, pero recuerda que puedes confiar en mí.

—Lo sé.

Ese fin de semana también había sido muy especial para Ana. Poder recordar su infancia sin sentir dolor u odio era una extraordinaria sensación y compartirlo con Martina y Helena lo hizo todavía más increíble. Martina le recordaba mucho a Mónica y era como vivir de nuevo su fabulosa y divertida infancia. Además, era tan fácil querer a esa niña, ¿cómo pudo llegar a sentirse amenazada por Martina? Ana continuaba sin entenderlo y sin perdonarse por su actitud. Por eso y por ser hija de Mónica, estaba dispuesta a quererla como si fuera su sobrina. El sábado pasaron la tarde juntas y el domingo salieron a pasear por la mañana. Después de comer, sola en su apartamento, Ana observaba sonriente el dibujo que Martina le había dedicado y que ya estaba colgado en una pared del salón. Recordó como el apartamento de Lucas estaba lleno de esos dibujos tan coloridos y pensó que iba a reservar toda aquella pared para empapelarla con sus retratos.

Pero había algo que la tenía preocupada y sobre lo que debía meditar con tranquilidad. Se trataba de su futuro profesional. Tenía claro que quería continuar dedicándose al diseño y que su equipo era el mejor, pero seguir en aquella empresa no era lo que deseaba hacer. Crear su propia agencia de diseño era la única opción que la atraía, pero ¿cómo iba a financiarse? Tenía algo de dinero ahorrado pero no sería suficiente. Tal vez si hablaba con el banco podría conseguir un préstamo. Y sobre su equipo de trabajo, tenía que hablar con ellos, debía lograr que la siguieran e iba a ser complicado teniendo en cuenta el carácter exigente e insensible que ella mostraba.

"Bueno, primero el banco y luego el siguiente paso", se animó a sí misma.

Lo único que sí tenía claro era que ya no quería volver a Nueva York, debía estar cerca de Martina, Sandra y Helena.

Capítulo 12
NO QUIERO CONTINUAR CONTIGO

El lunes por la mañana Sandra percibió mucho nerviosismo en el bufete, sobre todo por parte de los socios. Se habían organizado varias reuniones y estaban esperando la visita de una nueva incorporación.

A las diez en punto entró en recepción un hombre con unos treinta años de edad, alto, moreno, atractivo y elegante. Saludó con una sonrisa seductora a todas las chicas y preguntó por el señor Hernández, el socio mayoritario y jefe de Alberto. En poco tiempo, todos los socios y abogados estuvieron reunidos en la sala grande. Apenas unos minutos después, algunos salieron haciendo corrillos y murmurando entre ellos. A Sandra le extrañó no ver en un inicio a Alberto hasta que este apareció con el nuevo abogado. Ambos hablaban y reían animadamente, como si entre ellos existiera un vínculo especial. Se dirigieron al despacho de Alberto y, justo antes de entrar, este le dedicó una sonrisa y un guiño a Sandra. Ella le respondió con el mismo gesto.

—¡Qué casualidad, Héctor! ¿Recuerdas cuándo fue la última vez que nos vimos? —Alberto estaba emocionado con aquel encuentro.

—Un año después de acabar la carrera. Nos encontramos todos los de clase, cenamos y tomamos unas copas en el bar de Carlos, tu amigo.

—Es verdad. De eso hace ya unos cuatro años. ¡Cómo pasa el tiempo!

—Cierto y dime, ¿cómo están Lucas y tu sobrina?

—Muy bien, mi sobrina es un encanto, guapa como su madre y es una niña muy lista. ¿Qué va a decir su tío? Hace poco cumplió seis años.

—Y tú, cuéntame, ¿te has casado? ¿Alguna prometida?

—No estoy comprometido aún, pero casi. Empezando una relación, estamos conociéndonos.

—Bien, esa es la mejor parte. Al inicio todo es comprensión y sexo. Luego, con el tiempo, la cosa se complica. —Héctor se echó a reír—. Yo intento no pasar de esa primera fase.

—Tú no has cambiado nada. Sigues siendo un macarra de cuidado. —Alberto rió a carcajadas mientras golpeaba el hombro de su amigo.

—Me alegro de que vayamos a trabajar juntos. El señor Hernández me ha dicho que tú me ayudarás a ponerme al corriente de los casos abiertos.

—Yo también me alegro, Héctor. Nos hace falta mucha ayuda, se nos están acumulando los casos y no damos abasto.

—Y las chicas por aquí ¿qué tal? ¿Alguna que merezca la pena? —Héctor le sonrió con picardía.

—Pues, la verdad, durante estos seis meses he preferido mantenerme al margen. Además, hay tanto que hacer aquí que no tengo tiempo de fijarme en nada más que en los papeles y la pantalla de mi ordenador.

—¿No me dirás que no te has dado cuenta de la pelirroja? Desde aquí tienes unas vistas espectaculares —exclamó Héctor sin separar la vista de la figura de Sandra.

—Será mejor que no te metas en líos y te centres en el trabajo —aconsejó Alberto mientras empezaba a notar como se enojaba por momentos.

"¿Lo mato o lo mato?", se preguntó.

—Tranquilo, colega, tú explícame los casos que ya iré yo tanteando el terreno.

Encerrados en el despacho de Alberto, los dos abogados trabajaron juntos durante el resto de la mañana. Alberto le explicó detalles de los casos más urgentes en los que Héctor debería colaborar de forma inmediata. Su amigo, que fue al igual que él uno de los mejores de su graduación, no tardó en aportar algunas sugerencias que podrían ayudar en la resolución de los procesos. Satisfechos, salieron a almorzar juntos un bocadillo rápido y a la vuelta, mientras Sandra preparaba unos informes, Héctor se le acercó, aprovechando que su colega atendía una llamada. Alberto, desde su despacho, pudo observar como le susurraba a Sandra al oído. Aquello lo irritó más de lo que jamás hubiera imaginado. Recordaba lo insistente que Héctor podía llegar a ser con las mujeres hasta conseguir su objetivo y no iba a permitir que Sandra fuera una más, ella no, por encima de su cadáver. Mientras hablaba por teléfono no pudo dejar de observarles. Sandra respondía a Héctor con la sonrisa encantadora que ella sabía utilizar para manejar a los hombres y eso lo estaba sacando de quicio. Cuando Alberto acabó la llamada, Héctor volvió al despacho. Su expresión no era muy satisfactoria, lo que fue tranquilizando a Alberto.

—¡Vaya con la pelirroja!

—Sandra, se llama Sandra ¿Qué ha pasado?

"Pelirroja solamente la llamo yo", pensó Alberto irritado.

—Pues me acerqué a presentarme y como se ha mostrado tan amable he aprovechado para pedirle su número de teléfono y decirle que podríamos quedar para tomar unas copas.

—¿Y qué te ha dicho? —"Decidido, lo mato"

—Pues, no sé si será verdad… pero me ha dicho que pertenece a una secta religiosa que no les permite ni tener móvil ni beber alcohol y que su novio, uno de los fundadores de la secta, me matará si se entera de que me acerqué tanto a ella.

¿Es verdad, Alberto? ¡Qué pena, tío, qué cuerpo más desaprovechado, tan guapa y tan loca!

—Sí, he oído decir que es algo rara. Mejor no te acerques a ella, si lo que dice es verdad y su novio se entera, ya sabe dónde trabajas. —Alberto intentó controlar su risa. Sandra no podía ser más ocurrente rechazando a los hombres y él no podía estar más enamorado de ella.

"Esa es mi pelirroja", pensó satisfecho.

Apenas unos minutos después, mientras Héctor leía unos informes, recibió un mensaje de Sandra en el móvil.

"¿Ese imbécil es amigo tuyo?".

Alberto sonrió y, disimuladamente, respondió.

"Sí, estudiamos juntos. No es mal tío, pero un idiota con las mujeres. Aunque ya veo que te lo quitaste pronto de encima".

"¿Crees que se lo ha tragado?", respondió Sandra.

Alberto apenas podía controlar las ganas de reír.

"Cree que estás loca y tiene miedo de tu novio. No sé si tu novio, el de la secta, lo hubiese matado, pero yo ya estaba a punto de hacerlo".

Sandra se hizo esperar para responder y Alberto no dejó de mirar la pantalla de su móvil, hasta que apareció la contestación.

"Ese es mi rubiales".

Levantó la cabeza y se encontró con la mirada de Sandra al otro lado de la mampara de cristal que al comprobar que nadie los observaba le sacó la lengua en forma de burla, respondiendo Alberto con el mismo gesto.

"Definitivamente, estoy enamorado", pensó sin más vacilación.

Ana entró por la puerta de la oficina sorprendiendo a todos. Ni sus compañeros, ni su jefe sabían que había vuelto de Nueva York. Su equipo se sintió decepcionado, tenerla lejos ayudaría a mejorar el ambiente de crispación que se había creado, pero su vuelta podía llegar a empeorar más el entorno de trabajo.

Después de explicarle a su jefe que había vuelto por los mismos problemas personales que ahora le impedían salir de nuevo del país, decidió llamar a Carla a su despacho para hablar con ella. Antes de llevar sus planes a cabo necesitaba aclarar algunas dudas con su ayudante.

—Por favor, cierra la puerta y siéntate —ordenó, intentado ser agradable.

Carla entró asustada, cuando su jefa mandaba cerrar la puerta era porque algo iba mal.

—Un asunto personal me ha hecho regresar de mi viaje y no creo que vuelva a irme a Nueva York. Querría hacerte unas preguntas que te agradecería me respondieras con total sinceridad. Sé que últimamente me he mostrado muy insensible e inflexible. No tengo excusas para justificar mi comportamiento y solamente puedo decir que lo siento. Tú siempre me has ayudado mucho, eres una gran profesional y no te he valorado lo suficiente.

—Gracias. —Carla parecía agradecida aunque aún desconfiaba.

—¿Es muy difícil trabajar conmigo? —preguntó Ana a bocajarro—. Dime la verdad, por favor.

—Bueno, Ana, no sé cómo explicarlo… Eres una gran profesional, en eso estamos todos de acuerdo, aprendemos mucho contigo, conoces bien tu trabajo y eres un ejemplo para todos nosotros. Pero es cierto que eres muy exigente y… —Carla no se atrevió a continuar.

—Sigue, no tengas miedo, te juro que no me lo tomaré mal…

—Pues, eres exigente, inflexible y nos tratas mal, nos gritas, no tienes en consideración nuestra vida privada y nos obligas a trabajar fuera de nuestro horario, cuando estoy segura de que lo haríamos igualmente si nos lo pidieras de buenas maneras, porque a todos nos gusta nuestro trabajo y nos gusta trabajar contigo… pero así es muy difícil…

—Entiendo. —Ana, cabizbaja, recibió toda la crítica manteniendo la calma.

Merecía todas esas palabras.

—Muchas veces aportaríamos más ideas, pero tenemos miedo de tu reacción.

—Y es una verdadera pena, porque sois el mejor equipo y no he sabido valorarlo.

—Perdona, Ana, por ser tan dura. —Carla se quiso disculpar, sus palabras podían haber dañado a su superior.

—Carla, todo lo contrario, te lo agradezco mucho. La que se tiene que disculpar soy yo, sobre todo contigo. Hay algunas cosas en mi vida que están cambiando y siento que ya no necesito ser la misma de antes, de ser tan recta y exigente. Quiero volver a ser la persona que fui hasta mi adolescencia. Necesitaré un poco de ayuda de tu parte y paciencia por parte de todos.

—Puedes contar conmigo.

—Sé que necesitas las tardes para estar con tu hijo. Pero, dime, ¿podrías empezar tu horario antes?

—Podría venir una hora antes.

—Vamos a hacer lo siguiente: vas a empezar a trabajar a las ocho y saldrás a las cinco, así tendrás más tiempo libre por las tardes y no irás tan justa para ir a recoger a tu hijo. Yo comenzaré a la misma hora, así podremos trabajar juntas desde primera hora y aprovechar mejor las mañanas. También he pensado que los viernes todos haremos jornada intensiva y a las tres no quiero a nadie aquí.

—Eso sería maravilloso, Ana.

—La verdad, no solo lo hago para agradecer vuestro trabajo, yo también quiero tener más tiempo libre por las tardes. Estoy segura de que entre todos conseguiremos compaginar mejor nuestra vida personal con la laboral.

—¿Y a partir de cuándo comenzaríamos con este nuevo horario?

—A partir de mañana. Tengo otra duda, Carla, pero por favor, no comentes con nadie que te hice esta pregunta y contéstame sin tener en cuenta lo que acabamos de hablar, como si quien te estuviera hablando fuera la Ana de hace dos semanas.

—Adelante, pregunta.

—Si yo pudiera crear una empresa propia de diseño, ¿trabajarías conmigo?

—Me lo hubiese planteado seriamente porque eres o eras muy exigente y sé que siendo tu propia empresa tendría que sacrificar más mi vida personal, pasar tiempo con mi hijo es mi máxima prioridad, pero también es verdad que desde el punto de vista profesional sería una gran oportunidad y un gran honor trabajar contigo en un proyecto cien por cien tuyo.

—Carla, eres la mejor. —Ana se levantó para ir a abrazar a su ayudante.

—Entonces, ¿te estas planteando esa idea?

—Sí, me ronda por la cabeza desde hace meses.

—Bien. —Carla aplaudió en silencio—. ¡Qué gran noticia!

—Por favor, no comentes nada aún. Necesito estudiar la viabilidad y la financiación del proyecto y para eso preciso tiempo. Pero no dudes de que contaré contigo pase lo que pase.

Pocos minutos después, Carla salió del despacho con una gran sonrisa en la cara, dejando a sus compañeros boquiabiertos. No supieron lo que había ocurrido allí, pero a partir de aquel día muchas cosas cambiaron en el trabajo.

Esa misma mañana Ana salió unos minutos para encontrarse con su gestor de cuentas en el banco, pero la reunión no fue todo lo bien que ella hubiese esperado. Con la mala situación financiera que estaba viviendo el país, los bancos eran más reacios a conceder préstamos. La única opción que le propusieron era hipotecar su piso y pedir un préstamo personal adicional a un tipo de interés alto. A Ana aquella alternativa no le gustaba, debía arriesgar su vivienda y era un precio demasiado alto que no estaba dispuesta a pagar. ¿Qué podía hacer? Intentaría volver a hablar con otros bancos, buscando mejores ofertas.

Los días en el bufete continuaban siendo tensos, sobre todo entre los socios. Algo estaban tramando y Sandra, como buena amante de la intriga y de las películas de detectives, intentó descubrir de qué se trataba. Durante la mañana del jueves se había organizado otra asamblea de socios y Sandra debía preparar algunos documentos. Mientras los repartía sobre la mesa de reuniones pudo escuchar una conversación entre uno de los socios y el señor Hernández.

—Entonces, ¿Sánchez ha dimitido y deja el bufete?

—Para ser exactos, le hemos invitado a que lo hiciera. No podemos permitir que los socios se vean involucrados en escándalos amorosos y sabes que él había tenido más de una aventura con chicas de administración.

—¿Y ahora quién va a ocupar su lugar?

—Vamos a proponérselo a Alberto. Además de ser un buen abogado, es íntegro y no lo vemos envuelto en este tipo de líos. Es una persona trabajadora y centrada, a pesar de su juventud. Creemos que se merece esta oportunidad.

—¿Es por esa razón por la que se ha incorporado este chico nuevo, Héctor?

—Ocupará el lugar de Alberto y a él le daremos los casos que llevaba Sánchez.

—Me parece buena idea, el chico tiene un futuro prometedor. ¿Y cuándo empezará?

—Todavía no hablaremos con él, esperaremos un par de semanas a que todos los socios estemos de acuerdo en qué casos traspasarle y preparar la documentación que deberá firmar. Mientras tanto, veremos cómo trabaja Héctor y continuaremos valorando a Alberto. Debemos estar seguros de que es la persona adecuada.

—Sandra, ¿nos puedes acercar esos informes, por favor?

—Aquí los tiene.

—Ya puede salir de la sala, vamos a empezar la reunión. Muchas gracias, Sandra.

Sandra salió muy nerviosa y desconcertada. Todavía no sabía como interpretar lo que acababa de escuchar. La primera emoción que sintió era alegría y orgullo.

"Se lo merece, se lo merece…", se repetía eufórica.

Ese sentimiento la hizo sonreír y una vez en su sitio buscó con la mirada a Alberto, que en ese momento estaba de espaldas, sentado en una pequeña mesa de reuniones en su despacho, trabajando con Héctor. Pero aquella alegría no era completa y con el corazón encogido Sandra empezó a sentir como sus ojos se le llenaban de lágrimas.

"Si saben lo nuestro perderá credibilidad y no le darán esa oportunidad. No, no, otra vez no… con él no".

Y sin poder controlar el llanto, se fue corriendo hacia los lavabos. Justo en ese instante, Alberto se levantó de la silla girándose hacia donde se sentaba Sandra y pudo ver su expresión de angustia cuando andaba apresurada. Aquello lo preocupó y quiso ir hacia ella para preguntarle, pero no debía, se lo había prometido y tenía que disimular delante de los demás.

—Héctor, ¿te parece bien si paramos para tomar un café? Además, necesito unos minutos para ocuparme de unos asuntos personales.

—Muy bien, Alberto. Me irá bien tomarme un café, iré a buscarlo y te traeré otro. Te dejaré solo unos minutos para que hagas tus gestiones.

Mientras Héctor salía del despacho, Sandra volvía a su puesto. Tenía la cara más sonrojada de lo habitual y seguía triste, parecía haber estado llorando. Alberto tomó su móvil y le envió un mensaje.

"Sandra, ¿qué pasa?".

Ella miró la pantalla de su móvil pero no lo cogió. Alberto que empezaba a preocuparse volvió a escribir.

"Sandra, dime qué pasa".

Pero nada, no respondía. Enfadado decidió ser más duro.

"Dime lo que te pasa o voy ahí a sonsacártelo delante de todos".

Sandra, que volvió a mirar la pantalla, cogió el móvil y escribió lo que para ella fueron las palabras más dolorosas que había escrito en su vida.

"He estado pensando en lo nuestro y me he dado cuenta de que no quiero continuar contigo, necesito recuperar mi libertad. No me escribas, ni me llames y menos aún intentes verme. Y si vienes hacia aquí ahora mismo te juro que te corto los huevos".

Cuando le dio a enviar sintió como su corazón se rompía en mil pedazos. Y así también fue como Alberto recibió ese martillazo, directo al alma.

"Pero ¿por qué?", se preguntó.

A pesar de la amenaza de Sandra, Alberto salió decidido del despacho, tenía que hablar con ella aunque acabaran discutiendo delante de todos, en ese momento para él, su pelirroja era lo más importante. Pero cuando ya estaba cerca, Héctor lo frenó.

—Alberto, toma el café. ¿Has acabado ya tus asuntos?

Sandra, que escuchó a Héctor justo detrás de ella, entendió que Alberto estaba acercándose a pesar de su advertencia. Sintió deseos de girarse y mirarle a los ojos para darle a entender que necesitaba hablar con él, que no quería hacer eso... pero no podía ser, tenía que evitar ese contacto y alejarse de él lo antes posible. Alberto tenía que conseguir ese puesto y ella no debía ser un estorbo. Así que, aprovechando que Héctor había evitado que se acercara más, volvió a levantarse y a encerrarse en los lavabos. Una vez dentro, escribió un mensaje a su jefe que todavía estaba en la reunión.

"Tengo que salir porque acaban de ingresar a mi padre por neumonía. Le dejo su agenda y los asuntos más importantes de hoy a Elvira".

Esperó unos diez minutos, se dirigió hacia el puesto de Elvira para explicarle la situación y sin mirar a nadie más, cogió su bolso y se fue.

A pesar de la rotundidad de las palabras de Sandra, Alberto continuó enviándole mensajes: "Tenemos que hablar". "¿Qué ha pasado? Tienes que explicármelo". "Sandra, por favor, algo ha pasado y me lo tienes que contar, no puedes dejarme así". Pero todos fueron en vano. Sandra desconectó el móvil y tampoco la pudo llamar. Aquel día desapareció, sin más.

Desesperado, cuando llegó a casa, decidió llamar a Ana.

—¿Sabes algo de Sandra? —preguntó sin apenas saludar.

—No. ¿Por qué? ¿Qué ha pasado?

—Ha salido antes del trabajo, tiene el móvil desconectado y no responde ni a mis llamadas ni a mis mensajes. He pasado por su casa pero tampoco parece que esté allí.

—Pero ¿ha sido así, sin más?

—A eso de las once la vi preocupada, tenía la expresión triste y los ojos llorosos. Le envié un mensaje preguntándole pero me respondió que ya no quería saber nada más de mí, que lo dejábamos y que no intentara acercarme a ella.

—¿Eso te respondió? Pero si me dijo el viernes que tenía muchas ganas de verte, a solas.

—No lo entiendo, Ana, hemos pasado juntos el fin de semana y todo iba muy bien. Estoy preocupado por ella. ¿Dónde puede estar?

—Tal vez esté en casa de su padre. Voy a intentar localizarla y te digo algo. Tranquilo, ella estará bien, tal vez le hayan surgido dudas y ha reaccionado así por el miedo.

—No sé, Ana, creo que ha tenido que suceder algo para que cambiara de esa manera tan brusca.

—No te preocupes, tranquilo, estará bien. Voy a ver qué consigo averiguar y te llamo.

En ese momento Ana se encontraba en casa de Helena, en la cocina, haciendo galletas con Martina y su tía.

—¿Pasa algo? Te veo preocupada, ¿quién te ha llamado?

—Era Alberto, al parecer Sandra ha salido antes del bufete y no responde a sus llamadas.

—¿Crees que le puede haber sucedido algo malo?

—No creo, seguro que está con su padre. Voy a intentar localizarla.

La llamó varias veces al móvil, pero nada, estaba desconectado. Buscó en su agenda el número de teléfono del padre de Sandra, pero no lo encontró. Hasta que recordó un día en que Sandra le facilitó el número de teléfono de una de sus madrastras, la madre de sus hermanos más pequeños. Se lo dio para que la avisara de que ella pasaría a recogerlos a la escuela el día que Sandra tenía la entrevista de trabajo para el bufete. Consiguió hablar con ella y amablemente le dio el número de teléfono de la casa del padre de Sandra. Y, efectivamente, tal y como ella sospechaba, su amiga estaba allí.

—¿Te encuentras bien?

—Sí, ¿por qué? ¿Cómo supiste que estaba aquí?

—Me llamó Alberto, está preocupado. ¿Qué ha pasado?

—Ana, ya le puedes decir que estoy bien y que me deje en paz.

—¿Por qué te enfadaste con él?

—No me enfadé, Ana, simplemente me he dado cuenta de que no me apetece que sigamos viéndonos. Me presiona demasiado y me siento ahogada.

—Sandra, ¿estás segura? Pero si estabas muy ilusionada y no os veis entre semana, no parecías sentirte presionada.

—Se acabó y no hay que darle más vueltas. Por favor, dile a Alberto que se olvide de mí y que no insista.

—Sandra, ¿de verdad es eso lo que quieres?

—Ana, por favor, tengo que dejarte.

—¿Podemos vernos este fin de semana?

—No volveré hasta el domingo por la tarde. Ya nos veremos la próxima semana. Adiós.

Ana se quedó muy preocupada, esa nunca había sido la forma de actuar de Sandra. La conocía bien y sabía que debía haber una razón para ese comportamiento. Sandra necesitaba tiempo para poder recapacitar y acabaría contándole lo sucedido, porque en eso coincidía con Alberto, había ocurrido algo que la había hecho cambiar. Llamó a Alberto para explicarle la conversación.

—Sandra está en casa de su padre. Hablé con ella.

—¡Menos mal! ¿Está bien?

—Está bien, pero no quiere hablar contigo. Quiere que te diga que la dejes en paz.

—No lo entiendo, Ana, no dejo de pensar en qué he dicho o hecho para molestarla.

—¿La has presionado para veros más a menudo?

—Bueno, sí, le he pedido que nos viéramos más, pero lo hablamos el domingo y ya no he vuelto a insistir. Incluso fue ella quien me llamó anoche para planear el fin de semana.

—¿Te llamó anoche y esta mañana te dice eso? Es raro…

—Sí, muy raro. Ana, intenta hablar con ella, por favor.

—Me ha dicho que no volverá hasta el domingo por la tarde. Creo que lo mejor será que no contactes con ella. Dejémosla unos días para que se tranquilice. Estoy segura de que me lo acabará contando, pero si se siente demasiado agobiada se enfadará.

—Lo intentaré. Gracias, Ana.

Ana volvió con Helena y Martina, que esperaban ansiosas que las galletas acabaran de hornearse.

—¿Encontraste a Sandra? —preguntó Helena preocupada.

—Sí, hablé con ella. Está bien, pero algo ha pasado con Alberto y no quiere verlo.

—A esta chica, cuando algo le entra en la cabeza...

—¿Sandra se ha perdido? —preguntó Martina que estaba escuchando la conversación.

—Sí, pero ya la encontramos. —Ana tomó a Martina en sus brazos—. Me voy a ir ya, ¿me das un beso?

—¿Podemos hacer nuestro saludo? —La niña se sacó el zapato.

—No te olvidas nunca... Espera que me saco la zapatilla.

Y las dos rozaron sus dedos del pie descubiertos, como hicieran Mónica y Anabel cuando eran pequeñas.

—Lucas debe de estar a punto de llegar, ¿por qué no lo esperas? —preguntó Helena.

—Tía, será mejor que no me vea, no insistas.

—Como quieras...

Y como casi todas las noches, Ana se despedía de ellas instantes antes de que Lucas apareciera.

Cuando él entró por la puerta, Martina corrió buscando sus brazos.

—Hola, preciosa. —Lucas no se cansaba nunca de besar y abrazar a su hija—. ¿Qué bien huele aquí? A ver si lo adivino, hoy ha tocado... galletas.

—Sí, papá, están a punto de salir del horno. ¿Las vas a probar?

—Esperamos a que acaben de dorarse y nos vamos a casa, ya las probaré allí, hoy estoy muy cansado.

—Papá, Sandra se ha perdido y se ha enfadado con tío Alberto.

—¿Qué ha pasado? —Lucas miró a Helena intrigado.

—Tu hermano llamó a mi sobrina hace un ratito. Al parecer, Sandra se ha enfadado con él y no la encontraba. Ana consiguió localizarla.

—Helena, ¿me podrías dar el número de teléfono de Ana? Le preguntaré antes de hablar con Alberto.

Pocos minutos después, Lucas y Martina llegaban a casa con una caja de humeantes galletas y unas empanadas que Helena había preparado para cenar. Y como cada noche a esas horas, se fueron directos al baño. Desde que Martina empezara la escuela y sobre todo cuando Lucas trabajaba durante todo el día, la hora del baño se había convertido en uno de los momentos favoritos de los dos. Lucas sentado en el suelo junto a la bañera controlaba que su hija se enjabonara bien, antes de lavarle el pelo y mientras la niña jugaba con el agua, los dos explicaban lo que habían hecho durante el día. Esa noche Martina le contó a su padre que Anabel le estaba enseñando a dibujar princesitas.

—¿Habéis estado pintando juntas?

—Anabel hace unos dibujos muy bonitos y me está enseñando para que yo los haga mejor. También sé escribir el nombre de mis princesas favoritas.

—¿Anabel te enseña a escribir nombres? —Aquello lo sorprendió.

—Dice que no siempre tenemos que estar jugando, que también tengo que aprender cosas nuevas. Aunque a mí no me importa, porque es como estar jugando con ella.

—¿Qué más cosas te enseña?

—También pintamos números de colores que luego recortamos y me ha enseñado a decir los números del uno al diez en inglés y en francés. ¿Te los digo papá?

—Por supuesto.

Lucas había estado dudando sobre la influencia que Ana podía ejercer sobre Martina, temía que pretendiera darle demasiados caprichos, pero aquella conversación lo tranquilizó. No todo eran juegos, parques de atracciones y manzanas de caramelo, también se estaba preocupando de su enseñanza y eso le gustó.

"Parece que se está esmerando en ejercer bien su papel de tía".

Aprovechó aquel instante para enviar un mensaje a Ana. Aquella situación de Sandra y Alberto lo tenía preocupado.

"Ana, soy Lucas, Helena me dio tu número de teléfono. ¿Qué ha pasado con Sandra?".

Ana, que estaba preparándose algo para cenar, acudió a su móvil cuando lo estuchó vibrar. Le extrañó ver un mensaje de un número desconocido pero aún se sorprendió más al leerlo y comprobar que era de Lucas. No tardó en responder.

"Hola, Lucas. Ha sucedido algo esta mañana en el bufete y Sandra ha tenido que salir antes. Alberto no la podía localizar y me llamó. Al final la encontré en casa de su padre. No me ha querido explicar lo que ha ocurrido, pero no quiere ver más a tu hermano. Habla con Alberto, lo está pasando mal".

Mientras Lucas leía el mensaje, Martina se asomó para ver con quién se escribía su padre.

—Papá, ¿es Anabel?

—Sí, le estoy preguntando por Sandra.

—Papá, dile de mi parte que te estoy enseñando los números en inglés y francés, por favor... —suplicó la niña.

—De acuerdo, pero solo le digo eso, que te conozco.

Lucas tomó su móvil y empezó a escribir.

"Martina quiere que te diga que me está enseñando los números en inglés y en francés".

Ana se echó a reír al leer el mensaje.

"Martina aprende muy rápido. Ya quiere que le enseñe hasta veinte. ¿Te los ha dicho bien?".

Lucas sonrió orgulloso de su hija.

"Es lista como su madre. Me los ha dicho muy bien en inglés, pero yo no sé cómo se dicen en francés, de todas formas la pronunciación me ha parecido convincente. Gracias por enseñarle esas cosas".

Al leer el agradecimiento, Ana inspiró profundamente, sintiéndose aliviada.

"Es un verdadero placer".

Después de despedirse de Ana, Lucas envió un mensaje a Alberto.

"Ven a cenar y me cuentas lo que ha pasado".

Diez minutos después Alberto entraba en su casa. Su expresión dejaba ver la agonía que estaba sufriendo. Sin mediar palabra besó a su sobrina y se acercó a su hermano para ayudarle a preparar la mesa.

—Lucas, estoy desesperado. No dejo de pensar en qué hice mal, no lo entiendo.

—Tranquilo, cuéntamelo todo.

Alberto le narró lo sucedido, con todos los detalles que recordaba y le leyó el mensaje que recibió de Sandra.

—¿Y dices que estuvisteis hablando anoche?

—Me llamó ella y parecía contenta, hablamos y nos despedimos bromeando, como siempre hacemos.

—¿Y esta mañana? ¿Hablaste con ella antes de verla así?

—No, cuando yo llegué la vi en la sala de juntas, había reunión de socios y estaba repartiendo los informes.

—Es raro, muy raro…

—Ana me ha dicho que Sandra no vuelve hasta el domingo por la tarde. Ella cree que será mejor que no la presionemos, que esperemos a que le acabe contando lo que pasó. Pero, Lucas, no sé si podré esperar.

—Te entiendo. Estás enamorado de Sandra, ¿verdad?

—Creo que sí.

—¿Y te parece que Sandra siente lo mismo por ti?

—Yo diría que sí. Ella es más independiente que yo y tiene miedo a sentirse atada, lo noto, pero yo diría que ella está bien conmigo, que también siente algo por mí… Incluso le dijo a Ana el viernes pasado que tenía muchas ganas de verme a solas. Y me parece que Sandra no es de esas chicas enamoradizas que dicen eso de todos los chicos que conoce.

—Si es así, hermano, ella volverá, recapacitará, ya verás.

—Ojalá, Lucas, ojalá.

Al día siguiente Alberto no podía mirar el asiento vacío de Sandra sin sentir un terrible dolor en el pecho. Intentó centrarse en sus tareas y en trabajar con Héctor. El fin de semana no fue mucho mejor. La echaba de menos, no dejaba de mirar la pantalla de su móvil, esperando que ella respondiera a alguno de los mensajes que le había enviado, incluso pasó frente a su piso, esperando ver si las cortinas o las persianas se habían movido. Pero nada, tal y como le dijo a Ana, Sandra no volvió hasta el domingo.

El lunes, Alberto llegó antes. Quería estar allí cuando Sandra entrara por la puerta. Necesitaba verla. Aquella mañana, al contrario que otras, Sandra llegó diez minutos tarde y no tenía buena cara. No estaba maquillada y se la veía cansada. Algunas compañeras se acercaron a ella para preguntar por su padre y Alberto pudo escuchar como Sandra les respondía que estaba mucho mejor. Una vez dejó sus cosas en su mesa y puso en marcha su ordenador, se dirigió a la máquina de café, como cada mañana. Alberto aprovechó ese instante para acercarse a ella.

—Habla conmigo, por favor. ¿Qué te pasa?

—No tengo nada más que decir, no insistas. —Y sin más, se fue a su sitio.

Los días siguientes Alberto, a pesar de que cada vez estaba más molesto por el desdén que ella le mostraba, volvió a intentarlo. Necesitaba desesperadamente una explicación. Se acercaba a ella disimuladamente y casi sin mover los labios le susurraba siempre lo mismo: "Joder, Sandra, dímelo". Pero ella se limitaba a ignorarlo y a girarle la cara.

Decidida a zanjar el tema, una noche Sandra llamó a Ana.

—¡Sandra! —exclamó Ana, emocionada al ver el nombre de su amiga en la pantalla del móvil—. Estaba pensando en llamarte. ¿Nos podemos ver el sábado?

—No creo, Ana, tengo cosas que hacer, estoy muy liada.

—Por favor, tenemos que hablar.

—Te llamo porque necesito que le digas a Alberto que si no deja de insistir me voy del bufete y no me volvéis a ver el pelo. Lo siento, Ana, pero también lo digo por ti.

—Sandra, estás exagerando —replicó Ana, molesta por su amenaza.

—Ana, tan solo quiero que Alberto me deje en paz. Se tiene que olvidar de mí y todo volverá a la normalidad.

—Está bien, se lo diré, pero no me parece bien lo que estás haciendo.

Al parecer Sandra tenía claro que no iba a dar marcha atrás. Ana tuvo que hablar con Alberto y pedirle que dejara de acercarse a ella. Y el viernes por la noche Sandra recibió un mensaje que leyó entre lágrimas.

"De acuerdo, tú ganas. Te dejaré tranquila".

Capítulo 13
HASTA LA HORA DEL BAÑO

Ana, Martina y Helena pasaban la mayoría de las tardes juntas y ese viernes tenían ya planeado qué hacer el fin de semana y como en anteriores ocasiones, Helena iría informando a Lucas.

Aquella noche, mientras Lucas lavaba el pelo a su hija, Martina le explicó algunas de las cosas que habían hecho las tres.

—Esta tarde hemos ido otra vez al parque donde jugaba mamá. Y luego hemos ido a comprar a un mercado donde hay muchas frutas, de muchos colores. He probado el mango y el kiwi.

—¿Y te han gustado?

—Mucho, tienes que comprarme más fruta, Anabel dice que es muy buena para que crezca sana. A ella le gusta mucho el plátano, la fresa y las mandarinas. A Helena le gusta la manzana, las cerezas y los nísperos. Yo nunca he probado los nísperos.

—Pues están muy buenos, a mí también me gustan mucho, pero es verdad que comemos poca fruta. Cuando deje de trabajar los fines de semana y vuelva a ir a comprar los sábados, te prometo que compraré más fruta.

—Papá, ¿podrías enviarle un mensaje a Anabel para decirle buenas noches? Por favor... —Martina volvió a suplicar a su padre con su gesto más dulce.

—Martina...

—Y te explicará lo que haremos mañana. Quiere llevarme a un laberinto y a comer comida china.

—Está bien...

Ana acababa de salir de la ducha y se estaba poniendo el pijama cuando le sonó el móvil. Era un mensaje de Lucas y enseguida sonrió pensando en Martina.

"Martina quiere desearte buenas noches".

"Dile de mi parte buenas noches también y que descanse".

"¿Qué vais a hacer mañana? Me ha dicho algo de un laberinto".

"Iremos a unos jardines con forma de laberinto y había pensado luego comer en un restaurante chino. Creo que a Martina le divertirá probar el arroz tres delicias con los palillos. Y por la tarde tengo entradas para una obra de teatro infantil muy divertida. ¿Te parece bien?".

"Me parece perfecto. Me dais envidia".

"Debes echar de menos estar más tiempo con Martina".

"Mucho. Esta época es difícil para los dos, aunque gracias a vosotras este año solo está siendo difícil para mí, porque Martina está encantada".

"Pero también te echa mucho de menos, siempre está hablando de ti".

"Qué miedo me da, espero que no diga cosas malas".

"No, por supuesto, además tu hija habla poquito...".

"Ya, ya me imagino. Por cierto, me ha regañado porque le tengo que comprar más fruta. Me estoy sintiendo un mal padre".

"Perdona, Lucas, no era mi intención".

"No pasa nada, era broma, está bien que le enseñéis buenos hábitos, de verdad. Bueno, te dejo, voy a sacarla de la bañera antes de que lo inunde todo".

Ya era la segunda vez que conversaban por escrito y Ana se sentía feliz. Era una buena señal, Lucas podría estar empezando a confiar en ella y eso era positivo para Martina y para ambos. Tenía muchas cosas que preguntarle sobre Mónica y deseaba que se acercara el momento en que los dos pudieran compartir sus mutuos recuerdos.

Pero no solo la actitud de Lucas hacia ella estaba cambiando, Ana también lo estaba haciendo. Ya no miraba tanto el reloj, ni se obsesionaba con la puntualidad. Muchos días, al llegar a casa, descubría manchas de helado, batido o chocolate en la camisa o en los pantalones y ya no le resultaba desagradable, todo lo contrario, eran pruebas de la maravillosa tarde que había pasado con Martina. Y por fin empezaba a sentirse liberada de esas ataduras que ella misma había creado a su alrededor.

El sábado transcurrió tal y como lo habían planeado y, aunque a Martina no le gustó comer arroz con palillos, se divirtieron mucho. Llegaron a casa de Helena al final de la tarde y empezaron a preparar masa para pizza. Mientras Ana mezclaba la harina, le estuvo explicando a Martina el origen de la pizza y le descubrió lugares maravillosos de Italia. Martina se sentía fascinada escuchando a Ana. Helena siempre sonreía al verlas tan unidas, parecían madre e hija y esa imagen le recordaba a su hermana y a su sobrina cuando tenía la misma edad que Martina. A la madre de Ana también le gustaba dedicarle esas atenciones a su hija, le explicaba cuentos, describía lugares, hacían dibujos, trabajos manuales, amasaban pizza... El carácter de Ana cada vez se asemejaba más al de su madre, por fin dejaba de ocultar su recuerdo y en cierta manera estaba devolviendo el cariño que ella siempre recibió de pequeña. Aquella noche Helena tomó por fin la determinación de entregarle a Ana el regalo que hacía años le tenía guardado.

"Mañana se lo diré", pensó emocionada.

Y como las anteriores noches, Ana se despidió de ellas antes de que llegara Lucas.

Mientras Lucas y Martina entraban en casa con su trozo de pizza para hornear, la niña iba explicándole algunas escenas de la obra de teatro y cantándole el estribillo de una de las canciones de la banda sonora. Una vez en el baño, Martina le mostró a su padre cómo debía colocar los palillos chinos entre los dedos para comer el arroz.

—¿Y te los comiste bien? —preguntó Lucas.

—No, se me caían todos, pero pedimos un tenedor al camarero y Anabel me dijo que lo importante era haberlo intentado. —Lucas sonrió, imaginando la escena.

—Y el laberinto, ¿te ha gustado?

—Mucho. Es muy grande, pero no nos hemos perdido, yo era la guía.

—Muy bien, cariño. ¿Ya sabéis qué vais a hacer mañana?

—Helena te lo tenía que preguntar. Queremos ir al acuario.

—No, eso sí que no. Te prometí que te llevaría yo. ¿Podrás esperar a que tenga los fines de semana libres y vamos nosotros dos?

—Yo quiero ir contigo… ¿Y falta mucho para que podamos ir?

—Todavía tendré que trabajar cuatro fines de semana más.

—Papá, envíale un mensaje a Anabel y le dices que no podemos ir mañana al acuario y le das las buenas noches de mi parte, por favor.

—Martina, estás tomándolo como una costumbre, Ana se puede molestar.

—No, Anabel no se enfada, de verdad.

—Está bien… —aceptó Lucas resignado.

Ana estaba masticando un trozo de pizza mientras buscaba algún lugar en la pared donde colgar el último dibujo de Martina, cuando el móvil le sonó. Miró su reloj y sonrió al ir en busca del teléfono.

—Martina y la hora del baño… —susurró, antes de leer el mensaje.

"Otra vez en el baño y Martina te quiere dar las buenas noches. Esto empieza a ser una costumbre, lo siento, ya la conoces".

"No me importa, todo lo contrario. Deséale buenas noches a Martina de mi parte".

"Me ha dicho que queréis ir al acuario mañana".

"Sí, eso hemos pensado. ¿Te parece bien?".

"No, es decir, no me parece mal pero es que yo ya le había prometido llevarla cuando tuviera libres los fines de semana".

"Ningún problema, Lucas, por supuesto, tienes que llevarla tú. Hace mucho calor, nos quedaremos en casa de Helena y estaremos en la piscina".

"Gracias y perdona".

"No, por favor, para nada, tú eres su padre y tú decides. Gracias a ti por haber sido tan claro".

Al día siguiente, Helena recogió a Martina por la mañana en casa de Lucas y se encontraron con su sobrina en un parque cercano. Ana siempre insistía en evitar toparse con él. Desde allí, Ana las llevó en coche a casa de Helena, donde disfrutarían de un día de piscina. Y mientras Martina y Ana preparaban una limonada, Helena se acercó a su sobrina con unos documentos en la mano. Se la veía emocionada y con lágrimas en los ojos.

—Tía, ¿qué te pasa? ¿Estás bien? —Ana se preocupó al notarla tan alterada.

—Estoy mejor que nunca. Toma, esto es un regalo para ti. Llevo diez años esperando el momento para dártelo y creo que ya ha llegado la hora.

—¿Qué es? —preguntó Ana al tomar el sobre con documentos que Helena le entregó.

—Son las llaves y la escritura de la casa de tus padres, la puse a tu nombre.

—Pero… —Ana no pudo evitar empezar a llorar—. Si te pedí que la vendieras.

—Me dijiste que no querías volver y que con el dinero de la venta pagarías nuestros cuidados. Pero fui incapaz. Ana, sabía que alguna vez querrías volver. Esa es tu casa y tú debes decidir si quieres vivir en ella o venderla.

—Tía... —Ana lloraba emocionada. Aquel era, sin duda, el mejor regalo que podía recibir—. Si supieras cuántas veces me he arrepentido de aquella decisión, pensando que no volvería a entrar en mi casa, ver mi habitación, las fotos de mis padres... Helena, te quiero. —Las dos se abrazaron delante de Martina que no estaba entendiendo nada.

—Anabel, ¿qué te pasa?

—Tranquila, cariño, lloro de alegría. —Tomó a Martina en brazos y la besó—. Esta tarde vamos a ver la casa de mis padres y te enseñaré mi habitación. Si todo sigue en su sitio verás muchas fotos de tu mamá.

—Pedí a una empresa que cada año la limpiaran y arreglaran desperfectos. Hace poco fueron, supongo que la encontraremos bien. Taparon los sofás y los muebles para que no se llenaran mucho de polvo.

—Gracias, tía, gracias de todo corazón.

—Esto no acaba aquí, te quería proponer algo. Es otra sorpresa.

—¿Otra sorpresa?

—Verás, sé que quieres crear tu propia empresa y he pensado que con la venta de tu apartamento o la de casa de tus padres podrías tener una parte de lo que necesitas para financiarte.

—Es verdad, aún no lo había pensado.

—Pues bien, quiero ser tu socia. A partes iguales, mitad y mitad, yo pongo la otra parte que necesitas y tendré la mitad del negocio. Pero solo aportando el dinero, tú decidirás sobre como dirigirlo, yo no entiendo de diseño, únicamente me tendrás que pedir opinión en decisiones importantes, claro.

—Tía, estoy sin palabras...

—Si no estás de acuerdo, no pasa nada, es una propuesta, piénsalo.

Ana volvió a abrazar a su tía emocionada.

—Sí, sí... de acuerdo, tengo tantas ganas de empezar. Te prometo que será un negocio rentable y que no te arrepentirás.

—Lo sé, confío en ti y conozco tus cualidades.

Entrar de nuevo en su casa colmó a Ana de felicidad y nostalgia a la vez. Estaban colgados los mismos cuadros con fotos de los tres en diferentes países del mundo, la cámara fotográfica de su padre y los libros y el perfume de su madre. Su habitación también estaba intacta. Todo se encontraba tal y como lo habían dejado diez años atrás. Retiraron las sábanas que cubrían los muebles de su habitación y Martina descubrió fascinada un *collage* de fotos de su madre y Anabel.

—¿Te gusta? Son fotos de las dos *amigas mellizas*. Hay desde estas donde teníamos cinco años, casi como tú, hasta estas de aquí, donde teníamos ya los dieciocho.

—Ana, ya desde pequeña tenías un don para estas cosas. El *collage* es precioso. Eso lo has heredado de tu padre, era un artista y no solo de la fotografía —dijo Helena, admirando el montaje.

—Muchas de estas fotos son de papá. Le apasionaba la fotografía y el dibujo, como a mí.

—Anabel, ¿se lo podremos enseñar a mi papá?

—No sé, Martina, tal vez algún día.

—Yo quiero enseñárselo.

—Vamos a hacer una cosa, te hago una foto con el *collage* de fondo y se la enviamos, así lo podrá ver hoy mismo.

—Sí, sí, de acuerdo.

Ana se esforzó en hacer una foto bien iluminada para que se pudieran percibir las imágenes del *collage*, intentando, sobre todo, que se viera a Mónica cerca del rostro de Martina. Eso emocionaría a Lucas. Una vez seleccionada la foto ideal, se la envió, sin añadir ningún comentario.

—¿Dice algo mi papá? —preguntó Martina impaciente.

—No, cariño, pero está trabajando, no debe de llevar el móvil con él. Supongo que cuando tenga un descanso lo mirará. Ya verás como se lleva una sorpresa y nos dice algo.

Unos minutos después Lucas se acercaba a su taquilla a buscar unas monedas para el café y mirar sus mensajes en el móvil, esperando alguna novedad por parte de Helena. Cuando vio la foto tuvo que sentarse aturdido. El rostro de su hija sonriente parecía rozar el de Mónica, casi con la misma edad que

Martina y con la misma expresión dulce y angelical. Se sorprendió al ver que el fondo de la imagen era un *collage* con fotos de su mujer y de Ana. Amplió bien la imagen para buscar alguna foto de Mónica en la adolescencia hasta encontrar una de las dos amigas, con unos diecisiete años. Mónica era tal y como la recordaba, rubia, sonriente y encantadora. Inevitablemente rió al ver el rostro divertido de Ana. En casi todas las fotos donde logró reconocerla siempre estaba haciendo alguna mueca divertida. Solamente en algunas, donde abrazaba o miraba a Mónica, aparecía el rostro también dulce de Ana. Aquella era sin duda la prueba fotográfica de una historia de amistad y amor entre dos hermanas.

—Ahora entiendo, Mónica, por qué la buscabas tanto. Yo hubiese hecho lo mismo por mi hermano —murmuró.

Después de observar cada rincón de la imagen le escribió un mensaje a Ana, agradecido.

"Ana, muchas gracias por esta foto. Es preciosa. Lo siento, no me vienen a la mente las palabras… No sé qué más decir".

"Dale las gracias a tu hija que, cuando ha visto el *collage*, solo pensaba en enseñártelo. Ya sabía yo que te emocionarías".

"Ya me contarás luego la historia de ese *collage*. Hasta la hora del baño".

"Hasta la hora del baño".

—Martina, tu papá se ha alegrado al ver la foto. Ha dicho que muchas gracias por enviarla.

—Yo ya sabía que le gustaría, como a mí. —Martina sonrió satisfecha.

—Esta niña es muy lista. —Helena la cogió en brazos—. ¿Volvemos a casa a refrescarnos en la piscina?

—Volvamos ya, aquí hace mucho calor. Mañana por la tarde vendré a abrir las ventanas. Tengo mucho que hacer aquí, hay que pintar, cambiar muebles, arreglar los baños…

—¿Estás pensando en mudarte aquí?

—Estoy decidida. Y mi habitación la arreglaré para que si alguna vez viene Martina a dormir sea su dormitorio. ¿De qué color quieres que lo pintemos, Martina?

—De color naranja.

—Buena elección. Pues lo primero que compraré será pintura de ese color.

Al final de la tarde y antes de que Ana se fuera, Helena le propuso ir a ver a sus abogados para revisar los papeles de la propiedad y hablar sobre su proyecto.

—Llamaré a Alberto, me gustaría que fuera él quien me ayudara con las gestiones de la nueva empresa. Le pediré que nos citemos por la tarde, prefiero que no nos vea Sandra, por ahora, con ella hablaré el próximo fin de semana.

Lucas escuchaba atónito a su hija que ya estaba jugando en la bañera.

—Helena le ha dado un papel a Anabel y ella ha empezado a llorar. Y entonces por la tarde hemos ido a la casa de los padres de Anabel. Parecía una casa de fantasmas porque había sábanas tapando el sofá y las mesas. Hemos subido a la habitación de Anabel y allí estaban las fotos de mamá. ¿Te ha gustado la foto que me hizo Anabel? La idea fue de ella porque yo le dije que te lo quería enseñar.

—Gracias, cariño, me ha gustado mucho.

—¿Le vas a decir buenas noches a Anabel hoy? Por favor...

—Si ya lo sabía yo...

—Dile que no se olvide de comprar la pintura naranja.

"Ana, hora del baño. Martina dice que no te olvides de la pintura naranja".

Ana esperó unos minutos antes de responder, no quería que Lucas adivinara que ya llevaba un rato con el móvil en la mano, esperando el mensaje.

"Dile que no me olvidaré".

"¿Vais a pintar princesas mañana?".

"No, el color naranja es para pintar la habitación donde me crié. Te explico: después del accidente de mis padres, le pedí a mi tía que vendiera la casa y que se quedara ella las ganancias, para compensar mis gastos. Yo no pensaba volver, era demasiado doloroso para mí, sin embargo durante años me he estado arrepintiendo de esa decisión. Pero mi tía no la vendió, esperando que alguna vez yo quisiera volver, y esta mañana me ha dado las llaves y la escritura que puso a mi nombre".

"Ahora entiendo lo que me decía Martina. Que llorabas cuando Helena te dio unos papeles".

"Ha sido muy emotivo. Pobre Martina, no entendía nada. Por la tarde hemos ido a ver la casa. El *collage* de fotos lo hice yo, está en mi habitación. Tenía muchas ganas de volver a verlo".

"Es muy bonito. Claro, te dedicas al diseño, ¿verdad?".

"Sí, estas cosas se me dan bien".

"¿Y dices que vas a pintar la habitación?"

"He decidido que me mudaré a la casa que fue de mis padres. Hay mucho que hacer allí pero estoy muy contenta".

"Ya me imagino".

"Lucas, le he dicho a Martina que si alguna vez se viene a dormir a mi casa, mi antigua habitación será la suya. El color naranja lo ha elegido ella. ¿No te importa? Debí consultártelo antes".

"Tranquila, no me importa".

"Gracias".

El viernes siguiente por la mañana se había organizado una nueva asamblea de socios en el bufete y Alberto había sido convocado para incorporarse quince minutos después. Desde que le envió el último mensaje a Sandra, la puerta de su despacho siempre estaba cerrada, para evitar verla. Hacía días que no dormía bien y para no pensar en ella se había centrado en su trabajo, siendo capaz de cerrar algunos casos difíciles. Aquello estaba pasándole factura y el cansancio empezaba a notarse en su rostro.

Cuando entró en la sala, todos los socios lo observaron con cierta preocupación.

—Siéntate, Alberto. Tienes cara de cansancio. Últimamente trabajas muchas horas.

—Gracias, señor Hernández. Es cierto, he cerrado algunos casos difíciles que me han quitado mucho tiempo y energía. —Alberto sonrió tímidamente mientras peinaba su pelo con las manos, intentando mejorar su aspecto descuidado.

—Estamos aquí todos los socios reunidos porque hemos decidido por unanimidad que queremos que seas socio del bufete, ocupando el lugar de Sánchez. Estamos seguros de tus cualidades y deseamos que te unas a nosotros.

—Muchas gracias, no sé qué decir, es un honor que hayan pensado en mí. —Alberto se sonrojó.

—No hace falta que lo aceptes ya, queremos que te lo pienses. Este sería tu nuevo contrato y tus condiciones económicas. En resumen: tu sueldo se doblaría y tendrías derecho a una bonificación a final de año en función del cumplimiento de tus objetivos. Como sabes, estas condiciones irían mejorando con el tiempo, dependiendo de la dificultad de los casos que se te fueran asignando.

—Gracias, muchas gracias, de verdad. Ahora no sé si resulto ser un buen candidato, un abogado que se queda sin palabras no es un buen abogado... —Todos los asistentes rieron a la vez.

—Bueno, has sabido salvar la respuesta —añadió su superior.

—Les agradecería que me permitieran unos días para pensarlo.

—No hay problema, te damos de tiempo hasta el miércoles para que nos respondas.

Mientras caminaba hacia su despacho sus sentimientos se contradecían. ¿Debía estar contento? ¿Por qué no se alegraba? Era lo que había soñado durante su dura época de estudiante y pocos años después ya lo había conseguido. Ser socio de un importante bufete de abogados a su edad era un auténtico privilegio. Pero en ese momento era incapaz de sonreír. ¿De qué sirve conseguir un sueño si no tienes con quién compartirlo?

Entró en su despacho con la mirada perdida, incapaz de mostrar emoción en su rostro. Héctor lo esperaba nervioso y preocupado por lo que le hubieran comunicado en la sala.

—Alberto, ¿qué ha pasado? ¿Te han despedido?

—Me han propuesto ser socio.

—¡Joder, Alberto! ¡Eso es magnífico! —Héctor se levantó para abrazar a su amigo—. ¿Y cómo que tienes esa cara? ¡Alégrate! Tío, veintisiete años y ya eres socio de un bufete importante. Esto hay que celebrarlo.

—Aún no lo he aceptado. —Mientras se sentaba observó la silueta de Sandra—. No sé si quiero seguir mucho tiempo más en este bufete. No puedo aceptarlo si estoy pensando en irme.

—Pero, Alberto, ¿cómo puedes pensar en irte? Me dijiste que se trabaja muy bien aquí.

—No sé... Tengo que pensarlo.

Justo en ese instante, Sandra giró la cara discretamente y lo miró con ojos de preocupación. Por primera vez desde hacía días, se habían cruzado sus miradas. Alberto entendió por su gesto que necesitaba saber si todo iba bien y para tranquilizarla le devolvió una leve sonrisa. Sandra volvió a su posición habitual. Solo entonces, cuando sabía que él no la podía ver, sonrió satisfecha.

"Bien, se lo han propuesto", pensó.

Unas horas después, todos en el bufete hablaban del ascenso de Alberto. A Sandra se lo contó Elvira.

—Sandra, ¿sabes a quién le han propuesto ser socio?

—¿A quién? —Sandra se hizo la desinteresada.

—A Alberto. Tan joven y socio ya.

—Se lo merece, es muy trabajador y hace bien su trabajo.

—Es verdad. Es una pena que se lo esté pensando, se dice que no está muy convencido de quedarse. No sé si serán habladurías, pero eso dicen.

Sandra sintió una fuerte punzada en el corazón al escuchar esas palabras. Alberto no podía rechazar una propuesta así, era demasiado buena para dejarla escapar. Enojada y decepcionada, esperó a que Alberto se dirigiera a la máquina del café y con disimulo y sin que él se diera cuenta, se situó justo a su lado.

—Acéptala —le ordenó de forma tajante.

—¿Acaso te importa a ti? —le preguntó él discretamente, sin mirarla.

—Acéptala, no seas tonto.

—No sé si quiero seguir aquí, lo tengo que pensar.

—Por favor, acéptala. —Y Sandra se dio media vuelta para volver a su sitio.

"¿A qué ha venido eso? ¿Ahora se preocupa por mi futuro profesional? La salvadora de abogados en apuros. ¿También va a salvar mi carrera?", se preguntó Alberto enfadado.

Después de todo lo que estaba sufriendo por su culpa. ¿Qué derecho tenía ella para exigirle que aceptara la propuesta? Alberto estaba mirando unos papeles en su mesa, cuando, de pronto, levantó la mirada hacia Sandra.

"A no ser que...".

Fue rápidamente a buscar su móvil y escribió nervioso.

"Tú ya lo sabías, ¿verdad? Lo sabías, esta es la razón, esto es lo que no me querías contar".

Sandra, al leer el mensaje, no supo como reaccionar y decidió simplemente ignorar sus palabras para que no sospechara más.

A primera hora de la tarde, poco después de que Sandra se marchara, Ana, Helena y Martina llegaron al bufete de abogados. Ana acordó con Alberto que se verían a las tres y media. La niña corrió al encuentro de su tío cuando lo vio.

—¡Martina! —Alberto recuperó su rostro alegre por un momento—. Señor Hernández, esta niña tan guapa es mi sobrina Martina.

—Hola. —El señor Hernández cogió su mano y la besó—. Buenas tardes, señora y señorita Hurtado.

Al tratarse del abogado particular de Helena durante años, fue el señor Hernández quien les quiso comunicar en persona la propuesta que ese mismo día le habían hecho a Alberto.

—Pero, Alberto, eso es genial. —Ana lo abrazó con efusividad—. Disculpe, señor Hernández, es que Alberto es un buen amigo —añadió Ana, algo avergonzada por su reacción.

—Casi se puede decir que somos cuñados. —Alberto se rió al ver a Ana sonrojada.

—No lo sabía, ahora entiendo su alegría —respondió Hernández educadamente—. Supongo que por esa razón prefiere que sea él quien se encargue de sus papeles para la nueva empresa.

—Pues sí, si no le importa, me gustaría que Alberto me ayudara con las escrituras de constitución y los contratos.

—Ningún problema, señorita Hurtado. Su tía, Martina y yo hablaremos de nuestros asuntos y ustedes pueden comenzar ya con los suyos en el despacho de Alberto.

Un vez cerraron la puerta y estuvieron a solas Ana le mostró a Alberto su preocupación por él.

—Tienes mala cara.

—Estoy decepcionado y muy enfadado. Creo que merezco una explicación por parte de Sandra. ¿No te parece?

—Tienes razón, Alberto. Tengo que intentar hablar con ella.

—Déjalo, Ana, tengo la impresión de que se está riendo de nosotros. La verdad, ya no sé qué pensar.

—No digas eso, Alberto. Sea lo que sea se le acabará pasando.

—Pues tal vez no esté yo allí ese día, Ana, no voy a estar esperándola como un imbécil.

—¿No te ha vuelto a hablar?

—Hoy me ha dirigido la palabra pero para exigirme que acepte la propuesta.

—¿Es que te estás planteando rechazarla?

—Ana, es muy duro para mí trabajar aquí. Mira, tengo que cerrar la puerta para no verla.

—Te entiendo. Pero tú tienes que pensar en tu futuro y esta oferta es una gran oportunidad.

—Lo es, pero mira mi cara. No soy capaz ni de alegrarme.

—¿Sabes qué creo que deberías hacer? Invita a cenar a tu sobrina y a tu hermano y comparte con ellos esta noticia. Necesitas gente querida a tu alrededor y cuando lo celebres te alegrarás igual que lo harán ellos.

—Muchas gracias, Ana, ¿o tengo que decir Anabel? Porque pareces otra. Estás muy guapa.

—Soy la misma, Alberto. —Las mejillas de Ana se sonrojaron de nuevo.

Algo más aliviado y tranquilo, Alberto le dedicó toda la tarde a Ana y a su proyecto.

—Necesitarás poner a la venta el piso rápidamente. La compra venta de viviendas es un negocio muy estancado en estos momentos y necesitas el dinero. Te puedo poner en contacto con un amigo que tiene una inmobiliaria, es bueno vendiendo.

—Perfecto. Le puedes dar mi número.

—Tendrás que hacer obras en la casa, ¿verdad? Cuenta conmigo para los fines de semana. Se me dan bien esas cosas y si no sé algo, le preguntaré a Lucas, él sabe más de reformas.

—Cuento contigo, pero tendría que pagarte algo.

—De eso ni hablar. Tú solo asegúrate de tener la nevera llena. —Alberto volvió a lucir su sonrisa.

—Así me gusta, que sonrías…

Mientras Helena y el señor Hernández se despedían, Ana le dio un beso en la mejilla a Alberto y le susurró al oído.

—Sandra volverá a ti, ya lo verás.

—No sé, Ana, no sé.

—Y acepta la oferta. Puede que algunas cosas cambien pronto… —Y se despidió con un guiño.

Mientras recogía sus cosas en el despacho, Alberto envió un mensaje a Lucas, pensando en el buen consejo que Ana le había dado unos minutos antes.

"Lucas, os invito esta noche a cenar. Tengo una buena noticia que darte. A las nueve os recojo".

A las nueve en punto, Alberto entraba en casa de su hermano.

—Lucas y Martina. Nos vamos de fiesta.

—Pero bueno, ¿a qué se debe tanta alegría…? —Lucas se sorprendió al verlo entrar.

—Nos vamos de celebración.

—Cuéntamelo ya, no me tengas en vilo.

—Me han propuesto ser socio del bufete.

—¡Menudo notición! —Lucas corrió a darle un abrazo—. Estoy muy orgulloso de ti, nadie lo merece más que tú.

—Gracias, Lucas. ¡Es increíble! Todavía no me lo creo. Ana tenía razón, no me alegraría hasta que lo celebrara con vosotros.

—¿Ana ya lo sabe y yo no? —Lucas se cruzó de brazos y puso expresión enfadada.

—Tío, no te pongas así, es que han estado esta tarde en el bufete y mi jefe se lo ha explicado.

—Ya lo sabía... Me lo ha explicado Martina, era broma. —Lucas le sonrió con picardía.

—Qué bromista estás...

—¿Y Sandra? ¿Te ha dicho algo?

—Pues sí, hoy de hecho ha sido la primera vez en días que me ha mirado y me ha dirigido algunas palabras.

—Eso es un comienzo, Alberto.

—No creo, solamente me ha dicho que lo aceptara; bueno, parecía más una exigencia.

—¿Es que estás planteándote rechazar la oferta?

—Tengo que pensarlo detenidamente, trabajar allí no está siendo fácil.

—No seas tonto, acéptala.

—¿Sabes qué creo Lucas? Creo que Sandra sabía esto. Algo me dice que este ascenso tiene que ver con su cambio de actitud.

—Podría ser... Pero, Alberto, Sandra volverá a ti, ya lo verás.

—Oye, ¿tú y Ana os ponéis de acuerdo? Ella me ha dicho exactamente lo mismo.

—¿Sí? Pues será porque es verdad...

Como casi todos los sábados por la mañana, Sandra se levantó temprano y se puso ropa de deporte para salir a correr. Por la noche había recibido un mensaje de Ana que le pedía que pasara a desayunar con ella, prometiéndole no hablar de Alberto. Así que después de hacer los kilómetros de rigor, llamó al timbre de Ana.

—¿Me abres o me dejas muerta de hambre aquí tirada y sudorosa?

Ana sonrió aliviada, por fin su amiga había vuelto. Al verla entrar por la puerta no pudo controlarse y fue corriendo a darle un abrazo. Sandra, que llevaba días reteniendo el llanto, se derrumbó.

—Ana, perdóname, por favor. No debí ser tan brusca contigo.

—Sandra, no te preocupes por mí. Llora, llora lo que haga falta —la animó, mientras acariciaba dulcemente su melena rojiza.

—Ya no tengo más lágrimas, creo que estoy deshidratándome de tanto llorar —dijo Sandra con los carrillos húmedos.

—Perdona que me ría, es que tienes cada ocurrencia.

—No sé cómo puedo ser tan irónica, estando tan triste como estoy...

—Porque tú quieres, estoy segura de que sea lo que sea tiene solución.

—Déjalo, Ana, por favor, ahora no.

—Está bien. Tengo algo que contarte y una propuesta que hacerte. —Ana alzó las dos cejas, haciéndose la interesante.

—Bien, pero primero, ¿dónde está ese café?

—Ya lo tengo preparado. Aliméntate bien que te veo más delgada y necesitas recobrar fuerzas para cuando te haga la propuesta.

—Me das miedo... —Sandra comenzó a masticar hambrienta una tostada con mantequilla.

—Empiezo. Mi tía no vendió la casa de mis padres y el domingo me regaló la escritura que había puesto a mi nombre. Por fin, he vuelto a mi casa. Estoy empezando a arreglarla, me iré a vivir allí. Si quieres podemos ir luego y te la enseño.

—Ana, eso es magnífico. Esta Helena es maravillosa.

—Sí, mi tía es increíble.

—Entonces, ¿cuántos kilómetros voy a tener que correr para ir a desayunar contigo?

—Lo tienes complicado, está algo más lejos. —Rió Ana, contenta por volver a tener ante sí a la versión más divertida de su amiga.

—¿Y esa propuesta?

—Siéntate cómoda que voy. Sabes que quiero crear mi propia empresa de diseño, ¿verdad?, que ya no será en Nueva York, por supuesto.

—Ajá… —afirmó, mientras continuaba masticando la tostada.

—Pues con la venta de mi piso tendré una parte del dinero necesario y la otra parte, más o menos la mitad, la va a aportar mi tía. Seremos socias.

—¡Joder, Ana, eso es la repera! Helena es la mejor, sin duda. Es genial.

—Sí, estoy muy contenta. He hablado esta semana con mi equipo y todos se irían conmigo. No les hará mucha gracia a *Global Design*, pero lo entenderán. Yo sé que esto sucede en este mundillo, los equipos se cambian de empresa todos juntos, como un paquete. También he estado mirando local y tengo ya algunas propuestas. Un amigo de Alberto me ayudará con la venta del piso y ya están en marcha los papeles de la escritura, él se encargará de eso.

—Muy bien, me alegro mucho, de verdad.

—Y, bueno, la propuesta…

—Eso, desembucha, que me tienes en ascuas…

—Quiero que seas mi contable o jefe financiero o como quieras llamarlo. Necesito a alguien de confianza que lleve los números, contacte con los bancos, prepare impuestos, etcétera. ¿Y quién mejor que tú?

—Pero, Ana… todavía no acabé la carrera…

—Lo sé, pero confío en ti y sé que aprobarás en septiembre.

—¿Y el bufete?

—Cuando tenga el dinero, el local y los contratos de mi equipo en marcha, les das quince días y adiós al bufete.

Los ojos de Sandra se humedecieron de emoción y, sobre todo, por la inmensa alegría que se apoderó de su cuerpo, que empezó a agitar nerviosa, moviendo los brazos de un lado a otro.

—¿No decías que ya no tenías más lágrimas?

—Ana, ¿quieres decir que ya no trabajaré en el bufete?

—Sandra, te estoy diciendo que seas mi mano derecha y tú solo piensas en el bufete, no entiendo.

—¡Joder, Ana! ¿Ya no trabajaré más con Alberto? —La expresión de sus ojos y la sonrisa nerviosa de Sandra empezaron a preocupar a su amiga. Parecía enloquecida.

—Pues no, claro, bueno, será nuestro abogado, lo siento por eso.

Sandra empezó reír a carcajadas mientras su rostro se inundaba de lágrimas. Y ante la expresión desconcertada de Ana, corrió a abrazar a su amiga con tanta fuerza que llegó a levantar sus pies del suelo.

—Gracias, gracias… Ana, te quiero.

—¿Te has vuelto loca? ¡Que me vas a aplastar!

—Acepto. Y te juro que no te arrepentirás. Aprobaré en septiembre, te lo prometo. Ahora mismo voy a pedir ayuda, lo que debí haber hecho hace semanas.

—¿Ayuda?

—Pero primero necesito que me hagas un favor. ¿Puedes enviar un mensaje a Alberto y preguntarle si está en casa? Y si está, dile que no se mueva de ahí, que vas a hablar con él.

—Encantada… —Ana asintió emocionada.

Pocos minutos después, Sandra golpeaba nerviosa la puerta del apartamento de Alberto. Tenía que hablar con él, aclararle lo sucedido, y debía hacerlo controlándose, le deseaba tanto que no creía poder dominar su cuerpo.

Cuando Alberto abrió la puerta se quedó petrificado, frío, sin saber como reaccionar. Miró alrededor de Sandra, esperando encontrar a Ana.

—Ana te envió el mensaje porque se lo pedí yo. Ella no viene. ¿Puedo pasar?

—Adelante. —Él le dio paso, mostrándose molesto y desconfiado.

Sandra entró en el salón y se paró frente a la ventana. Alberto la siguió con la mirada.

—¿Pasa algo? —preguntó él.

—Me pediste que confiara en ti y no lo hice. —Sandra bajó la cabeza, avergonzada.

—Lo sé.

—Quiero que sepas que siempre he confiado en ti, siempre, pero no tuve el valor para reconocerlo y me acobardé. —Sandra hizo una pausa de unos segundos y se dio media vuelta para mirarle a los ojos—. Alberto, tienes razón, yo sabía lo del ascenso, aquel día oí al señor Hernández hablar con otro socio. Echaron a Sánchez del bufete por sus líos con las administrativas y te iba a recomendar a ti porque, además de ser buen abogado, eres íntegro y nunca te habían visto envuelto en escándalos de faldas. Y yo allí escuchando aquello. Alberto, ¿cómo crees que me sentí? Ese ascenso tenía que ser tuyo y yo no era más que un estorbo.

—Joder, Sandra, me lo tenías que haber dicho. —Alberto, nervioso, comenzó a caminar de un lado al otro del salón.

—Tal vez, pero no veía otra solución, al menos, en ese momento y una vez te envié aquel odioso mensaje ya no podía dar marcha atrás.

—Joder, Sandra, joder...

—Lo siento... El caso es que voy a irme del bufete y necesito tu ayuda.

—A ver. —Alberto la miró sorprendido—. ¿Cómo que te vas del bufete? ¿Y qué tipo de ayuda necesitas de mí? Explícate, por favor, llevo varias noches sin dormir y estoy algo espeso.

—Está bien, te explico. Tú ya sabes que Ana va a crear su propia empresa.

—Lo sé... —Alberto la miraba con el ceño fruncido y sin entender nada.

—Pues me ha propuesto que sea su contable y lleve las finanzas. Cuando esté en marcha la empresa, me voy del bufete.

—¿Contable? —preguntó atónito.

—Eso es lo que debía haberte dicho hace tiempo y te enfadarás porque no confié en ti.

—Sandra, acaba de explicarte de una vez...

—Estoy estudiando Administración y Dirección de Empresas a través de una Universidad a distancia. Por esa razón entré en este bufete, porque me permitían trabajar hasta las tres y así he podido dedicar las tardes a estudiar. Solo me quedan tres asignaturas para acabar y llevo estudiando a ratos todo el verano para presentarme a los finales en septiembre.

—¿Por eso me decías que no nos podíamos ver entre semana?

—Te enfadarás, lo sé, pero es que me daba vergüenza...

—¿Vergüenza? Sandra, ¿cómo puedes decir eso? Vergüenza... De verdad que no te entiendo.

—Desde que soy una secretaria con faldita y tacones, rodeada de abogados con sus carreras acabadas, nadie te anima a seguir estudiando, más bien todo lo contrario. He tenido relación con hombres que no entendían qué necesidad tenía yo de estudiar o que simplemente dudaban sobre la seriedad de las universidades a distancia.

—Pero ¿tú con qué clase de capullos has salido? —El enfado de Alberto iba en aumento.

—Bueno, igual que tú, ellos no entendían la razón por la que no podía verles entre semana.

—Sandra, joder, no me cabrees más... —Alberto le lanzó una mirada dura, estaba furioso y no pudo evitar levantar la voz—. Si llego a saberlo no te hubiese insistido, ni siquiera te hubiese molestado para que te concentraras estudiando. Sé lo que se pasa en época de exámenes y lo hubiese comprendido.

—Lo siento, Alberto, no debí compararte con los demás.

—No, no debiste hacerlo. —Alberto se dio media vuelta enfadado, caminando de nuevo de un lado al otro del salón.

—Quería pedirte ayuda.

—No entiendo en qué puedo yo ayudarte —exclamó tajante, sin mirarla.

—Las tres asignaturas que me quedan son Derecho del Trabajo y Sistema Fiscal Español I y II y aunque no son las áreas que más dominas, sé que se te dan bien.

—Joder, Sandra, joder... —Se frenó en seco y la inquirió con la mirada— ¿Por qué no me pediste ayuda antes?

—Ya te lo he dicho, me daba vergüenza. —Sandra se sentó en una silla e inspiró profundamente—. Los exámenes son dentro de dos semanas y durante estos últimos días he sido incapaz de estudiar, no podía dejar de pensar en ti. —Su barbilla empezó a temblar, pensar en el dolor que había sufrido le reavivaba las ganas de llorar.

—Joder… —Alberto volvía a dar vueltas, ceñudo y cabizbajo.

—¿No puedes decir otra palabra que no sea joder?

—Joder, Sandra, joder…

—Está bien… —susurró resignada.

Durante unos minutos Alberto continuó enfurruñado caminando de lado a lado. Sandra prefirió mantenerse callada y lo observaba esperando alguna reacción. De pronto, Alberto se adentró en su dormitorio y ella empezó a escuchar como abría y cerraba armarios. Sandra temía que estuviera demasiado decepcionado y no le perdonara esa falta de confianza. No debió dudar de él, tenía que haberle explicado a lo que dedicaba las tardes y pedirle ayuda antes. Unos instantes después, él salió de la habitación arrastrando una pequeña maleta para dejarla en la entrada. Todavía con el ceño fruncido, alzó su barbilla y clavó sus ojos en los de Sandra.

—¿Esta vez vas a confiar en mí?

—Cien por cien. —Sandra se puso de pie de un brinco.

—Pues durante estas dos semanas vas a hacer lo que yo te diga y nada de rechistar.

—Lo que tú digas.

—Esto es lo que vamos a hacer: el lunes, después de aceptar el ascenso…

—Bien… —Sandra le sonrió satisfecha.

—No me interrumpas…

—Perdón.

—… después de aceptar el ascenso, voy a pedir las tardes libres de estas dos semanas. Tengo aún días de vacaciones por disfrutar, solicitaré que me las descuenten a cambio de esas tardes.

—Pero, son tus vacaciones…

—Calla. —Alberto la miró con contundencia.

—Sí.

—Estudiaremos todas las tardes entre semana y durante todo el día los sábados y domingos. Solamente te dejaré descansar algunas horas cuando yo considere oportuno y siempre y cuando te lo tomes en serio. Me llevo mis cosas porque me quedaré en tu casa desde ahora hasta el día de los exámenes, para asegurarme que no desperdicias ni un solo minuto. Te prepararé la comida, la cena y el desayuno, pondré lavadoras y plancharé, si hace falta, pero tú solo te dedicarás a estudiar. Yo te puedo ayudar organizando los temas o resumiéndolos, se me daba bien preparar exámenes y, naturalmente, te ayudaré a comprender los conceptos que no entiendas.

—De acuerdo —aceptó ella atónita.

Con la misma expresión de enojo, Alberto se dirigió a la cocina donde bebió un vaso de agua y colocó algunos platos sucios en el lavavajillas. De vuelta al salón continuó caminando de lado a lado, sin mirar a Sandra.

—Joder, joder...

Pasados unos minutos, que para Sandra fueron interminables, Alberto volvió a entrar en su dormitorio. Desde el salón, ella percibía sus pasos y sus quejas. Continuaba enfadado y lo único que ella podía hacer era esperar a que se calmara. Hasta que por fin, oyó su voz que la llamaba.

—Sandra, ¿puedes venir, por favor?

Cuando Sandra entró por la puerta del dormitorio notó como Alberto la rodeaba con sus brazos por la cintura hasta levantar sus pies del suelo. La dejó caer sobre la cama, inmovilizándola con su cuerpo y sujetando las manos de ella por encima de su cabeza. Sandra comenzó a gimotear, la tensión sufrida por el enfado de Alberto aflojaba y necesitaba llorar. Para tranquilizarla, Alberto rozó suavemente con sus pulgares los pómulos sonrojados de Sandra y la besó en la punta de su nariz. Después de acariciar con delicadeza los labios de ella con los suyos, la besó con dulzura y ambos se estremecieron con ese contacto que tanto habían ansiado durante esos angustiosos días. Una vez sus bocas se separaron, se miraron con lágrimas en los ojos.

—Por favor, Sandra, no vuelvas a hacer esto. Tienes que confiar en mí.

—Lo sé y lo siento. ¡Te he echado tanto de menos!

—¿De verdad?

—Sí, rubiales, sí. ¿Quieres que te lo repita?

—Vas a tener que repetírmelo muchas veces para que te perdone.

—Te he echado de menos y he llorado lo que en la vida había llorado por un hombre. Estoy loca por ti, ¿lo sabías?

—Lo sabía... —Él le volvió a dirigir su sonrisa más seductora.

—Nunca había sentido por nadie lo que siento por ti y eso me asusta.

—¿Crees que a mí no me asusta?

—¿A ti? Tú pareces tan seguro...

—Pues no es así, también tengo miedo. Ya he sufrido por una mujer y no quiero que me vuelva a suceder. Aunque tú has logrado superarlo con creces.

—¿Yo? No puedes comparar, con ella estuviste más tiempo.

—Sandra, créeme, no lo pasé tan mal cuando Silvia me dejó. Estos días han sido mucho peores. —Y besándola con dulzura, continuó—. Lo adivinaste, eres mi debilidad y me temo que ya no puedo separarme de ti.

—Pues no lo hagas, porque creo que me estoy enamorando por primera vez.

—Espera a que pasen estas dos semanas, a ver si luego piensas lo mismo.

Alberto la volvió a besar con ternura, mientras acariciaba su melena cobriza. Sandra era incapaz de controlar las lágrimas de emoción que corrían por sus mejillas encendidas y él sentía deseos de gritar de alegría. Continuaron besándose hasta que la excitación llegó al límite.

—Pelirroja.

—¿Rubiales?

La respiración de ambos se agitaba pareja al deseo que sentía el uno por el otro.

—Para poder empezar a estudiar debemos hacer el amor antes, si no, será imposible concentrarse.

—Menos mal, pensé que no lo dirías nunca...

Aquel sábado por la noche, Lucas acababa de sacar a su hija de la bañera y secaba su pelo con una toalla, mientras la niña le explicaba el día que había pasado con Anabel y Helena.

—Cuando Anabel era pequeña iba a pescar con su padre y a veces visitaban el mercado donde los pescadores venden el pescado y esta mañana hemos estado allí...

—¿Sí?

—Hemos comprado lubina, rape y mer... mer...

—¿Merluza?

—Sí, eso... y también unos pececitos más pequeños, eran *broquerones*...

—Boquerones... —Lucas sonrió divertido.

—Olía muy mal allí, papá, pero Helena me llevó otro vestido y me cambié en su casa. Y luego comimos el pescado. Anabel me puso un poco de cada y el que más me gustó es el *broquerón*.

—Boquerón... —Lucas soltó una carcajada.

—Anabel dice que hay que comer de todo: fruta, verdura, pescado, carne, pasta, arroz...

—Y tiene mucha razón.

—Papá, hace días que no le decimos buenas noches.

—Es verdad, pero ella está muy liada ahora y no podemos molestarla todas las noches.

—Pero si solo es darle las buenas noches, es un momentito... por favor.

—Está bien...

"Ana, hora de salir del baño. Martina te enviaría un mensaje todas las noches pero me sabe mal molestar".

Ana estaba preparándose para salir a cenar con su equipo de trabajo. Habían decidido encontrarse para celebrar la creación de la nueva compañía y aprovechar el momento para pensar todos juntos en el nombre que le pondrían a la empresa.

Hacía días que no recibía ningún mensaje de Martina, pensó que Lucas ya no volvería a escribirle ninguno más y se sorprendió al leer esas palabras.

"Martina es tozuda pero pide las cosas con tanta dulzura que es imposible negarse, ¿verdad?".

"Como lo sabes…".

"No me importa que me escribáis, todo lo contrario, dile que la eché de menos estas noches".

"Como se lo diga, acabarás arrepintiéndote".

"Ja, ja, ja, supongo que sí".

"Me han contado que hoy has hecho de Celestina".

"¿Lo dices por Sandra y Alberto? ¿Te lo han explicado?".

"Sí, me llamó Alberto desde casa de Sandra. Estaba eufórico".

"Qué bien, me alegro tanto por ellos… pero que conste que yo no sabía nada, simplemente le propuse el trabajo, ya era algo que quería hacer desde hacía tiempo".

"Pues parece que acertaste en el momento".

"Eso parece".

"Es sábado por la noche, supongo que no estarás en casa".

"Estoy aún en casa, pero salgo en media hora a cenar".

"Pues no te molestamos más. Pásalo bien. Buenas noches, Ana".

"Gracias. Buenas noches, Lucas".

Después de acostar a Martina, Lucas se tumbó cansado en el sofá, intentando buscar una película o programa de televisión que le entretuviera un rato antes de caer dormido. Al igual que sucedía noche tras noche. Pero aquel sábado, en especial, se sintió muy solo. Su hermano había encontrado a la mujer ideal, su pelirroja, como él la llamaba, y él únicamente contaba con esos momentos de intimidad, delante del televisor, sin tener con quién hablar y esperando que el sueño acabara con esa sensación de soledad. Sin entender muy bien la razón pensó en aquella chica del aeropuerto y sin poder evitarlo se excitó. Desde que Anabel apareciera, había intentado esquivar ese pensamiento, aquella misteriosa mujer que tanto le atraía ya no existía y debía quitársela de la cabeza. Ana ya no era esa atractiva mujer, pero, después de leer su mensaje, se la imaginó arreglada para salir, con su larga melena color canela y su perfecta figura. E inevitablemente la escena del registro en el aeropuerto volvió a su mente.

—Será mejor que me dé otra ducha y me vaya a dormir —dijo resignado apagando el televisor.

Capítulo 14

TÚ EL AGENTE DE SEGURIDAD Y YO LA CHICA DEL AEROPUERTO

Alberto, feliz y por fin alegre por su ascenso, aceptó la oferta y pidió las tardes libres de los siguientes quince días. El fin de semana, Alberto se había preocupado de preparar con esmero una guía de estudio que Sandra seguía con exactitud. Repasaron tres temas de una de las asignaturas y Alberto estaba satisfecho con el esfuerzo que Sandra estaba demostrando. Realmente era más lista de lo que él ya sabía y eso le llenaba de orgullo. Memorizaba con mucha facilidad y eso lo hizo preguntarse cómo había llegado a ser mala estudiante y lo que más lo atormentaba ¿cómo podía alguien no valorarla solo por ser guapa? Aquellos pensamientos lo enervaban.

Sandra le dio una copia de la llave de su apartamento y Alberto llegaba a mediodía antes que ella. Cuando ella aparecía por la puerta, ya tenía la comida preparada y servida en la mesa. Después de almorzar juntos, Alberto le dejaba media hora para descansar y Sandra prefería pasar esos minutos con él, hablando y tomando un café. Luego volvían a la carga, sentados uno al lado del otro, repasando tema tras tema. Hasta que a las ocho él se levantaba para preparar la cena y a las nueve cenaban juntos. Si durante la cena Sandra le recitaba correctamente los puntos más importantes del temario, Alberto la obsequiaba con el resto de la noche libre y los dos corrían al dormitorio para hacer el amor o simplemente estar abrazados hablando durante las dos horas que restaban hasta las once y media, hora límite que Alberto había establecido para ir a dormir y descansar las horas que Sandra necesitaba para continuar con sus estudios. Aunque pasaban muchas horas estudiando, los dos intentaban disfrutar de la compañía del otro.

Ana continuó alternando los preparativos de la empresa con el trabajo y los arreglos de la casa. Estaba agotada pero muy satisfecha. Había recibido ya varias visitas de posibles compradores de su apartamento y se sentía esperanzada, el amigo de Alberto estaba resultando de gran ayuda. Ya había contratado un equipo de albañiles que le reformaría los dos cuartos de baño de la casa de sus padres y había elegido ya los azulejos, los platos de ducha, los lavabos y los accesorios. Todo con la estrecha colaboración de Helena y Martina que la acompañaban a todas las compras. Durante el fin de semana se dedicó a vaciar el armario de su antigua habitación y cubrir los muebles para pintarla de naranja, lo que hizo con la ayuda de Martina.

Los papeles de la nueva empresa ya estaban casi preparados y ya habían acordado el nombre, decisión de la que se sentía muy orgullosa. La empresa se iba a llamar *Diseños Martina, S.L.* y el logotipo estaba formado por dos figuras que representaban dos pies unidos por el dedo pulgar a los que Ana les había dado un aspecto moderno y vivo. Todo el equipo quedó satisfecho con el resultado.

Lucas continuaba con sus eternas horas de trabajo en el aeropuerto. Solo faltaban dos semanas de horas extras y un fin de semana más de trabajo y por fin volvería a su horario normal, llegando antes a casa y con el sábado y el domingo libres para dedicarlos a su hija. Durante la semana Ana y él se habían intercambiado algunos mensajes en lo que denominaron la "hora del baño", pero siempre eran breves y concisos. A Lucas le resultaba incómodo, pensaba que la molestaba, ella debía tener sus momentos de intimidad después de estar toda la tarde con la niña.

La noche del jueves, sin embargo, se armó de valor para pedirle un favor personal y después de acostar a Martina, tumbado en el sofá, comenzó a escribir.

"Hola, Ana. Hoy hemos tenido poco tiempo para el baño, por eso no te hemos escrito antes. Martina ya duerme. ¿Te molesto?"

Ana, que ya no pensaba recibir esa noche ningún mensaje de Martina, estaba tumbada en la cama, mirando unas revistas de decoración, cuando oyó el móvil. Aquellas palabras la preocuparon.

"Hola, Lucas, ¿pasa algo?".

"No, tranquila, todo bien. ¿Te pillo en mal momento?".

"Para nada, estoy mirando unas revistas de decoración. Últimamente solo veo azulejos, mármoles, inodoros... acabaré soñando con ellos".

"Bueno, son decisiones importantes, un inodoro puede ser para toda la vida, piensa que pasarás muchos momentos a solas con él".

"Visto así, es verdad, es mucho más importante elegir un buen inodoro que un buen novio. El inodoro siempre estará ahí cuando lo necesites".

Lucas no pudo evitar echarse a reír y decidió seguirle el juego, al menos tendría con quién compartir esas noches aburridas frente al televisor.

"Creo que antes de decidirte deberías tener una cita con él".

Ana le sonrió al móvil. "Hoy tienes ganas de bromear, ¿eh? pues no sabes aún a quién estás retando".

"Ya he tenido tres citas esta semana".

"¿Y cómo fueron?".

"La primera fue bien. Le acaricié para comprobar su suavidad y me senté encima para imaginar mi vida a su lado. Era muy blanco y frío y lo descarté, no me convencía esa frialdad".

Lucas pensó que hacía demasiado tiempo que no se reía tanto con alguien que no fuera Martina o Alberto. Y todavía no había acabado…

"¿Y la segunda cita?".

"Oh, la segunda cita fue increíble. Era negro, imagínatelo, suave al tacto, cálido y grande, muy grande. Pero…".

"Pero ¿qué? Cuenta, cuenta".

"Demasiado larga".

"¿Demasiado larga? ¿Estamos hablando de inodoros?".

"Pues claro, ¿de qué te piensas que hablo?".

"Por supuesto, perdona, sigue, sigue…".

"Pues la cifra, era demasiado larga, y la descarté. Pero ayer, por fin, pude verme con mi tercera cita. Fue perfecto, ni muy frío, ni muy blanco, ni muy larga… todo encajaba, hasta mis posaderas se acoplaron perfectamente a él, se entendieron a la primera. Les presenté a tu hija y a Helena y ellas estuvieron de acuerdo en que él era, sin duda alguna, el inodoro de mi vida. Y, en fin, creo que me he enamorado".

"¿Estás segura? A ver si la vas a cagar".

Ana se tapó la boca con la mano para sujetar la carcajada. No habría imaginado nunca tener este tipo de conversación con Lucas, no esperaba que fuera tan divertido.

"Nunca estaré segura, claro, pero por si la cago, me he quedado con el teléfono del negro, él siempre sabrá cómo dejarme satisfecha".

Lucas necesitó unos segundos para responder después de tanto reír, esa noche de sofá estaba resultando muy animada.

"Ana, hacía tiempo que no me reía tanto. Gracias. Lo necesitaba".

"Créeme, yo también lo necesitaba… mañana he quedado con el señor bidé, si quieres, ya te contaré".

"Por favor, lo del bidé promete".

"Debe ser agotador hacer tantas horas entre semana y para colmo trabajar tantos fines de semana seguidos".

"Estoy cansado y agobiadísimo, pero bueno, ya solo queda un fin de semana y en octubre llegará la recompensa. Por cierto, de eso mismo te quería hablar. Necesito que me hagas un favor, si puedes, si no puedes, no pasa nada… Es que Alberto está tan ocupado con los exámenes de Sandra…".

"Dime, ¿qué necesitas?".

"En octubre tendré una semana de vacaciones y quiero llevar a Martina a Eurodisney".

"¡Qué bien, eso es maravilloso!".

"A Martina le encantará".

"Y sobre todo si va con su papá, al que tanto echa de menos".

"No me digas eso que me emociono".

"No he dicho nada. Y, entonces, ¿qué necesitas?".

"No tengo tiempo de prepararlo y me da miedo esperar más y que los precios suban o me quede sin sitio en el Disney-land Hotel ¿Tú me podrías ayudar con la reserva?"

"Por supuesto que sí. Además, tenemos una agencia de viajes como clientes y nos hacen descuentos especiales. Les llamaré mañana para que se encarguen de todo, los conozco bien, son buenos y me harán un buen descuento. En un par de días seguro que ya lo tienes preparado. Tú solo dime las noches que quieres pasar allí y la semana que tienes de vacaciones".

"Eso sería fantástico. Ana, te lo agradezco, de verdad. Estaríamos cuatro noches y tendré vacaciones la segunda semana de octubre".

"Muy bien, anotado, mañana me encargo. En la hora del baño te cuento".

"Muchas gracias, Ana".

"De nada pero sabes que no lo hago por ti… lo hago por mi angelito de la guarda".

"Lo sé y te lo agradezco igual o más. Hasta la hora del baño pues".

"Mira, tenías razón, el baño es muy importante en nuestras vidas".

"¿Lo ves? Mañana me cuentas lo del bidé".

"Por supuesto, hasta puede que te envíe una foto para que me ayudes a elegir".

"No dejes de hacerlo, me van los bidés".

"Lo sabía".

Al día siguiente por la tarde, Helena y Martina ayudaban a Ana a decidir sobre algunos elementos del baño. No tardaron en salir todas satisfechas de la tienda. Ana había acabado de comprar lo que necesitaba, Helena respiraba aliviada porque el paso por la tienda había sido rápido y Martina no llegó a desesperarse y por último, la niña estaba contenta porque iban a merendar crepes con Sandra, que tenía un permiso de dos horas para dedicarlas a la "tarde de chicas" de los viernes.

Justo antes de salir del establecimiento, Ana recordó la conversación de la noche anterior con Lucas y le pidió a Martina que se situara junto a uno de los bidets y simulara que lo abrazaba para fotografiarla. Acto seguido le envió la imagen a Lucas con un comentario.

"A tu hija le ha gustado mi cita de hoy".

Lucas, que aquel día había estado más tiempo pendiente del móvil, no tardó demasiado en ver el mensaje. Después de sonreírle a la pantalla, escribió sin dudar en la respuesta.

"Procura que no le ponga el grifo encima".

"Tranquilo, yo la protegeré", mientras entraban en la crepería, Ana se rió leyendo la respuesta de Lucas.

"Cuento con ello. Ya me explicarás luego como fueron tus otras citas".

Cuando Ana recibió esta última frase de Lucas ya estaban sentadas comiendo crepes y en ese instante todas reían al ver la cara llena de chocolate de Martina y Ana. Sandra quiso inmortalizar el momento haciéndoles una foto a las dos y tomó el móvil de Ana.

—Esas caras hay que inmortalizarlas. —Al mirar la pantalla se sorprendió y apartó a un lado a Ana—. Tienes un mensaje de Lucas. Dice que cuenta con ello y que ya le explicarás luego como fueron tus otras citas. ¿Ana, te escribes con Lucas? ¿Vas a verle luego? ¿Qué citas son esas? ¿A qué se refiere?

—Sandra, eres un poco cotilla, ¿no?

—Ana, explícamelo —le exigió su amiga.

—No es nada. A veces me escribe porque Martina me quiere dar las buenas noches. Pero anoche nos enviamos unos mensajes, me quería pedir un favor y también estuvimos bromeando. En fin, de ahí viene ese comentario, no es nada. A Lucas no lo he vuelto a ver desde el día que volví de Nueva York.

—Ya, no es nada…claro —respondió desconfiada.

—Sandra, déjalo. ¿Nos haces esa foto ya?

—Está bien. Poneos juntas.

Ana y Martina sonrieron divertidas mientras se retiraban el chocolate de la cara y Sandra aprovechó que Ana no la observaba para enviar la foto a Lucas.

"Pues él sí te va a ver ahora", pensó.

Unos minutos después Lucas contemplaba la foto asombrado por el cambio de Ana. Ya no tenía el pelo tan largo y lo llevaba ondulado. Sus mejillas estabas más sonrojadas de lo que él recordaba y la expresión de su rostro era divertida. Enseguida la identificó con la chica risueña que aparecía en las fotos del *collage*, junto a Mónica.

"Así que esta es Anabel", pensó sonriente.

Aquella no era la imagen que recordaba de la chica misteriosa del aeropuerto, ni tan siquiera se parecía a Ana, la que fuera la falsa novia de su hermano. Definitivamente, era una persona distinta.

Aquella noche, durante la hora del baño, Lucas envió su primer mensaje:

"Hora del baño. Martina te desea buenas noches".

Ana, que estaba cenando en la cocina con el móvil cerca, no tardó en responder.

"Dale las buenas noches también a Martina".

"¿Te molestamos? ¿Vas a salir?".

"Hoy no. Tranquilo. Estaba acabando de cenar. Tengo buenas noticias para ti. Ya está hecha la reserva. Mañana iré a recoger los billetes, Helena te los entregará".

"¿Ya? Qué bien. Muchísimas gracias, Ana".

"De nada, ha sido un placer".

"Estáis muy divertidas en la foto que me enviaste esta tarde".

"¿La foto del bidet?".

"No, la foto en la que estáis Martina y tú con la cara llena de chocolate".

"Yo no te envié esa foto".

"Yo la recibí".

"Seguro que fue Sandra, ella nos la hizo con mi móvil. Perdona".

Ana se sintió avergonzada al pensar que Lucas la había visto con la cara llena de chocolate, como una niña, infantil y descuidada, nada que ver con la controladora y perfeccionista mujer que había conocido. Aunque, es chica alocada era Anabel, su antiguo y su nuevo yo.

"No pasa nada. Te ves distinta".

"Será por el pelo".

"No pareces la misma".

"Eso me dicen".

"¿Mañana estarás en casa de Helena cuando recoja a Martina? Podríamos vernos y entregarme en persona los billetes, así te lo podría agradecer".

"Estaremos toda la tarde en mi casa. Mejor pásate por allí a recogerla".

"Pues allí estaré".

Ana sonrió satisfecha. Lucas, el padre de Martina y marido de su amiga, empezaba a confiar en ella y ese acercamiento podía ser el preludio de una bonita amistad. Sin embargo, su cuerpo no dejaba de traicionarla y no podía evitar recordar también a Lucas como el agente descarado que la cacheó en el aeropuerto después de perseguirla varios días con la mirada. Revivir en su mente la escena de sus manos calientes acariciando sus piernas y esos ojos verdosos invadiendo los suyos a pocos centímetros de su rostro la excitaba demasiado. Desde que era una adolescente había reconocido que los chicos uniformados la atraían y Lucas era la viva imagen del hombre que se había colado en sus sueños más eróticos. Recordar al agente pervertido que acudió en su ayuda cuando cayó torpemente en aquel bar y lo guapo que estaba cuando lo reconoció aquella noche en la barra le hizo pensar en qué hubiera pasado si no hubiese oído la conversación de sus amigas en los lavabos.

"Qué pena. Si aquella noche no hubiese creído que estaba casado, tal vez podríamos haber acabado en la cama… Uffff".

Habían pasado ya varios meses desde que tuvo su último encuentro sexual y Ana se estaba excitando con facilidad. Pensar en el contorno de sus hombros, en ese pelo alborotado que adornaba su apetecible cuello, en su tez morena y en aquellos ojos devoradores le impedía conciliar el sueño.

A la mañana siguiente se sentía especialmente sensual y después de tomar su primer café, observó en el espejo su nueva imagen. Ese rostro y ese pelo eran de Anabel y el aspecto de Ana empezaba a desvanecerse. Mientras se duchaba, el comentario de Lucas sobre la foto le vino a la mente y dedujo que él se habría dado cuenta también de lo mismo, de que quién aparecía sonriente junto a su hija no era Ana. La idea de recordarle a Lucas que la chica del aeropuerto continuaba estando ahí la sedujo y sonrió al pensar en la posibilidad de excitarle con ese recuerdo. Al salir de la ducha ya lo había decidido, se iba a alisar el pelo y a ponerse un vestido más ceñido, recuperando el *look* que había dejado atrás desde que recibiera la carta de Mónica. En su casa tenía ropa cómoda para trabajar y ya se cambiaría antes de su llegada.

A las ocho y diez, Lucas aparcó frente a la casa de Ana. Conocía la calle y el barrio porque allí vivió Mónica, pero no dejó de sorprenderse al ver lo bonita y amplia que era la casa de los padres de Anabel desde fuera. Aunque lo que realmente le asombró fue reconocer que estaba especialmente alterado. No sabía como iba a reaccionar cuando se encontrara con ella. No la había vuelto a ver desde la mañana que la despertó en la cama de Martina, el día siguiente a su vuelta de Nueva York. Y, retrocediendo en el tiempo, también la recordó misteriosa en el aeropuerto, atractiva en el bar de Carlos, guapa en casa de su hermano, fascinante en el musical, inalcanzable en la barbacoa y, por último y desgraciadamente, exasperante en el cumpleaños de Martina.

Cuando llamó al timbre, sonrió al oír a lo lejos a su hija llamarlo mientras corría hacia la puerta. Martina abrió, abalanzándose sobre él.

—Papá, papá... ven que te enseño la casa de Anabel.

En la entrada se encontró con Helena que caminaba hacia ellos sonriente.

—Entra, Lucas, estábamos tomando un refresco en el jardín de la parte trasera. Hoy hemos estado arreglándolo un poco.

—Hemos plantado algunas flores y plantas aro... aro... —Martina intentaba explicarse.

—Aromáticas —corrigió Ana que se acercó a Lucas por detrás.

Cuando Lucas se tornó para saludarla, tuvo dificultad para disimular su excitación. Ana estaba radiante y aunque tenía el cabello más corto, era como volver a ver a la misteriosa mujer del aeropuerto que tantas noches de sueño le había robado. Tuvo que tragar saliva antes de hablar.

—Hola, Ana.

—Hola, Lucas.

—Papá, ven, tienes que ver las fotos de mamá —exclamó Martina.

Mientras la niña guiaba a su padre escaleras arriba hasta la habitación de Ana, ella lo observó sonriente. Lucas todavía vestía el uniforme y Ana tuvo que inspirar y expirar profundamente para recuperar el ritmo habitual de su respiración. Unos segundos después fue tras ellos. Cuando Ana llegó a la habitación, Martina y Lucas estaban admirando maravillados el *collage*.

—Es precioso. —Lucas se recreó mirando cada una de las fotos—. Martina, mira esta foto de mamá. Aquí se parece muchísimo a ti, debía de tener tu misma edad.

—¿Y has visto esta de Anabel en el suelo? —Martina las señalaba en la distancia.

—Es muy divertida, sí. —Se rió su padre, mientras la tomaba en brazos para que viera mejor las fotos.

—Y aquí, papá, Anabel tirándole nieve a mamá...

—Parece que Anabel era un poco traviesa, ¿verdad? —Lucas le dirigió una sonrisa y un guiño a Ana—. En esa de ahí las dos tienen nata en la cara y en los dedos, se nota que no podían esperar para comerse el pastel... —Padre e hija reían, buscando las fotos más divertidas.

—¿Te gusta el color naranja de la pared? —preguntó Martina—. Lo elegí yo y también ayudé a Anabel a pintar.

—Recuerdo perfectamente el día que la pintasteis. El agua del baño acabó de color naranja.

Ana intentó contener la carcajada, pero no pudo e intentó ocultar la risa tras las manos.

—Lo siento, debió de llegar a casa algo más sucia de lo normal.

—Un poco más, pero lo solucionamos con el baño.

—Papá, te voy a enseñar las flores que hemos plantado hoy —dijo la niña, tirando del brazo de su padre.

—Ve con Helena al jardín y prepárame a mí también un refresco. Ahora bajamos Ana y yo. Es que tengo que hablar con ella un momento.

Cuando Lucas se aseguró de que Martina ya estaba en la planta baja y no podía escucharlos, se acercó a Ana.

—¿Tienes los billetes? —preguntó, mientras caminaba hacia ella.

Aquella proximidad hizo que Ana se estremeciera. Aquel agente con el que tanto había soñado estaba allí, delante de ella, acercándose cada vez más, mirándola con esos ojos verdosos que la atraían perdidamente. Ya no era el casado pervertido o el hermano de su novio postizo, ahora estaban allí los dos, sin compromisos, sin obstáculos. Y en ese instante, su cuerpo y su deseo se apoderaron de su mente y su boca solo pudo articular aquellas palabras.

—Los llevo encima. ¿Me vas a cachear para buscarlos?

Lucas sintió como el deseo invadía su cuerpo. Solo estaba a dos pasos de ella y si recorría esa distancia volverían a vivir aquel momento en el aeropuerto. ¿Debía hacerlo? La mujer que tenía delante no era la misma que lo cautivó en el control policial, pero el cuerpo que le estaba suplicando que la tocara, sí. Y no se lo estaba insinuando a Lucas, sino al agente que aquel día lo arriesgó todo para acariciarla.

—¿Quieres que lo haga? —preguntó con nerviosismo.

—¿Quieres encontrar los billetes? —Ana ya no controlaba la situación.

—Me encantaría. —Lucas, por fin, dio los dos pasos hasta llegar a estar a escasos centímetros de ella.

Y tal y como hiciera unos meses atrás y a pesar de llevar un vestido corto, Lucas rozó con suavidad sus piernas al descubierto, primero una y luego la otra, con las palmas de las manos bien abiertas, poco a poco, inspirando su aroma, sintiendo el calor de su piel y la tensión de sus músculos. Cuando sus miradas volvieron a encontrarse a poca distancia, los dos respiraban con dificultad y Ana abrió sus brazos para que él los acariciara. Cuando acabó con ellos, bajó pausadamente las manos hasta su abdomen, rozando levemente sus pechos, haciéndola estremecer. Lucas sonrió al notar su excitación y se acercó despacio a su oreja, rozando con sus labios las mejillas encendidas de Ana.

—No los llevas encima, ¿verdad? —le susurró con la respiración apresurada.

—No. Tendrás que volver luego a buscarlos.

—¿Estás segura? —Lucas la miró a los ojos, totalmente excitado.

—No, pero ahora no podemos dejar otra vez esto a medias, ¿no te parece?

—No, otra vez no…

—Solo sería sexo y solo una vez. —Ana no creía lo que estaba diciendo, pero ya nada importaba.

—Solo sexo y una vez. —Lucas tuvo que tragar saliva.

—Tú el agente de seguridad y yo la chica del aeropuerto.

—Dame cuarenta minutos y vuelvo.

—Aquí estaré y trae el uniforme.

—¿El uniforme…? —Lucas le lanzó una sonrisa divertida.

—Sí. —Ana sintió como le subían los colores—. Me ponen los uniformes…

Lucas, con dificultad para contener la excitación que le apretaba los pantalones, bajó las escaleras de dos en dos.

—Martina, nos vamos.

—Pero, papá, las flores…

—Enséñamelas, pero rápido, que nos tenemos que ir ya. Helena, ¿te llevo a tu casa?

—Sí, gracias.

En apenas cinco minutos Lucas consiguió sacarlas de allí mientras Ana lo observaba con una sonrisa picarona. Antes de salir de la casa, se acercó a ella, simulando que se despedían.

—Cuando vuelva, vas a ver lo que hago con esa sonrisita… —Aquella frase dejó a Ana más excitada aún de lo que ya estaba.

Aparcado delante de la casa de Helena y una vez que ella se despidió, Lucas aprovechó para llamar a su hermano.

—Alberto, necesito que os quedéis con Martina un par de horas o tal vez tres… no estoy seguro del tiempo.

—Muy bien, estoy preparando cena, cuento con ella también. ¿Pasa algo?

—No pasa nada. En veinte minutos te la llevo. ¿Te aviso cuando esté cerca y bajas? Tengo algo de prisa.

—Sí, tranquilo.

En casa, corriendo de lado a lado, consiguió en tiempo récord bañar a Martina, ponerle el pijama, darse una ducha, cambiarse de uniforme y recoger algunas cosas para la niña. Cuando llegó frente al portal de Sandra, Alberto ya lo esperaba en la calle.

—¿Qué pasa con tantas prisas? —preguntó Alberto preocupado—. ¿Vas a trabajar?

—No, no.

—¿Y por qué vas con el uniforme?

—Tío, no hemos parado de correr desde que salimos de casa de Anabel —interrumpió Martina.

—¿Has estado en casa de Ana?

—Sí. —Lucas no pudo evitar sonreír y su hermano sospechó.

—¿Ha pasado algo con Ana?

—Todavía no. —La expresión de Lucas lo aclaró todo.

—¿Vas ahora a…?

Lucas asintió con la cabeza.

—Entonces, ¡eso es genial! —exclamó Alberto eufórico.

—No, Alberto, no, solo será… —Martina los observaba y no podía ser claro con su hermano.

—¿Solo qué…?

—Solo. —Miró a su hija y se acercó a la oreja de Alberto—. Sexo.

—¿Qué? Lucas, estás loco.

—Alberto, empezó ella.

—¿Ana?

—Sí, bueno, más o menos…

—Lucas, recuerda que es Anabel, la tía de Martina. —Y bajando la voz para que la niña no lo escuchara, le advirtió—. Si eso se complica, Martina va a sufrir las consecuencias, ¿lo has pensado bien?

—La verdad es que no, desde ese punto de vista no. —Lucas bajó la cabeza, avergonzado—. Tienes razón, es una locura. Pero hemos dejado claro que solo sería una vez y no seríamos nosotros mismos —susurró, acercándose de nuevo a Alberto—. Será como acabar lo que comenzamos en el aeropuerto y tú sabes bien lo que yo la deseaba.

—Lo sé, aquella chica te gustaba mucho, ¿verdad?

—Sí y soy muy consciente de que las cosas han cambiado. Ana o Anabel no es la misma persona que conocí en el aeropuerto pero la atracción física sigue estando ahí y… ¡Joder, Alberto, somos adultos!

—Vete, pero tened cuidado, Lucas, sabes que ese juego es peligroso.

—Sí, sí…

Cuando Lucas tocó el timbre aún respiraba con dificultad por las prisas y por la excitación. Ana, ansiosa y totalmente consumida por el deseo, no pudo esperar más y al abrir la puerta tiró de su camisa hasta aplastar su pecho contra el de ella. Con prisas, le abrió un botón y empezó a pasear su lengua por el hombro y el cuello de Lucas hasta llegar al lóbulo de su oreja, que no pudo dejar de morder cuando lo notó carnoso y suave. Mientras tanto, él la sujetó de las nalgas para elevarla, abriendo sus piernas y oprimiéndola contra la pared. Llevó las manos a sus rodillas y empezó a acariciar sus piernas a la vez que trepaba por ellas, arrastrando la falda hasta la cintura. Ana gimió de placer al sentir el roce de la dura erección contra su entrepierna y le continuó abriendo los botones de la camisa para acariciar sus pectorales, a la vez que Lucas bajaba la cremallera del vestido, impaciente por deshacerse de la prenda. Era tal el deseo que los dominaba que solo cuando Lucas consiguió sacarle el vestido por la cabeza, se encontraron con la mirada. Durante unos segundos Ana disfrutó de aquellos ojos verdes penetrantes que tantas noches le habían quitado el sueño y Lucas volvió a sentirse cautivado por ese iris castaño dorado, mientras sus labios apenas se rozaban y respiraban apresuradamente.

—Señorita —Lucas continuó hablando con dificultad sin dejar de acariciar sus labios con los de Ana—, existen unas normas de seguridad que no está cumpliendo.

—¿Me va usted a castigar, señor agente?

—Por supuesto y muy severamente.

Y sus bocas se abrieron para recibir el beso apasionado que los dos tanto habían anhelado. Durante aquel largo y ardiente beso sus lenguas se encontraron y se entrelazaron avivando todavía más el deseo de poseer el cuerpo del otro. Fue un beso inflamable, una chispa y sus cuerpos hubiesen estallado en mil pedazos. Ana dirigió a Lucas hasta las escaleras y las empezaron a subir casi a rastras. Sujetándola por la cintura Lucas iba trepando los escalones sin dejar de besarla. Parando en uno de ellos, le quitó la ropa interior, dejándola completamente desnuda y bajó su boca hasta sus pezones. Ana estaba totalmente desinhibida, entregada por completo a aquel depravado, morboso y escandalosamente atractivo agente de seguridad. Mientras ella sujetaba con sus manos una de las barandillas de madera, él la hacía estremecer con el calor de su lengua y sus múltiples caricias.

Nunca antes había anhelado tanto el cuerpo de una mujer y consciente de que aquella podía ser su única oportunidad de disfrutar de él, decidió saborear cada poro, pliegue y humedad de su cálida y suave piel, devorándola con sus labios como si degustara un suculento manjar, arrastrado por un apetito incontrolable. Mientras subían los últimos escalones, Ana rodeó con sus piernas la cintura de él y Lucas la elevó llevándola a horcajadas hasta el dormitorio.

—Señorita, va a tener que recibir su merecido.

—Castígueme ya, señor agente, castígueme ya…

Cuando ambos cayeron sobre la cama, Lucas se desabrochó rápidamente los pantalones con la ayuda de Ana. Antes de lanzar la prenda al suelo sacó de uno de sus bolsillos un preservativo que no tardó en colocarse. Los dos sabían lo peligroso que era ese juego pero ya no podían ni querían parar. Llevaban demasiadas noches deseándose en silencio y muchos meses sin sentir el calor de otro cuerpo. Lucas continuó besando su cuello, recorriendo con su lengua sus pechos y su abdomen, haciendo que el cuerpo de Ana se arqueara de placer. Hasta que Lucas no pudo soportar más la espera y la penetró, suavemente, pero con decisión. Los primeros movimientos fueron especialmente lentos, deseaba que ese placer perdurara y cada vez que se adentraba en su interior buscaba la boca de Ana para rozar sus labios e inspirar el calor de los gemidos que ella exhalaba. Con sus dedos Ana dibujó cada músculo de su espalda, de sus hombros y de sus duras nalgas, alimentándose a la vez del sudor de su cuello y del apetitoso lóbulo de su oreja. A medida que los movimientos fueron acelerándose los dos disfrutaron del roce de sus cuerpos y de ese placer que, según habían acordado, solo compartirían una vez.

Unos minutos después, cayeron exhaustos y satisfechos a cada lado de la cama. Cuando sus respiraciones se calmaron, Ana rompió el silencio.

—Pedí una pizza mientras te esperaba. Estará fría pero si quieres cenar.

—Perfecto, tengo hambre.

Una vez se vistieron, bajaron las escaleras. El salón ya no tenía muebles y Ana señaló unas sillas altas situadas junto a una barra en la cocina, donde aguardaba la pizza.

—¿Una cerveza?

—Sí, gracias. —Lucas observaba a su alrededor, admirado—. La casa es grande y tiene muchas posibilidades, pero aquí hay mucho trabajo que hacer.

—Sí, estoy agotada; la casa, la empresa, el trabajo... pero estoy muy ilusionada. —Ana hizo una pausa, mientras abría las cervezas—. Lucas, espero que lo que acaba de pasar no evite que seamos amigos.

—No, para nada. Yo te quería decir lo mismo. Es una manera extraña de empezar una amistad, pero si los dos lo tenemos claro, podremos hacer que funcione.

—Antes de nada necesito decirte algo: siento mucho lo que pasó el día del cumpleaños de Martina. No hay día que no me arrepienta de mis palabras. Me odio por ello, solo de pensar el daño que le hice... —A Ana se le empañaron los ojos de lágrimas.

—Tranquila, Ana. Intenta olvidarlo. Fue extraño y, sí, no fue un comportamiento correcto, pero entiendo que estabas muy confusa por Mónica.

—Tienes que saber que Martina es muy importante para mí.

—Lo sé.

—Y lo del noviazgo con Alberto, fue una estupidez, no debí hacerlo. Aunque tengo que decir que no me arrepiento de conocer a tu hermano. Me cae muy bien y al fin y al cabo aquella mentira fue lo que le unió a Sandra.

—¿Sabes que él estuvo en el aeropuerto el día que te cacheé?

—¿Cómo dices?

—Estuvo allí y os reconoció a ti y a Helena. Por eso se acercó luego a Sandra y aceptó colaborar en la mentira. Lo hizo para que tú y yo nos conociéramos.

—¿En serio?

—Y el encuentro en el bar de los chupitos, lo arregló él...

—¿De verdad? —Ana se echó a reír—. ¿Y tú sabes que Helena te llamó para ser canguro de Martina para que tú y yo nos conociéramos?

—¿Helena hizo eso?

—Lo que no entiendo es de dónde sacó tu número de teléfono. ¿Habías puesto un anuncio para buscar canguro?

—Me dijo que se enteró por Maite, mi compañera de trabajo. Aunque, la verdad es que Maite nunca me habló de ella... ¡Ya, ahora lo entiendo! —exclamó Lucas—. ¿Tú viste un papel en tu chaqueta con mi número de teléfono?

—¿Me dejaste un papel con tu número?

—En realidad fue Maite quien lo hizo, yo no tuve suficiente valor.

—Pues no lo vi. Lo debió coger Helena. Ella sabe que yo lo hubiera roto en pedazos.

—Menudo carácter tenías... —Lucas la miró con expresión traviesa.

—¡Eh! Y tengo, cuidado conmigo. —Ana lo golpeó en el hombro enfadada.

—Y luego aparece Anabel. Aquello fue increíble, aún me cuesta asimilarlo. Después de tanto tiempo buscándote, oyendo hablar de ti y contándole la historia a Martina, de pronto te presentas allí.

—Fue insólito. —Después de un leve silencio, Ana suspiró entristecida—. ¡Echo tanto de menos a Mónica! —De pronto Ana se puso las manos en la boca—. Joder, joder...

—¿Qué pasa?

—Joder, Lucas, era mi amiga del alma, mi hermana... y me he acostado con su marido.

—No, no... yo era un agente de seguridad desconocido, ¿lo recuerdas?

Ana no pudo continuar hablando. De pronto, se sintió abatida y culpable. Se había dejado llevar por el deseo y no había pensado antes en la lealtad y el respeto que le debía a la memoria de su amiga. La había traicionado por unos minutos de placer ¿Había merecido la pena?

Lucas la observaba callado y preocupado.

—No te atormentes. Deja de pensar en ello.

—Yo tenía muchas ganas de hablar contigo para que me explicaras todo sobre Mónica y en vez de eso, ¿qué hago? Insinuarme descaradamente sin pensar en que fuiste el marido de mi amiga.

—Mira, Ana, vamos a hacer una cosa. El próximo fin de semana ya no trabajo. El sábado vendremos Martina y yo para ayudarte con la casa. A mí se me dan bien las reformas. Y aprovecharemos el día para que hablemos de Mónica, podrás preguntarme todo lo que se te ocurra.

—Como quieras. —Ana seguía cabizbaja.

—Debería irme —añadió Lucas mirando su reloj—. Martina debe de estar dormida y tengo que llevarla a casa.

—Sí, tienes razón, es tarde. ¡Ah! Espera. —Ana fue en busca de su bolso—. Los billetes y un papel con los datos para que realices la transferencia a la agencia. Ahí está todo explicado.

—Perfecto, muchas gracias. Te debo una.

Los dos se dirigieron a la puerta de entrada pero antes de abrir Lucas se giró para mirar a Ana y se acercó a su cuello para susurrarle al oído.

—Yo no me arrepiento. Ha sido increíble.

Le dio un beso en la mejilla y cerró la puerta al salir, dejando a Ana totalmente sonrojada y aturdida.

—Yo tampoco me arrepiento… —susurró.

Cuando Lucas llegó a casa de Sandra, Martina ya dormía y Alberto la sacó en brazos al rellano de la escalera.

—¿Cómo ha ido?

—Ufff… demasiado bien. Alberto, ha sido… ha sido… no encuentro la palabra. —Lucas se pasó la mano por la cabeza, totalmente sofocado.

—Ten cuidado, Lucas.

—Tranquilo. Hemos estado hablando luego y todo está claro. No te preocupes.

—Eso espero…

Capítulo 15
RESPIRA HONDO
Y ABRE TU MENTE

Durante la semana siguiente todos estuvieron más ocupados de lo habitual. Los albañiles trabajaban arreglando los dos cuartos de baño y durante esos días Ana apenas pudo pasar por la casa, así que decidió dedicar más tiempo a su nueva empresa. Ya había presentado su dimisión en *Global Design* y estuvo contactando con posibles clientes. Aunque por fin había logrado vender el apartamento, las visitas a la inmobiliaria no le permitieron ver a Martina hasta el jueves. Eso sí, todas las noches contactaron a través de los mensajes de Lucas. La hora del baño se había convertido en un divertido ritual y aprovechaban esas conversaciones para compartir momentos vividos con Martina.

Quedaban pocos días para los exámenes y Alberto aumentó las horas de estudio. Sandra estaba agobiada y los nervios empezaban a encresparla. El jueves, para evitar una discusión, Alberto le sugirió que se encontrara con Ana y las dos quedaron para cenar en la pizzería donde tantos buenos momentos habían pasado juntas.

—Tienes que explicarme lo que sucedió el sábado por la noche —preguntó Sandra—. Alberto me contó algo.

—¿Se enteró él?

—Cuando su hermano trajo a Martina a casa. Al parecer no necesitó mucho para adivinarlo, a Lucas se le notaba demasiado en la cara. Me lo tienes que contar todo.

—Pues la culpa fue mía, Sandra, provoqué la situación para que me volviera a cachear y le sugerí que acabáramos lo que dejamos a medias en el aeropuerto, pero que solo sería sexo y solo debía pasar una vez.

—¿Y desde cuándo eres tú así?

—Yo tampoco me lo acabo de creer. Para Lucas también fue sorprendente pero no pudo negarse. Se nota que lo deseaba igual que yo. —Ana inspiró profundamente—. ¡Fue increíble!

—Entonces, repetiréis, ¿no?

—No, no… ni hablar. Bastante arrepentida estoy ya.

—¿Por qué?

—Por Mónica, era mi amiga y hermana. ¿Cómo he podido hacer algo así?

—Tú no tienes la culpa, Ana. Recuerda que cuando conociste a Lucas en el aeropuerto no sabías que era el marido de Mónica y has dicho que acabasteis lo que se empezó allí.

—Lo mejor será que lo olvidemos y no se repita. Ahora lo que más me importa es Martina.

—Ya, pero si dices que fue tan increíble, eso no se olvida fácilmente… Y si no es así, ya me lo dirás.

—Está olvidado, Sandra. —Ana quiso zanjar ahí la conversación, recordar aquella noche la perturbaba demasiado—. Y tú, ¿qué?

—Yo, ¿qué?

—Explícame, llevas casi dos semanas viviendo con Alberto. ¿Cómo os va?

—Es agobiante vivir con él. Es un mandón, me controla todo el rato, me regaña si no le obedezco y es un odioso abogado sabelotodo. No sé por qué le pedí ayuda.

—Sí, ya… ¿Pero?

—Pero… ufff. —Sandra inspiró profundamente, mientras apoyaba su cabeza con sus manos—. No solo cocina bien, sino que, además, deja la encimera reluciente, pone lavadoras y plancha. Y todo lo hace con una camiseta y unos pantalones de algodón que le quedan tan bien y está tan guapo...

—Entonces, no es todo tan horroroso, ¿no? —Ana soltó una carcajada—. Y además de ser un buen profesor, un buen amo de casa y vestir cómodo, ¿algo más que añadir?

—Pues, tengo ganas de que lleguen los exámenes para acabar con este infierno y se vaya ya de mi casa, pero... —Los ojos de Sandra comenzaron a humedecerse y su rostro se entristeció—. ¿Qué voy a hacer luego todas las noches sin él, sin notar su respiración a mi lado? ¿Con quién voy a sentarme en el sofá a ver la tele? ¿Con quién voy a tomar el café y charlar después de comer? ¿Cómo voy a pasar un solo día sin derretirme con su sonrisa o sin besar esos labios que me vuelven loca? Y lo peor de todo, ¿con quién me voy a pelear?

—Sandra, si se veía venir... —Ana no paraba de reír.

—Le voy a echar mucho de menos, Ana. Nunca me había pasado esto, ya sé que es un mandón pero lo está haciendo todo por mí y yo no paro de quejarme, de decirle que es un abogado pijo empollón. ¡No sé cómo me aguanta!

—Pero, Sandra, ¿cómo le dices esas cosas?

—Porque me enerva...

—Estás nerviosa, faltan pocos días para los exámenes, es normal que reacciones así, pero intenta no cargar toda tu ira contra él, sabes que no se lo merece.

—Lo sé, pero él está ahí siempre y al final lo estoy pagando con él. Seguro que tiene ganas de volver a su apartamento.

—¿Cuándo se irá?

—El último examen lo tengo el próximo jueves. Supongo que esa noche, no sé, no me lo ha dicho.

—Si tan bien estás con él, ¿por qué no le pides que se quede?

—Pero si Alberto debe estar deseando irse...

—O no... Él puede estar pensando lo mismo, que tú estarás deseando que se vaya.

—Podría ser, tal y como le trato a veces...

—¿Y si le pides perdón y hablas con él? Dile lo que sientes.

—Tienes razón, tengo que hablar con él. Pero es que ahora es imposible, en cuanto llegue seguro que me obliga a repasar el tema de esta tarde, según él aún no me lo sé lo suficiente. ¡Es odioso!

—Pues busca, al menos, la manera de no enfadarte con él; debes eliminar esa tensión de otra forma.

—Creo que me has dado una idea...

Cuando Sandra llegó a su apartamento, Alberto aún no había regresado de casa de Lucas. Le envió un mensaje para que supiera que ya estaba en casa y él no tardó en responderle que en pocos minutos se encontrarían allí. Ella aprovechó ese tiempo para repasar los puntos más difíciles del tema que esa tarde habían estudiado juntos y, mientras se repetía mentalmente algunas definiciones, se cambió de ropa. Cuando Alberto entró por la puerta se encontró a Sandra con su camiseta y su pantalón de deporte.

—¿Qué haces así vestida?

—¿Confías en mí?

—Sí, ¿por?

—Ponte ropa de deporte, vamos a correr. Date prisa, tenemos poco tiempo.

Alberto obedeció sin rechistar y poco después salieron a la calle. Sandra empezó a aligerar la marcha y en pocos minutos ya corrían a un buen ritmo.

—Rubiales sabelotodo, hazme preguntas sobre el tema de esta tarde.

—¿Ahora? ¿Corriendo?

—¿No decías que confiabas en mí?

—Lo que tú digas, pelirroja.

Y Alberto empezó a pedirle que recitara las definiciones más importantes de ese temario. Sandra iba respondiendo con algún que otro error que él iba corrigiendo. A pesar de eso, Sandra volvía a repetir la definición hasta exponerla correctamente, tal y como Alberto le recordaba. A pesar de estar corriendo y en tan solo treinta minutos, Sandra ya había logrado memorizar los puntos cruciales del tema sin error alguno. Ya en el portal, Sandra se paró para respirar y estirar algunos músculos.

—Muy bien, Sandra, ya te sabes el tema.

—Y lo mejor de todo es que no tengo tantas ganas de matarte.

—¿Tan mal me porto contigo que quieres matarme?

—No, rubiales, no... —Sandra se acercó a Alberto y bajó el tono de voz—. No quiero matarte, quiero vivir contigo y quiero que tú también lo desees como yo. Y si no dejo de enfadarme y decirte empollón sabelotodo, acabarás huyendo de mí. Si hemos salido a correr es porque me va muy bien para controlar los nervios.

Alberto, emocionado, la sujetó de la cintura y la acercó a él para besarla con dulzura.

—Pelirroja, ¿has dicho que quieres vivir conmigo?

—Sí, rubiales, sí.

—Vamos a tener que salir a correr más a menudo, me ha gustado mucho... Y ahora subamos los cuarenta escalones rápidamente, ya es tarde y tenemos algo que hacer antes de dormir.

—Ya está el pesado de la hora de dormir.

—Confía en mí... —dijo él, mientras cogía su mano y empezaban a correr escaleras arriba.

Al llegar al piso de Sandra, ambos respiraban con dificultad, pero el cansancio que sentían los había relajado y se miraban sonrientes. Cuando recuperaron el aliento, Alberto la tomó de la mano.

—Tengo un regalo para ti en la habitación.

Una vez en el dormitorio, sacó algo de su maleta. Era un paquetito pequeño envuelto con un lazo rojo.

—¿No será...? —Sandra no quiso tocarlo.

—No, tranquila, no es lo que piensas, ábrelo. Lo preparé hace dos días, pero no sabía si esperar a que acabaras los exámenes.

Sandra retiró el lazo y el papel de regalo. Dentro había una cajita de cartón y en su interior dos llaves.

—Son las llaves de mi apartamento. Sé que estas dos semanas están siendo difíciles, sobre todo para ti, y hay momentos en los que nos tiraríamos la vajilla a la cabeza, pero a pesar de todo yo ya no sé si quiero seguir viviendo sin ti.

—Pero, Alberto, si te estoy tratando fatal...

—Lo sé, pero a veces lo merezco y otras veces son los nervios. Es normal, ya te dije que podías cambiar de idea estas dos semanas.

—No he cambiado de idea, sigo enamorada de ti y cada día más. Pero esto es agobiante y tú eres un mandón sábelotodo.

—Falta poco ya y todo este esfuerzo merecerá la pena. Vas a aprobar y pronto lo estaremos celebrando, ya lo verás. Aunque seguiré siendo un mandón sabelotodo, eso no va a cambiar.

—¿Y si no funciona? —Sandra miró las llaves.

—Pues me las devuelves. Si, a pesar de estar estudiando, hemos sacado tiempo para estar bien juntos, imagina cuando no tengamos la tensión de los exámenes.

—Eso es verdad. Entonces, ¿quieres que me vaya a tu apartamento a vivir ya?

—Mi apartamento es más grande que el tuyo y tiene ascensor, aunque acabaré echando de menos subir esos escalones corriendo. Además me gusta estar cerca de Lucas y Martina. Por eso he pensado que te vayas tú allí. Puedes mudarte cuando quieras, cuando acabes el último examen o unos días después. Yo me iré de aquí cuando tú me lo pidas.

—Rubiales, sabes que me da miedo, pero yo tampoco sé si podría vivir sin ti a partir de ahora, mandón, sabelotodo y empollón. —Sandra se acercó mostrándole los labios para que él los besara, a cuyo gesto Alberto no tardó en responder con varios besos apasionados.

—Quítate esa ropa y ve para la ducha ya, te espero allí. —Alberto se empezó a desnudar.

—Aunque, lo de mandón tiene su puntito... me gusta...

El viernes por la noche Martina estaba especialmente contenta, su padre por fin dejaría de trabajar los fines de semana y podrían pasar más tiempo juntos. Durante la hora del baño no dejaron de hacer planes para los siguientes días.

—Pero recuerda, Martina, que mañana iremos a ayudar a Ana y que la próxima semana empieza el colegio.

—Sí, sí… Hoy hemos comprado una pizarra grande para una habitación donde trabajará Anabel. Y mañana pintaremos en ella.

—Muy buena idea. Ya verás que bien lo pasaremos.

—¿Y el domingo vamos al acuario?

—De acuerdo, el domingo vamos al acuario. Te lo prometí.

—Bien. —Martina aplaudió salpicando agua en la cara de su padre.

—¡Para, Martina, que me mojas! —Definitivamente, para Lucas, el baño era el mejor momento del día.

—Papá, ¿le dices buenas noches a Anabel, por favor?

—Está bien, así le preguntaré a qué hora vamos.

"Hora del baño. Martina está hoy tan contenta que he acabado yo más mojado que ella".

Ana estaba en la cocina de su apartamento, rodeada de cajas y acabando de envolver en papel de burbujas algunos utensilios. No pudo evitar sonreír al ver el mensaje de Lucas.

"Esta tarde nos recordó al menos cinco veces que no trabajabas el sábado".

"¿A qué hora vamos mañana?".

"¿Os va bien a las diez?".

"Muy bien, pues, hasta las diez. Buenas noches, Ana".

"Buenas noches, Lucas".

Y a las diez en punto, Lucas llamaba a la puerta, con Martina emocionada y agarrada de su mano. Lucas se sorprendió al experimentar cierto nerviosismo. Tenía ganas de ver a Ana otra vez pero creía estar convencido de que esa agitación era debida a la curiosidad y no al deseo.

"Contrólate, Lucas, no puede volver a suceder lo de la semana pasada", se repetía.

Cuando Ana abrió la puerta se sintió aliviado y gratamente sorprendido. Se encontró con Anabel, la chica divertida de la cara manchada de chocolate, la amiga de su mujer y la niña superhéroe. Lucía la melena ondulada por encima de los hombros, su tez nacarada estaba limpia de maquillaje y su expresión era juvenil y risueña. Vestía tejanos no demasiado ceñidos y una camiseta de algodón holgada. Recordó que era así como la imaginó cuando Mónica le hablaba de ella.

—Bienvenidos a mi sucia y destartalada casa —saludó ella sonriente.

Martina corrió a abrazarla y Ana la levantó para poder besarla. Mientras la pequeña se adentraba en el interior de la casa, Lucas se acercó a Ana para besar su mejilla a la vez que le sonreía.

—Hola, Anabel...

La casa parecía distinta. En la entrada había una consola de madera pintada en blanco, bajo un espejo enmarcado cubierto por un plástico para evitar el polvo, y el salón ya tenía dos amplios sofás grisáceos que todavía estaban envueltos por un film protector. Ana, orgullosa, le mostró a Lucas el cuarto de baño por fin acabado.

—¿Qué te parece?

—Está quedando genial. Has tenido muy buen gusto al elegir los azulejos y bueno, qué te voy a decir sobre el inodoro, es tal cual me lo describiste.

—Alguien me dijo que era para toda la vida.

—¿Yo dije eso? Menuda cursilada.

—La verdad es que no te pega nada.

Entre risas y bromas se adentraron en la habitación que Ana estaba preparando como despacho. Apoyada en la pared había una gran pizarra blanca y al otro lado un escritorio y una mesa de dibujo.

—Y aquí está tu primer trabajo. Ayúdame a colgar la pizarra y así Martina podrá entretenerse pintando. He traído rotuladores de colores especiales para niños.

—Piensas en todo.

Entre los dos sujetaron bien la pizarra a la pared y una vez dejaron a Martina concentrada con sus dibujos, Ana llevó a Lucas hasta el salón, parándose frente a la cocina. Era una cocina americana abierta y la barra situada en el centro la hacía pequeña e incómoda.

—Esta parte de la casa es la más importante para mí.

—¿La cocina?

—He pasado muchos momentos buenos en esta cocina. A mi madre le encantaba cocinar y la repostería era su *hobby*. Esa pasión la heredaron Helena y mi madre de mi abuela.

—Es verdad, todos los fines de semana, Helena nos hace bizcochos y galletas.

—Tradición familiar. Pues bien, necesito que me ayudes a agrandarla. Quiero pensar que en esta estancia podré continuar viviendo momento buenos con algo más de espacio.

—¿Y has decidido ya cómo hacerlo?

—Quiero tirar esa barra y esa pared. Así podré montar más muebles y poner una mesa grande en el centro.

—Muy buena idea. Va a quedar genial.

—El jueves estuve en el bufete con Alberto y me hizo una lista del material que necesitarías y lo compré todo ayer. Aquí lo tienes. —Ana le señaló un rincón del salón donde se amontonaban unos sacos y cajas—. También me pidió que te dijera literalmente: «Si me necesitas llámame y me escaparé un rato del ogro pelirrojo que me está maltratando». —Y los dos rieron divertidos.

Lucas apenas salió de la cocina durante toda la mañana, mientras Ana y Martina alternaban el dibujo en la gran pizarra con juegos o arreglos en el jardín. Ana se acercaba de vez en cuando para ayudarle a recoger escombros y comprobar los avances. Sin duda Lucas sabía lo que hacía, tal y como Alberto y él mismo le habían adelantado.

Poco antes de las dos, Ana les propuso ir a almorzar a un restaurante a dos manzanas de allí y de vuelta a la casa, decidieron parar un rato en el parque donde Mónica y Anabel se habían conocido. Mientras Martina jugaba en los columpios, Ana y Lucas se sentaron en el banco situado junto a la farola.

—Cuando quieras puedes empezar a preguntarme sobre Mónica. —Lucas se estiró relajado en el banco, apoyando la cabeza sobre el respaldo de madera.

—¿No te resulta doloroso hablar de ella?

—Depende de lo que sea, sí. Pero no te preocupes, pregunta sin miedo.

—Hay muchas cosas que quiero saber. En realidad, quiero que me lo expliques todo, desde que os conocisteis hasta... eso, hasta el final. —Ana se entristecía al pensar en los últimos días de vida de su amiga—. Y lo que sepas de ella desde el accidente de nuestros padres hasta que os encontrasteis. Pero antes, hay algo que necesito saber y no puedes irte sin decírmelo. Me gustaría visitar su tumba.

—Ya la has visitado varias veces. Mira esos árboles, ese césped, esas flores y sobre todo esta farola. Está aquí, Ana, Mónica está aquí. —Lucas inspiró con fuerza hasta llenar sus pulmones—. Me gusta pensar que cuando tomo aire la respiro...

—¿Está aquí? —A Ana le empezó a temblar la barbilla, haciendo grandes esfuerzos por controlar el llanto.

—Antes de entrar en el quirófano me dijo: "Lucas, si me pasara algo, quiero que esparzas mis cenizas en el parque donde Anabel y yo nos conocimos". Cuando Martina era un bebé la traía aquí en su carrito y yo me estiraba en este banco recordándola mientras respiraba profundamente, intentando percibir en el aire su olor, el sonido de su voz, el color de sus ojos, el tacto de su piel... y así no olvidar nunca esas sensaciones. Creo que hacía ya casi dos años que no venía, hasta que apareciste. Hace unos días estuve unos minutos aquí sentado y pensé que debía haber hecho como tú, traer aquí a Martina a jugar. Nunca le he explicado dónde está su madre, es demasiado pequeña y creo que no lo entendería, pero tarde o temprano lo sabrá y estoy seguro de que nos agradecerá, sobre todo a ti, que le hayamos enseñado la importancia de este lugar.

—Lucas, perdona, mi aparición te está haciendo recordar momentos dolorosos, lo siento.

—Todo lo contrario, Ana. Nunca había hablado de esto con nadie, ni tan siquiera con Alberto, y creo que necesito compartirlo.

—Sé bien lo que se siente. He sufrido muchos años llorando en soledad... —Adoptó la misma posición que Lucas e inspiró profundamente—. La piel de Mónica olía a rosas, el iris de sus ojos tenía una combinación de turquesa y azul marino que me recordaba al fondo del océano y si cierro los ojos puedo llegar a oír su dulce y delicada voz. —Al percibir las lágrimas de Lucas resbalar por sus mejillas, Ana buscó su mano y se la apretó cariñosamente—. Llora, no te cortes. Pero recuerda que tienes que acabar de tirar la pared de la cocina, no vayamos a estar aquí toda la tarde inundando el parque...

Lucas comenzó a reír a la vez que lloraba emocionado. Nunca habría imaginado que podría llegar a aliviar su pena de esa forma.

—Eres todo lo divertida que decía Mónica.

—No será para tanto, ya has podido comprobar lo desagradable que puedo llegar a ser.

—Eso es cierto. —Y reincorporándose, miró a Ana—. ¿Tienes café en casa?

Martina volvió a entretenerse con sus dibujos mientras los dos tomaban el café sentados en el sofá plastificado. Lucas, con la intención de probar su comodidad, se recostó estirando las piernas y Ana divertida aprovechó el momento para bromear con él. Se acercó con una silla, se sentó a la altura de su cabeza, tomó un trozo de papel y un lápiz y adoptó un tono serio.

—Lucas, respira hondo y abre tu mente. Explícame cómo te sientes en este momento.

—Verá, doctora, no tengo palabras para describirlo. —Lucas tuvo que hacer grandes esfuerzos para controlar la risa.

—¿Te puedo hacer una pregunta seria? —La expresión de Ana se tornó triste.

—¿Seria, tú? —Lucas sonrió con la boca torcida.

—De verdad...

—Está bien, dime.

—Sabías que se iba a morir, ¿verdad? —Hacer aquella pregunta le produjo un dolor intenso en el vientre.

—Lo supe dos semanas antes y... —Lucas casi no podía hablar, sentía como el corazón le iba a atravesar el pecho.

—No sigas si no puedes...

Lucas apoyó su cabeza sobre el reposa brazos del sofá, cerró los ojos y permaneció en silencio durante unos largos segundos. Le resultaba muy difícil recordar aquella época y nunca había sido capaz de explicar a nadie lo que llegó a sufrir. Sin embargo, después de seis años, con Ana sintió que por fin podía compartirlo.

—Estaba muy débil y fui a hablar con su médico, intuía que algo no iba bien. Entonces supe que ella ya era consciente de que no sobreviviría al parto. Aún recuerdo palabra por palabra aquella terrible frase: "Su mujer no resistirá el parto y posiblemente no llegue a ver a su hija". Joder, si llegan a clavarme un punzón en el corazón no me hubiese dolido tanto. No solo iba a perder a mi mujer, además ella no iba a llegar a ver a su hija. ¿Puede haber algo peor para una madre que saber que no va a conocer a su hijo? —Las lágrimas volvieron a empapar sus mejillas y tuvo que parar de hablar durante unos segundos—. Pensé que ella me lo había ocultado para que yo no sufriera, pero creo que lo que realmente necesitaba Mónica era disfrutar del embarazo, sentir como su hija crecía dentro de su vientre y vivir sus últimos días como una madre primeriza, nerviosa y feliz. Decidí continuar la farsa e ignorar lo que ya sabía. Por las noches, cuando comprobaba que dormía profundamente me iba a la cocina y lloraba durante horas. —El llanto se le hacía cada vez más difícil de controlar y tuvo que secarse las lágrimas con las manos.

—Lucas, déjalo ya... Si no quieres seguir, no sigas.

—No, doctora, al precio que le pago la hora, tengo que aprovechar bien la sesión. — Lucas le dirigió una media sonrisa e inspiró profundamente—. El día que rompió aguas nos enfadamos, yo no quería llevarla todavía al hospital y ella se empezó a preocupar por el bienestar de la niña. Yo estaba aterrado, sabía que iba a salir de casa con ella y volvería solo, con un bebé en brazos. Pero aun así, consiguió tranquilizarme, como solamente ella sabía hacer, y por un momento hizo que me olvidara de lo que iba a suceder. Cuando llegamos al hospital no tardamos en entrar en la sala de partos. Las enfermeras corrían de un lado para el otro, los médicos estaban nerviosos y yo notaba como Mónica se apagaba. Ya no tenía fuerzas para empujar y decidieron practicarle la cesárea. Mientras la preparaban yo pude estar a su lado pero el dolor y el miedo me bloquearon. No fui capaz de decirle nada, solo sostuve su mano contra mi pecho y la miré asustado. Antes de que se la llevaran me dijo lo de las cenizas en el parque y mientras la entraban en la sala de operaciones y soltaba mi mano me sonrió y me susurró "te quiero". Y allí me quedé, inmóvil, horrorizado y jodidamente callado... No fui capaz de despedirme de ella, joder, tan solo tenía que responderle con un "te quiero", darle un beso o sonreírle como ella hizo. Pero no, me quedé allí petrificado como un jodido cobarde. —Lucas golpeó el sofá con el puño cerrado—. Durante todos estos años no me lo he perdonado y creo que el dolor que siento al recordar aquellas dos últimas semanas y, sobre todo aquel último momento, me perseguirán toda la vida.

Ana permaneció callada unos minutos, incapaz de pensar, imaginando el dolor que acompañó a Mónica durante sus últimos días y la agonía que debía estar sufriendo Lucas.

—Me alegra mucho pensar lo feliz que Mónica se debió sentir al encontrarte. Era lo que más anhelaba. Bueno, eso y tener un bebé. —A pesar de la tristeza en su rostro, Lucas esbozó una sonrisa—. Se fue cumpliendo sus deseos.

—Tal vez esos fueran sus deseos en ese momento, Lucas, pero Mónica ya había conseguido antes cumplir con el mayor de sus deseos, créeme. —Lucas la miró desconcertado—. Al igual que Martina, de pequeña, Mónica soñaba con una vida de princesas, imaginaba a su príncipe azul, apuesto y romántico. Todavía en la adolescencia, suspiraba con la idea de encontrar al chico que le robara el corazón solo con mirarla. Recuerdo que poco antes del trágico accidente, una noche que dormíamos juntas en su habitación, me explicó un sueño que era incapaz de olvidar. Soñó con el día de su boda y aunque el recuerdo era vago, pudo intuir a su marido, cariñoso, divertido y muy guapo. Me aseguró que lo buscaría sin descanso hasta encontrarlo. Y te encontró, Lucas, casándose contigo consiguió cumplir su sueño. Además, tú la ayudaste a que se hiciera realidad su deseo de tener un bebé. Lo que quiero decir con esto es que tú le diste una vida plena y fue feliz hasta el último momento porque estaba a tu lado, porque tú la amaste como ella siempre había soñado ser amada y estoy segura de que Mónica no necesitó una última palabra o un último gesto para saber que la querías de verdad.

Lucas se quedó en silencio, sintiendo como las lágrimas le resbalaban por la nariz, emocionado por las palabras de Ana. Su primer impulso fue agradecerle todo su apoyo con algunos halagos, pero por miedo a resultar demasiado ridículo o incomodarla, decidió responderle como solo Ana sabía hacer, bromeando.

—Y dígame, doctora, ¿dice usted que está soltera? —dijo con voz seductora, mientras la miraba de arriba abajo y movía las cejas.

—Ya te he dicho varias veces, Lucas, que tengo por norma no relacionarme con mis pacientes.

—Pues vaya cien euros la sesión más desperdiciados.

Los dos se echaron a reír y Martina, al oírlos, se acercó corriendo.

—¿De qué os reís?

—Yo me río de tu papá, no me habías dicho que estaba un poco loco…

—Porque no lo está, pero tú sí. —Martina le sacó la lengua y se dio media vuelta para salir corriendo—. A que no me pillas…

—Pero bueno, ya sé de quién ha sacado ese descaro esta niña, verás cuando te coja. —Y salió corriendo detrás de Martina, mientras su padre se reía de las dos.

Lucas continuó trabajando en la cocina, acabó de retirar todos los escombros y tuvo tiempo de cubrir de yeso el arco que había quedado en sustitución de la pared. Con la ayuda de

Ana, limpiaron los restos de polvo y cuando anocheció, los dos contemplaban satisfechos el resultado.

—Tengo huevos, cerveza y algo de pan. Puedo preparar unas tortillas —sugirió Ana.

Poco después de cenar, Martina se quedó dormida encima de uno de los sofás y Ana y Lucas tomaban un té en el otro, sentados cada uno en un extremo.

—¿Podemos seguir con la sesión? —preguntó Ana.

—Sí, doctora, dígame, ¿qué más quiere saber?

—¿Cómo os conocisteis?

—Por lo que me explicó Mónica, poco después del accidente tuvo que empezar a trabajar. Al parecer su padre tenía algunas deudas y la venta de la casa únicamente sirvió para cubrirlas. Se fue a vivir con sus abuelos, pero por desgracia solo contaban con una pequeña paga, así que dejó los estudios y tuvo que buscar empleo. Encontró trabajo en una de las librerías del aeropuerto. Yo iba a comprar ahí el periódico algunos días, antes de empezar mi turno. Al principio lo compraba semanalmente y no tardé en ir a diario, claro. El caso es que me costó convencerla para salir a tomar algo, hasta que conseguí que saliéramos a cenar. Y, en fin, una cena llevó a otra y a otra... y en unos meses se mudó a vivir con nosotros. No tardé mucho en pedirle que se casara conmigo. La ceremonia fue muy íntima, únicamente asistieron mi hermano y su abuelo, que aún vivía, el pobre murió pasados tres meses. Pocos días después de la boda, Alberto consiguió alquilar una habitación en los pisos para estudiantes cerca de la Universidad para que disfrutáramos de más intimidad. Y unos meses después, Mónica se quedó embarazada. Yo no pensé que fuera aún el momento, éramos demasiado jóvenes, pero era tal el entusiasmo que ella mostraba cuando hablaba del tema que no tardó en convencerme. ¡Era tan feliz mirando cómo le crecía la barriga!

—Ya me la estoy imaginando. Mónica siempre había sido muy familiar, adoraba a los niños.

—Hay algo más que tampoco le he contado a nadie y bueno, es algo que me da vergüenza, pero...

—No me lo cuentes si no quieres.

—Al conocer el embarazo... Es que, doctora, estoy embalado ya...

—Prosigue, prosigue.... Ábrete y expulsa esa vergüenza. La que no tienes, por cierto...

—Ja. Ja... Pues como le estaba diciendo, al conocer el embarazo, Mónica empezó un álbum de fotos que acabó siendo una especie de diario. Al inicio solo enganchaba fotos de su barriga, ecografías o algunas fotos de los dos juntos. Pero creo que cuando supo el riesgo que corría empezó a escribir en él. Sé que lo hacía pero ella lo ocultaba. Según me decía, ese libro era privado entre ella y su bebé. A mí me resultó gracioso y pensé que era cosa de las hormonas. Pero más tarde lo comprendí. Estaba escribiéndole a su hija y puede que a mí también.

—No entiendo por qué te da vergüenza eso.

—No he acabado, doctora.

—Perdón.

—Después de seis años, aún no he sido capaz de abrir el álbum. Conozco algunas páginas iniciales, pero no sé qué escribió en él y no he tenido ni tengo el valor para ojearlo. Hay noches en las que me atrevo a cogerlo, decidido a abrirlo, pero acabo dormido en el sofá abrazado al álbum, todavía cerrado.

—No te tiene que dar vergüenza algo así...

—Ana, después de tanto tiempo sigo ahí estancado, han pasado seis años y no he sido capaz de pasar página. Debería rehacer mi vida pero aún me siento atrapado en aquellos angustiosos días. No quiero olvidar nunca a Mónica, es la madre de mi hija, pero no puedo seguir pasando la noche abrazado a un álbum que no puedo abrir.

—Está bien, a mí también me daría vergüenza.

—Menos mal, los cinco años de carrera universitaria han servido para que lo acabe comprendiendo, doctora. —Lucas le guiñó el ojo, mientras sonreía con picardía.

—Bien, Lucas, he analizado bien tu situación y este es mi diagnóstico: mi querido paciente, tienes un miedo atroz a volver a pasar por el mismo dolor. Me dijiste una vez que las mujeres huían de ti por ser padre. No, perdona, pero no. Eres tú quien huye de las mujeres. Seguro que normalmente buscas compañía femenina en bares nocturnos o discotecas y te atraen mujeres modernas, independientes y que no quieren ataduras, en definitiva, el perfil de mujer que no quiere un viudo o separado con hijos. De esa forma te aseguras el no. Tenéis algún que otro encuentro sexual y si te he visto no me acuerdo. Y tú tienes la excusa de que no encuentras a la mujer adecuada porque huyen de ti pero en realidad lo que has conseguido es evitar volver a sufrir y seguir con tu vida de viudo y padre solitario que aunque a veces es triste y aburrida, no es tan dolorosa.

—Joder. —Lucas la había estado mirando absorto, con los ojos abiertos como platos—. Es usted buena de cojones.

—Y no abres el álbum para no tener luego que cerrarlo porque sabes que entonces acabará aquel episodio de tu vida. Y lo que te da más miedo es que eso supondría tener que abrir otro. Lucas, ¿quieres o no quieres volver a tener un hijo?

—Sí, me gustaría.

—¿Y vas a alquilar un vientre o piensas buscar una mujer de quien enamorarte?

—Lo del alquiler no es mala idea. —Se tocó la barbilla, haciéndose el interesado.

—Lucas…

—Sí, sí… debería buscar a alguien.

—Pues piénsalo, porque como dijo Alfred Tennyson: "Es mejor haber amado y perdido que jamás haber amado".

—¡Toma ya! ¿Y tú te dedicas al diseño?

—Creo que debes empezar a llamar a otras puertas, buscar a mujeres en otros ambientes, por ejemplo, vecinas, madres de amigas de Martina, mamás en parques infantiles, compañeras de trabajo, mujeres a las que no les importe que seas padre. Lucas, debes desinhibirte.

—¿Qué debo hacer qué?

—¡Madre mía con el agente de seguridad! Déjate llevar, suéltate el pelo y arriésgate. —Y mirándose el reloj, continuó asustada— Y, ¡por Dios! vete ya, pesado, son casi las once, tengo que recoger y volver a mi piso.

—¿Las once? —Lucas se levantó dando un brinco—. Te ayudo a limpiar y nos vamos.

Mientras Lucas guardaba los rotuladores que Martina había dejado tirados junto a la pizarra, recordó que le había prometido a su hija ir al acuario al día siguiente y durante unos minutos se planteó la posibilidad de invitar a Ana.

"¿Se lo propongo? ¿Querrá ir? Sería divertido, eso seguro, y Martina estaría encantada, pero ¿la agobiaremos?", se preguntó.

—Ana. —No quiso pensarlo más, su psicóloga particular acababa de recomendarle que se desinhibiera—. Mañana vamos al acuario. ¿Te apetece ir con nosotros?

—¿Al acuario? Es verdad, se lo prometiste a Martina.

—Te llevo a tu apartamento y mañana te recojo a las diez. Ya te traeré de vuelta aquí por la tarde. Sabes que a Martina le alegrará mucho.

—Bueno, está bien, iré.

Mientras regresaban en el coche, Ana miró de reojo a Lucas y dio media vuelta para contemplar con dulzura el rostro dormido de Martina. Y pensó en como su vida había dado un giro de ciento ochenta grados. Hacía apenas unos meses se irritaba con facilidad por culpa de la tensión, imposible de controlar, odiada en su trabajo y con el único objetivo de huir a Nueva York y separarse de su tía y Sandra. Y ahora, estaba ahí, en paz consigo misma, con su pasado, enormemente encariñada con aquella niña que le había robado el corazón, respetada por su compañeros y haciendo nuevos amigos como Lucas y Alberto.

—¿En qué piensas? —preguntó él, al percibir su mirada ausente.

—Si no hubiese recibido la carta de Mónica, ahora mismo estaría en Nueva York, sola, sin Helena, sin Sandra y perdiendo la gran oportunidad de estar con tu hija.

—Le has cogido cariño, ¿verdad?

—Ufff… Muchísimo.

—Ella también a ti. Te admira mucho.

—Es maravillosa… En eso se parece a la madre, claro.

—¿Al padre no?

—No, de hecho, ¿estás seguro de que es tu hija? —Bromeó Ana, mirando a Lucas de reojo.

—¡Ja! ¡Qué graciosa! Ya hemos llegado —dijo él, parando el coche frente al apartamento de Ana—. Mañana estamos aquí a las diez. Buenas noches, Ana, y gracias por todo, me has ayudado mucho, lo necesitaba realmente.

—Nos hemos ayudado mutuamente. —Y salió del vehículo, mientras le sonreía agradecida—. Buenas noches, Lucas.

Al día siguiente, Martina caminaba ilusionada de la mano de su padre y Anabel. Así pasearon entre los acuarios, admirando las diferentes especies de animales marinos. Ana explicaba a Martina curiosidades de algunos peces y Lucas no dejaba de sorprenderse por el amplio conocimiento que mostraba y que transmitía a su hija con tanta elocuencia. Delante del acuario de los caballitos de mar, Ana empezó a explicar.

—Los caballitos de mar tienen una forma muy interesante de reproducirse. Durante días los machos y las hembras se cortejan utilizando un ritual de baile en el que ambos llegan a sincronizarse. Lo más curioso es que en este caso es la hembra quien deposita los huevos en la bolsa del macho. Por lo que podríamos decir que los caballitos de mar machos se quedan embarazados durante unos cuarenta y cinco días.

—Interesante y envidiable.

—¿Te dan envidia? —rió Ana.

—Claro, podría ser padre yo solito, un par de bailecitos y ya está.

—Pero primero tendrás que bailar y solo si te sincronizas bien recibirás los huevos. No te hagas ilusiones, Lucas, hasta el caballito de mar necesita una hembra.

—Aguafiestas...

—Cobarde... —Después de sonreír divertida, Ana se quedó fijamente mirando uno de los caballitos de mar del acuario—. Este es un "cola de tigre". Es precioso, ¿verdad? Siempre nos habían fascinado estos animales, pero especialmente este.

—¿*Nos* habían fascinado?

—A mi padre y a mí. Él era fotógrafo, sobre todo de animales. Le apasionaban, especialmente los peces. En verano me llevaba muchos sábados a practicar submarinismo, preparándonos para cuando viajábamos a algún país exótico y allí nos sumergíamos para retratarlos y disfrutar de la belleza del fondo marino. Estuvimos tres veces en el Caribe y varios veranos en las Islas Canarias o Baleares, siempre buscando un destino donde disfrutar del mar.

—¡Increíble! Para una niña debía de ser una gran aventura.

—Lo fue. Tanto mi madre como mi padre siempre fueron muy aventureros, les apasionaba la naturaleza y viajar. Mi madre además era una gran lectora. Leía varios tipos de revistas y libros de texto y todo lo que aprendía me lo explicaba como si se tratara de un cuento. Recuerdo muchas noches de fin de semana a Mónica y a mí, tumbadas en la cama, atónitas escuchando a mi madre explicar curiosidades sobre animales exóticos, las constelaciones, lugares lejanos, el origen del universo... era capaz de narrar cualquier historia como si se tratara de una película infantil, haciéndonos reír y atrayendo nuestra atención.

—Ahora entiendo por qué sabes tantas curiosidades y de donde salen esas historias que luego Martina me explica.

—A mí también me apasiona la lectura y estoy descubriendo lo extraordinario que es tener a alguien a quién transmitir lo que aprendes, sobre todo si ese alguien es una niña tan curiosa y lista como Martina. —Ana sonrió, orgullosa de la niña.

—Debiste de tener una infancia maravillosa.

—La tuve, fui muy afortunada. ¡Echo tanto de menos a mis padres! —Ana tuvo que hacer un esfuerzo para contener las lágrimas, no quería que Martina se entristeciera al verla así—. Este caballito era nuestro favorito, el "cola de tigre". Siempre quise tener un acuario, pero estos peces son difíciles de encontrar y, ya sabes, la dedicación al trabajo y el día a día te hacen olvidar estos pequeños sueños que aunque parezcan fáciles de alcanzar, con el tiempo van perdiendo valor y los acabas arrinconando.

—Pues no deberías dejar de lado ningún sueño, todos son importantes. —Lucas le dio un codazo a Ana y la miró divertido—. ¿Crees que si me apunto a clases de baile tendré más posibilidades de acabar embarazado?

El resto del recorrido resultó igual de fascinante y los continuos comentarios ingeniosos entre Ana y Lucas hicieron de aquella visita una experiencia muy divertida. A primera hora de la tarde, Martina se despidió de Ana en la puerta de su casa.

—Mañana empiezas el cole, Martina. Ya me contarás como te ha ido, ¿de acuerdo?

—¿No nos veremos hasta el sábado? —La niña la miró entristecida.

—No lo sé, cariño, pero tu papá irá a recogerte a la escuela por la tarde todos los días y podrás estar más tiempo con él, como tú querías.

—Ya, pero también quiero verte a ti y a Helena.

—Si quieres, Ana, podrías ir a buscarla a la escuela un par de días a la semana y pasar un rato juntas —sugirió Lucas.

—Sí, Anabel, sí, por favor. —Martina empezó a dar saltos de alegría.

—Podría ir el miércoles y el viernes, así podemos continuar con nuestra "tarde de chicas" con Helena y Sandra.

—Pues quedamos así. De todas formas, ya nos llamamos o nos escribimos a la hora del baño —sugirió Lucas, antes de despedirse de Ana.

Capítulo 16
AGUJETAS EN EL CORAZÓN

Ana y Alberto habían acordado verse el lunes siguiente por la mañana para acabar de concretar algunos asuntos relacionados con la escritura de constitución de la nueva compañía. Mientras la recepcionista la acompañaba al despacho de Alberto, Ana pudo saludar brevemente a Sandra, que estaba mordiéndose las uñas mientras leía un informe en la pantalla de su ordenador.

—Tranquila, te irá bien, ya verás.

—Gracias, Ana. —Sandra apenas giró la cabeza para mirarla y siguió rechinando los dientes a la vez que los rozaba con las uñas.

Cuando Ana entró en el despacho de Alberto, continuaba riéndose de su amiga.

—Sandra está hecha un manojo de nervios. Pero ¿qué le has hecho a la pelirroja, mandón sabelotodo?

—Está inaguantable. Esta mañana se puso un calcetín de cada color y estuvo a punto de salir a la calle con un ojo pintado y otro no. Yo la iba avisando, pero, en vez de agradecérmelo, me gritaba "déjame en paz, sabelotodo". ¡Qué ganas tengo ya de que esto acabe, Ana! Esta tarde, por fin, tiene la primera de las tres pruebas.

—Ya me lo imagino. Yo nunca la había visto así, tan nerviosa, pero supongo que debe sentir más presión por ser los últimos exámenes y sobre todo porque no quiere defraudarte.

—A mí no me tiene que demostrar nada, yo ya estoy muy orgulloso de ella, pero supongo que sí, le he exigido mucho y eso la ha llevado al límite.

—Ya falta poco.

—Este fin de semana tendremos una pequeña recompensa, pero Sandra no lo sabe.

—Cuéntame, cuéntame…

—He reservado una noche de hotel para el sábado en un *spa* muy bonito en las afueras de la ciudad. Espero que le guste.

—Seguro que sí.

—Quiero invitarla a cenar el viernes y decírselo, pero como no acepta que salgamos solos por si nos ve alguien del bufete, he pensado que podríamos ir a cenar los cuatro, con Lucas y contigo. ¿Te parece bien?

—Me parece muy bien.

En ese instante Héctor dio unos golpecitos en el marco de la puerta para llamar la atención de Alberto.

—Perdonad que os interrumpa. Alberto, necesito que me firmes estos documentos.

—Pasa, Héctor. Te presento a Ana. Además de ser una buena clienta, también es una buena amiga y tía de mi sobrina.

—Me encanta que digas eso, Alberto. —Ana le sonrió, mientras estiraba su mano para estrecharla con la de Héctor—. Encantada.

—Él es Héctor, fue compañero en la universidad y se ha incorporado hace poco al bufete.

—Un placer conocerte. Creo que ya te había visto alguna vez por aquí. Entonces, ¿tía de Martina?

—Sí —respondió Alberto—, se puede decir que sí, casi hermana de Mónica. —Y dirigiéndose a Ana, continuó explicando—. Héctor apenas conoció a Mónica, pero sí a Martina;

ha pasado noches conmigo estudiando mientras la acunábamos.

—Por cierto, a ver si me la traes un día, debe de estar hecha una jovencita. Prometo no pedirle el teléfono.

—Ni se te ocurra... —Ana rió al ver la expresión divertida del abogado.

—Cuidado con Héctor, es un mujeriego empedernido —la advirtió Alberto.

—Alberto, por favor, ¿qué impresión va a tener Ana de mí?

—Siempre es mejor que la primera impresión sea mala, así cuando vas conociendo a la persona te va sorprendiendo positivamente. —Ana le guiñó un ojo a Héctor, dejándolo descolocado.

—¿Entonces, puedo preguntarte si estás casada, tienes novio o algún compromiso similar?

—Sí, no, no y sí.

—¿Sí estás casada?

—Sí, puedes preguntar; no, no estoy casada; no, no tengo novio y sí, podría decir que Martina es un compromiso similar.

—Alberto, me gusta la tía de tu sobrina. —Héctor la admiró de arriba abajo maravillado por su belleza y su desparpajo.

—Ana, no le des cuerda a este hombre.

—Os dejo que sigáis trabajando. —Héctor se acercó a Ana y cogiendo su mano la besó en el dorso—. Un inmenso placer.

Y después de varias risas y comentarios sobre Héctor, Ana y su abogado se pusieron manos a la obra. La empresa pronto se daría de alta y los contratos de los trabajadores debían redactarse lo antes posible. Ana ya había visitado varios locales con el agente inmobiliario amigo de Alberto y tres clientes potenciales ya se habían comprometido con ella para trabajar en algunos proyectos. Faltaba poco para que Ana hiciera realidad su gran sueño.

Lucas caminaba apresuradamente hacia la puerta exterior de la escuela.

"Primer día de colegio y ya estoy llegando tarde a recogerla", se reprochó enfadado consigo mismo.

Una vez dentro del recinto pudo divisar a Martina y a una chica joven sentadas en los escalones de la entrada. A poca distancia de ellas, se paró e intentó recuperar el aliento.

—Perdonad, me ha surgido un problema de última hora en el trabajo y no he podido salir antes.

—¿Eres el padre de Martina?

—Sí, Lucas —respondió, extendiendo su mano para saludarla.

—Encantada, yo soy Sonia, la tutora de Martina.

Hasta ese instante Lucas no se había percatado de la belleza de la joven. Debía tener unos veinticinco o veintiséis años. Melena larga y morena, con reflejos azulados. Sus ojos, negros como el azabache, contrastaban con su tono de piel blanquecino. Su expresión, alegre y risueña, era propia de una maestra de escuela, capaz de mantener su sonrisa durante varias horas frente a veinte diablillos menudos.

—Encantado, Sonia. ¿Eres nueva este año? No recuerdo haberte visto antes por aquí.

—Este es mi primer año en esta escuela.

—Pues, bienvenida.

—Papá, hoy hemos hecho un dibujo sobre la familia y te he pintado muy guapo.

—Martina dibuja muy bien. —Sonia le dedicó una gran sonrisa a la niña—. Vas a ser una gran artista.

—Anabel me enseña, ella dibuja muy bien.

—Anabel es… es su tía —aclaró Lucas.

—¿Anabel es la mujer que has dibujado junto a tu tío, Martina?

—Sí, mi papá, mi tío Alberto, Anabel y Helena son mi familia.

—Pensaba que era su madre. —Sonia miró a Lucas con curiosidad.

—Su madre murió al dar a luz, Alberto es mi hermano, Anabel amiga y casi hermana de su madre y Helena es tía de Anabel. Es algo extraño, pero todos queremos y cuidamos mucho de Martina, ¿verdad, hija?

—Está bien saberlo, Lucas —afirmó Sonia—. Me gusta conocer el ambiente familiar en el que viven mis alumnos. Dice mucho de su comportamiento y del ritmo de aprendizaje.

—Sí, la familia es lo más importante. Vamos, Martina, no deberíamos entretener más a Sonia.

—No hay problema, de hecho, yo ya me iba. Os acompaño.

Lucas y Sonia caminaron lentamente hacia el exterior del recinto mientras Martina corría alrededor de ellos. Sonia le explicaba las razones por las que había decidido dedicarse a la enseñanza y lo mucho que aprendía de los niños como Martina. A Lucas le pareció encantador el entusiasmo que mostraba y como era capaz de mantener la sonrisa mientras hablaba. Sonia lo acompañó finalmente hasta donde había aparcado su coche y una vez allí se despidieron amablemente.

Aquella primera tarde de escuela Lucas llevó a Martina a su pastelería favorita y ella le prometió que al día siguiente le mostraría la crepería donde tantas tardes había merendado con Anabel y Helena.

Por la noche, durante la hora del baño, Lucas no podía esperar más. Sin entender muy bien el porqué, sentía la tremenda necesidad de explicarle a Ana las anécdotas del día, de bromear con ella o, simplemente, llevarle la contraria por pura diversión. Ese día había pensado mucho en ella, cada vez que alguien mencionaba la palabra psicólogo, cuando algún pasajero le comentaba a otro los avances en la reforma de su casa, incluso ese día le pareció que había visto más personas de lo habitual llevando grandes carpetas de dibujante.

Y es que nunca antes se había sincerado tanto con alguien y con ella había logrado compartir lo que sufrió antes y después de la muerte de Mónica. Hablar con Ana lo había liberado de esa terrible sensación de haber abandonado a su mujer, de no recordarla lo suficiente, de no llorarla... y lo increíble era que Ana lo había conseguido haciéndole reír y llorar a la vez. Tenía ganas de volver a jugar con ella, de mantener ese astuto intercambio de palabras, bromas y risas que tan especial lo hacía sentir. Y ese día lo que más le divertía era pensar en como iba a explicar a su psicóloga su encuentro con la nueva profesora de Martina.

"Ana, hora del baño. ¿Estás disponible o tenemos que pedir cita?".

La respuesta de Ana no tardó en llegar.

"Si desea cita con la psicóloga, pulse uno; si quiere hablar con una operadora, pulse dos y si necesita asistencia técnica, pulse tres".

A Lucas no dejaba de sorprenderle la imaginación de Ana, lo hacía reír como nadie antes lo había logrado.

"Tres".

"Dígame, ¿en qué podemos ayudarle?".

"Señorita, la lavadora ha perdido la conexión con el wifi".

"Señor, usted debió marcar el número uno. Le paso con nuestra psicóloga. Hola, Lucas".

"Hola, doctora".

"Antes de continuar con la sesión, dale muchos besos a Martina, dile que hoy la eché de menos".

"Besos para ti también de su parte. Ella se acordó mucho de ti. Mañana me quiere llevar a merendar a vuestra crepería favorita".

"No dejes de pedir la crepe con chocolate y plátano, está de vicio".

"Mmmmm, ya se me hace la boca agua".

"¿Y cómo ha ido el primer día de cole?".

"Está muy contenta. Pero yo lo estoy aún más, aunque eso debo hablarlo con mi psicóloga".

"Estoy aquí, Lucas, respira hondo y abre tu mente. Explícame de qué estás tan contento".

"Verá, doctora, estoy siguiendo sus instrucciones al pie de la letra y hoy, gracias a llegar tarde, he conocido personalmente a la profesora de mi hija y con ella dan ganas de desinhibirse".

"Lucas, Lucas... haces grandes avances. A ver, explícame lo sucedido".

"Es su tutora, se llama Sonia, es muy guapa y muy simpática. Hemos estado un rato hablando y me ha acompañado hasta el aparcamiento. Como usted me dijo, estoy buscando en otros ambientes más apropiados".

"Muy bien, Lucas, veo que me escuchas y eso que no lo parecía... ¿Has pensado ya en cuál será el siguiente paso?".

"Por ahora, seguiremos acercándonos poco a poco. Estas cosas hay que hacerlas con calma, ¿no le parece, doctora?".

"Estoy de acuerdo".

"¿Algún consejo?".

"Sí, llega tarde de vez en cuando, pero no siempre, puede pensar que es un defecto y lo que queremos es causar buena impresión, ¿no es así?".

"Sí, doctora, seguiré su consejo. Voy a tener que dejarla porque mi hija comienza a enfriarse. Buenas noches, Ana".

"Buenas noches, Lucas".

El miércoles por la tarde, Ana esperaba impaciente en la puerta del colegio con unas ganas tremendas de abrazar a Martina. Estar rodeada de otras madres fue una sensación insólita para ella pero a la vez estaba resultando muy reconfortante. Tener hijos no había sido nunca una de sus prioridades, su instinto maternal siempre estuvo apagado o fuera de cobertura, pero estar allí, nerviosa, esperando el abrazo de su niña, deseando sentir su olor, admirar su sonrisa y acariciar su rostro era lo más emocionante que había vivido jamás. Sabía que Martina estaba revolucionando su interior, todo ese autocontrol que durante años la dominó se estaba desplomando, dando paso a la espontaneidad, la diversión y la ingenuidad.

Cuando los niños iban saliendo con sus respectivos profesores buscó inquieta a Martina entre ellos, hasta que la reconoció en un grupo encabezado por una maestra joven. Aunque sentía mucha curiosidad por ver a Sonia, la nueva profesora de Martina, Ana solo tenía ojos para contemplar a su pequeña que corría hacía ella con una gran sonrisa.

—¡Anabel! —Martina la abrazó por la cintura con fuerza—. Tenía muchas ganas de verte.

—Martina, yo a ti también. —Ana notó como la emoción humedecía sus ojos. Se agachó para besarla en la mejilla y acarició su cabello dorado—. ¿Cómo han ido hoy las clases? ¿Has aprendido algo?

—Hemos empezado a hacer restas.

—Muy bien, este fin de semana me enseñas lo que sabes en la pizarra grande.

En ese preciso instante, Sonia se acercó para saludar a Ana.

—Hola, soy Sonia, la tutora de Martina.

—Encantada, Sonia. Para Martina soy Anabel, pero mejor llámame Ana.

—Martina me ha hablado tanto de ti que ya parece que te conozco de hace años.

—Esta niña es un encanto, pero habla por los codos... —Ana se echó a reír, mientras le guiñaba un ojo a Martina—. Y, dime, ¿cómo se comporta en clase?

—Perfectamente, es una maravilla de niña y muy lista. También dibuja muy bien pero eso dice que lo está aprendiendo de ti.

—Lo intento. El dibujo se me da bien y pasamos mucho tiempo pintando juntas.

—Anabel. —Martina las interrumpió, mientras tiraba de su camisa—. Vámonos ya, tengo hambre.

—Está bien, Martina. Te dejamos, Sonia, nos vamos a comer ahora mismo una gran taza de chocolate con un enorme croissant, ¿verdad, Martina?

—¡Qué suerte! A ver si algún día os puedo acompañar.

—Cuando quieras, Sonia. Yo vendré los miércoles y viernes a buscarla. Algún día podríamos merendar juntas las tres.

—Me encantaría.

Mientras se alejaban de la escuela, Ana pensó en lo agradable que le había parecido Sonia, reconociendo, además, que la chica era tan guapa como Lucas le había descrito. Aquel encuentro le provocó unas inmensas ganas de compartir con él lo sucedido, continuando con el juego de la doctora y el paciente que tanto les hacía reír. Pasaron una tarde divertida merendando y paseando por el parque hasta las ocho, hora acordada con Lucas para llevar a Martina a su casa. Él había aprovechado la tarde para ir al supermercado y las esperaba impaciente mientras preparaba la cena.

—Hola, chicas. —Lucas las recibió sonriente, apoyado en el quicio de la puerta.

—Papá… —Martina corrió a sus brazos—. Hoy hemos merendado chocolate y croissant y luego hemos paseado por el parque.

—Muy bien. Entonces lo habréis pasado bien. —Y mirando a Ana que permanecía quieta y vergonzosa, en el rellano de la escalera, la animó a entrar—. Pasa, Ana, no te quedes ahí.

—Es tarde, Lucas. Tienes que bañar a Martina y prepararle la cena, no quiero molestar.

—Pues ahora que lo dices, me has dado una idea. ¿Qué te parece si la bañas tú mientras yo acabo de cocinar y luego te quedas a cenar?

—¿Bañarla yo? —A Ana la sorprendió aquel ofrecimiento, esa era una experiencia nueva para ella y se asustó.

—Entra. —Lucas se hizo a un lado—. No te preocupes, es fácil, simplemente tienes que estar a su lado, asegurándote de que utiliza el jabón, lavarle el pelo y secarla bien. Para nosotros es el mejor momento del día. Créeme, tienes que probarlo.

—¡Qué nervios! —Martina la agarró de la mano, tirando de ella hacia su habitación—. Martina me tienes que explicar cómo se hace.

—Tranquila, Anabel, yo te ayudaré.

—¡Vaya con la empresaria, diseñadora e independiente! Hemos conseguido asustarla con un simple baño. —Lucas rompió a reír.

—¡Ja! ¡Qué graciosillo! No te burles, sabes que esto es nuevo para mí.

—Lo sé… Ahora estás en nuestro terreno, o sea que déjate llevar y confía en nosotros.

Ana acompañó a la niña hasta su habitación, recogieron el pijama y se dirigieron al cuarto de baño. Allí Martina le explicó como preparar el agua, mientras le ayudaba a desvestirse. Cuando la niña chapoteaba en el baño, Ana ya se encontraba más cómoda y las dos reían divertidas. Lavar el pelo largo y rubio que Martina había heredado de Mónica fue uno de los momentos más emotivos para Ana y lo disfrutó recordando a su amiga.

—Qué, Ana, ¿verdad que no era tan complicado? —Lucas las sorprendió, mientras Ana secaba a Martina—. Aunque ahora toca la parte difícil: peinarla.

—Pues ha sido muy divertido, ¿verdad, Martina? Y en lo de peinar, perdona, pero ahí no estoy en tu terreno, en alisar y cepillar no hay quién me gane. —Ana le sonrió a Martina divertida, mientras le hacía cosquillas.

—Pues daros prisa que el caldo se enfría.

—¿Caldo? ¡Cómo echo de menos el caldo de pollo casero que hacía mi madre! —Ana se relamió los labios.

—Pues el que vas a degustar ahora va a ser el mejor caldo casero que hayas probado jamás.

—No será para tanto. Mira el "cuatro estrellas Michelín", qué seguro está de sí mismo. —Le sonrió desafiante.

—Tú ten cuidado con lo que dices, que vas a tener que tragarte tus palabras.

Después de varios minutos cepillando y secando el pelo de Martina, la niña acabó luciendo una melena perfectamente alisada, dorada y brillante. Cuando aparecieron en el salón, Lucas quedó impresionado.

—Martina, estás guapísima. —Lucas miró a Ana agradecido—. Sí, realmente en alisar y cepillar no te gano.

—Bueno, a ver ese caldo tan famoso, *chef* —dijo Ana en actitud chulesca.

—Anabel, siéntate aquí, a mi lado, por favor. —Martina le señaló una silla vacía—. Papá, es la primera vez que cenamos con una mujer… Además de Helena.

La observación de Martina hizo que Lucas se sonrojara y cabizbajo esquivó la mirada de Ana. E intentando ignorar las palabras de su hija, se acercó a la mesa con un plato de humeante caldo.

—Mis queridas comensales, van a disfrutar esta noche de la especialidad de la casa: caldo de pollo con fideos, de primero, y filete de merluza al horno con verduras, de segundo.

En la segunda cucharada Ana tuvo que admitir que efectivamente era el caldo más sabroso que había saboreado jamás y cuando se acabó el plato pidió repetir hasta dos veces, aunque para que él sirviera a Ana, tuvo antes que reconocer lo buen *chef* que era Lucas.

—Sí, *chef*, sí…eres el mejor *chef* que conozco y, naturalmente, eres el rey del caldo de pollo casero.

—Así me gusta. Ya te dije que te arrepentirías de haber dudado de mí.

Cuando los tres acabaron sus platos de pescado y recogieron la mesa, Ana y Lucas se sentaron en el sofá para tomar un té, mientras Martina jugaba tranquila con sus muñecas.

—Ana, tengo que agradecerte que hayas conseguido que Martina coma más fruta, verdura y pescado. Desde que visitáis los mercados y prueba los alimentos sin miedo come mucho mejor. Lo que no he conseguido yo en años lo has hecho tú en pocas semanas.

—Supongo que eso sucede a menudo, hacemos más caso a un extraño que a nuestros propios padres, a pesar de que nos dijeran lo mismo en numerosas ocasiones.

—Es cierto, aunque tú ya no eres una extraña para Martina. —Después de un largo sorbo de té, Lucas la sorprendió—. Y ahora, ¿estás preparada para acostarla? Tienes que estar un rato a su lado y contarle algún cuento o, si lo prefieres, la historia de las niñas del parque.

—¿Puedo? —Ana volvió a estremecerse de los nervios. Aquel día estaba siendo desbordada por un torrente de emociones.

—Claro que sí. —Lucas se divertía con la inquietud que Ana mostraba—. Martina, ya es tarde, tienes que ir a dormir. Hoy te acostará Anabel, ¿te parece bien?

Martina aplaudió contenta mientras dejaba sus muñecas y tomaba la mano de Ana. Ya en su habitación, la niña se tumbó en la cama esperando que Ana le tapara con la sábana.

—Anabel, ven aquí conmigo. —La niña la invitó a que se estirara junto a ella—. ¿Me cuentas vuestra historia, por favor?

Media hora después, Lucas veía salir a Ana de la habitación de su hija con los ojos llenos de lágrimas e intentando controlar el llanto. Permaneció en silencio mientras la seguía con la mirada. Ana se sentó al otro lado del sofá, apoyó su cabeza en el respaldo, suspiró abiertamente y cerró los ojos.

—¿Qué pasa, Ana?

—Yo... —Dos lágrimas resbalaron por sus mejillas.

—Espera, no digas nada. —Lucas, sorprendiendo a Ana, cogió sus pies, le quitó los zapatos y la tumbó en el sofá, haciendo que su cabeza cayera sobre el reposabrazos.

—Pero ¿qué haces?

—Espera... —Se levantó rápidamente y arrastró una silla hasta la altura de la cabeza de Ana y se sentó en ella—. Ya, a ver Ana, respira hondo, abre tu mente y cuéntame qué es lo que te pasa.

—Lucas... —Ana esbozó una sonrisa y tras inspirar profundamente continuó—. Verá, doctor, no sé como explicarlo, son demasiados años de autocontrol y compartir mis sentimientos es algo que llevo evitando durante mucho tiempo. Antes de que mis padres murieran, yo era muy alegre, divertida, soñadora y muy romántica. Mónica y yo imaginábamos nuestras vidas en el futuro, hacíamos nuestros planes. Ella quería ser médico y yo seguir los pasos de mi padre y dedicarme a algo relacionado con la fotografía o el dibujo. También soñábamos con enamorarnos, casarnos y tener hijos. Pero por mi culpa, todos aquellos sueños se desvanecieron, nuestros padres murieron y yo ya solo podía sentir dolor, mucho dolor y remordimientos. Desde los dieciocho años he estado huyendo de todo lo que me pudiera emocionar como castigo por el sufrimiento que había causado. He creado una coraza a mi alrededor que no me ha permitido ser yo misma, ni vivir la vida que yo hubiese deseado, y con los años me volví más irritante, exasperante e insoportable. ¡Qué le voy a decir, doctor, que no haya visto ya!

—Sí, pero prosigue, prosigue...

—He tenido solo dos relaciones amorosas que acabaron fatal porque ellos no me soportaron. Apenas duraron cinco o seis meses cada una. Y, naturalmente, la idea de tener hijos nunca pasó por mi cabeza, ni tan siquiera he tratado con nadie que los tuviera. Las únicas personas a las que he querido y quiero son Sandra y Helena. Podría decir que solo ellas me han conocido como realmente soy y aun así han sufrido mi mal humor y mis gritos. Y ahora… —Ana tuvo que parar de hablar, el llanto no la dejaba continuar.

—Tranquila.

—Ahora, bueno, ya sabes, la carta de Mónica lo cambió todo. Empecé a recordar quién era y de pronto esa coraza se rompió. Lo que no había llorado en años lo he llorado estas últimas semanas. —Ana sonrió, mientras se limpiaba las lágrimas.

—Sí, de eso doy fe. Pero eso no es malo, todo lo contrario.

—Es tan amplio el catálogo de sensaciones que estoy viviendo después de tantos años, que debo de tener agujetas en el corazón.

—Agujetas en el corazón ¡Qué profundo! —Lucas le dirigió una sonrisa burlona.

—Doctor, conocer a Martina está resultando maravilloso. Mis emociones están montadas en una montaña rusa, suben o bajan, ríen o lloran, sienten júbilo o se aterran de miedo. Jamás pensé que se pudiera querer tanto a alguien. Esta tarde estaba en la puerta del colegio, esperando impaciente la salida de Martina, y cuando me abrazó me sentí más afortunada que cualquiera de las madres que me rodeaban en ese momento. Y esta noche, bañarla, lavarle el pelo, peinarla, arroparla y contarle un cuento ha sido increíble, pero…

—¿Pero?

—Tengo mucho miedo, Lucas, mucho…

—¿Por qué?

—¿Y si no soy una buena tía para ella? ¿Y si todas estas emociones que están aflorando me superan y exploto? ¿Y si no soy capaz de controlarlo? ¿Y si yo realmente no fuera la niña de antes y la verdadera yo fuera la irritante e insensible? ¿Y si le vuelvo a hacer daño a Martina? Lucas, no me lo perdonaría y yo volvería a sufrir, a castigarme, a colocarme esa coraza. No sé si podría soportar pasar por lo mismo otra vez, ya no; antes no tenía nada que perder pero ahora todo es distinto, ahora tengo demasiado que perder.

—Ana, estás a punto de conseguir tu propósito de tener tu propia empresa, estás recuperando tu personalidad, estás rodeada de gente que te quiere y te admira. Todo eso supone un riesgo, claro, porque todo eso que te importa también te puede hacer sufrir, pero en eso consiste vivir, hay que arriesgar. No hace demasiado tiempo que te conozco, pero yo veo que eres esa niña divertida, alegre y comprensiva que Mónica me describió. Aquella súper heroína que defendía a la niña asustada está todavía dentro de ti. Martina la ha visto, para ella tú eres "Anabel, la valiente". Yo creo que lo estás haciendo muy bien con ella, eres mucho más que una amiga que la lleva a merendar lo que le apetece, tú eres su referente, aprende de ti, le aconsejas… No tienes nada que temer, Ana, solo continúa así y sigue siendo tú misma.

—Muchas gracias, doctor. —Ana lo miró agradecida.

—Espera a que veas la factura de la visita…

E inevitablemente los dos se echaron a reír. Ana había conseguido por fin expresar sus miedos, sus inquietudes, había compartido sus sentimientos y eso la ayudó a sentirse mejor.

—Gracias, Lucas, de verdad, gracias por dejar que forme parte de la vida de Martina.

—No me tienes que dar las gracias, el cariño de Martina te lo has ganado tú sola. Además, ahora no solo sé que es bueno para ella, también sé que eso era lo que quería Mónica y si una madre es capaz de confiar su hija a alguien es porque ese alguien lo merece.

—Gracias, de verdad… —Ana se reincorporó, se colocó los zapatos y se levantó—. Doctor, es tarde, vamos a tener que finalizar la sesión.

—Sí, mañana hay que trabajar.

El jueves por fin había llegado y Sandra, con los nervios a flor de piel, esperaba sentada en un pupitre a que le entregaran las hojas del examen. Necesitaba acabar aquella agonía, esos días de encierro la estaban matando y a pesar de que Alberto y ella decidieron salir a correr por las noches para calmar tensiones, ella continuaba recriminándole sus correcciones o sus exigencias. Ahora que ya estaba a pocos minutos de acabar con aquel infierno, Sandra recordó a Alberto en la entrada de su apartamento, con la maleta en la mano, preguntándole "¿esta vez vas a confiar en mí?". Ha sacrificado días de vacaciones, ha madrugado para avanzar trabajo en el bufete, ha estado llegando a su apartamento antes que ella para prepararle la comida, ha salido a comprar para llenar su nevera, ha lavado y planchado su ropa y lo más importante, ha aguantado como nadie sus reproches y sus insultos. Y todo lo ha hecho por ella, porque él sabía que era eso lo que ella necesitaba y aunque no se lo hubiese pedido, él lo hubiese hecho igual. Definitivamente, amaba a Alberto, ese mandón sabelotodo le había robado el corazón y lo que más ansiaba era acabar ese examen y devolver a su rubiales toda la atención, paciencia y mimo que él le había regalado durante esos días.

Al cabo de una hora salía satisfecha del aula. Al igual que en las dos anteriores pruebas, había conseguido responder con seguridad a todas las preguntas y estaba confiada en aprobar. Tal y como prometió a Alberto, le envió un mensaje para explicarle como le había ido.

"Ya he acabado, ha ido muy bien. Te espero en casa. Esta noche cocino yo".

Alberto, a pesar de estar en una reunión de socios no pudo evitar ojear el móvil, estaba esperando ansioso noticias de Sandra. Con disimulo le respondió.

"Esa es mi pelirroja. Estoy en una reunión y puede que salga algo más tarde, pero llegaré para cenar".

Sandra nunca había sido muy dada a mostrar y expresar sus sentimientos, sobre todo a los hombres, pero sentía la necesidad de abrirle el corazón, de devolverle todo el amor que él demostraba y nerviosa fue capaz de escribir aquellas palabras.

"Rubiales, te quiero".

Alberto, emocionado, sintió ganas de gritar de alegría en medio de la sala. Sabía el esfuerzo que suponía para Sandra declarar sus sentimientos y consideró que con ese breve texto su pelirroja ya le había agradecido con creces la ayuda que le había prestado.

Aquella tarde de trabajo fue más complicada de lo normal, las múltiples reuniones de socios y clientes se habían alargado hasta las nueve de la noche y Alberto estaba desesperado.

"Precisamente hoy...", pensaba irritado.

A las nueve y media saltaba los cuarenta escalones de dos en dos, como tantos otros días había hecho, empujado por el deseo de besar a su pelirroja. Al entrar, escuchó una leve música romántica de fondo y sonrió al aspirar el aroma de las velas que inundaba todo el salón. La mesita para dos había sido cuidadosamente preparada con dos platos, copas, cubiertos y un pequeño jarroncito con una rosa roja y una margarita amarilla. Aquel detalle hizo reír a Alberto a la vez que sentía un gran vacío en su estómago al percibir el olor de cordero asado. Hasta que no se adentró más en el salón, no pudo ver la figura de Sandra recostada en el sofá. Se había quedado dormida. Aunque llevaba puesto un delantal, Alberto pudo adivinar que debajo de este, su cuerpo desnudo solo estaba cubierto por el conjunto turquesa e inmediatamente sintió como su erección crecía apretándole los pantalones. No creía poder resistir más su deseo de volver a besarla y de notar como todo su menudo cuerpo se estremecía en sus brazos mientras hacían el amor, pero ver su rostro sumido en un plácido sueño le enterneció y sin hacer ruido se quitó la americana y los zapatos, la tomó en brazos a la vez que besaba su frente y la llevó hasta la cama. Una vez allí y antes de soltarla, Sandra lo sujetó con fuerza por los brazos y lo tumbó al otro lado del colchón, sentándose sobre él.

—¡Rubiales! ¿Pensabas que ibas a librarte de mí?

—Sandra, por Dios, qué susto me has dado.

—Noto que ya has visto lo que llevo debajo del delantal —le susurró al oído, mientras con su cuerpo rozaba sus pantalones.

—Tenía tantas ganas de llegar que ya no me puedo contener. Tendremos que dejar el cordero para luego. —Alberto le retiraba el delantal mientras besaba su cuello.

—Hoy sigo a tus órdenes, mandón sabelotodo.

Con un solo gesto, Alberto consiguió reincorporarse, sentó a Sandra sobre él y, sujetándole la cara con las dos manos, consiguió llamar su atención. Sandra lo miró fijamente, sonriente, feliz y en silencio, mientras Alberto la acariciaba con extraordinaria delicadeza.

—Sandra, yo también te quiero.

Y la besó rozando suavemente sus labios mientras Sandra notaba como las lágrimas humedecían sus mejillas. E hicieron el amor con una especial dulzura, lentamente, sintiendo cada roce, cada caricia, cada beso; dejándose llevar por el deseo que los dos sentían.

Minutos después, cenaban en la mesita del salón, rodeados de las velas aromáticas que Sandra había colocado para sorprender a su rubiales. Y después de comentar las preguntas del examen, hablaron sobre Ana y Lucas.

—Esta tarde estuve con Ana. Me ha explicado que acordó con Lucas que ella iría a buscar a Martina al colegio el miércoles y el viernes, así los viernes por la tarde podemos continuar con nuestra "tarde de chicas".

—Muy bien. Es buena idea que repartan los días para estar con Martina, parecen unos padres divorciados. Padres divorciados "con derecho a roce". —Alberto arrancó a reír.

—Yo no le veo la gracia. Lo pueden pasar mal y lo sabes.

—Lo sé —afirmó Alberto más serio.

—¿Sabías que pasaron el fin de semana juntos?

—Sé que Lucas estuvo ayudándola en la casa el sábado. ¿También fue el domingo?

—No, el domingo por la mañana fueron los tres al acuario. Pero me ha dicho Ana que el sábado acabaron cenando en su casa, estuvieron juntos todo el día. Y eso no es todo; Lucas le estuvo hablando de Mónica y se desahogó con ella. Ana no me ha querido explicar más, dice que debe respetar la intimidad de su paciente, o algo así. Pero es que ayer también estuvieron cenando en casa de Lucas, él dejó que Ana bañara y acostara a Martina. No sé, Alberto, estos dos están jugando con fuego.

—Pero eso es bueno, Sandra, yo estoy convencido de que acabarán juntos, son tal para cual.

—Alberto, Ana lo animó a que conociera a mujeres más adecuadas para él porque Lucas quiere volver a ser padre. Y tu hermano, el muy imbécil, ya se ha fijado en la profesora de Martina, le va pidiendo consejo a Ana y ella, la muy tonta, lo ha empujado a que la invite a cenar este sábado. Esto va a acabar mal, Alberto.

—¿En serio? Mi hermano está ciego. ¿Y qué dice Ana?

—Ella está empeñada en ser su cuñada y ayudarlo. Pero a mí no me engaña, no…

—¿Por qué?

—Alberto, Ana nunca se hubiese insinuado a un hombre y acostado con él solo por sexo, como hizo con Lucas, si no es porque realmente le gusta. Los hombres tenéis más facilidad para disfrutar solo de sexo, pero para muchas mujeres no es tan fácil. Y Ana es una de ellas.

—Tenemos que hacer algo. Mi hermano me matará si se entera, pero no podemos dejar que se estrellen, aunque esta vez lo haremos con cuidado.

—Sin mentiras, tan solo algunos empujoncitos.

—Sandra. —A Alberto se le iluminó la cara—. Acabo de pensar en como despertar a mi hermano. Haremos que tenga celos, a ver si reacciona.

—¿Celos? ¿Celos de quién?

—Tú confía en mí.

—Mientras no me hagas estudiar, yo confío en ti plenamente.

Al día siguiente Alberto y Héctor pasaron toda la mañana juntos, trabajando sobre algunos casos complicados. A mediodía salieron los dos a comer y Alberto aprovechó el momento para hablarle de Ana y llevar a cabo su plan.

—¿Qué te pareció Ana?

—Pues, no solamente está increíble, además es inteligente, divertida… Vamos, la mujer diez.

—Sí, es un encanto. Esta noche he quedado con ella y Lucas para cenar, también irá mi novia. Ven con nosotros y así la conoces. Pero antes, tengo que ser sincero contigo, Héctor. Verás, a mi hermano le gusta Ana, pero está confuso y quisiera darle algún empujón.

—Y me necesitas para darle celos.

—Exacto.

—Tranquilo, con Ana no me resultará difícil. ¿De verdad a tu hermano le hace falta ayuda? Yo no la necesitaría. Está bien, iré. Será divertido, pero te advierto una cosa, si Lucas no se decide, atacaré yo.

—Eso ya es cosa tuya, es más, quién sabe lo que puede acabar pasando.

—¿Y tú? Ya la llamas novia.

—No se lo digas a ella que me mataría, pero sí, ya la considero como tal. De hecho, ya estamos viviendo juntos.

—Entonces, va en serio, me alegro por ti. Aunque ya sabes lo que opino, cuando pasas la primera fase todo se va estropeando.

—¿No te has planteado nunca dar el paso a la segunda fase? No es tan malo.

—Supongo que no encontré a la persona por la que me arriesgaría. —Y tras una breve pausa, Héctor continuó—. Entonces esta noche quedamos para cenar, tengo ganas de conocer mejor a la tía de tu sobrina.

—Perfecto, pues en la pizzería a las nueve.

Aquella tarde Ana volvía a esperar a Martina en la puerta del colegio. Por fin había llegado el primer fin de semana después de empezar las clases y el ambiente era más festivo. Ana observaba divertida como los niños corrían de un lado a otro colmados de júbilo, sonrientes y entusiasmados. Martina recorrió los pocos metros que la separaban de Ana trotando como uno de los pequeños ponis con los que tanto jugaba, risueña y adorable.

—Anabel, ¿hoy tenemos "tarde de chicas"?

—Sí, claro que sí, Helena y Sandra tienen muchas ganas de verte.

Sonia, que ya había saludado a Ana en la distancia, esperó unos minutos para acercarse a ellas.

—Hola, Ana. ¿Os importa esperar a que recoja mis cosas? Quería hablar un momento contigo.

—Ningún problema, te esperamos fuera, en el parque.

Poco después, Sonia salió de la escuela y se sentó junto a Ana en un banco situado frente a los columpios, mientras Martina jugaba con sus compañeros de clase.

—Ana, no sé si sabes que Lucas y yo hemos quedado para cenar el sábado. —Sonia parecía algo nerviosa.

—Lo sé. ¿Te preocupa algo?

—Es que... verás, Lucas me gusta mucho y quisiera causarle buena impresión. Perdona, no sé si debería hablar contigo de esto.

—Tranquila, ¿por qué no lo ibas a hacer?

—Pues, no he pensado hasta ahora que tal vez a ti también te guste...

—¡Ah! No, somos amigos, solo eso. Dime en qué crees que puedo ayudarte.

—Hemos ido un par de veces con Martina a merendar y siempre se ha mostrado bastante reservado. No me ha hablado aún de su mujer, ni de sus planes de futuro, ni de su familia... es como si tuviera miedo a compartir su vida privada. Tú que lo conoces mejor, ¿crees que está preparado para volver a tener una relación seria?

—Sonia, creo que estás impacientándote. Lucas es algo reservado y sobre todo muy cauteloso. Tiene una hija de seis años que ha criado él solo. Martina no ha tenido nunca una madre y para Lucas ella es lo más importante. Para comenzar una relación seria, como dices, necesita tiempo para estar seguro. Dale ese tiempo, ya verás como poco a poco irá compartiendo contigo esos aspectos privados de su vida.

—Entonces, mejor que no me abalance sobre él y me controle, ¿verdad? —En los ojos de Sonia se leía la atracción física que sentía hacia Lucas y Ana no pudo evitar soltar una carcajada—. No te rías, me da vergüenza.

—Perdona. Sí, mejor será que te controles si no quieres que salga huyendo.

—Lo que no entiendo es como Lucas ha podido pasar tanto tiempo sin volver a casarse o vivir con otra mujer.

—¿Por qué lo dices? —A Ana le extrañó aquella observación.

—Ha tenido que criar él solo a un bebé, le hubiese ido muy bien tener a una mujer a su lado para hacerse cargo de Martina.

—Yo no lo veo de ese modo. —Ana no daba crédito a lo que acababa de escuchar—. ¿Y si él no quería que nadie más criara a su hija y quisiera hacerlo él solo?

—Pero, Ana, es un hombre...

—¿Y? Mira a Martina, bien educada, lista, alegre. Si hay algo en lo que Lucas puede necesitar ayuda femenina es para peinarla e incluso así Martina va impecable, mucho mejor arreglada que otras niñas de su edad, con madre y padre. —Y levantándose, comenzó a llamar a la pequeña—. Nos tenemos que ir ya, nos están esperando.

—Por favor, no le digas a Lucas que hemos hablado.

—No, tranquila, no se lo diré.

Aquella conversación había exasperado a Ana. Resultaba increíble como algunas mujeres no eran capaces de reconocer que un hombre podía estar totalmente preparado para ser un buen padre sin la ayuda de una mujer. Se negaba a comprender como una chica joven como Sonia tuviera ideas tan anticuadas. Afortunadamente, encontrarse con Sandra y Helena le hizo olvidar aquella charla y poco después ya no se sentía tan irritada.

Pasaban algunos minutos de las ocho de la tarde. Poco antes de salir del apartamento, Alberto observaba a Sandra arreglándose frente al espejo del cuarto de baño.

—No hace falta que te pintes más, ya estás guapa al natural.

—¡Ya está el mandón sabelotodo al ataque! Hace tiempo que no salgo por la noche y tengo ganas de arreglarme.

—Está bien, no te enfades, hoy quiero que estés contenta cuando te dé la sorpresa.

—¿Sorpresa? ¿Qué sorpresa?

—Te lo quería haber dicho cenando a solas, pero como al final vamos a ser multitud... Toma. —Alberto le entregó un panfleto con fotos de un hotel—. Tengo reserva para un día de *spa* y la noche de mañana sábado. He escogido una *suite* con *jacuzzi* y piscina privada. Salimos a las diez de la mañana, ya casi tengo la maleta preparada.

—¿En serio? —Sandra se tapó la boca emocionada—. Siempre he tenido curiosidad por saber qué tipo de tratamientos hacen en estos hoteles, no he estado aún en ninguno. Muchas gracias, me encanta... —Y sin temer perder el maquillaje de los labios que tanto tiempo le había llevado acabar de perfilar, se abalanzó sobre Alberto y lo besó apasionadamente—. Tú y yo solos en una *suite* con *jacuzzi* ¡Vamos a hacer que tiemblen los cimientos del hotel!

—¡Auuuu! ¡Esta es mi pelirroja! —Él aulló divertido como un lobo en celo.

—Alberto, ya que has mencionado la maleta. He pensado que podría mudarme a tu apartamento dentro de dos fines de semana. El sábado próximo se traslada Ana y deberíamos ayudarla.

—Me parece bien.

—¿Tú qué quieres hacer? Es decir, ¿te quedarás aquí hasta entonces?

—Si tú quieres y me aguantas.

—Sí, quiero que te quedes, siempre y cuando dejes de ser el sabelotodo mandón.

—Lo tienes claro, pelirroja —la advirtió, mientras apretaba las nalgas de ella contra su entrepierna—. Ven aquí, es una orden.

—Señor, sí, señor.

Alberto y Sandra fueron los primeros en llegar al restaurante y Lucas apareció justo cuando ellos se sentaban.

—Hola, parejita. Por fin os veo juntos.

—Las últimas semanas han sido algo extrañas, pero ya vamos volviendo a la normalidad —respondió Sandra—. Y tú, ¿cómo estás? Con todo esto de Ana y Anabel muchas cosas están cambiando. —Alberto la golpeó con el pie para que no continuara y Sandra lo miró enfadada.

—Es verdad —afirmó Lucas sonriente, al notar el juego de la pareja—. Alberto, Sandra tiene razón, pero son cambios positivos, sobre todo para Martina, está encantada con Ana y Helena. Y contigo también, ya te llama tía.

—Tienes una hija que no te mereces. —Alberto la volvió a golpear en la rodilla—. Para ya, pesado…

En ese instante Ana y Héctor aparecieron juntos. Se habían encontrado en la puerta del restaurante y entraron sonrientes. Lucas y Sandra se sorprendieron y los dos a la vez pronunciaron su nombre.

—¿Héctor?

—Sí, lo he animado a venir. Le presenté a Ana el lunes y desde entonces no para de hablar de ella —aclaró Alberto, guiñándole un ojo a Sandra. Ella enseguida comprendió la razón de la presencia de Héctor, aunque la idea de tenerlo allí no le agradaba demasiado.

—Pero si Héctor siempre ha sido un mujeriego. Alberto, que ya sabes cómo es. —Lucas no habría esperado ver a alguien como Héctor con Ana.

"Joder, como le rompa el corazón le corto los huevos", pensó enfurecido.

Cuando llegaron a la mesa, Héctor saludó a Lucas con un abrazo, mientras no dejaba de mirar a Sandra de reojo.

—Héctor, te presento a Sandra. —Alberto se rió divertido—. Ella es…

—Su novia. Soy su novia —afirmó Sandra con seguridad, mostrándole a Héctor su expresión más digna.

Alberto, emocionado al oírla decir aquellas palabras, la miró con gesto de sorpresa, le acarició el dorsal de la mano y la besó en la mejilla.

—No lo sabe nadie en el bufete. Eres el primero en conocer la verdad. Espero que nos ayudes a mantener el secreto.

—Y, por supuesto, tengo que imaginar que no eres fundador de ninguna secta en la que se prohíban móviles y alcohol…

—Ante aquel comentario Sandra y Alberto rompieron a reír, mientras Lucas y Ana se miraban extrañados.

Héctor comenzó a explicar la historia imitando con gestos exagerados la posición y la voz burlona de Sandra cuando le mintió sobre la secta, haciendo que todos rieran a carcajadas, incluida la imitada, que comenzaba a ver a Héctor con mejores ojos. Estaba resultando una grata sorpresa, era divertido, simpático y sin el uniforme de abogado se le veía más atractivo. Ana no tardó en unirse a Héctor adoptando ambos el papel de animadores de la fiesta, narrando anécdotas de Sandra como solo Ana sabía hacer, tan elocuente y graciosa como siempre.

—No podríais llegar a imaginar las historias que ha llegado a explicar a los hombres para quitárselos de encima. Una vez le dijo a uno que era agente de la CIA y que estaba en una misión secreta. Consiguió convencerlo para que la ayudara a colocar un micro en una mesa para escuchar una conversación entre dos narcotraficantes peligrosos. Sandra le dio un chicle masticado y le pidió que lo enganchara disimuladamente y el chico lo hizo. —Todos soltaron unas carcajadas—. Ha llegado a ser una madre que vigilaba a su hijo adolescente, una monja que se había escapado del convento, una psicópata que necesitaba tomar su medicación, vendedora de seguros y lesbiana muchas veces, claro, lo que a mí me ocasionaba muchos problemas, porque ya no se me acercaba ningún hombre en toda la noche.

Mientras todos reían las aventuras de las dos amigas, Lucas admiraba a Ana con los ojos bien abiertos, intentando no perder el más mínimo detalle de su rostro; el contorno de sus labios al reír, las mejillas sonrojadas al sentir vergüenza, el baile de sus pestañas al parpadear, incluso, pudo llegar a contar las seis encantadoras pecas que adornaban su nariz. Anabel, que era como la veía en ese momento, era como un circo de cuatro pistas, miraras hacia donde miraras el espectáculo era fascinante. Se estaba construyendo un fuerte vínculo entre ellos y contemplándola Lucas deseó que esa poderosa fuerza no se quebrantara nunca.

Mientras Ana y Héctor reían y bromeaban, Sandra y Alberto tomaron buena nota de la expresión ensimismada de Lucas. Sandra pisó en varias ocasiones a Alberto para que él comprobara, al igual que ella, lo que allí estaba sucediendo, hasta que acercándose a su oreja para besarla, Alberto le susurró: "Que sí, ya lo veo, deja de pisarme".

Entre bromas, los cinco amigos hablaron de Martina, el ascenso de Alberto y la dura época universitaria que los dos abogados habían vivido y de la que Lucas daba fe explicando algunas historietas del grupo de estudiantes cuando se reunían en su casa la temporada de exámenes. Cuando acabaron de tomar el café, todos estaban tan cómodos que no querían volver a casa y decidieron ir a beber una copa a un bar cercano. Una vez allí, Héctor apartó a Ana para conversar más íntimamente con ella y Sandra y Alberto comentaron la noche con Lucas.

—Parece que estos dos se entienden bien —empezó Sandra.

—Héctor es muy divertido, como Ana, pero no sé... —Lucas parecía algo inquieto.

—Pero ¿qué? ¿No te cae bien Héctor? —inquirió Sandra.

—Sí, es buen tío, pero lo he visto en acción con las mujeres y solo busca una cosa.

—Bueno, Héctor puede estar cambiando —añadió Alberto.

—Y te aseguro, Lucas, que Ana sabe capear muy bien a este tipo de hombres. Además, ella puede que también quiera lo mismo que Héctor, ¿no crees? —Sandra le guiñó un ojo a Alberto sin que Lucas se percatara.

—¿Ana? No, ella no es así —dijo Lucas con determinación—. La Ana que yo conozco no.

—Es extraño que eso lo digas tú, precisamente... —Sandra buscó sus ojos.

—Ya, pero aquello fue distinto. —Lucas bajó la cabeza para evitar su mirada inquisitiva.

—Dejad ya el tema... —interrumpió Alberto, para evitar presionar más a su hermano—. Sandra, nosotros deberíamos irnos, mañana nos levantamos temprano.

—Yo también me voy, Helena me está esperando.

Lucas no podía continuar allí viendo como Héctor se acercaba tanto a Ana, empezaba a sentirse molesto y no sabía si era capaz de controlar esa extraña desazón que se estaba apoderando de él.

—¿Os vais ya, ahora que estamos pasándolo tan bien? —Héctor agarró a Ana por la cintura.

—Vosotros, quedaos si queréis, nosotros tenemos que irnos ya. —Sandra se acercó a Ana—. Mañana nos vamos a un *spa*.

—Lo sé, me lo contó Alberto. Pasadlo bien, lo merecéis —le susurró al oído.

—Y tú, suéltate el pelo... —Sandra le sonrió maliciosamente.

—Héctor me ha invitado a cenar mañana, ¿qué hago?

—Pues dile que sí, tonta.

—Bueno, iré, pero solo porque me cae bien, no tengo ganas de líos ahora.

—Contigo nunca se sabe, últimamente estás más dispuesta al "solo sexo".

—¡Sandra! —Ana la miró escandalizada—. Aquello fue distinto...

—Ya, ya lo he oído antes... —dijo irónicamente, separándose de ella.

Mientras Lucas se despedía de ellos, Ana lo sujetó del hombro y se aproximó a su rostro.

—Mañana a las diez. Te espera un duro día de trabajo. —Le guiñó un ojo y le sonrió traviesa.

—Allí estaremos —se despidió Lucas, pensando en lo mucho que deseaba no perder nunca esa complicidad con Ana. Verla con Héctor le hizo temer que se disipara esa bonita relación que se estaba forjando entre ellos.

Capítulo 17
EL CUARTO OSCURO

Ana había recibido ya los armarios para la cocina y le había pedido a Lucas ayuda para montarlos, a lo que accedió sin dudar. Y ese sábado a las diez, al igual que sucedió con el anterior, Martina y Lucas se presentaban en casa de Ana. Durante unas horas Lucas se dedicó al montaje de los muebles mientras Ana y Martina repasaban las restas en la pizarra o se entretenían con juegos de cartas. Las dos se iban asomando por la cocina para que Martina le explicara a su padre algún juego o truco, hasta que la niña se quedó entretenida con sus dibujos en la gran pizarra y Ana aprovechó para limpiar los armarios ya montados.

—Muchas gracias, Lucas, por tu ayuda, de verdad. Está quedando precioso.

—¿Y qué tal anoche? Parece que a Héctor le gustaste. —Después de mucho pensar en ello, Lucas ya no pudo retener la pregunta por más tiempo.

—No creo que sea para tanto. Es simpático y divertido, pero vamos a dejarlo ahí, por ahora.

—¿Y no pasó nada más? Porque Héctor es de los que atacan a la primera de cambio —preguntó Lucas con temor a la respuesta.

—Pues, no. —Ana se echó a reír—. Debe haberlo dejado para la segunda de cambio. Ya te contaré mañana, hemos quedado esta noche para cenar.

—¿Sí? Vaya con Héctor, a ver si es verdad que está cambiando. Ya tiene hasta segundas citas.

—La gente madura. Y tú hoy también, poco a poco, sin precipitarte.

—Pero ¿no decías que debía desinhibirme? —Lucas le lanzó una sonrisa maliciosa.

—Es cierto, pero con cabeza. ¿Has pensado adónde vas a llevar hoy a la maestra?

—Pues no lo tengo muy claro. Hace mucho tiempo que no salgo con una mujer a cenar.

—Hace unas semanas cenaste conmigo, ¿ya no lo recuerdas o es que ya no me consideras una mujer?

—Lo recuerdo perfectamente y, sí, te sigo viendo como una mujer, pero eras la novia de mi hermano y eso no cuenta. —A Ana la divertía ver a Lucas irritado por sus comentarios.

—Por ahí te vas a librar.

—Por cierto, aquella noche cenando, me resultó extraño que fueras novia de Alberto, no encajabais.

—¿No estuve a la altura de tu hermano?

—No, no es eso. —Lucas negó con la cabeza, frunciendo el ceño—. Vaya mujer, todo se lo toma a mal. —Ana lo miró divertida, disfrutaba con su reacción y sobre todo le gustaba estudiar su rostro, como movía las cejas y juntaba los labios cuando se molestaba con ella—. Cuando me explicaste que no pensabas tener familia, que estabas muy dedicada a tu trabajo, me pareció raro. Alberto es muy familiar, adora a los niños y ya verás como no tardará en tenerlos con Sandra.

—En eso tienes razón, Sandra encaja mejor con él. Tiene mucho carácter, siempre ha sido muy descarada y le cuesta demostrar sus sentimientos, pero es muy dulce, cariñosa, también adora a los niños y tener familia sí entra dentro de sus planes. Se nota que están muy enamorados.

—Cuando Alberto empezó a hablarme de una amiga que había conocido por el bufete ya lo noté cambiado y eso que aún no la había conseguido. Pero cuando apareciste tú, no sé, había algo que no me convencía. Tú lo mirabas con cariño, pero él no te miraba como ahora mira a Sandra.

—¿Yo lo miraba con cariño? —Ana sonrió intrigada.

—¿Te gustaba Alberto o era todo teatro?

—No me gustaba ni me gusta, no al menos de la forma en que estás pensando. Tal vez lo mirara con cariño porque lo he ido conociendo mientras preparamos la mentira y me fue sorprendiendo muy gratamente, la verdad. Pero es admiración y amistad, nada más. Recuerda que yo soy ese tipo de mujer que huye de los compromisos y, efectivamente, no encajo con tu hermano.

—Según mi psicóloga, ¿el tipo de mujer que yo debo evitar?

—Exacto —respondió ella en voz baja, mientras continuaba limpiando el interior de uno de los armarios.

—Entonces, ¿no te puedo pedir consejo de dónde llevar a Sonia a cenar?

—Yo creo que te puedo dar igualmente ese consejo. A ver, ¿quieres algo íntimo o más bien un ambiente más relajado donde romper el hielo?

—Íntimo no, todavía no.

—Pues llévala al mercado. Allí podréis cenar buenas tapas y beber buen vino en varios puestos, está bastante frecuentado, pero no es muy ruidoso y podréis hablar. No es íntimo pero es agradable y divertido.

—Me gusta la idea. Sí, iremos ahí.

Sentada en la cama, frente al espejo, Ana observaba algunos vestidos que había colocado sobre las cajas vacías preparadas para la mudanza. No quería dar una imagen equivocada a Héctor pero esa noche se sentía especialmente femenina y decidió recuperar a la Ana sensual que aún llevaba dentro. Así que optó por volver a lucir el mismo vestido corto y ceñido que llevó el día que conoció a Alberto. El color oscuro de la prenda resaltaba su figura esbelta; su cintura y sus posaderas dibujaban una admirable silueta; su melena parda, perfectamente alisada, resplandecía después de varios cepillados y el largo escote que dejaba entrever el contorno de sus pechos completaron una imagen seductora y sugerente.

Había quedado con Héctor en ir a cenar a un prestigioso restaurante japonés donde se servía el mejor *sushi* de la ciudad. Conversaron sobre diversos temas, sin dejar de bromear y reír. Ana, que se mostraba radiante y muy cómoda, se sorprendió con la galantería de Héctor. No parecía aquel mujeriego sin escrúpulos que Alberto y Lucas aseguraban conocer. Después de degustar una gran variedad de *sushis*, tomaron un té verde japonés y Héctor le sugirió ir a un local de copas para acabar la noche.

En la cara de Ana se dibujó una media sonrisa al comprobar que el local que proponía Héctor era el bar de los chupitos y a su mente acudió su encuentro con Lucas. Mientras entraban, rememoró el instante en que aquel agente tan seductor se inclinó para ayudarla después de aquella estúpida caída y se estremeció al recordar aquella mirada atrayente y tentadora que la hechizó. No pudo evitar sonreír al revivir ese instante, fue cómico por la torpe caída, turbador por la cercanía de sus cuerpos y tierno por la preocupación de Lucas.

—¿De qué te ríes? —preguntó Héctor.

—De nada, de nada…

Una vez en el interior del local, Héctor encontró un grupo de amigos con los que se enfrascó en una divertida conversación de hombres y Ana decidió dejarlos e ir a pedir una bebida.

Acomodada en una de las sillas altas que rodeaban la barra, bebía tranquila un refresco cuando casi se atraganta al reconocer a Lucas a unos metros de ella, apoyado en el otro extremo de la barra. Él no la había visto aún y Ana aprovechó la ocasión para alimentar su curiosidad. Buscó a Sonia con la mirada hasta que la encontró unos metros más atrás de donde estaba él, hablando con unas amigas. Volvió a dirigir su atención en él y entonces lo recordó. Aquella noche que inauguraban el bar, Lucas llevaba esa misma camisa oscura que hacía resaltar el verde de sus ojos y su pelo lucía deliberadamente alborotado, lo que le confería ese aspecto sensual y atractivo que tanto la excitó y que tanto la estaba volviendo a excitar.

"No, Ana, no. Joder, es que es él otra vez".

Acudieron a su mente las palabras de Sandra y tuvo que admitir que no había podido olvidar aquella noche en su casa, aquel encuentro entre dos cuerpos que se habían deseado durante meses. Intentó arrinconarlo, ignorar lo sucedido, pero había sido inútil. Y ahora estaba allí, a pocos metros de él, en aquel mismo lugar, fantaseando con la posibilidad de volver a acabar algo que dejaron a medias.

En el otro extremo de la barra, Lucas se entretenía dando vueltas a los cubitos de hielo de su bebida. La cena con Sonia había sido amena, se limitó más a escuchar que a hablar pero la simpatía y la belleza de Sonia hicieron que la velada fuera agradable. Ella se encontraba parloteando emocionada con unas amigas que no había vuelto a ver desde el instituto y decidió apartarse para no molestarlas. Mientras perdía la mirada en el fondo del vaso, recordó el encuentro con Ana unos meses atrás, en aquel mismo lugar, cuando ella aún era la atractiva y misteriosa chica del aeropuerto, cuando sentado en ese mismo taburete, acompañado de Gloria y su amiga, la encontró al otro extremo de la barra.

"Cuánto hubiese dado aquella noche por besarla", se dijo con una sonrisa en los labios.

E inconscientemente levantó la mirada para buscarla y perplejo logró reconocer su figura entre la multitud. Ana lo estaba observando y lo saludó con una sonrisa, a la vez que levantaba discretamente la mano. Lucas no pudo dejar de admirarla por unos segundos, totalmente aturdido. Llevaba la misma melena lisa y brillante que tanto deseó acariciar unos meses atrás y aquel vestido que encerraba el cuerpo que conseguía fundir el mercurio que corría por sus venas. Revivir aquel momento lo estaba excitando demasiado y el corazón le latía a mil por hora. Al igual que hiciera Ana, Lucas buscó con la mirada a Héctor hasta verlo con un grupo de amigos. Entonces, tomó su móvil, lo colocó sobre la barra para que Ana lo viera y escribió un mensaje

"Hola, chica del aeropuerto".

Ana, nerviosa, no tardó en ir a buscar su teléfono y cuando leyó el mensaje sintió un temblor en las piernas. Sumida de nuevo por el deseo, respondió sin dudar.

"Hola, pervertido agente de seguridad".

Los dos volvieron a cruzar sus miradas y a la vez se dedicaron una tímida sonrisa. Lucas, con dedos temblorosos escribió lo que reconocía como unas palabras peligrosas, pero ya era incapaz de resistirse a la tentación.

"¿Estás sintiendo lo mismo que yo?".

Ana enseguida supo lo que Lucas insinuaba con esa pregunta porque los dos anhelaban lo mismo, no necesitaban palabras, ni gestos, la pasión que sintieron en aquel bar unos meses atrás hablaba por ellos.

"Lo más sensato sería que los dos no sintiéramos lo que estamos sintiendo".

"¿Eso es un sí?".

"Eso es un sí".

Aquella respuesta hizo que Lucas notara como su erección llegaba a los límites del pantalón. Estaba sobreexcitado y nervioso como lo estuvo las dos últimas veces que cacheó a esa mujer y no creía poder esperar mucho más para volver a tocarla. Así que en pocos segundos pensó como organizar el encuentro y escribió en el móvil, mientras buscaba a su amigo Carlos de entre los camareros de la barra.

"No te muevas de ahí".

Ana, de nuevo totalmente descontrolada por el deseo que solo aquel agente de seguridad le provocaba, buscó ansiosa su figura que había desaparecido de entre las personas sentadas alrededor de la barra.

Tras unos angustiosos minutos durante los cuales luchó por resistirse a esa repentina desazón que la sometía, Ana notó como alguien la sujetaba de la cintura. Era Lucas, que girando la cara para no ser visto ni por Héctor ni por Sonia, la dirigió apresuradamente hacia una esquina apartada del bar. Cuando llegaron al final de un pasillo, Lucas la paró frente a una pequeña puerta con un cartel donde se podía leer "almacén" y abrió la cerradura con la ayuda de una llave. Primero se adentró él y luego sacó su brazo para tirar del de ella, cerrando la puerta desde el interior. El primer impulso de Lucas fue acariciar aquella melena castaña, adentrando sus dedos en el cuello y agarrándola por la nuca, estremeciéndose al sentir la suavidad de su piel, mientras con su cuerpo inmovilizaba a Ana contra una pared. Sentir el calor de sus hábiles manos provocó en ella una perturbación que le hizo erguir la cabeza, momento que Lucas aprovechó para comenzar besando sus hombros y bajar por su escote hasta llegar a la curvatura de sus senos.

—Mierda, no llevo preservativos... —Lucas apenas pudo vocalizar de la excitación.

—Tengo puesto el DIU.

—¿Estás segura? —le preguntó él con la respiración apresurada.

—Cállese, agente...

Después de bajarle los tirantes del vestido y del sujetador, Lucas la elevó para llevarla a horcajadas hasta un montón de cajas de cervezas, mientras besaba sus pechos con pasión. Ana introdujo su mano por el pantalón buscando su erección y gimió de deseo al encontrarla. Los dos ansiaban proporcionar placer al otro y satisfacían sus salvajes apetencias con las manos, la boca y la lengua, sin tiempo para caricias o besos. En un rápido movimiento Lucas bajó sus pantalones y calzoncillos y comenzó a penetrarla con intensidad, como un caballo desbocado, mientras Ana arqueaba su cuerpo tumbado sobre cajas para acompañar sus movimientos y disfrutar mejor del placer de ese salvaje vaivén. En numerosas ocasiones, Lucas deseó ardientemente acercarse al rostro de Ana para notar su respiración, sentir su aliento y besar sus cálidos labios, pero fue incapaz, sabía que, a pesar de la escasez de luz, las seis pecas en la nariz de Anabel se lo impedirían.

"Es solo sexo, es solo sexo...", se repetía constantemente.

Era consciente de que cualquier gesto íntimo podía acabar con algo mucho más especial que el deseo que los había llevado a ese cuarto oscuro. Y tras unas últimas sacudidas intensas y llenas de placer, los dos llegaron al clímax al unísono y con las respiraciones sincronizadas. Exhaustos y colmados, se separaron para vestirse, en silencio y casi sin cruzar sus miradas. Lucas sopló en varias ocasiones, totalmente aturdido por la potencia del orgasmo y no dejaba de susurrar "guauu…" y Ana, que todavía sentía el calor de Lucas en su interior, sin fuerzas y sin aliento, permaneció callada durante unos minutos, con su cuerpo apoyado en una pila de rollos de papel e intentando recuperar el ritmo habitual de sus latidos.

—¿Estás bien? —le preguntó Lucas, preocupado por su silencio.

—Sí. —Y tras una breve pausa, continuó—. Deberíamos volver, antes de que se preocupen por nosotros. —Abrió con cuidado la puerta, sacó la cabeza para comprobar que ni Héctor ni Sonia la vieran salir y se fue, dejando a Lucas perplejo.

—Ana… —Intentó llamarla, pero ya era demasiado tarde y se quedó unos segundos quieto, pensativo y con una extraña sensación de vacío.

"¿Por qué se ha ido así, sin más?"

Al igual que hiciera Ana, salió con cuidado de no ser visto y cerró la puerta desde el exterior, de espaldas a la gente para no ser reconocido y se dirigió a un acceso contiguo para camareros. Allí buscó a Carlos para devolverle las llaves y agradecerle el favor.

—Lo he hecho porque eres tú y porque sé que solo me lo pedirías si ella es realmente especial. Muchos amigos me han suplicado la llave y me he negado.

—Lo sé, Carlos, y te lo agradezco.

Cuando regresó al local, buscó a Sonia y se la encontró hablando con Ana y Héctor. Tuvo que detenerse un momento y respirar hondo para acercarse a ellos.

—Lucas, te estábamos buscando.

—Hola, Héctor. Hola, Ana —saludó este con cierta inquietud.

—¿Dónde estabas? —Sonia agarró el brazo de Lucas para acercarlo más a ella y lo besó en los labios, sorprendiendo a todos, incluido a Lucas, que le devolvió el beso para no ser descortés—. Ana me estaba presentando a Héctor, no sabía que tenía novio.

—No somos novios —aclaró Héctor—, solo es nuestra primera cita.

—Igual que nosotros, qué casualidad. —Sonia volvió a acercar su rostro al de Lucas.

Lucas no entendía esa actitud tan cariñosa, pero intentó no mostrarse sorprendido para no herir los sentimientos de Sonia, mientras Ana los observaba estupefacta con los ojos abiertos como platos.

"¡Vaya con la niñata! ¡La que no se iba a lanzar, pues menos mal!".

Ana presenció asombrada como Lucas respondía complacido a esos gestos y recordó como tan solo unos minutos atrás ambos habían compartido un salvaje orgasmo en un cuarto oscuro, evitando las miradas, las caricias y los besos. Pensar en ello la estaba atormentando y un terrible ardor atravesó su estómago. Se sintió sucia, muy sucia…

"Es culpa tuya, Ana, ¿no querías solo sexo? Ahora me siento como una furcia".

—Ana, estás pálida, ¿te encuentras mal? —preguntó Héctor preocupado.

—Creo que el *sushi* no me sentó bien. ¿Me podrías llevar a casa, por favor?

Sonia y Lucas se despidieron de ellos y mientras salían del local, él los siguió con la mirada, inquieto por la expresión desencajada de Ana.

Un dolor intenso en el pecho impidió que se levantara de la cama durante horas. Ana se sentía despreciable y miserable. ¿Cómo podía estar sucediendo? ¿Cómo podía pasar de considerarse afortunada por su nueva vida, querida por quienes la rodean y valorada profesionalmente a verse hundida en el fango, fría, insensible y sucia? ¿Qué clase de ejemplo podía ser ella para Martina? Su mente intentó culpar a Lucas de todo ese desorden, pero su corazón no se lo permitía. Los dos actuaron como adultos y acordaron que solo sería sexo, pero ¿por qué ella se sentía tan mal?

Hacía unos días lloraban juntos la memoria de su amiga y anoche se apareaban como dos animales en celo, sin ningún pudor, sin mostrar una pizca de ternura. Recordar sus cálidas manos acariciando su piel, su respiración entrecortada y sus húmedos labios rozando sus pechos le provocaba excitación pero también una terrible presión en el abdomen que no lograba comprender. Ana nunca se había insinuado así a un hombre solo por sexo como hizo en su casa hacía apenas dos semanas y jamás habría flaqueado ante las provocaciones de un hombre con el único fin de llevarla a un cuarto oscuro para penetrarla sin mirarla a los ojos. Pero permitió que todo eso sucediera con Lucas y lo peor de todo fue que disfrutó del placer que le proporcionó, de su tacto, de su pasión. Las lágrimas volvieron a anegar las oscuras ojeras de Ana que, exhausta y abatida, decidió permanecer en la cama durante algunas horas más.

Cuando consiguió levantarse, se duchó, se puso algo cómodo, desayunó sin ganas y continuó con la preparación de la mudanza. Había silenciado el móvil pero vio como se iluminaba su pantalla en numerosas ocasiones. Debía tener varios mensajes y llamadas perdidas, pero no tuvo fuerzas para ir a leerlos hasta después de comer.

Tenía dos llamadas de Lucas y la mayoría de los mensajes eran de él, preocupándose por su salud. Incluso le envió un mensaje de voz de Martina, que le suplicaba que la llamara. No pudo evitar sonreír al oír a su niña y deseó tenerla a su lado para sentir esa paz que siempre le proporcionaba. Inspiró profundamente y llamó al número de Lucas, deseando que fuera Martina quien respondiera. Afortunadamente, así fue.

—Anabel, ¿estás malita?

—Esta mañana me dolía un poco la barriga pero ahora ya estoy mejor.

—Estábamos preocupados, te hemos llamado y enviado muchos mensajes.

—Es que me quedé en la cama y no los oí.

—¿Hoy no nos vamos a ver?

—No, Martina, tengo que preparar muchas cajas para la mudanza. Pero el miércoles voy a buscarte al colegio y pasamos la tarde juntas, ¿vale?

—Mañana vamos a ir a merendar con Sonia cuando salgamos del colegio. ¿Por qué no nos acompañas tú también?

—Martina, yo… —No sabía cómo explicarle—. Yo no puedo, cariño. Verás qué bien lo vais a pasar con Sonia.

—Sí, pero yo prefiero merendar crepes contigo.

—Lo haremos el miércoles, no te preocupes. Te voy a dejar que tengo muchas cosas que hacer. Hasta el miércoles.

—Anabel, ¿te podremos decir buenas noches a la hora del baño?

—De acuerdo. Estaré pendiente del teléfono.

Pocos minutos después de acabar la llamada, recibió un mensaje de Lucas.

"Me alegra saber que estás mejor. Espero que solamente se tratara de una indigestión y no tuviera nada que ver con lo que pasó anoche. Si hay algo que te preocupe o de lo que quieras hablar, por favor, dímelo. Estoy preocupado".

Aquellas palabras la enojaron aún más.

"No sé por qué me irrito por esto, él no lo va a entender jamás. Para él es fácil, tiene una amiga por el día y una furcia por la noche. Joder, y lo peor de todo es que la culpa es mía. Tengo que acabar con esto sin que afecte a Martina. Era mucho más fácil cuando no nos veíamos".

Y tomó la determinación de no responder al mensaje de Lucas. Estaba demasiado enojada, sabía que cualquier frase resultaría desagradable y debía mantener la calma para no volver a ser la persona irritable e insensible de antes.

Unas horas más tarde y algo más tranquila, volvió a recibir un mensaje al que no podía dejar de contestar.

"Hora del baño. Martina quiere desearte buenas noches".

"Dale las buenas noches de mi parte".

"¿Estás mejor?".

"Sí, un día de reposo y de dieta y mañana como nueva".

"¿Y sobre lo otro? Quiero decir, no sé, te fuiste sin más".

"Lo que pasó en aquel cuarto preferiría dejarlo allí, a oscuras y encerrado. Y, Lucas, prométeme una cosa, por favor".

"Lo que quieras".

"Que no volverá a pasar".

Lucas cerró los ojos, recordando lo que ambos habían compartido en casa de Ana y en aquel almacén, se habían unido por un deseo desmedido y aunque el resultado de los dos encuentros había sido prodigioso y descomunal, Lucas temía aterrorizado que si no hacía esa promesa podría llegar a perder algo mucho más importante.

"Te prometo que no volverá a pasar".

Después de despedirse de Ana y durante unos largos minutos, Lucas permaneció callado, ausente, con la mirada perdida y la expresión triste.

—Papá, ¿qué te pasa? —Martina lo observaba desde el baño, preocupada—. Hoy no te ríes con el móvil.

—¿Yo me río con el móvil? —Le sonrió Lucas.

—Sí, cuando escribes a Anabel, te ríes mucho y estás contento. Pero hoy no…

—No, hoy no.

Lucas, todavía sofocado por aquel encuentro sexual, apenas había podido dormir la noche anterior y no dejó de dar vueltas en la cama, aturdido y, a la vez, horrorizado, recordando la expresión asustada y dolida de Ana cuando salía del local. Después de aquel día sin recibir respuesta a sus mensajes y tras esa promesa supo que sus temores no eran infundados, presentía que el vínculo que lo unía a Anabel se estaba quebrantando. Durante las últimas semanas ambos habían compartido sus sentimientos, arrojado sus emociones hacia el exterior, dejando que fluyeran, sin miedo a ser prejuzgados o examinados. Confiaron ciegamente el uno en el otro, construyendo esa amistad con la que Lucas se sentía tan cómodo y especial. Pero intuía que esa alianza se estaba agrietando por culpa de aquellos momentos de placer y aquel augurio lo entristeció.

Lunes y martes apenas cruzaron algunos mensajes en la hora del baño, todos dedicados especialmente a Martina. Ana no quería conocer detalles sobre sus encuentros con Sonia, recordar aquella imagen de la chica, aparentemente avergonzada por la atracción que sentía hacia él, abalanzándose a sus labios como una perra en celo, la estaba matando. Debía controlar esa exasperación y evitar volver atrás, en su propósito de recuperar el carácter apacible de Anabel, pero estaba resultando complicado.

El miércoles, por fin, Ana se iba a encontrar con Martina y sabía que un abrazo, un beso o una sonrisa de la pequeña bastarían para que recuperara la alegría y la paz interna que tanto ansiaba. Verla de nuevo, acercarse con ese rostro angelical iluminado por su sonrisa, la colmó de felicidad y arrodillándose para estar a su misma altura la abrazó con fuerza. Nunca habría imaginado el alto poder curativo que poseía ese contacto. Pero la felicidad duró poco tiempo y la magia del momento desapareció cuando Sonia las interrumpió.

—Ana, ¿os importa que vaya con vosotras a merendar?

—No, para nada. Te esperamos en el parque. —Ana no quiso parecer desconsiderada y aceptó a regañadientes.

Unos minutos después, las tres se sentaban en una de las pastelerías favoritas de Martina. Ana pidió dos tazas grandes de chocolate caliente y dos croissants. Sonia, sin embargo, optó por merendar algo más ligero y saludable.

—¿Qué tal tu cita del sábado? —le preguntó Sonia.

Ana sabía que con esa pregunta Sonia pretendía hablar de su noche con Lucas y que no estaba interesada en absoluto por la suya con Héctor.

—Bien, ¿y vosotros?

—Muy bien. —La joven apoyó el codo en la mesa para sujetar con sus manos la cabeza, mientras suspiraba—. Lucas es maravilloso, atento, educado y aunque algo tímido al inicio, se empieza a mostrar más cariñoso.

—Hum… —"Como si a mí me importara mucho", pensó exasperada.

—Hablamos sobre todo de Martina y me contó algunas anécdotas del trabajo, pero continúa sin querer compartir su vida más íntima.

—Sonia, todavía es pronto, era la primera cita. —"Esta chica es tonta", se dijo.

—Es que leí en un revista que cuando un hombre viudo no habla de sus sentimientos es porque todavía quiere a su mujer, por esa razón creo que si me habla de ella, de su muerte y de lo mal que lo debió de pasar, podrá por fin cerrar un capítulo de su vida, olvidar a su esposa y volver a enamorarse.

—¿Olvidar a Mónica? —Ana tuvo que contener el deseo de estrangularla allí mismo—. ¿Y por qué crees que tiene que olvidar a su primer amor y a la madre de su hija? ¿No crees que puede volver a enamorarse y seguir recordando a su mujer?

Ana iba aumentando el volumen de su voz, a pesar de su tremendo esfuerzo por controlar la rabia que sentía. Pero lo que más la enervaba era pensar que esas palabras eran muy parecidas a los consejos que ella misma le había dado a Lucas.

—Tranquila, Ana, solo es una forma de hablar. —Durante unos minutos permanecieron en silencio—. ¿A ti Lucas te ha contado algo sobre mí?

—No lo he vuelto a ver desde que os encontré en el bar de copas...

"Cuando te enredaste a su cuello como una de esas horribles plantas trepadoras. No sé cómo no lo ahogaste".

—Anabel, creo que le gusto, que le gusto de verdad...

—Hum... —"Creída".

—Y quería pedirte un favor...

—¿A mí? —"Lo tienes claro, bonita".

—Tú sabes que la próxima semana Lucas y Martina se van a Eurodisney, ¿verdad? Lucas me explicó que fuiste tú quien lo ayudó con la reserva del vuelo y el hotel.

—Lo sé, Martina se enteró el sábado y está muy contenta ¿verdad, Martina? —La niña afirmó sonriente, mientras mojaba un trozo de *croissant* en el chocolate.

—Creo que a Lucas le gustaría que yo los acompañara. No me lo ha dicho directamente, pero lo ha insinuado cuando me hablaba del viaje y me encantaría sorprenderlo. ¿Tú podrías pedir a la agencia que me consiga vuelos para esos días?

—Sonia, no creo que sea buena idea. —"No, no y no, pero ¿qué se ha creído esta niñata?".

—¿Por qué? Estoy segura de que a Lucas le entusiasmaría y sería mucho más relajante para él si llevara a alguien que lo ayudara con Martina.

—Pero, bueno, ¿qué manía tienes con que Lucas necesita ayuda con su hija? Ha trabajado muchas horas durante el verano, se ha perdido muchos fines de semana con Martina y ahora lo único que desea es disfrutar junto a ella de esos días, los dos solos. Eso es lo que yo creo que quiere Lucas.

—Ana, por favor, míralo con la agencia, yo estoy segura de que a Lucas le gustará la sorpresa.

—Está bien, veré lo que puedo hacer. —Ana decidió zanjar el tema para no continuar enojándose.

—Este es mi número de móvil. —Sonia le entregó una tarjeta con sus datos—. Llámame, por favor.

—Te llamaré… —"Ya puedes ir esperando sentada o te cansarás", se dijo.

—Ana, ¿a ti te gusta Héctor?

—Es un buen chico, lo pasé bien con él el sábado, pero solo somos amigos. — "Cotilla".

—¿Y no piensas en el matrimonio y en tener hijos?

—Por ahora, el matrimonio no entra en mis planes. Tengo otros objetivos en el ámbito profesional que son prioritarios. Y sobre tener hijos, con Martina, que la considero como más que una sobrina, tengo suficiente.

—Pero no es tu hija, no es lo mismo.

—Para mí lo es.

"No la soporto más, me está sacando de quicio".

—Pues cuidado, Anabel, mientras le dedicas años a tu trabajo, tu reloj biológico va contando los días y ya sabes…

—Vamos, que se me va a pasar el arroz, ¿es eso? —"No la aguanto más".

—Bueno, si lo dices así parece algo grosero… Eres joven y tienes mucho tiempo por delante. No me hagas caso, estoy algo nerviosa por lo de Lucas.

—Ya. —Ana sintió una necesidad tremenda de escapar de allí—. Sonia, nosotras tenemos que irnos, hemos quedado con mi tía.

Cuando por fin se despidieron y vio a Sonia desaparecer girando la esquina, respiró aliviada.

"Menuda cotilla, engreída y sexista", murmuró.

—Anabel. —Bajó la vista para responder a Martina y se sorprendió al descubrir como esta la miraba suplicante, estirando de su pantalón para llamar su atención.

—¿Qué pasa, Martina?

—Yo no quiero que Sonia nos acompañe a Eurodisney. Yo quiero que vayas tú.

—Yo no puedo, cariño. De todas formas, tranquila, seguro que ya no hay vuelos para esas fechas.

—No quiero que Sonia vaya, es muy pesada. —La tristeza de sus ojos preocupó a Ana.

—¿Pesada? ¿Por qué dices eso?

—Porque siempre me está preguntando por papá. En la hora del patio casi no puedo jugar con mis amigas porque me llama y me empieza a hablar sobre papá y no me deja en paz, es muy pesada, Anabel. No quiero que vaya con nosotros, por favor...

—Será... —"La mato, la mato"—. No te preocupes, Martina, ¿sabes lo que haremos? Pero no se lo podemos explicar a Sonia, ¿vale? Le voy a decir que todos los vuelos están llenos y no puede ir con vosotros, ¿de acuerdo? —La niña sonrió satisfecha—. Sobre lo de la hora del patio, el viernes lo hablo con ella y ya verás como dejará de molestarte. Y, Martina, mejor que no le expliques a papá que hoy hemos estado con Sonia.

—De acuerdo. ¿Vamos a ver a Helena?

—Nos pasaremos un momento a saludarla.

Cuando llegaron a casa de Helena, Ana continuaba especialmente irritada. Pensar que Sonia no dejaba a Martina jugar con sus amigas por su interés la estaba enojando por momentos. En un inicio estuvo decidida a explicárselo a Lucas pero si él sentía algo por Sonia no quería ser ella quien lo hiciera sufrir. Además, ya había tomado la determinación de evitar en lo posible cualquier encuentro con él. Lucas ya era mayorcito para cuidar de sí mismo, ella simplemente hablaría con Sonia para aclarar lo de Martina y así tranquilizar a la niña.

—Ana, ¿estás bien? —Helena la miraba preocupada—. No me gusta esa expresión.

—Estoy bien, tía, de verdad.

—Te conozco. No había visto esa mirada en tus ojos desde el cumpleaños de Martina. Algo te está enfureciendo y no me gusta.

—Déjalo, tía, ya se me pasará. —Recordar aquel día que tanto hirió los sentimientos de Martina la obligaron a inspirar profundamente e intentar recuperar su calma—. Martina, ¿vamos al jardín a jugar al escondite?

Las dos salieron corriendo de la casa y jugaron en el césped durante casi una hora. Helena las observaba divertida. Cuando Ana se entretenía con Martina se transformaba en una niña más, sonriente, inocente e infantil. En ese momento se la veía feliz pero su tía no quiso bajar la guardia. Algo estaba preocupando a Ana y Helena temía que volviera a encerrar sus sentimientos para al final estallar como había sucedido unos meses atrás.

—Tía, son casi las ocho. —Ana intentaba tomar aliento, mientras accedía a la cocina desde el jardín—. Necesito que me hagas un favor. ¿Puedes acompañarnos a llevar a Martina y subirla tú hasta su casa? Yo te esperaré abajo y te traeré de vuelta.

—Pero ¿por qué? ¿Es que no puedes subir tú?

—Tía, preferiría no ver a Lucas, al menos durante un tiempo. Helena, por favor, no me preguntes el porqué, solo necesito no encontrarme con él cuando me sea posible.

—¿Es por eso que estabas antes tan irritada? —La mujer sabía que tenía motivos para preocuparse por su sobrina.

—No tiene nada que ver con Lucas. Por favor, ayúdame, solo te pido eso. Créeme si te digo que estaré mejor en unos días, es cuestión de tiempo.

—Confiaré en ti, pero tendrás que permitir que te llame o te vea más a menudo. Me vas a dejar preocupada.

—De acuerdo. Mañana me pasaré un rato por aquí. Podríamos hacer un bizcocho, sabes que eso me tranquiliza y me recuerda a mamá. ¡Cómo la echo de menos, Helena! —Ana arrancó a llorar—. Si estuviera aquí conmigo, todo iría mejor...

—Tranquila, cariño —dijo, mientras se acercaba a su sobrina para abrazarla—. ¡Mira a Martina! Pero ¿qué habéis hecho en el jardín? El vestido está lleno de barro y hojas. —Ana y la niña rompieron a reír—. Y ahora Lucas me va a regañar a mí...

—Hoy el agua del baño acabará de color marrón. —Ana continuaba riendo mientras retiraba algunas hojas del cabello de Martina.

Lucas esperaba ansioso la llegada de Ana y su hija. Tenía la oportunidad de encontrarse cara a cara con Ana y necesitaba analizar su reacción al volverla a ver. Temía que ella lo quisiera esquivar, pero mantenía la esperanza de que esa noche pudieran aclararlo y continuar con su amistad. Cuando vio aparecer a Helena, sintió una gran desilusión.

—¿Y Ana? —preguntó, temiendo la respuesta que sospechaba.

—Me está esperando abajo.

—¿Por qué no ha subido también?

—No lo sé, pensé que tú lo entenderías. ¿Pasa algo?

—Puede que esté molesta conmigo, aunque no estoy seguro. Pero no te preocupes, Helena, ya lo solucionaremos.

—Lucas, estoy intranquila por ella, hoy he vuelto a verla irritada y enojada como antes de recibir la carta de Mónica. Creo que no tiene nada que ver contigo, pero no sé de qué se trata.

—Si sabes algo más o la ves peor, dímelo, por favor.

—Lo haré. Gracias, Lucas. —Y señalando a Martina sonrió—. Hoy tu hija viene algo sucia. Han acabado las dos tiradas en el césped haciendo la croqueta. Es divertido verlas juntas, tienen un vínculo especial.

—Es verdad.

A pesar de la insistencia de su hija, Lucas no quiso enviar ningún mensaje a Ana esa noche ni la siguiente. Si había algo que la enojaba, no debía agobiarla más y respetar su necesidad de mantener la distancia. Ya vería cómo solucionarlo más adelante.

El viernes Ana esperaba la salida de Martina en la puerta de la escuela, mientras meditaba sobre la conversación que debía mantener con Sonia. Después de abrazar con cariño a la niña, saludó a su tutora.

—Sonia, ¿podemos hablar un momento? Te esperamos en el parque.

Unos minutos después, las dos estaban sentadas en un banco, mientras observaban a Martina jugar con sus compañeros de clase.

—¿Has podido hablar con la agencia para reservar mis vuelos? —preguntó Sonia—. Me muero de ganas por decírselo a Lucas.

—Lo siento, Sonia, me dijeron que los vuelos ya están cerrados, es demasiado tarde. —Ana fingió una pena que no sentía.

—¡Qué lástima!

—Sonia, necesito hablar contigo de Martina. Me dijo que durante la hora del patio le haces preguntas sobre su padre. —Ana le dirigió una mirada amenazante—. Sonia, si necesitas saber algo sobre Lucas me lo preguntas a mí, si Martina vuelve a comentarme algo parecido me veré obligada a hablar con su padre y créeme que no le gustará.

—Ana, creo que estás exagerando. Solo le he preguntado un par de veces. Ya sabes como son los niños.

—No, en teoría tú sabes más que yo de niños... Pero sí sé como es Martina y porque la conozco bien sé que no estoy exagerando.

—Pues según Lucas, no hace tanto que la conoces. Sé franca Ana, no es por Martina, ¿verdad? Es por Lucas. Estás así conmigo porque estás celosa. Sabes que él está ahora más interesado en mí y vas a dejar de ser la única mujer con quien se sincere.

—Sonia, no hagas que me cabree más. No voy a seguir con esta absurda conversación. Lo que Lucas tenga contigo me trae sin cuidado. Tú deja a Martina a un lado si no quieres acabar teniendo problemas.

—Está bien, de acuerdo. Supongo que estoy nerviosa y no he debido utilizar a Martina. Perdona, no volverá a suceder.

—Eso espero… —Y sin decir nada más, se levantó bruscamente para ir en busca de Martina.

Después de aquella discusión con Sonia, Ana estuvo toda la tarde irascible e insufrible, sobre todo con Sandra y Helena. Únicamente era capaz de controlar su ira cerca de Martina.

—Ana, hija, estás insoportable. —Sandra la miraba asombrada, no había visto así a su amiga desde hacía semanas—. Pensaba que estabas mucho más calmada y feliz, pero parece que la antigua Ana amenaza con volver.

—Déjame en paz. Hoy tengo un mal día y ya está.

—Tú te crees que yo me chupo el dedo —replicó Sandra molesta—. ¿Mañana vamos a ayudarte con la mudanza o también nos vas a ladrar como un perro?

—Si queréis ir a ayudarme bien y si no os apetece pues no os molestéis.

—¡Viva ese entusiasmo! Desde luego que dan ganas de no ir.

—Pues no vayáis. Me las apañaré yo solita, como siempre.

—Chicas, dejadlo ya. —Helena intentó tranquilizarlas—. Ana, mañana iremos todos a echarte una mano y no se hable más.

—Sandra, ¿te importa llevar tú a Martina a casa de Lucas? —preguntó Ana casi sin mirar a los ojos de su amiga.

—¿A ti nunca te explicaron lo de la "palabra mágica"?

—Por favor.

—Está bien, la llevaré yo, así me encontraré con Alberto en casa de Lucas.

Desde que Alberto se trasladara a vivir con Sandra, casi no había visto a Lucas y decidieron pasar esa tarde juntos para ponerse al día.

—Explícame como fue el fin de semana en el *spa* —Lucas lo miraba con picardía.

—Fenomenal, el *spa* es maravilloso y Sandra estaba entusiasmada. En cuanto llegamos quiso apuntarse a toda clase de masajes, pero finalmente solo hicimos uno. Y después de comer ya no quisimos salir de la habitación para aprovechar el *jacuzzi*, la piscina privada y la gigantesca cama. En fin, ya puedes imaginar el resto del fin de semana… —Lucas reía a carcajadas.

—¡Vaya dos! Parece que has encontrado a tu media naranja.

—Pues sí. ¿Qué te puedo decir? A pesar de su mal humor, mientras preparábamos los exámenes, tengo que confesar que compartir tanto con ella me ha hecho quererla aún más. Si todo va bien, la próxima semana se muda a mi apartamento y a ver cómo nos va…

—Muy bien, seguro que sí. Ya me estoy imaginando a Martina con un precioso vestido llevando los anillos de boda —dijo Lucas, guiñándole un ojo a su hermano.

—No sé, Lucas. Me temo que Sandra no cree en el matrimonio y la entiendo, su padre se ha casado varias veces, para ella debe de ser algo insustancial y falso.

—Tiempo al tiempo. Tarde o temprano sabrás si ella está o no preparada para dar ese paso. De todas formas, vivir con ella es lo importante, casados o no.

—Sí. Y tú, Lucas, ¿qué pasa con esa maestra? ¿Va en serio?

—Digamos que nos estamos conociendo. Cenamos el sábado y hemos merendado alguna tarde con Martina, pero no estoy seguro. Es guapa y muy agradable, pero cuando estoy con ella… no sé, no siento que soy yo mismo, no es como cuando estoy con… —Lucas estaba aturdido, llevaba varios días así y no tenía claras las ideas.

—¿Cómo cuando estás con Ana? —preguntó Alberto.

—Sí, creo que sí.

—Parece que os lleváis muy bien.

—Pues hasta la semana pasada, sí. Con Ana es muy fácil hablar y ya sabes lo divertida que es. Pero creo que he metido la pata, lleva toda la semana esquivándome.

—¿Qué ha pasado?

—Es que, Alberto, me da vergüenza.

—Miedo me das.

—El sábado nos vimos en el bar de Carlos. Héctor y Sonia estaban hablando con unos amigos y nosotros nos encontramos en la barra. Fue como cuando nos vimos aquella noche que inauguraban el bar...

—No, no me digas más... —interrumpió Alberto—. ¿Otra vez, Lucas?

—Esta vez empecé yo, aunque los dos enseguida estuvimos de acuerdo. Lo hicimos en el almacén.

—¡Madre mía! Como Sandra se entere te descuartiza.

—Ya, ya voy conociendo el carácter que tiene la pelirroja... —Lucas se pasó la mano por la frente y el flequillo, alborotando su pelo, visiblemente preocupado—. Aquella noche en casa de Ana, aunque fue arriesgado, no me arrepentí en ningún momento, pero esta vez... esta vez, sí... Sé que los dos lo hicimos porque nos apetecía, en aquel momento ambos lo deseábamos, somos adultos y no estamos comprometidos con nadie... pero no debió suceder. Y no he podido hablar con ella desde esa noche. El miércoles pidió a Helena que subiera a Martina y hoy imagino que la traerá Sandra. Me está evitando. Debe de estar también arrepentida porque me envió un mensaje pidiéndome que le prometiera que no volvería a pasar.

—¿Y se lo prometiste?

—Claro. No quiero perder su amistad, es muy importante para Martina y para mí también.

—¿Qué vas a hacer mañana? ¿Vas a ir a ayudar con la mudanza?

—Creo que sí, debería ir, no le puedo decir que no a Martina.

En ese preciso instante, Sandra y Martina llamaron a la puerta. Cuando Lucas fue a abrir se las encontró sonrientes y cogidas de la mano. La niña enseguida acudió a los brazos de su padre, mientras Sandra saludaba a Alberto con un beso.

—¿Os quedáis a cenar? —les invitó Lucas.

—Si quieres puedes aprovechar que estamos aquí para salir a cenar con Sonia —sugirió Alberto.

—No, no me apetece, prefiero estar aquí con vosotros. Bueno, siempre y cuando no os estéis dando patadas por debajo de la mesa y Sandra no me asesine con sus miradas acusadoras.

—Eh, tú eres de los míos, directo y sin pelos en la lengua. No te preocupes, no soy tan mala como Alberto te ha contado... —dijo Sandra sonriente.

—Yo no he dicho nada que no sea verdad, lo juro —confesó Alberto, mientras levantaba las manos.

—Rubiales, luego hablaré contigo muy seriamente... —Y mirando a Lucas, Sandra continuó—. Además, hoy, si quieres, te puedes meter con mi ex-amiga Ana, no la pienso defender.

—¡Uuuuhhh! ¡Algo ha pasado esta tarde! —Alberto se puso las manos en la cabeza.

—Ana está insoportable, casi me atrevería a decir que está peor que antes de que se fuera a Nueva York. Esta tarde la hubiese estrangulado.

—¿Y sabes por qué está así? —preguntó Lucas.

—Ni idea, ¿tú no lo sabes?

—No, Helena ya me advirtió el miércoles, pero ella tampoco lo sabe. Por lo que me contó, no tiene nada que ver conmigo. —Lucas se mostró preocupado, mirando a Sandra—. Y Martina, ¿la ha visto así hoy? ¿Ha visto a Ana enfadada?

—Por eso no te preocupes, Lucas, delante de la niña se controla mucho.

—Por las gestiones de la nueva empresa no creo que sea —añadió Alberto—. Ya dispone del local y ha encargado los muebles, incluso Carla y ella ya han empezado a trabajar en unos diseños. Falta que se incorporen dos compañeros más y Sandra. Sería normal que estuviera nerviosa, pero irritada no.

—Esta noche ha quedado con Héctor, esperemos que la noche se alargue y mañana esté dócil como un corderito —insinuó Sandra ante el asombro de Lucas.

—¿Han quedado otra vez? Parece que Héctor se lo está tomando en serio...

—No lo sabemos, eso se lo tendrás que preguntar a ellos... —Sandra lo miró desafiante.

—Sandra... —la regañó Alberto.

—Está bien. Será mejor que dejemos el tema.

Capítulo 18
¿QUIÉN ES LA LOCA?

Alberto y Sandra fueron los primeros en llegar al apartamento de Ana, donde el equipo contratado para la mudanza ya casi había cargado en el camión todas las cajas, los muebles y los electrodomésticos. A las diez de la mañana, tal y como habían planeado, todo el material ya se encontraba en el interior de la casa.

Aquella mañana Martina se había despertado más temprano de lo habitual. Iban a pasar el día todos juntos, en familia y estaba muy entusiasmada. Lucas, consciente de lo importante que era para Martina estar ese día junto a Anabel, fue incapaz de negárselo. Él, sin embargo, se sentía abatido y sin fuerzas para afrontar esa jornada, iba a estar cerca de Ana e intuía que percibiría su reproche, que estaría esquiva con él, y eso lo estaba asfixiando. Todavía no había logrado descifrar qué tipo de sentimientos originaban esa sensación de vacío que lo acompañó durante toda la semana, sin verla ni hablar con ella. Necesitaba entender ese conjunto de emociones antes de cruzarse con la mirada de Ana, saber qué le sucedía para actuar en consecuencia, pero no había sido capaz de comprenderlo y temía no estar preparado para encontrarse con una expresión de desprecio. Mientras cepillaba a su hija, que no paraba de parlotear, recibió una inesperada llamada.

—¿Sonia? ¿Cómo es que me llamas a estas horas de la mañana?

—Martina me explicó que hoy ayudabais a Ana con la mudanza y me gustaría echaros una mano. Me temo que no le caigo bien a Ana, no quiere hablar conmigo y creo que así nos podríamos conocer mejor.

—No sé si es buena idea, Sonia. Ana está algo nerviosa con la mudanza, tal vez por eso se haya mostrado así estos días. Hoy no te puedo garantizar que esté muy receptiva.

—Puede ser, pero me apetece ayudaros. Sería divertido y podríamos pasar un rato juntos.

—Como quieras, dos manos más siempre son bien recibidas. Nosotros ya casi estamos preparados para salir, ¿te pasamos a recoger en quince minutos?

—De acuerdo.

La agradable y divertida compañía de Alberto y Sandra desde primera hora de la mañana consiguió deshacer el maleficio que Sonia había lanzado sobre Ana, enviándole aquella energía negativa que tanto la irritó durante días. Recordar el rostro de Martina suplicándole que evitara que Sonia los acompañara a Eurodisney e imaginar la angustia de la niña, mientras su tutora la acorralaba en el patio de la escuela para preguntar sobre su padre, la enfermaban. ¿Y si la relación entre Lucas y Sonia perduraba y esa horrible mujer acababa viviendo con Martina? ¿Qué clase de madre sería para su niña? Además, había sido ella quien la lanzó a los brazos de Lucas y eso nunca se lo iba a perdonar.

Quería proteger a la pequeña, salvaguardarla de cualquier mala influencia, del dolor, de la tristeza, pero no podía impedir que Lucas decidiera sobre la vida de ambos, era su padre y ella ni tan siquiera era su tía. Todos esos temores la privaron de muchas horas de sueño y Ana empezaba a sentir como la irritación y el agobio se apoderaban de esa valentía que tanto caracterizaba a Anabel. Sin embargo, estar allí, en la casa que fue de sus padres, rodeada de sus cosas empaquetadas, oír las risas de Alberto y Sandra y esperar impaciente la llegada de Helena y Martina hicieron que todo volviera a tener sentido.

Habían acordado que su tía, Martina y Lucas se encontrarían con ellos en la casa, una vez descargara el camión de las mudanzas, para ayudar a abrir cajas y colocar los pocos muebles que Ana decidió aprovechar de su apartamento. Debían llegar en pocos minutos y Ana notaba una extraña opresión en el estómago. No había vuelto a ver a Lucas desde aquella noche en el bar y estaba muy nerviosa. No sabía como iba a reaccionar cuando él se acercara a saludarla, no quería hacerle un reproche, ya lo había pensado mil veces. Lo que sucedió aquella noche fue fruto de un mutuo acuerdo, un acuerdo entre dos adultos capaces de asumir las consecuencias de sus actos. Tenía que volver a usar sus técnicas de autocontrol, ser razonable e intentar dejar a un lado aquella ansiedad que la había acompañado durante toda la semana.

Lucas, de la mano de Martina, apretó el timbre de la casa y necesitó inspirar con fuerza, los nervios le presionaban el pecho y le flaqueaban las piernas. Helena caminaba detrás de ellos y, algo más apartada, Sonia respondía a una llamada de teléfono. Martina acudió a los brazos de Ana que, nada más abrir la puerta, se agachó para recibirla. Cada vez que se encontraban parecía que hubieran transcurrido meses sin verse y las dos se fundían entre besos y estrujones, bajo la mirada complaciente de Lucas. Cuando Ana se alzó, el momento que los dos tanto habían temido llegó por fin y sus miradas se cruzaron. Esos grandes ojos castaños que desprendían chispas de luz, esas seis pecas en la nariz y esos labios que dibujaban una hermosa sonrisa volvieron a encandilar a Lucas. No existía el más mínimo rastro de reproche ni de esquivez en su dulce mirada y él sintió como todos los músculos de su cuerpo se relajaban, dejando atrás la inquietud que lo acompañó durante toda la semana.

Mientras Ana le dedicaba la más tierna de sus sonrisas, Lucas se acercó a su rostro para besar la sonrojada mejilla y en ese instante, y como si de una extraña energía magnética se tratara, la palma de la mano de Lucas y el dorso de la de Ana se rozaron, suavemente, como si ambos acariciaran un delicado tul de seda natural. La perturbación que causó ese contacto en Ana hizo que inclinara su cabeza sobre la de Lucas y por unos segundos se dejaron apoyar uno sobre el otro, con delicados roces y suaves movimientos, como si se mecieran en un balancín. Cuando Lucas se separó de su rostro para volver impaciente a buscar su mirada, sintió de nuevo el vacío de su ausencia, necesitaba tocarla otra vez, acariciarla, abrazarla, sentir su calor y, sobre todo, deseaba besarla, alimentarse de sus labios hasta saciarse… Y entonces lo comprendió todo.

"Esto no es atracción física, joder, la echaba de menos porque estoy enamorado de ella. ¡Imbécil! ¿Cómo no te has dado cuenta antes?".

Pero, como si en ese instante un huracán devastara la ciudad, esa maravillosa magia desapareció en pocos segundos y Ana, que seguía aturdida por el contacto de Lucas, creyó ser arrastrada por la fuerza de ese huracán cuando vio aparecer a Sonia.

—Sonia, ¿qué haces tú aquí? —Ana la miró incrédula.

—Perdona por presentarme así, sin avisar. Le dije a Lucas que quería ayudaros. ¿No te importa?

—No, no… —mintió Ana.

Mientras Lucas se acercaba a Sandra y Alberto para presentar a Sonia, Ana los observó atónita, dejando que la irritación volviera a dominarla.

"Pero ¿qué hace esta bruja aquí? ¿Por qué la ha dejado venir? ¿Tanto le gusta? ¿Es que no se da cuenta de cómo es?".

Ana organizó las tareas y poco después todos estaban muy ocupados. Lucas y Alberto montaban algunos muebles en el comedor, Helena y Martina colocaban adornos en el patio y Sandra, Sonia y Ana llevaban las cajas de la mudanza a la estancia correspondiente, según estaba escrito con un rotulador sobre la tapa. Sonia, curiosa por conocer la casa, tomó algunas cajas para subir al dormitorio y Ana decidió seguirla. No se fiaba de esa cotilla.

—Ana, tu casa es muy bonita pero muy grande, ¿no?

—Es la casa donde me crié, era de mis padres.

—Pero ¿no es demasiado grande para ti sola? Si no vas a tener hijos, ¿para qué quieres tantas habitaciones?

—Eso no es asunto tuyo, ¿no te parece? —Ana creyó volver a perder el control, esa chica era insoportable.

—Y tus padres, ¿se han ido a vivir a otra casa?

—Mis padres murieron hace unos años.

—Qué pena, lo siento.

—Gracias.

—Yo vivo todavía con mis padres. Por cierto, les hablé de Lucas y tienen muchas ganas de conocerlo.

—¿No crees que vas demasiado rápido? —Ana no salía de su asombro.

—Yo estoy segura de nuestra relación y creo que Lucas también. Ana, te quería pedir otro favor, ¿tú tienes llaves del apartamento de Lucas?

—No, claro que no, ¿por qué?

—Pero tu tía sí, ¿verdad?

—Mi tía sí, pero ¿por qué lo quieres saber?

—Quiero darles una sorpresa cuando vuelvan del viaje. Como llegarán al final de la tarde del viernes había pensado prepararles la cena. Después de varios días comiendo fuera tendrán ganas de un buen caldito caliente. Seguro que hace tiempo que no toman uno casero.

—Seguro que no... —Ana sintió ganas de reírse en su cara, pero su enfado no se lo permitió

—¿Le podrías pedir las llaves a Helena, por favor?

—No, no lo haré, Sonia. Si las quieres se las pides tú a Lucas. ¿No estáis tan enamorados? Pues que te las dé él. —Ya no podía controlar más la irritación y su tono de voz comenzaba a delatarla.

—Ana, no hace falta que me grites. Yo solo quiero ayudar a Lucas.

—Pues ayuda a tu Lucas y déjame a mí en paz... —Y dando media vuelta Ana salió del dormitorio y Sonia la siguió.

Cuando las dos regresaron al salón, Sandra detectó enseguida el cambio de actitud de Ana. Volvía a estar susceptible y ceñuda y su tono de voz cambió por completo.

—Ana, ¿qué te pasa?

—Nada. Mejor no me preguntes y sigue subiendo cajas.

—Sí, señor. —Y agarrando una de las cajas, continuó con expresión enfadada—. Ya ha vuelto la insoportable de ayer.

—Sandra, no me busques que me vas a encontrar... —Ana que ya no era capaz de controlar más su furia, subió las escaleras apresuradamente.

Desde el otro lado del salón, Lucas no dejaba de observar a Ana. Ya había detectado un cambio en la expresión de sus ojos y recordó el cumpleaños de Martina. A pesar de que Ana se había ganado su plena confianza, no había sido capaz de olvidar aquellos ojos enfurecidos y las palabras de rabia que escupió por la boca. En ese instante, Sonia se acercó a Lucas mientras este montaba unas estanterías.

—¿Qué le pasa a Ana? —le preguntó a la vez que acariciaba su hombro—. Me ha estado gritando sin razón. ¿Es así siempre? ¿Ya confías en dejar a Martina con una mujer tan versátil?

—Sonia, no sé qué le está pasando a Ana, pero con Martina siempre se muestra muy cariñosa. Debe de estar nerviosa por la mudanza.

—¿Estás seguro?

—Totalmente.

—Tú verás.

Sandra, malhumorada, comentaba con Alberto el cambio de carácter de Ana, mientras Lucas los escuchaba con disimulo.

—Pues esta mañana estaba muy contenta y la cena de anoche con Héctor dijo que había ido muy bien —susurró Alberto.

—Pero otra vez vuelve a estar irritable como ayer por la tarde, no lo entiendo...

Aquella conversación dejó a Lucas afligido. Ahora que por fin era consciente de lo que sentía por ella, pensar que el que fuera el mujeriego amigo de Alberto la besara o acariciara lo estaba atormentando, le desgarraba el corazón, y los celos lo estaban consumiendo.

Mientras tanto, Ana decidió encerrarse en su habitación con la excusa de colocar su ropa en los armarios. De esta manera, intentaría calmar sus nervios alejándose de Sonia. Aquella niñata insufrible la sacaba de quicio y todavía la irritaba más volver a imaginarla paseando con Lucas y Martina cogidos de la mano, como hicieran ellos en el acuario.

"¿Cómo la aguanta? Parece que le gusta mucho. Pobre Martina, pobrecita mi niña... y no puedo hacer nada, no debo hacer nada...".

Mientras estaba atormentada sumida en sus pensamientos, oyó una puerta abrirse al otro lado del pasillo. Era la habitación de Martina, la que fuera suya cuando vivía con sus padres. La había dejado cerrada para mantenerla limpia y evitar a la fisgona de Sonia. Cuando se acercó para comprobar quién estaba en el cuarto, se encontró con la última persona que hubiese deseado ver.

—¿Por qué has entrado aquí? La puerta estaba cerrada, ¿no entiendes que tal vez no quería que nadie entrara? —Ana miró enojada a Sonia que estaba delante del *collage* observándolo maravillada.

—¡Es precioso, cuántas fotos! ¿Ella es la madre de Martina? Se parecen mucho...

—Sí, es la madre de Martina.

—¿Esta era tu habitación? ¿Quién va a dormir aquí ahora?

—Ahora es la habitación de Martina. Sonia, vamos abajo, aquí no hay nada que hacer.

—Pero, Ana. —Sonia no se inmutó— ¿Cómo va a ser la habitación de Martina? Pobre niña, tener aquí tantas fotos de su madre. Me parece muy cruel. Al fin y al cabo la madre de Martina murió para que ella viviera, es como estar recordándole a la niña que su madre murió por su culpa.

—Sonia... —Ana no pudo contener más la rabia acumulada y comenzó a chillar enloquecida—. Cállate ya, no soporto más tus comentarios sobre Martina y no voy a permitir que hables de su madre, de ella no. ¿Cómo puedes ni tan siquiera insinuar que Martina tiene la culpa de la muerte de su madre?

—Anabel… —En ese preciso instante Martina entró en la habitación—. ¿Yo tengo la culpa de que mi mamá muriera?

—Martina, no… —Sonia acudió a abrazar a la niña.

—¡Suéltala, bruja, suéltala! No la toques. —Ana no paraba de gritar, totalmente desquiciada.

Desde el salón empezaron a oír los gritos de Ana. Cuando Lucas escuchó el llanto de Martina recordó el día del cumpleaños y, temiéndose lo peor, salió corriendo hacia las escaleras, subiéndolas de dos en dos.

—No, no, otra vez, no.

Cuando llegó a la habitación se encontró a su hija llorando desconsoladamente, Sonia arrodillada a su lado, intentando calmarla y Ana de pie, frente a ellas, gritando.

—Te he dicho que la dejes, deja a Martina, ¿me oyes? No quiero volver a verte cerca de ella. Fuera de aquí.

—Ana, ¿se puede saber qué te pasa? —Lucas miraba incrédulo la escena, mientras acariciaba a su hija, intentando calmarla.

—¿A mí? ¿Me preguntas a mí? Pregúntale a ella, a la loca de tu novia…

—Sonia, por favor, ¿podrías llevar a Martina con Alberto? Ahora iré yo… —Lucas acompañó a Sonia y a su hija hasta la puerta y después de cerrarla desde el interior de la habitación, se dirigió a Ana enfadado—. ¿La loca? Aquí la única que parece una loca, gritando, eres tú. ¿Qué pasa, ha vuelto Ana la histérica? ¿Otra vez tiene Martina que verte así? ¿Otra vez tiene que acabar ella llorando?

—¿Yo, Ana la histérica, yo? ¿Yo la he hecho llorar? Lucas, no tienes ni idea…

—Pues yo creo que tu cara lo dice todo…

—Vaya. —Ana sitió como la sangre le hervía. Lucas estaba dando por hecho lo sucedido, no le estaba dando la más mínima oportunidad de explicarse y eso la hizo dirigir su rabia hacia él—. ¿Qué pasa? ¿Ya no te gusta esa Ana? Claro, tú solo la quieres para tirártela en un cuarto oscuro y así no mirarla a la cara, ¿no es así?

—¡Ah! O sea, que ahora es eso, ¿no? Ahora resulta que la culpa es mía. Pues tú no parecías estar muy disgustada en ese cuarto oscuro. ¿O es que preferías en aquel momento la compañía de Héctor? ¿Te ha visto él con esta cara de loca? Tal vez si te viera así también acabaríais en un cuarto oscuro.

—¡Cabrón de mierda! Pues no, a él, le gusta mirarme mientras lo hacemos y no parece que le disguste lo que ve. No como a otros...

—No sé cómo pude confiar en ti... —Lucas, completamente enfurecido, le dio la espalda a Ana y abrió la puerta de la habitación—. No quiero que vuelvas a ver a Martina, ¿entendido? No puedo permitir que esto vuelva a ocurrir.

—No, no... Lucas, no. —La expresión en el rostro de Ana cambió por completo, pasando del odio a la angustia—. Por favor, Lucas, no...

Él bajó las escaleras completamente fuera de sí, tomó en brazos a su hija y salió de casa de Ana sin decir nada más, mientras Sonia lo seguía cabizbaja.

Alberto, Sandra y Helena observaron la escena, atónitos y sin comprender nada. Cuando la puerta se cerró escucharon el llanto angustioso de Ana. Sandra fue la primera en subir rápidamente las escaleras para ir en busca de su amiga y Helena la siguió. La encontraron en el suelo de rodillas, con la cara descompuesta, llorando y con las manos sobre el pecho, como si temiera que el corazón le fuera a estallar en mil pedazos.

—Martina. —Su llanto era desgarrador—. No, no...

—Ana, ¿qué ha pasado? —Sandra la tomó en brazos y la intentó levantar del suelo—. Tranquilízate, vamos al salón a sentarnos.

Entre las dos consiguieron llevarla hasta el sofá, pero tranquilizarla fue imposible, estaba totalmente desolada.

—Ana, cálmate. Dinos qué ha pasado.

—No me dejará ver más a Martina, mi niña. No puedo vivir sin ella, ya no puedo... —La pena de Ana era indescriptible y su llanto se hacía cada vez más doloroso.

—Pero ¿por qué, Ana? ¿Por qué estabas gritando?

—Esa chica es odiosa y Lucas no ha querido escucharme. —El sufrimiento la impedía continuar—. Martina... yo solo quiero estar con Martina. ¿Por qué me hace esto? ¿Por qué?

—Ana, cariño, intenta tranquilizarte, te prepararé una infusión. —Helena estaba preocupada, desde aquella noche en casa de Lucas, cuando volvió de Nueva York, no había vuelto a ver a su sobrina llorar tanto y el dolor era la causa más evidente de ese llanto. Sabía cuánto quería a Martina y entendió perfectamente ese sufrimiento.

Sandra se acercó a Alberto y lo apartó hasta la cocina, para que Ana no los escuchara hablar.

—Alberto, ¿qué crees que ha podido pasar? Tú conoces a tu hermano, dime, ¿qué podemos hacer?

—No lo sé, Sandra, está claro que Lucas estaba muy enfadado y si le ha dicho que no viera más a Martina, algo gordo ha debido de ocurrir. Imagino que se habrá repetido lo que sucedió en el cumpleaños de Martina, o al menos, es lo que Lucas se ha temido... Yo creo que Ana ha cambiado y es evidente que quiere mucho a mi sobrina, pero si Lucas se ha puesto así es por algo...

—Estás preocupado por él, ¿verdad?

—Sí, porque además yo creo que Lucas está enamorado de Ana, pero no lo sabe aún. Y si es así, esto le debe de estar doliendo igual que a ella.

—Vete con él, Alberto, yo me quedaré con Ana. Ya vendrás a buscarme más tarde.

—¿No te importa? Otra vez tenemos que separarnos para consolar a estos dos. A ver cuándo solucionan sus problemas y podemos estar tranquilos...

Alberto besó a Sandra en los labios y se levantó para despedirse de Helena. Antes de salir, se acercó a Ana y, agachándose para estar a su altura, besó su frente y le susurró en la sien.

—Tranquila, ya verás como todo se aclara y pronto volverás a ver a Martina.

Lucas conducía en silencio, malhumorado y muy nervioso. Sonia permaneció todo el camino callada hasta que llegaron a la puerta de su casa.

—Lucas, ¿por qué no entráis en casa? A mis padres les encantaría conoceros.

—Sonia, no estoy de humor para conocer a nadie.

—Pues, cariño, yo creo que has hecho bien en enfadarte con Ana, no creo que sea una buena influencia para Martina.

—Ahora no es el mejor momento para hablar de eso. —Lucas tenía ganas de llegar a casa para pensar a solas sobre lo sucedido y estar con Sonia no era precisamente lo que más le apetecía—. Mira, Sonia, creo que lo mejor será que no nos veamos más fuera del entorno de la escuela. Me caes bien, eres muy agradable, podemos ser amigos, pero nada más. Perdona si te he podido causar una impresión distinta.

—Lucas, ahora no puedes pensar con claridad, ya hablaremos mañana de eso…

—No, Sonia, ya te lo quería haber dicho antes, no tiene nada que ver con lo que ha sucedido hoy.

—¿Podríamos vernos cuando volváis del viaje? Seguro que estarás más tranquilo. Había pensado prepararos la cena el viernes, algo calentito os sentará bien. —Sonia empezó a hablar con torpeza.

—Por favor, dejémoslo así. Ya nos veremos en la escuela.

—Como quieras, tú mismo —le advirtió ella, saliendo del vehículo enfadada y cerrando la puerta bruscamente.

Cuando Alberto llegó a casa de Lucas se lo encontró sentado en una silla, con los brazos apoyados en la mesa, cabizbajo y visiblemente afectado. Su expresión era todavía de enfado y decepción a la vez. Martina parecía estar más tranquila y miraba una película de Disney en el sofá.

—¿Cómo estás?

—Mal, muy mal. ¿Cómo pude confiar en ella? Joder, hace apenas unas horas, cuando la he saludado, me he dado cuenta de que… he sentido que…

—¿Qué has sentido?

—Joder, me he dado cuenta de que la quiero, Alberto, de que me estoy enamorando de ella.

—¡Hombre! ¡Por fin lo has descubierto! Ya era hora...

—Sí. ¿Y de qué ha servido? ¿De qué?... Está loca, tenías que haber visto su expresión, sus ojos de cólera, era la misma Ana del cumpleaños de Martina. No puedo permitir que siga haciéndole daño a la niña.

—Pero ¿por qué lloraba Martina? Sabes que Ana la quiere mucho, no entiendo, me cuesta creer que le haya hecho daño intencionadamente. Tendrías que ver como está Ana ahora, desde que le has dicho que no puede ver a Martina no para de llorar, está destrozada.

—Joder, Alberto, no lo sé. Martina me ha preguntado varias veces que si ella es la culpable de que su mamá muriera, si ella la mató. Creo que fue eso lo que Ana dijo.

—¿Ana pudo decir algo así? ¿Y Sonia, ella estaba allí, te ha dicho algo?

—Sonia ya me había advertido de que Ana le había gritado sin razón. Yo no quise darle importancia y mira ahora... Alberto, sus ojos daban miedo, de verdad, y luego, cuando estuvimos solos, nos dijimos unas cosas terribles, como si nos odiáramos, me miraba de una forma... Ya sé que va a ser doloroso para Martina, pero lo mejor será que Ana salga de nuestras vidas. Tengo que proteger a mi hija y siento que con Ana cerca la expongo a un peligro constante.

—Entiendo tu postura como padre, Lucas, pero tendrías que esperar a que todo se aclare antes de tomar una determinación.

—La decisión ya está tomada, Alberto.

Aquella noche ninguno de los dos fue capaz de dormir. En la mente de Lucas se reproducían una y otra vez las palabras de desprecio de Ana, sus ojos en cólera y el llanto de Martina como sonido de fondo. Fue como vivir en directo la escena de una película de terror. ¿Cómo pudieron aquellos fascinantes ojos hechizarlo de amor y minutos después mostrarle tanto odio?

Por otro lado, Ana, que aún no había conseguido reprimir las lágrimas, no dejaba de pensar en Martina, no volvería a verla salir de la escuela corriendo hacia sus brazos, a limpiar su carita llena de chocolate, a contagiarse con su sonrisa, a sumergirse en sus ojos azules como los de Mónica y a cepillar su pelo dorado. ¿Por qué Lucas no confió en ella? ¿Por qué no le dio la oportunidad de explicarse? ¿Tan ciego y enamorado estaba de Sonia?

El domingo por la mañana Lucas comenzó a preparar el equipaje para el viaje a Eurodisney. Saldrían el lunes a mediodía y quiso dejarlo todo preparado antes de acabar el día. Martina lo ayudaba a elegir su ropa, emocionada por la aventura que iba a vivir con su padre la semana siguiente.

—Papá, ¿vamos a ver hoy a Anabel? Quiero despedirme de ella.

—No creo que pueda venir, cariño.

—Entonces, ¿puedo hablar con ella por teléfono?

—No, Martina, no.

—¿Te has enfadado otra vez con Anabel?

—Un poco, ¿tú no lo estás?

—No. Ella es muy buena y ayer solo estaba enfadada con Sonia.

—¿Con Sonia? No creo que Sonia tuviera nada que ver. Será mejor que olvides lo que sucedió ayer y preparemos las maletas. Vas a subir en un avión por primera vez, ¿no estás emocionada?

—Sí… Y voy a ver a Minnie y a las princesas Disney. Papá, ¿me comprarás un vestido de Blancanieves?

—Por supuesto. —Solo su hija podía hacerle reír ese día.

Lucas no había dejado de admirar el rostro de su hija desde que llegaran a la puerta del hotel. En el jardín de la entrada, la imagen de Mickey emocionó a Martina y a partir de entonces fue incapaz de cerrar la boca de la impresión. La habitación reservada era una preciosa *suite* de lujo con terraza, para dos personas, de estilo victoriano, pintada de rosa y con vistas al parque. Al ver la habitación, Lucas pensó en Ana. Seguro que ella se había asegurado de que les proporcionaran la mejor. Sintió ganas de llamarla y agradecérselo, pero recordó afligido que no debía hacerlo, que tenía que olvidarla por el bien de su hija.

—Papá, el hotel parece un castillo de princesas. —Martina hizo que su padre volviera en sí—. Y mira, papá, desde aquí podemos ver el parque.

El martes y el miércoles aprovecharon al máximo la estancia en el parque. Las temperaturas eran más bajas que en España pero el cielo se mantuvo despejado y soleado. Martina disfrutó de todas las atracciones y espectáculos y su rostro sonrojado siempre lucía una gran sonrisa. Para Lucas, ver la expresión de felicidad de su hija hizo que todas aquellas largas jornadas y fines de semana de trabajo merecieran la pena.

El jueves por la mañana, después de pasear y visitar la zona de Aventuras, Martina quiso entrar en un parque infantil donde había columpios, toboganes, redes…

—Vete a jugar, Martina, pero no quiero que te alejes de esta zona para que te pueda ver. —Lucas temía perderla de vista entre tantos niños.

—Podríamos jugar a "Epi y Blas", como hacemos Anabel y yo.

—A ver, explícame en qué consiste ese juego.

—Cuando hay muchos niños en el parque y para que no nos despistemos, Anabel me pide que de vez en cuando yo me acerque a ella y le diga "Epi" y ella me responde "Blas". Es divertido, ¿jugamos?

—Me parece muy buena idea.

Mientras la niña jugaba en el parque, Lucas no dejó de pensar en la relación de su hija con Anabel. Como en casi cada atracción o espectáculo, Martina no había dejado de mencionarla. "Anabel ya me había explicado esta atracción", "a Anabel le gusta Alicia en el País de las Maravillas", "Anabel me contó un cuento de piratas", "Anabel me dibujó a Blancanieves". Y sobre todo y lo más doloroso "echo de menos a Anabel", "¿podemos llamar a Anabel?", "tengo ganas de ver a

Anabel". La insistencia de Martina impresionó a Lucas. Para su hija, Ana ya no era tan solo una tía cariñosa, cómplice y amiga, era mucho más. Estar en aquel idílico entorno, un paraíso para cualquier niño de la edad de Martina, y echar tanto de menos a alguien, no era normal. Un niño en ese lugar no echa de menos a un tío o a un amigo, pero sí puede añorar así a un padre o a una madre. Sí, Ana se había convertido en lo más parecido a una madre para Martina y ese descubrimiento solo hizo que incrementara el dolor que Lucas sentía al decidir separarlas.

Él había intentado convencerse de que apartarla de Ana era lo mejor para Martina, pero empezaba a tener dudas. ¿Cómo iba a estar seguro de que ese cambio de actitud en Ana no llegaría a dañar a su hija en una próxima ocasión? ¿Cómo podía ser que una persona tan especial para su hija, tan cariñosa, inteligente y aparentemente buena influencia para ella se transformara de repente en una histérica gritona con los ojos llenos de ira? ¿Qué le sucedió a Ana en aquella habitación? ¿Tenía que ver con lo que pasó el sábado anterior en el bar? ¿Por qué dijo Ana lo del cuarto oscuro para no mirarla a los ojos?

"Es verdad que no la miré, no podía mirarla. Si la hubiese besado en aquel momento, no hubiese podido dejar de hacerlo. Ella solo quería sexo y está claro que yo ya quería mucho más".

Pensar en aquella noche, en el deseo de acariciar y besar sus labios, en el instante en que ambos se saludaron el día de la mudanza, recordarla, todo era una tortura para él, provocándole una continua molestia en el pecho que le dificultaba la respiración.

—Epi. —Martina se acercó a su padre, sorprendiéndolo.

—Martina, me has asustado…

—Papá, me tienes que responder.

—Blas —dijo Lucas divertido, viendo como la niña volvía corriendo a la zona de juegos.

Y mientras Lucas leía de nuevo los mensajes y las conversaciones con Ana que aún guardaba en su móvil, recibió una llamada de Alberto.

—¿Qué tal os va? ¿Os molesto?

—Tranquilo, precisamente llamas en buen momento. Tu sobrina está jugando en un parque infantil y yo estoy en un banco observándola y de paso, descansando. ¡Esto es agotador!

—Ya me imagino. —Rio Alberto—. Te llamaba para darte una buena noticia.

—Bien, cuenta, cuenta.

—Sandra ha aprobado los exámenes y con buena nota.

—Eso era de esperar, se nota que tu pelirroja es lista y con ese profesor tan insistente, no podría ser de otra manera.

—El mérito es exclusivamente de ella. También te quería contar que ya ha presentado su carta de dimisión en el bufete y se incorporará al equipo de Ana dentro de diez días. Sandra está muy ilusionada. El caso es que los del bufete quieren organizarle una fiesta de despedida este viernes por la noche, iremos a tomar unas copas a un bar. ¿Crees que te dará tiempo a ir? Nos hemos tomado la libertad de hablar con Helena y ella os preparará la cena el viernes para cuando lleguéis y se quedará con Martina para que puedas ir a la fiesta. ¿Te parece bien?

—Ya veremos si llego con fuerzas suficientes, pero sí, me parece bien.

—Seguid pasándolo bien, Lucas, y dale un beso a Martina de mi parte.

El viernes después de comer, padre e hija se despidieron del hotel con lástima. Habían pasado unos días maravillosos y volver a la rutina iba a ser duro. A pesar del cansancio, los dos estaban satisfechos y Lucas prometió a Martina que en unos años volverían.

Ya en el avión, Martina, emocionada, explicaba a su padre las atracciones o espectáculos que más le gustaron. Cuando acabó de recitar casi todas las atracciones del parque, apoyó la cabeza sobre las piernas de Lucas y, algo adormecida por el cansancio, murmuró.

—Papá, lo he pasado muy bien. Menos mal que al final no vino Sonia con nosotros.

—¿Cómo que menos mal que no vino Sonia? —Lucas la levantó por los hombros para mirarla directamente a los ojos, sorprendido por el comentario—. Martina, ¿qué quieres decir con eso?

—Sonia le pidió a Anabel que le comprara los billetes para venir a Eurodisney con nosotros, te quería dar una sorpresa.

—¿Cómo?

—Anabel le dijo que no, que tú querías ir solo conmigo, pero Sonia se puso pesada. Menos mal que yo le pedí a Anabel que le dijera que no; yo no quería que viniera. Y ella le mintió, le dijo que ya no había sitio en el avión, pero era una pequeña mentirijilla.

—¿Sonia y Anabel hablaban?

—A veces, Sonia nos pedía que la esperáramos para hablar con Anabel sobre ti y estaban un rato sentadas en el banco del parque de la escuela. Una tarde también fue a merendar con nosotras.

—Martina, ¿es verdad lo que me estás diciendo? ¿Por qué ni Anabel ni tú me lo contasteis? —Lucas no salía de su asombro.

—Me pidió que no te lo dijera. ¿Se enfadará conmigo si sabe que te lo he contado? —El rostro de la niña mostraba cansancio y tristeza.

—No, cariño, no se enfadará. Duerme un poco y no te preocupes por nada.

Por fin en casa, Lucas agradeció el olor a crema de verduras que inundaba el apartamento. Con Helena no había dudas de que la cena sería excelente. Después de que Helena y Martina se saludaran con besos y abrazos, la niña no se separaba de ella para explicarle todo lo que recordaba del parque y de lo bien que lo habían pasado los dos.

Lucas, que no había dejado de pensar en lo que su hija le había explicado en el avión, decidió llamar a Sonia y quedar con ella en el bar donde se celebraba la fiesta de Sandra. Tal vez no era el lugar ni el momento adecuado para discutir, pero no podía esperar más para aclarar lo sucedido. Sonia le había mentido con respecto a Ana y Lucas estaba impaciente por averiguar más.

Los compañeros del bufete iban llegando al local y Sandra cada vez se encontraba más incómoda. A pesar de la alegría de saber que había conseguido acabar la carrera y que en pocos días estaría trabajando con Ana, se sentía nerviosa e inquieta. A excepción de Héctor, nadie más en el bufete conocía aún su relación con Alberto y en cualquier momento podía llegar a ser demasiado evidente. Intentó esquivar la mirada de Alberto y alejarse de él cuando lo veía aproximarse, pero empezaba a ser imposible, él insistía en acercarse y ella no podía reprimirse, ese imán que los unía era demasiado potente y ya no quería oponer más resistencia, necesitaba su contacto, su cercanía.

—Pelirroja, ¿estás huyendo de mí? —le susurró al oído, cuando consiguió tenerla a su lado.

—Lo intenté, pero no puedo, rubiales. No sé qué me haces, pero no puedo estar lejos de ti.

—Te entiendo, a mí me ocurre lo mismo. —Y después de besar sus labios, la miró fijamente a los ojos—. ¿Aún estás preocupada por lo que puedan decir de nosotros? ¿Todavía crees que puede afectar a mi carrera profesional?

—No lo sé, pero no puedo evitar sentirme incómoda.

—Ven. —Alberto la tomó de la mano y con decisión la dirigió hacia un corrillo de hombres, todos socios del bufete.

Sin dudarlo, se acercó al señor Hernández, que los miró sonriente hasta que reparó extrañado en que los dos iban cogidos de la mano.

—Señor Hernández —titubeó Sandra— gracias por venir.

—No me lo podía perder, Sandra, eres una de nuestras mejores secretarias. Tienes que saber que vamos a echarte mucho de menos.

—Gracias, señor Hernández —respondió Sandra acalorada.

—Yo quería explicarle algo. —Alberto se lanzó, ya no podía esperar más—. Verá, Sandra y yo empezamos a salir hace unas semanas. Hemos intentado que nuestra relación no afectara al bufete y por eso nadie, hasta ahora, sabe que somos novios.

—¿Y esa es la razón por la cual te vas del bufete, Sandra?

—No, aunque, la verdad, el hecho de que supiéramos que yo iba a irme ayudó a que continuáramos viéndonos. Yo no quería suponer un problema para el futuro profesional de Alberto.

—Pero ¿por qué ibas a ser un problema? Es cierto que una relación dentro de la misma empresa puede resultar a veces un inconveniente, pero si os queréis de verdad y no es una relación pasajera, todo lo demás tiene solución. —El socio les dirigió una sonrisa cómplice—. ¿Sabéis que mi mujer y yo nos conocimos cuando trabajábamos de prácticas en el mismo bufete? Por suerte, al igual que vosotros, luego continuamos nuestra vida profesional por separado, pero seguimos juntos como matrimonio y eso es lo realmente importante.

—Muchas gracias, señor Hernández. —Alberto se sintió aliviado—. ¿Sabe que Sandra ha acabado esta semana la carrera de Administración y Dirección de Empresas? Va a trabajar en la empresa de una amiga como financiera.

—¡Enhorabuena! —El señor Hernández se acercó a ella y la besó en la mejilla—. Yo nunca dudé de ti, siempre me has parecido muy inteligente y trabajadora. Alberto, una joya así no se puede dejar escapar.

—Eso espero, que no se me escape. —Alberto la acercó más a su cintura, rodeándola con su brazo y Sandra lo miró sonriente.

—Gracias, señor Hernández. Me da pena dejar el bufete, he trabajado muy bien con ustedes y he aprendido mucho.

—Esperamos verte con Alberto en las comidas de socios que hacemos con las parejas.

—Por supuesto, eso no lo dude.

Y despidiéndose cariñosamente de la pareja, el socio salió del local, dejándolos más relajados.

—Ves como no era para tanto.

—Ya, eso lo dices ahora, pero tú también estabas nervioso, ¿verdad?

—Me conoces demasiado bien, pelirroja.

Y los dos se fundieron en un tierno beso, sin temor a ser vistos ni juzgados por nadie, lo que les resultó totalmente liberador.

—Hola, parejita. —Ana interrumpió el beso—. Parece que ya no os escondéis delante de los compañeros.

—Pues no. —Sandra sonrió feliz—. Ya verás el lunes, me van a acribillar a preguntas sobre Alberto. Y tú, Ana, ¿cómo estás hoy?

—Algo más tranquila. ¿Sabéis si ya llegaron?

—Ya están en casa. He hablado con Martina por teléfono, está muy cansada pero lo ha pasado muy bien.

Cuando Lucas llegó al bar, el ambiente era festivo. Alberto y Sandra reían junto a un grupo de compañeros del bufete y, cerca de ellos, otros amigos de la pareja hablaban animadamente, entre los cuales estaban Ana y Héctor. Lucas dudó en acercarse, ver a Ana junto a Héctor le hacía sufrir demasiado y decidió observarla en la distancia. Ella parecía estar algo más delgada. Llevaba unos pantalones tejanos ceñidos, una camisa blanca que marcaba su figura y su pelo castaño estaba recogido con una goma, dejando caer algunos mechones rizados sobre sus mejillas. Sus ojos no mostraban la misma chispa alegre de siempre y su sonrisa era forzada. Verla triste lo hizo sentir culpable y mezquino.

Ana sabía que Lucas llegaría algo más tarde y advirtió a Sandra de que se iría de la fiesta en cuanto él llegara, no quería estropearles la celebración. Y cuando vio como Lucas se acercaba a la barra a pedir algo para beber, se despidió de Héctor y luego de Alberto y Sandra.

Mientras Lucas seguía a Ana con la mirada saliendo del local, Héctor se le acercó.

—No te entiendo, Lucas, de verdad.

—¿Qué quieres decir?

—Si te gusta tanto Ana, porque se nota demasiado que te gusta, ¿por qué la haces sufrir?

—Héctor, no es tan fácil. Tengo que proteger a mi hija.

—Sigo sin entenderlo. Ella adora a tu hija, ¿cómo puedes ver a Ana como una amenaza? Es una mujer maravillosa. Ya quisiera yo que ella hablara de mí como habla de vosotros dos.

—Ahora quien no lo entiende soy yo, Héctor. Yo pensaba que estabais juntos.

—¿Nosotros? No, qué más quisiera yo. No, Lucas, yo no soy lo que ella busca.

—Pero habéis estado quedando, ¿no?

—Salimos a cenar la noche que nos vimos en el local de Carlos. Se pasó toda la cena hablando de Martina y de ti y de lo contenta que estaba de haberos encontrado. Y la semana pasada volvimos a cenar juntos, pero fue más bien una reunión de trabajo. Tengo unos amigos con empresa propia que buscan a alguien que les ayude con algunos diseños y les hablé de Ana. Fuimos a cenar para que se conocieran, pero nada más; entre Ana y yo hay una buena amistad y ya está.

En ese preciso instante Sonia entró en el bar y Héctor la reconoció enseguida.

—¿Esa es la chica que te acompañaba la noche que nos vimos en el bar de Carlos?

—Sí.

—Pues entonces, Lucas, de verdad, sigo sin comprenderlo. ¿Qué haces con ella si quién te gusta es Ana?

—No hay nada entre nosotros, es tan solo la tutora de Martina. Salimos aquella noche y alguna que otra tarde hemos merendado con mi hija saliendo de la escuela, pero nada más y, la verdad, fue una estupidez quedar con ella. La he citado aquí porque tenemos que discutir sobre un asunto urgente.

—¿Es la tutora de Martina? —preguntó Héctor con curiosidad.

—¿Por qué lo preguntas?

—¿Así que es ella la culpable de que Ana estuviera de mal humor el viernes pasado? —Al ver la cara sorprendida de Lucas, Héctor continuó—. Verás, quedamos una media hora antes de que llegaran mis amigos y Ana me explicó que había pasado una mala semana por culpa de la tutora de Martina, al parecer la estaba sacando de quicio.

—¿Te explicó la razón?

—No me dio más detalles, solo me dijo que era odiosa.

—Gracias, Héctor, muchas gracias, de verdad, me has ayudado mucho. Es por eso por lo que tengo que hablar con esta chica. Tengo que averiguar qué pasó la semana pasada para que Ana enfureciera como lo hizo.

—Pues acláralo todo, Lucas, y no hagas sufrir más a Ana. Tiene que haber alguna explicación. —Y dándole una cariñosa palmada en el hombro, se despidió—. Suerte.

Después de esa breve conversación con Héctor, Lucas estaba más convencido que nunca de que Sonia había sido la causa de la actitud de Ana y tenía que llegar al fondo del asunto lo antes posible.

Sonia, muy sonriente y cariñosa intentó saludar a Lucas con un beso en los labios, pero él se los apartó hábilmente.

—Lucas, cariño, me alegró mucho recibir tu llamada. Sabía que te lo pensarías mejor.

—Sonia, te he pedido que vinieras porque tengo que hablar contigo sobre Ana y no podía esperar más. —Lucas la interrumpió mostrándose tajante y frío—. ¿Podemos salir un momento? Aquí hay demasiado ruido. —Sonia lo siguió hasta la terraza exterior del local.

—¿Quieres hablar de Ana? Pues sí, deberíamos aclarar algunas cosas. Quiero que sepas lo que pienso de ella.

—A ver, dime, ¿qué es lo que piensas? —Lucas decidió dejarla hablar primero a ella.

—Creo que es una muy mala influencia para tu hija.

—¿Sí? A ver, ilústrame.

—Atiborra a tu hija de chocolate y no me digas que no es verdad porque las he visto. No es consciente de que los niños necesitan comer de todo. Es una de esas mujeres independientes que solamente piensan en su trabajo y en sí mismas y no saben educar a un niño. De esas que acaban perdiéndolo en un parque porque solo están mirando su móvil. ¿Qué edad tiene? ¿Treinta? Treinta años y no piensa en tener hijos o formar una familia, porque solo piensa en ella misma. ¿Y crees que alguien así puede ser una buena influencia para tu hija? No, yo creo que no…

—Interesante punto de vista —añadió Lucas en tono irónico—. Parece que la conoces bien, has debido de hablar con ella en varias ocasiones para poder llegar a esas conclusiones.

—Hemos charlado un poco todos los días que iba a buscar a Martina. Y cada vez me pareció más irritante, bueno, ya te diste cuenta en su casa como estaba, como una fiera.

—Martina me ha dicho que le pediste a Ana que te reservara un vuelo para ir con nosotros a Eurodisney, ¿es verdad?

—Le pedí ese favor porque quería daros una sorpresa y de paso ayudarte con la niña. Pero no parece que a Ana le hiciera mucha gracia, según ella tú preferías ir solo con Martina. Pero sé sincero conmigo, tú sabes que necesitas a alguien a tu lado, alguien capaz de ayudarte con la educación de tu hija, que te libere de esa carga.

—¿Acabas de decir que mi hija es una carga para mí? —Lucas empezó a perder el control, aquella mujer era insoportable, ¿cómo nunca se había mostrado así con él?

—Entiéndeme, no es que sea una carga, pero es mucho trabajo para un hombre solo. Por eso, también le pedí a Ana que me dejara las llaves de tu apartamento y así teneros preparada la cena para cuando llegarais hoy. Sin embargo, otra vez más se negó y empezó a gritarme que la dejara en paz. Así acabó luego chillándole a tu hija en aquella habitación.

—¿Le pediste mis llaves el sábado de la mudanza? ¿De eso hablabais cuando empezó Martina a llorar?

—No, no hablábamos de eso, en ese momento ella solo chillaba histérica, ya la viste. Pero, Lucas, hay algo más de Ana que deberías saber. Me da apuro decirlo, pero ya que has sacado el tema.

—Cuéntame, estoy impaciente —ironizó Lucas.

—La noche que salimos a cenar y nos encontramos en el bar, ¿lo recuerdas? —Lucas asintió con la cabeza, esperando oír otra estupidez más—. La vi saliendo de un cuarto, colocándose bien el vestido y, poco después, por la misma puerta, salió un camarero que enseguida entró en otro acceso solo para empleados. Y por la cara que tenía ella era evidente que acababa de echar el polvo de su vida. —Ante esa última frase Lucas no pudo evitar sonreír, efectivamente fue increíble lo que sucedió en ese cuarto, a pesar de que únicamente fuera sexo y de las veces que tuvo que contenerse para no besarla—. Lucas, no me dirás que no es vergonzoso, queda para cenar con un chico y se mete en un cuartucho con otro. ¿Es o no es una mala influencia para tu hija?

En ese preciso instante el teléfono móvil de Lucas sonó y entonces pudo comprobar que tenía varias llamadas perdidas de Helena. Una terrible sensación de angustia recorrió su cuerpo.

—Helena, ¿qué pasa?

—Lucas, por fin, menos mal que me has cogido el teléfono. —La voz de Helena asustó a Lucas—. Estamos en el hospital. A Martina le empezó a subir mucho la fiebre y a quejarse de un dolor en el abdomen. Llamé a Urgencias, fueron a casa y les pareció que podría tratarse de una apendicitis. Enseguida llamaron a una ambulancia para traerla al hospital. Ahora le están haciendo pruebas, pero me insistían en que te encontrara porque si lo confirman, tendrían que extirparle el apéndice antes de que se perfore y tienes que venir ya para autorizar la intervención. Lucas, por favor, ven rápido. —Helena ya no pudo contener más el llanto.

—Tranquila, en cinco minutos estoy ahí. —Lucas, con el rostro desencajado, miró a Sonia—. Por favor, entra y avisa a Alberto y a Sandra, diles que me he tenido que ir al hospital. Martina está en Urgencias y puede que la tengan que intervenir por apendicitis.

Y antes de acabar la frase empezó a correr hacia su coche, totalmente aturdido y asustado.

Capítulo 19
LA ESTRELLA QUE MÁS BRILLA

Cuando Lucas llegó a la sala de espera de Urgencias, se encontró con Helena sumida en un mar de lágrimas. La templanza que siempre había caracterizado a esa mujer se había desplomado y Lucas se estremeció al notar como todo su cuerpo temblaba al abrazarlo.

—Tranquila, ya estoy aquí. ¿Sabes algo más sobre el resultado de las pruebas?

—No, aún no. Pobrecita, mi niña, le dolía tanto.

—Siéntate y cálmate. Voy a preguntar, a ver si puedo verla o hablar, al menos, con algún médico.

Las enfermeras solamente pudieron confirmarle que Martina había sido sometida a unas pruebas y que en breve podría entrar con ella. Y después de firmar algunos papeles para el ingreso de la niña, Lucas regresó con Helena.

En pocos minutos, un médico entró en la sala de espera, llamando a los familiares de Martina.

—Yo soy su padre… —respondió Lucas, mientras estrechaba su mano.

—Martina tiene apendicitis y tenemos que operarla de urgencia. Afortunadamente el apéndice no está aún perforado y la infección está localizada, por tanto, la operación no debería presentar ninguna complicación. Si me acompaña, tenemos que hacerle algunas preguntas sobre su historial médico y, de paso, podrá estar con ella, mientras le administramos la anestesia. Acompáñeme.

Helena se quedó algo más tranquila en la sala de espera y Lucas siguió al médico hasta llegar a una estancia con varias camas separadas por cortinas. En la mayoría de ellas había niños y todos estaban acompañados de sus padres. A Martina le estaban controlando la presión sanguínea. El rostro pálido de la niña se iluminó al reconocer a su padre.

—Papá, me duele mucho. —Lucas necesitó inspirar con fuerza para contener sus lágrimas al ver la expresión de sufrimiento de su pequeña.

—Martina, cariño… —Intentó calmarla, besándola en la frente—. Ya pronto estarás bien. El doctor te va a curar y yo no me separaré de ti en ningún momento.

Después de informar al médico sobre los antecedentes de Martina, las enfermeras empezaron a prepararla para la operación. Los sedantes que le suministraron antes de la anestesia dejaron a Martina calmada y Lucas aprovechó el momento para recordarle algunas de las actuaciones de Mickey que tanto gustaron a la niña. Pocos minutos después, Martina adormecía por el efecto de la anestesia y se la llevaban a la sala de operaciones.

Cuando Lucas volvió a la sala de espera, Alberto, Sandra y Sonia acompañaban a Helena. Todos se levantaron impacientes por conocer el estado de la niña.

—Ya está en la sala de operaciones. He podido estar con ella hasta que la han dormido. Pobrecita, debía de dolerle mucho. El apéndice no estaba aún perforado y el doctor piensa que se lo extirparán sin complicaciones.

—¡Menos mal! Tranquilo, Lucas, todo irá bien. —Alberto animó a su hermano recordando afligido la última vez que le dijo esas mismas palabras en la sala de espera de un hospital.

Lucas buscó a Helena y se sentó junto a ella. Entendía la angustia que había sufrido y quiso darle consuelo.

—Ahora solo podemos esperar. Hiciste bien en llamar a Urgencias y siento, de verdad, no haber oído antes el teléfono.

—No pasa nada, lo entiendo. Ha sido terrible, pobrecita, gritaba de dolor... —Lucas rodeó a Helena con los brazos, intentando consolarla—. Perdona, Lucas, debería estar yo animándote a ti y no al revés.

—Helena, no sé qué haríamos sin ti, eres como una abuela para Martina y una madre para mí. —Y durante unos minutos permanecieron abrazados, hasta que Lucas preguntó—. Helena, ¿has llamado a Ana?

—Quería hacerlo pero temía que te enfadaras.

—No me enfado. Por favor, llámala, tiene que saberlo y tiene que estar aquí.

—Gracias, Lucas, ahora mismo la llamo.

Helena se levantó para hacer la llamada fuera de la sala de espera. Ana estaba ya acostada, leyendo un libro, cuando sonó el móvil. Recibir la noticia fue como si le tiraran en la cabeza un barreño lleno de cubitos de hielo. Temblando de frío y con la cara empapada de lágrimas se vistió apresuradamente y condujo hasta el hospital. Cuando entró en la sala pudo ver a Lucas abatido, con la palma de las manos sujetaba su cabeza apoyando sus codos sobre las rodillas, en una postura de inmensa preocupación. Le dolió verlo así. Junto a él, estaban sentados Alberto y Sonia, uno a cada lado. En otras sillas apartadas de la sala, Sandra y Helena se levantaron al verla y Ana corrió a abrazarlas.

—¿Sabéis algo más?

—No, aún está en la sala de operaciones.

Después de saludarlas, se volvió para mirar a Lucas, pero él continuaba ensimismado mirando el suelo. Sonia, sin embargo, la observaba desafiante y Ana tuvo que contener la ira. Ese no era el momento ni el lugar para perder de nuevo el control, aunque Sonia la estuviera provocando.

Armándose de valor e ignorando por completo la presencia de aquella arpía, se acercó a Lucas, colocó su mano sobre el hombro de él, en un gesto cariñoso, y se inclinó para susurrarle.

—Todo irá bien, es una niña muy fuerte.

La cálida voz de Ana apaciguó por un momento la pesadumbre de Lucas que, ladeando la cabeza, la miró a los ojos y le dedicó una leve sonrisa, situando una de sus manos sobre la de ella.

—Lo es. Gracias, Ana.

Pocos minutos después, Sandra y Ana decidieron ir a buscar cafés para todos y Helena las acompañó. Cuando salieron de la sala, Sonia empezó a mascullar.

—No entiendo qué hace ella aquí. Lucas, ¿no le dijiste que no podía volver a ver a Martina? ¡Qué poca vergüenza tiene! ¿Por qué no le has dicho que se fuera?

Lucas, que desde que vio a Sonia en la sala de espera se había contenido para no pedirle que se marchara, estalló al escuchar esas palabras.

—Aquí la única que se tiene que ir eres tú, sí, tú... —La mirada inquisidora de Lucas sorprendió a Sonia—. Y que sepas que Ana está aquí porque yo le he pedido a Helena que la llamara, porque esa mujer que tanto criticas es como una madre para mi hija, porque la que según tú no podría educar a un niño es el mejor ejemplo que puede tener Martina. Es más, mi único deseo es que mi hija llegue a ser como Ana cuando sea mayor; inteligente, segura de sí misma, culta, trabajadora y divertida como lo es Ana. Una mujer sensata que nunca verá a un padre viudo como a un inútil incapaz de criar solo a su hija. Y, sí, ya sé que esa noche estuvo con alguien en el almacén de aquel bar y espero que lo que dices sea cierto y para ella fuera el polvo de su vida porque para mí fue, sin duda alguna, el mejor polvo que he echado jamás...

—Serás cabrón... —Sonia se levantó indignada y salió corriendo apresuradamente de la sala.

—Eso parece porque últimamente me lo dicen mucho.

—¡Ole, ole y ole! —Aplaudió Alberto aún con la boca abierta de la impresión—. Ya me contarás con pelos y señales lo que ha pasado con esta loca, pero antes te tengo que decir que me ha gustado mucho lo que has comentado de Ana y que estoy totalmente de acuerdo contigo; bueno, menos en lo del polvo, que yo ahí no voy a opinar... —Lucas sonrió con picardía.

—No sé aún qué pasó el sábado de la mudanza en aquella habitación, pero estoy seguro de que todo fue provocado por Sonia, al igual que el malhumor de Ana durante la semana anterior. Mírame, Alberto, esta mujer me ha sacado de quicio en tan solo una hora que se ha mostrado tal y como es y con Ana pasó más de una tarde. ¡Cómo no iba Ana a enloquecer con ella! Si me ha llegado a decir que Martina es una carga para mí, ¿qué le habrá dicho a Ana?

Sandra, Ana y Helena volvieron a la sala con los cafés y se sorprendieron al comprobar que Sonia ya no estaba allí y como Lucas, más alterado de lo normal, movía los brazos y hablaba en voz baja con un sorprendido Alberto. Sandra curiosa e intrigada se acercó a ellos, pero Ana y Helena se sentaron algo más apartadas. Apenas habían empezado a tomar sus respectivos cafés cuando el doctor apareció por fin.

—¿Familiares de Martina?

—Nosotros. —Lucas se levantó apresuradamente para hablar con él.

—La operación ha ido muy bien. —Todos respiraron aliviados—. El apéndice ha sido extirpado sin problemas. Le hemos practicado una apendectomía laparoscópica con cuatro pequeñas incisiones que cicatrizarán en pocos días y en una semana Martina ya podrá ir a la escuela, aunque no es recomendable que haga ejercicio en unas tres semanas. Todavía está anestesiada, pero sus padres pueden estar con ella. Dentro de una hora la ingresarán en una habitación donde pasará un par de noches. Si todo va bien, el domingo a mediodía ya estará en casa.

—Muchas gracias, doctor.

—Aún tardará unos veinte o treinta minutos en despertar pero sus padres ya me pueden acompañar para estar con ella en la sala posoperatoria. El resto de familiares deberán esperar aquí.

Lucas dio un paso para seguir al doctor cuando se paró y, tras una breve pausa, se dio media vuelta y se dirigió hacia donde Ana y Helena celebraban abrazadas el éxito de la operación.

—¿Vamos? —Lucas estiró su mano ofreciéndosela a Ana.

—¿Yo? —preguntó ella aturdida.

—Sí, vamos, que nos espera el médico. —Lucas acercó su mano a la de Ana y tiró de ella.

Mientras Ana se levantaba, Lucas buscó a su hermano con la mirada, pidiendo su aprobación.

—¿Te importa? —le preguntó.

Alberto le sonrió, afirmando con la cabeza y guiñándole un ojo.

—Yo no pienso entrar ahí cogidito de tu mano. —Bromeó Alberto con las manos levantadas—. Así que tranquilo, yo espero aquí.

Siguieron al médico hasta una amplia habitación con cuatro camas vacías y una quinta rodeada de cortinas sobre la que dormía Martina. Su rostro estaba pálido, en los párpados le habían untado una pomada y todavía llevaba la vía intravenosa conectada a una bolsa con medicamentos. Lucas fue el primero en acercarse a Martina para besarla en la frente y acariciar su rostro dormido.

—Está guapa incluso después de una operación. —Emocionado no dejaba de rozar su mejilla con la palma de su mano—. Es increíble, ayer la fotografiaba con sus princesas favoritas mientras les pedía un autógrafo y hoy está aquí…

—Lo que importa es que está bien. —Ana, con los ojos llenos de lágrimas, había tomado la mano de Martina y la observaba embelesada. Aquella niña lo era todo para ella.

—Se alegrará de verte. —Tras unos segundos sin dejar de observar a su hija, Lucas continuó—. Te ha echado mucho de menos, mucho; no ha parado de hablar de ti en ningún momento. No sé cuántas veces te ha nombrado durante estos días.

—Yo también la he echado mucho de menos. —A Ana le costaba contener el llanto.

—Ana. —Las miradas de ambos se cruzaron y ella leyó la súplica en los ojos de Lucas—. Perdóname. Sé que debí dudar, debí preguntarte y, sobre todo, debí escucharte. —Ella inclinó su cabeza evitando sus ojos—. Cuéntame, por favor, explícame qué te pasó aquel día y aquella semana. Fue por Sonia, ¿verdad?

—¿Sonia? —Aquella pregunta la sorprendió.

—Martina me explicó que te había pedido que le reservaras los vuelos para que nos acompañara y que habíais merendado alguna tarde juntas. Sin embargo, Sonia me dijo que vosotras no os hablabais. Hoy Héctor me contó que le comentaste que Sonia fue la culpable de tu malhumor la semana pasada y esta noche quedé con ella para sonsacarle la verdad. No puedes llegar a imaginar lo que ha soltado por la boca. Dime, por favor, ¿qué pasó? —Lucas buscaba su mirada, mientras ella seguía esquivando la suya.

—Yo no quiero estropear lo vuestro, ella no es mala chica...

—¿Estropear lo nuestro? Ana, aparte de la cena, hemos merendado con Martina unas tres veces, no más, y a la mudanza fue porque me lo suplicó, según me decía, para entablar amistad contigo. Si supieras lo que opina de ti no dirías eso de que no es mala chica... Te lo ruego, explícame qué ocurrió. Es la tutora de mi hija, creo que tengo derecho a saberlo.

—De acuerdo. —Después de una pequeña pausa, empezó a explicar mirando fijamente las manos de la niña—. El primer viernes que recogí a Martina, me pidió que habláramos sobre ti. No entendía por qué te mostrabas tímido con ella. Le aconsejé que tuviera paciencia y ella empezó a soltarme eso de que estás solo y de que necesitas una mujer que te ayude con Martina. Eso ya me incomodó bastante, no me lo esperaba de una chica de su edad, pero pensé que tal vez solo estuviera nerviosa. El miércoles siguiente quiso ir a merendar con nosotras y volvió a insistir con que eras tímido y no te abrías. Según había leído, si un viudo no habla de sus sentimientos es porque no ha olvidado a su mujer y ella quería ayudarte a olvidarla... Quise estrangularla allí mismo, ¿cómo puede pretender que borres de la memoria a la madre de tu hija? Joder, que hablaba de Mónica, de mi amiga, ¿qué sabrá ella de Mónica? Y luego empezó con lo del viaje, según ella tú se lo habías insinuado y quería sorprenderte.

—¿Yo, insinuado? Madre mía, qué mentirosa.

—Y otra vez volvió a decir que si ibas a necesitar ayuda con Martina y todas esas tonterías. Yo le advertí de que tú preferías ir solo con tu hija, pero ella insistió e insistió. Al final, le tuve que prometer que lo consultaría con la agencia para que se callara. Luego empezó a preguntarme sobre si yo no quería tener hijos y cuando le dije que ahora no era esa mi prioridad y que tenía a Martina, me recordó que Martina no era mi hija, que no era lo mismo... Y no sé cuántas estupideces más. Yo ya no lo soportaba más y nos fuimos con la excusa de que teníamos que visitar a mi tía.

—Y cuando llegaste a casa de Helena tenías un humor de perros. Ella me lo dijo.

—Pero no fue solo por eso, no. Hay algo más y esto no te va a gustar.

—Ana, cuéntamelo todo.

—Cuando nos despedimos de Sonia, Martina me suplicó... —Ana empezó a sollozar, recordar aquel momento le dolía mucho—. Que no permitiera que Sonia os acompañara. Lucas, ella no la dejaba jugar con sus amigas en el patio de la escuela y la obligaba a contarle cosas sobre ti, la utilizó para poder estar contigo, para conocerte mejor.

—¿Qué dices? —Enfurecido, Lucas sujetó los brazos de Ana para que mirara sus ojos—. ¿Eso es verdad?

—Sabes que Martina no se inventa historias y la pobre me miraba con una carita de pena.

—Joder, Ana, que eso es gordo. Que es una niña y la estaba utilizando...

—Lo sé. El viernes siguiente fui a hablar con ella sobre eso, amenazándola con contártelo si volvía a suceder. Me dijo que los niños, a veces, exageran y le contesté que Martina no.

Entonces empezó a decir que yo no era su madre, que apenas la conocía, que si yo lo que estaba era celosa porque tú ahora solo estabas interesado en ella...

—¿Que yo estaba interesado en ella? Joder, qué mentirosa...

—Cuando la vi entrar el sábado en mi casa, enloquecí. Era la última persona que quería ver ese día. Empezó a cotillear por mi habitación y entonces fue cuando me pidió la llave de tu apartamento. Quería prepararte hoy la cena, para cuando llegarais del viaje. Yo, harta ya de tanta estupidez, le dije que si estabais tan enamorados que te la pidiera a ti directamente y le grité que me dejara en paz...

—Luego me explicó que le habías gritado sin razón alguna...

—Había cerrado la puerta de la habitación de Martina, precisamente para evitar que Sonia entrara, no quería que viera el *collage*, pero entró. Cuando oí la puerta me acerqué y la vi cotilleando las fotos de Mónica. Entré en cólera, la hubiese tirado por la ventana, pero lo peor fue su comentario... —Tuvo que parar de hablar, el nudo en la garganta la impedía continuar.

—Por favor, sigue, no lo dejes ahí...

—Me dijo que si esa era la habitación de Martina, era muy cruel que las fotos de Mónica estuvieran allí, que era como recordarle a la niña que ella estaba viva gracias a la muerte de su madre. Yo, yo... no aguanté más y le grité que si estaba insinuado que Martina era la culpable de que Mónica muriera. Fue entonces cuando Martina entró y me oyó decir aquellas palabras. Supongo que empezó a llorar por lo que dije y por cómo yo estaba gritando... —Ana dejó de hablar unos segundos para secarse las lágrimas—. ¿Ves, Lucas? Te avisé, sabía que le volvería a hacer daño... —Desesperada, se tapó la cara con las manos para ocultar su dolor.

—No, no pienses eso, ella debió asustarse, pero no de ti. Además era totalmente comprensible que reaccionaras de esa forma, yo no le hubiese gritado menos, te lo aseguro...

—Y cuando tú llegaste, lo diste todo por sentado y no quisiste escucharme. Te dije que ella estaba loca y tú no dudaste de ella, no, solo me viste a mí. Me miraste con tanto odio y luego nos dijimos aquellas barbaridades…

—Ana… —Lucas se acercó y la rodeó con sus brazos para calmarla—. Por favor, perdóname. Fui un estúpido, tienes toda la razón, debí dudar y debí darte la oportunidad de explicármelo. —Separándose un poco de ella, sujetó con sus manos el rostro de Ana y le limpió las lágrimas—. ¿Por qué no me lo contaste? Debiste explicarme todo esto antes, ¿por qué no lo hiciste?

—Sonia me decía que estabas tan enamorado, que estabais muy seguros de vuestra relación y parecías tan feliz con ella aquella noche en el bar.

—Ana —susurró Lucas, mientras acariciaba sus mejillas húmedas—, aquel beso en el bar no me lo esperaba y rechazárselo delante de vosotros me pareció un desprecio. Si yo parecía feliz no era por ese beso, ni por Sonia, era por lo que había sucedido cinco minutos antes.

Y con un dedo Lucas empezó a rozar sus labios, los labios que tanto deseó besar aquella noche y en los que tanto ansiaba perderse en ese instante.

Por un momento, el sonido de tambores en su pecho impidió que Ana reaccionara y, mientras la boca de Lucas se acercaba a la suya peligrosamente, se abandonó en aquellos ojos verdosos que tanto la derretían. Hasta que esos segundos de distracción acabaron y el autocontrol de Ana despertó.

—Lucas. —Apenas sin fuerzas para sujetar las piernas que le temblaban, lo apartó con las manos y rodeó la cama de Martina para alejarse de él—. Aquello no debió ocurrir.

—Pero ocurrió, Ana, tal vez no de la mejor forma, pero algo sucedió y…

—No debimos hacerlo, no debí insinuártelo en mi casa, tampoco tenía que aconsejarte que salieras con Sonia. Hice daño a Martina y te he confundido a ti. Lucas, lo he pensado muy bien y lo mejor será que me aparte de vosotros. Siempre habrá alguna Sonia que me vea como una amenaza, que me irritará y me provocará hasta volver a hacer daño a Martina y tú me odiarás cada vez más y acabaremos faltándonos al respeto. Lo mejor es que me aleje, estabais mejor sin mí.

—No, Ana, no. Por favor, no lo hagas... Ya lo hemos aclarado todo, yo no estoy enfadado contigo y Martina te echa mucho de menos. ¿Por qué estropearlo de nuevo?

—Lucas, es mejor así.

—Ana, no te alejes de Martina, te necesita. —Lucas empezó a temer que cumpliera con sus amenazas, que volviera a huir y sintió un miedo terrible a perderla.

—Cuando Martina salga del hospital me dejaréis de ver. Es lo mejor.

—Vas a romperle el corazón y tú ya no puedes vivir sin ella, lo sabes... Ana, piénsalo bien, por favor.

—Ya está decidido.

—No dejes de ver a Martina, te lo suplico, deja de verme a mí, volvamos al inicio. Tú la recoges dos días a la semana y que me la acerque Helena o Sandra o simplemente me llamas desde el portal, la dejas en el ascensor y yo la recojo. Podrás llevártela también algún fin de semana, algún sábado, los que quieras, pero no la dejes, te lo ruego. Si no quieres que nos veamos, no nos veremos, seré invisible para ti, te evitaré en todo momento, no tendrás que preocuparte porque no me cruzaré en tu camino. Pero, por lo que más quieras, no salgas de la vida de Martina, hazlo por ella y por Mónica.

—Lo pensaré... —Ana era consciente de que separarse de su niña iba a ser demasiado duro.

El efecto de la anestesia iba desapareciendo y Martina empezó a mover la cabeza, abriendo los ojos con pereza.

—¿Papá...? —Su vocecita los sorprendió.

—Cariño, ¿cómo estás? —Lucas con los ojos húmedos se acercó a la niña para besar su frente.

—Tengo sueño. ¿Qué ha pasado? ¿Me he dormido?

—Te han operado para quitarte el dolor de barriga, pero tranquila, descansa, ya te lo explicaremos más adelante. Mira quién está aquí... —Se apartó para que su hija advirtiera de la presencia de Ana.

—Anabel... —La voz de la niña estaba empañada de emoción a pesar de estar adormecida aún por la anestesia—.

Tenía tantas ganas de verte, ¿ya no estás enfadado con Anabel, papá?

—No, Martina, y podrás volver a ver a Ana siempre que quieras y que ella pueda, claro.

Ana los escuchaba con el corazón encogido. ¿Cómo iba a tener el coraje suficiente para apartarse de ellos? Esas dos personas habían cambiado su vida, su alma, habían conseguido, solo con su compañía, aflorar en ella sentimientos perdidos, la puerta que encerraba las emociones que había arrinconado se había abierto de par en par y ellos tenían la llave que lo hizo posible. Pero su corazón y su mente seguían encontrados y la propuesta de Lucas comenzaba a cobrar sentido. Mantenerse apartada de él minimizaría el riesgo, simplemente se tendría que concentrar en amar a Martina, algo que para Ana ya empezaba a ser natural, y no se tendría que preocupar en descifrar otras emociones que aún no lograba comprender. Era la mejor solución.

Se inclinó para besar a Martina y recostó su cabeza junto a la de la niña.

—Mi angelito, te he echado mucho de menos esta semana. Me tienes que explicar todo lo que habéis hecho en Eurodisney. Cuando estés mejor, ¿me enseñarás las fotos?

—Por supuesto. Mi papá me compró un vestido de Blancanieves, cuando lleguemos a casa te lo enseñaré. —Los párpados de Martina se cerraron involuntariamente—. Tengo sueño. No te vayas otra vez, Anabel, por favor…

—Tranquila, duerme, nosotros estaremos aquí, no te dejaremos —dijo Lucas, buscando en los ojos de Ana una respuesta a su proposición.

—Martina, cariño, te prometo que no volveré a separarme de ti —afirmó ella, mientras la niña cerraba sus ojos. Segundos después susurró a Lucas cabizbaja—. Vale, de acuerdo.

—Gracias, ella te necesita. Te prometo que no te arrepentirás. Tú solo disfruta de Martina, que por mi parte no vas a tener razón alguna para preocuparte. Me mantendré al margen. Tan solo cuando tú quieras o sea importante para Martina que nos veamos o hablemos, yo estaré ahí, solo tendrás que decirlo.

Pero, mientras tanto, me apartaré hasta el punto de desaparecer para ti.

Aquella última frase se clavó en el corazón de Ana como si fuera una corona de espinas. Se iba a apartar de ella hasta el punto de desaparecer y aunque fuera la mejor solución para mantener a salvo su equilibrio emocional y conciliar su vida con la de Martina, sentía un terrible pesar en su interior, como si acabara de perder una pieza importante de un puzle y se esfumara con ella la esperanza de verlo completo algún día. Los veinte minutos siguientes hasta que las enfermeras llevaran a Martina a su habitación, ambos permanecieron en silencio. Lucas empezó a cumplir su promesa de desaparecer y sus palabras murieron. Solo recuperaban la sonrisa cuando Martina abría los ojos, aturdida y somnolienta todavía por la anestesia.

Alberto, Sandra y Helena no tardaron en aparecer en cuanto les comunicaron el número de habitación. Todos besaron y sonrieron a la niña que hacía grandes esfuerzos por mantener sus ojos abiertos. Ya era tarde y el cansancio pesaba en el cuerpo de todos. Lucas insistió en que debían irse a descansar. Él se quedaría con Martina esa noche. Alberto le traería el desayuno y Ana se ofreció a quedarse después de comer para que Lucas aprovechara la tarde para dormir.

Martina se recuperaba rápidamente y las heridas cicatrizaron sin problemas. Durante esos dos días Lucas, Alberto y Ana se alternaron para que siempre uno de ellos estuviera con la niña mientras los demás descansaban, informándose entre ellos cuando el doctor la visitaba. Helena se encargó de prepararles comidas y cenas y ella y Sandra se pasaban por el hospital siempre que podían.

Tal y como anunció el doctor, el domingo a media mañana, Lucas y Martina llegaban a casa. Después de seis años viviendo solo con su hija, Lucas volvió a sentir el peso de la soledad. Durante largos meses, después de la muerte de Mónica, no pasó un solo día en que no la echara de menos, hasta que, por desgracia, se acostumbró a su ausencia. Cuidar a su bebé fue su máxima prioridad y a medida que Martina crecía, educarla y protegerla era lo único que le importaba, por encima de sus propias necesidades. Y por esa razón había evitado volver a enamorarse y sus relaciones con las mujeres se habían limitado al sexo, sin complicaciones, sin compromisos, eso era lo que él buscaba y eso era lo que ellas le proporcionaban. Al contrario de lo que Sonia pensaba, él nunca había necesitado una mujer para criar a su hija, le bastaba con el apoyo incondicional de su hermano y así había sido hasta entonces.

Pero la aparición de Ana lo había cambiado todo. En un inicio, pensó que aquella atracción que sintieron en el aeropuerto había sido solo física pero conocer primero a Ana y luego a Anabel lo alteró todo. Ahora lo veía claro, su hija necesitaba una madre y él necesitaba a Ana. Y después de tantos años, volvió a sentirse solo, muy solo. Desde que sabía que estar con ella completaría su vida, el vacío de su ausencia le pesaba como una losa. Pero debía cumplir con su compromiso de desaparecer. Era contradictorio y absurdo, pero sabía que la única forma de no perderla era separarse de ella. Al menos así debía actuar por ahora, con discreción, respetando la distancia que ella necesitaba, dejando pasar el tiempo y manteniendo la esperanza de que en algún momento Ana le permitiera acercarse.

Durante el resto de la semana, Helena cuidó de Martina mientras Lucas trabajaba y Ana se escapó un rato todas las mañanas para ver a la niña, que debía permanecer en casa para recuperarse. Después del almuerzo, Ana adelantaba trabajo con Carla y por las noches le dedicaba unas horas a un póster que estaba pintando para Martina.

Por fin, tras largos días de trabajo, el viernes Ana y Carla entregaron su primer encargo como *Diseños Martina*. Le habían dedicado mucho tiempo y energía, querían impresionar a sus nuevos clientes y la presentación fue todo un éxito. Después de desayunar juntas para celebrarlo, se tomaron el resto del día libre y Ana aprovechó la ocasión para pasarlo con Helena y Martina. Como la niña ya se encontraba mejor y, según el médico, ya podía hacer vida normal, aunque evitando el esfuerzo físico, las tres se fueron a pasear por el parque y Ana las invitó a comer al que fuera el restaurante favorito de las dos *amigas mellizas*. De regreso al apartamento de Lucas, Ana preparó a Martina para su sorpresa.

—Martina, tengo un regalo para ti, pero antes tienes que esperar aquí un ratito, es una sorpresa y necesito prepararlo en tu habitación.

—Esperaré, pero date prisa, Anabel. —La niña estaba nerviosa y emocionada.

Ana fue en busca del póster que guardaba en su coche y necesitó algo de tiempo para colgarlo en la habitación de Martina. El día anterior había enviado un mensaje a Lucas pidiéndole permiso, aunque sin darle demasiados detalles, y él había aceptado sin problemas. Le dejó preparada una escalera que ella usó para poder sujetarlo al techo. Cuando todo estuvo preparado, fue en busca de la niña y tapándole los ojos con un pañuelo la llevó hasta su habitación. La tumbó en su cama, apagó la luz y le retiró el vendaje. Ana estaba ansiosa por ver la reacción de Martina y al contemplar en sus ojos llenos de inocencia el brillo que reflejaban aquellas estrellas en su iris se prometió a sí misma que haría todo lo que estuviera en su mano por hacer feliz a esa niña.

—Es precioso. —Martina admiró maravillada el techo.

Sobre un papel maché oscuro Ana había pintado un cielo estrellado con pintura fluorescente que se veía en la oscuridad. Había representado diferentes constelaciones utilizando varios tonos del mismo color brillante que le proporcionaban una apariencia tridimensional.

—Es un cachito de universo que será solamente para ti. Para que todas las noches duermas contemplando las estrellas y las constelaciones.

—¿Qué son las constelaciones?

—Las constelaciones son grupos de estrellas que siempre están situadas de la misma forma y las dibujamos unidas por una línea imaginaria. Desde hace muchos, muchos años, las personas que las han ido descubriendo en el cielo les han puesto diferentes nombres. —Ana alzó su mano y las empezó a señalar—. Estas dos grandes de aquí son la Osa Mayor y la Osa

Menor. Son las que mejor se ven en el cielo. Esa de ahí es Pegaso, tiene forma de caballo.

—¿Es un caballo?

—Es un caballo con las dos patitas de delante levantadas y la cabeza alta. ¿Ves ahí las patas y el cuello?

—Es verdad, ahora lo veo…

—Esa de ahí es Leo, con forma de león, y esa es Taurus. ¿Ves la cabeza del toro con los dos cuernos?

—Sí, lo veo. —Martina seguía embelesada las explicaciones de Ana.

—Esta es la constelación de Orión. Es una de las más grandes y más conocidas. Es mi favorita porque en ella se encuentra la nebulosa Cabeza de Caballo, la llaman así porque se parece a un caballito de mar gigante, como los que vimos en el acuario, ¿lo recuerdas? Lo he pintado de diferente color para que lo reconozcas.

—¡Qué bonito es el caballito!

—Este grupo de nubes y gases está iluminado por una estrella cercana que le da un brillo especial. ¿Ves esa estrella que está ahí a su lado y que brilla tanto?

—Es la estrella que más brilla y la más bonita de todas.

—Esa estrella es tu mamá, la más bonita del cielo.

—Mi mamá es la estrella que más brilla y la más buena del mundo.

—También la más buena…

—Es la más buena porque te ha traído hasta mí para que estés siempre a mi lado y me cuides. —Martina se acercó a la mejilla de Ana y la besó con dulzura—. ¿Verdad, Anabel? ¿Estarás siempre conmigo? Mi mamá lo dijo en la carta que te escribió.

—Claro que sí, cariño —afirmó Ana, notando como las lágrimas caían humedeciendo sus mejillas—. Siempre estaremos juntas y seremos muy buenas amigas.

—Anabel y… —La niña dudó por unos segundos—. ¿Tú no podrías ser mi mamá? —suplicó, mirándola con sus grandes ojos azules.

—Martina, tú ya tienes una mamá. —Era tal el amor que Ana sentía por esa niña que tras oír sus palabras la presión en el pecho la impedía respirar con normalidad.

—Pero no está aquí y tú eres su *amiga melliza*, podrías ser tú mi mamá.

—Martina, no es tan sencillo como parece... —La barbilla de Ana empezó a temblar—. Yo estaré contigo siempre y podemos hacer juntas cosas que hacen las mamás con sus hijas. Es casi lo mismo.

—De acuerdo... —Martina volvió a mirar al póster resignada.

—Me tendría que ir ya —dijo Ana, mirando su reloj, se acercaba la hora de que Lucas saliera del trabajo.

—Anabel, ¿por qué no esperas a que llegue mi papá? Últimamente está muy triste y cuando está contigo se ríe mucho, también cuando te escribía mientras yo me bañaba ¿Por qué ya no le escribes cosas divertidas? Por favor, haz que se ría otra vez.

—Es que ya no recuerdo ningún chiste más, se me han acabado todos... Yo, últimamente, estoy muy ocupada con el trabajo y... Tengo que irme ya, Martina, tengo cosas que hacer... —A Ana le dolía inventar excusas.

—Yo no quiero que te vayas... —La niña empezó a gimotear.

—Martina, mi vida, por favor —suplicó Ana, mientras le besaba el pelo—, no me lo hagas más difícil. Otro día me quedaré más rato, de verdad.

—¿Y me bañarás y me peinarás?

—Lo haré, pero otro día, hoy no puedo... —Ana apenas podía acabar la frase, sentía como los pedazos de su corazón se perdían entre los pulmones.

—Vale. —Martina volvió a mirar al póster con tristeza en los ojos.

—A ver ese dedito del pie, yo llevo el calcetín roto, ¿y tú? —Ana se retiró un zapato para mostrarle el pulgar asomando entre el calcetín y sonrió viendo como los ojos de Martina le devolvían la sonrisa.

—Sí… —La pequeña se sacó el zapato excitada y ambas rieron, mientras rozaban sus dedos en forma de saludo.

Después de despedirse de Martina y con un terrible dolor en el pecho, Ana se dirigió a la cocina, donde Helena preparaba algo para cenar.

—¿Qué te pasa? Estás pálida…

—Tía. —Ana ya no pudo contener más el llanto—. No sé qué me pasa pero desde que recibí la carta de Mónica, no soy capaz de controlar las lágrimas…

—¿Qué te ha dicho Martina? —Helena ya imaginaba que la niña la habría emocionado, Martina se había hecho una experta.

—Me ha pedido que sea su mamá y se pone tan triste cuando le digo que me tengo que ir, que me cuesta horrores separarme de ella.

—Ana, es normal, eres lo más parecido a una madre para ella. —Dejando a un lado la verdura que estaba limpiando, Helena tomó un paño para secar sus manos y se situó frente a su sobrina para mirarla a los ojos—. ¿Qué pasa entre Lucas y tú que os estáis evitando? Él ya no está enfadado contigo.

—Nada, tía. Llegamos a ese acuerdo y lo mejor es continuar así. Dejémoslo como está.

—Ya estás de nuevo con tus miedos, Ana, que te conozco. Solo hay que ver vuestras caras, la expresión de vuestros ojos. Lo estáis pasando mal los dos y no me digas que no, que soy mucho mayor que tú y sé de lo que hablo.

—No es para tanto. Gracias, Helena, ya sé que te preocupas por mí, pero tranquila, estaré bien.

—Niña cabezota…

—Tendré cincuenta años y me lo seguirás diciendo —afirmó, sonriendo.

—Me temo que sí… —Helena la miró con cara de resignación.

Apenas media hora después de que Ana saliera del apartamento, Lucas entró por la puerta. Martina salió corriendo en su busca y lo arrastró hasta su habitación, no sin antes pedirle que cerrara los ojos. Y al igual que Ana hiciera con ella, apagó la luz y cuando estuvo tumbado a su lado le pidió que los abriera de nuevo. Lucas quedó impresionado, admirando la obra de Ana.

—Sabía que te había hecho un dibujo pero para nada imaginaba algo así.

—Es bonito ¿verdad, papá?

—Precioso.

—Son estrellas y conste… conste…

—Constelaciones. —A pesar de lo triste que había estado esa semana, su hija siempre era capaz de provocarle una sonrisa.

—Mira esa tiene forma de caballo y esa de toro. No me acuerdo de los nombres pero ya le pediré a Anabel que me los recuerde. Esta de aquí es su favorita, es una de las más grandes y le gusta porque dentro tiene un caballito de mar. ¿Lo ves ahí pintado de diferente color?

Lucas asintió, recordando la historia que Ana le explicó en el acuario sobre su padre y su afición por el fondo marino.

—Y esa estrella, la más bonita y la que más brilla, es mamá. Anabel dice que es la estrella más bonita del cielo.

—Y Anabel tiene razón. Si tu mamá es una estrella, sin duda que es la más bonita del universo.

Durante unos minutos los dos permanecieron callados. Lucas intentaba tragarse la emoción, mientras contemplaba el póster. Ana continuaba con su afán de no dejar de sorprenderlo con todo lo que hacía o decía, sobre todo, con las atenciones hacia su hija. Todos los pequeños detalles, todas las muestras de afecto, todas las palabras afectuosas sobre su madre, sus conocimientos, sus historias, sus dibujos… todo lo que era capaz de ofrecer a Martina se lo regalaba de la forma más extraordinaria y fascinante. Y mientras el rostro de Ana ocupaba su mente, pudo percibir su olor en la almohada. Lo inspiró profundamente y se recostó de lado.

—Martina, ¿Anabel estuvo aquí hace poco?

—Estuvimos aquí tumbadas antes de que tú llegaras.

Lucas, con los ojos cerrados, continuó inspirando con fuerza, intentado impregnar su nariz, su cerebro, su rostro y su cuerpo con la fragancia de ella. Incluso pensó en cambiarle a Martina la almohada para dormir esa noche. Sí, definitivamente, lo haría en cuanto su hija estuviera dormida.

Después de ducharse, se acercó a la cocina donde Helena aún preparaba la cena.

—¿Tienes algo que hacer esta noche? —le preguntó, sorprendiéndola.

—No, Lucas, ¿por qué?

—Quédate a cenar, por favor. Me iría muy bien un rato de conversación como hacíamos en verano.

—De acuerdo, a mí también me apetece. La verdad es que lo echaba de menos.

Y como hicieran tantas noches meses atrás, después de recoger juntos la mesa y limpiar la cocina, se calentaron un té y se sentaron en el sofá para conversar. En apenas treinta minutos ya habían hablado de Alberto y Sandra, de lo bien que Martina se había recuperado, del libro que cada uno estaba leyendo y de lo que Lucas tenía que comprar en el supermercado al día siguiente. Y, aprovechando unos minutos de silencio, Helena decidió embestir al toro, no perdía nada por intentarlo.

—¿Qué tal con aquella chica misteriosa que no te quitabas de la cabeza? ¿La has vuelto a ver?

—Helena, Helena… —Lucas la miró con una sonrisa cómplice—. Ya sabes quién era esa chica.

—Y, entonces, dime, este mensaje que escribiste para Martina —le dijo, mostrándole la pantalla del móvil con el mensaje que unos meses atrás Lucas escribió en el bar de los chupitos, después de que Ana cayera al suelo—, ¿lo recuerdas? ¿Esa *amiga melliza* que habías encontrado, era Ana?

—Sí… —Lucas no pudo evitar soltar una carcajada—. Para mí, entonces, no era más que la mujer misteriosa del aeropuerto o la chica de los calcetines rotos y aquella noche, también fue la mujer fascinante que me encontré al otro lado de la barra, atractiva y seductora, pero cuando cayó al suelo y la vi allí tirada, más guapa que nunca, le saqué la bota, comprobé que llevaba otra vez el calcetín roto y me dijo "cuando un calcetín se rompe, un dedo se libera" comprendí que ella era la

amiga melliza que Martina quería que yo encontrara. Luego pensé que era solo atracción física, hasta que conocí a Anabel.
—La expresión de Lucas se entristeció.

—¿Y ya no te gusta Anabel?

—¡Claro que me gusta Anabel, estoy loco por ella! Me he enamorado y no sé qué puedo hacer. Siento que debo dejarla ir para no perderla, pero es que no puedo soportar estar lejos de ella y tengo miedo de que esa distancia, al final, nos aleje y acabemos siendo dos cuñados que simplemente comparten la custodia de una niña.

—¿Por qué no hablas con ella?

—Ya sabes como es tu sobrina, si se lo digo, se asustará. El cariño que siente por Martina ya le está resultando abrumador, si además entro yo en juego acabará agobiándose. Tampoco estoy seguro de sus sentimientos, creo que solo me ve como al marido de Mónica.

—Lucas, tú ya estás dentro de ese tormento de emociones que Ana está sufriendo, si no fuera así, no te estaría evitando. Si está asustada es porque siente algo por ti y dejándola ir ella seguirá huyendo. Yo creo que hay que tomar al toro por los cuernos. Esta chica tiene que darse cuenta de que no puede seguir viviendo sin vosotros, os necesita y admitiéndolo no tendrá más remedio que aceptarlo y dejar de huir.

—No sé, Helena, tengo miedo de estropearlo.

—Piénsalo, Lucas, aprovecha cualquier ocasión para acercarte, busca el momento oportuno, haz lo que sea pero haz algo y no tardes demasiado. —Helena posó su mano sobre la de Lucas—. Me da mucha pena veros a los dos así, tan tristes y tan resignados.

—Lo pensaré.

—El viernes próximo inauguramos *Diseños Martina*. Habrá una fiesta por la tarde en el local. Supongo que mi sobrina no te invitará, pero como soy su socia no podrá negarse si le digo que yo quiero que vayas.

—No, Helena, no. Si ella no quiere que vaya, no iré. Te lo agradezco, de verdad, pero es mejor así. No la hagamos enfadar.

—Niña cabezota...

Desde que Lucas tiró aquella pared de la cocina, el marco que quedó en su lugar se había convertido en el rincón favorito de Ana. Casi cada noche se sentaba en el suelo, apoyada en el marco, tomando un té. Se había preguntado muchas veces si aquel rincón era tan especial para ella por ser una esquina de su estancia favorita de la casa o porque le recordaba a él. Aquella noche, allí sentada de nuevo, recordó como Lucas la abrazó en el hospital para calmar su llanto, como se estremeció con el calor que él desprendía, como notó el latir de su corazón cuando apoyó su cabeza en su pecho y como huyó despavorida de esas sensaciones, como una estúpida cobarde. Debía olvidarlo, debía desprenderse de él, ella no era una mujer que buscara compromisos, no era una mujer familiar, no era la mujer adecuada para él... Pero ¿seguía ella siendo esa mujer independiente enemiga de los compromisos y las emociones?

Dando un sorbo a su té, miró a su alrededor. Había conseguido un hogar perfecto, su cocina de ensueño, un comedor acogedor, una casa amplia con un bonito jardín, pero ¿de qué servía todo eso si no tenía con quién compartirlo? Hasta entonces Ana siempre había disfrutado de su soledad, su carácter perfeccionista, disciplinario y exigente no era compatible con la vida en pareja. Aquella Ana de entonces nunca se hubiese sentado en el suelo a tomar un té, no lloraba, no tenía la nevera llena de dibujos infantiles sujetados con imanes de colores y no echaba de menos los abrazos. Ya no era la misma persona de antes y no sabía qué debía hacer. Cuando las decisiones importantes en la vida cotidiana solo necesitan la intervención del cerebro, todo parece fácil: primero debes saber dónde está el problema, analizar pros y contras y finalmente decidir, rápido, fácil y seguro. Pero cuando las decisiones realmente importantes de la vida deben ser tomadas con el corazón, todo se complica. Y allí estaba Ana, sentada en el suelo, con la cabeza apoyada en el marco, con lágrimas en los ojos, sola, muy sola e incapaz de tomar una decisión con un corazón destrozado.

Al igual que otras veces, debía contactar con Lucas para acordar como repartir el tiempo de Martina, pero no tenía fuerzas. Escribirle con palabras frías y escuetas era para ella como si lo tuviera enfrente y le evitara la mirada. Volvió a recordar las palabras de Lucas en el hospital: "Me apartaré hasta el punto de desaparecer para ti... desaparecer para ti... desaparecer para ti...". Aquella frase que ella misma había provocado golpeaba en su cabeza una y otra vez.

Mirando fijamente la pantalla de su móvil, comenzó a escribir.

"Lucas, como mañana Sandra se traslada a casa de Alberto y me han dicho que tú los ayudarás, he pensado que si a ti te parece bien, me podría quedar con Martina durante el día. Yo iré el domingo a ayudar a Sandra".

Él acababa de acostar a Martina. Había conseguido cambiarle la almohada sin que la niña se diera cuenta y estaba colocándola en su cama cuando sonó el móvil. Al ver que el mensaje era de Ana, se sentó nervioso sobre el colchón con la almohada sobre sus piernas y se dispuso a responder.

"Me parece buena idea. Martina se hubiese acabado aburriendo. Le pediré a Alberto que te la acerque. Yo he quedado con ellos a las diez de la mañana ¿A qué hora te va bien a ti? ¿Y a qué hora la recogemos?".

"Traedla cuando os vaya bien, yo estaré aquí esperando, no hay problema. Y cuando hayáis acabado me avisas y la tengo preparada para que la vengáis a buscar".

"Está bien. Yo te aviso. Ana, gracias por el póster, es precioso. Martina está encantada aunque le cuesta decir la palabra *constelaciones*".

"No es una palabra fácil. Me alegro de que te gustara. Ya que lo mencionas, mira las sujeciones, por favor, no estoy segura de que quedara bien fijado".

"No te preocupes, lo aseguraré mejor".

"Buenas noches, Lucas".

"Buenas noches, Ana".

Ana y Martina pasaron el sábado juntas. Pasearon por el parque, pintaron en la pizarra gigante, compraron en el supermercado cogidas de la mano, durmieron la siesta abrazadas y merendaron crepes.

El domingo, Ana llegó temprano al apartamento de Alberto y después de desayunar los tres juntos, las dos amigas empezaron a colocar ropa y algunos libros de Sandra en la que ahora sería la habitación de la pareja.

—Sandra, ¿estás segura de lo que sientes por Alberto? Quiero decir, hace ya unas semanas que estáis juntos, al principio todo parece maravilloso, pero la convivencia no es fácil y surgen los roces.

—¿Quieres saber si sigo enamorada de él y si todavía estoy segura de seguir adelante?

—Exacto.

—Ana. —Sandra se sentó junto a ella en el borde de la cama—. Estoy segura de que lo quiero y de que aún estoy enamorada de él y cada día un poco más. Para mí esto es nuevo, me conoces, siempre he dudado de los hombres y últimamente solo me han interesado para el sexo y para nada más, pero con Alberto todo es distinto. Con él soy yo misma, no me importa lo que piense de mí porque sé que él quiere que yo sea tal y como soy. No puedo estar cerca de él sin tocarlo, sin besarlo, es como una de esas medicinas que te crean adicción, ya no puedes dejar de tomarlas. Yo me siento así, ya no puedo estar sin él y creo que él tampoco puede estar sin mí.

—¿Y no te da miedo esa dependencia? Ya sabes, si se acabara puede hacerte mucho daño.

—Lo sé, pero ya no puedo hacer nada para evitarlo, ya no puedo dar marcha atrás, ya es demasiado tarde y prefiero no pensar en ello. Ahora lo único que deseo es disfrutar de este momento, seguir adelante con él, alimentar nuestro amor para que no se acabe y espero que en pocos años podamos tener unos hijos maravillosos que nos unan aún más, si cabe.

—Parece que tienes ya muy claro quién quieres que sea el padre de tus cinco hijos.

—Bueno, aún no lo hemos hablado, pero sí, quiero que sea él, sin duda alguna, quiero que se parezcan a él y que los criemos juntos.

—Me alegro mucho, Sandra, por los dos. Sois maravillosos y lo merecéis —dijo Ana emocionada, mientras abrazaba a su amiga.

—¿Y a qué se deben tantas preguntas? —Sandra le sujetó los brazos y la miró fijamente a los ojos.

—Solo es curiosidad.

—Estás dudando sobre lo que sientes por Lucas y tienes miedo, ¿verdad?

—Sandra, déjalo estar. Lo único que ha habido entre nosotros ha sido sexo. —Ana se levantó de la cama, rehuyendo de la mirada de su amiga.

—Yo diría que ha habido algo más, ¿no? ¿Y esas confidencias? ¿Y esas largas conversaciones?

—Aquello era amistad que surgió por Mónica, porque los dos...

—Ana, déjate de tonterías ya —la interrumpió Sandra enfadada—. Tal vez tú no lo sepas, tal vez Lucas tampoco lo sepa aún, pero entre vosotros hay algo más que sexo y amistad.

—Sandra, verás, volvimos a hacerlo...

—¿A hacer el qué?

—Solo sexo, volvió a suceder y créeme, para Lucas solo fue eso, sexo, lo sé... Cuando ve en mí a Ana, la chica del aeropuerto, se siente atraído, es físico, no podemos evitarlo, pero cuando soy Anabel, ya no me mira de la misma manera.

—¿Y tú quién quieres ser para él?

—No lo sé, Sandra, no lo sé, estoy muy confundida.

—Mira, Ana, no sé qué pasa por la cabeza de Lucas, ayer estuvo todo el día con nosotros y evitó hablar de ti. Le insistimos pero él únicamente nos dijo que habíais llegado a un acuerdo y que lo iba a respetar. Pero, Ana, he comprobado como te mira, como repasa cada centímetro de tu cara, de la cara de Anabel, eso no solo es amistad y tampoco atracción física, es algo más.

—Por favor, olvidemos el tema.

—Solo déjame añadir algo más: tienes que permitir que Lucas descubra lo que siente y te lo haga saber. Si no, siempre tendrás dudas y estarás confundida. Y si no lo ves, si lo evitas, nunca lo sabrás y acabarás arrepintiéndote. Él conocerá a alguien que terminará quedándose con él y con Martina. Habrás perdido lo que más quieres, sin ni tan siquiera haberlo disfrutado, porque ahora tienes a Martina, pero no estás completa, te falta algo y no me digas que no, que te conozco.

—Sandra…

—Y, Ana, tienes que abandonar ya esa máscara que te pusiste hace años. Tú me dijiste que me dejara llevar con Alberto, haz tú lo mismo, hazlo antes de que sea demasiado tarde.

—Sandra, no quiero seguir hablando de eso…

El lunes, Martina se reincorporaba a la escuela bastante desganada. Lucas no dejó de pensar en ella durante todo el día, preocupado por como se adaptaría de nuevo después de una semana de mimos por parte de todos y, principalmente, con miedo del trato que pudiera recibir de Sonia. Cuando fue a recogerla por la tarde pudo comprobar más tranquilo que salía sonriente y se despedía de Sonia con un saludo cariñoso.

"Bueno, primer día superado", se dijo más calmado.

Aquella, tarde después de merendar juntos, pasearon por el parque donde se conocieron las niñas de la historia. No había vuelto a estar allí desde que fue con Ana. Después de bañar y cenar, los dos tumbados en la cama de la niña, contemplaron el cielo estrellado de Ana, con las luces apagadas y en silencio.

—Papá, ¿sabes cómo se llaman las constela… constelaciones?

—Pues, no, pero… espera un momento… creo que tengo un libro donde aparecen las más importantes.

Cuando Lucas regresó con el libro, los dos intentaron identificarlas. Con la ayuda de su padre, Martina logró recordar las constelaciones que Ana le había enseñado.

—¿Y la que más le gusta a Anabel? ¿Cómo se llama? Dijo que era una de las más grandes.

—Parece que sea Orión.

—Sí, papá, se llama así. Y tiene dentro unas nubes con forma de caballito de mar.

—Aquí lo pone, se llama nebulosa Cabeza de Caballo.

—Ya me acuerdo, Anabel me explicó que esa estrella iluminaba las nubes y por eso tiene ese color tan bonito. Y la estrella que le da luz al caballito de mar es la de mamá.

El rostro de Lucas se iluminó como si la luz de la estrella también le otorgara un brillo especial y empezó a reír.

—¿Qué pasa, papá?

—Tu mamá me acaba de dar una gran idea.

—¿Mi mamá?

—Digamos que la estrella de mamá también me ha iluminado a mí y se me ha ocurrido algo que nos ayudará. Ya te lo contaré. Ahora no puedo. Y mañana, ¿sabes qué vamos a hacer?

—¿Qué? ¿Adónde vamos a ir?

—A ningún sitio, vamos a ver juntos un álbum de fotos que mamá preparó para ti y seguro que nos gustará mucho. Es una sorpresa, yo no lo he abierto aún y no sé qué nos preparó.

—¡Bien! —Martina sonrió emocionada, todo lo que aprendía de su madre era fascinante, sobre todo desde que había conocido a Anabel.

El viernes después de almorzar, Ana colocaba en las mesas los canapés y las bebidas para la fiesta de inauguración. Carla y ella habían adornado el local con guirnaldas y un grupo de globos especialmente pensados para entretener a Martina y a Roberto, el hijo de cuatro años de Carla. Sandra no tardó en llegar con Martina. El día anterior Ana advirtió a Lucas que ese día sería Sandra la que recogería a la niña de la escuela.

Durante la semana se habían escrito unas tres veces para comentar sobre como Martina había vuelto a las clases y como habían visto la relación de la niña con su tutora. Aunque los mensajes fueron escuetos e impersonales, durante la última conversación Ana se había visto tentada a invitar a Lucas a la inauguración, pero no tuvo el valor suficiente, repitiéndose a sí misma, una vez más, que debían continuar evitándose.

Un par de horas más tarde, Alberto llegó acompañado de Helena y el resto del equipo de trabajo de Ana; Raúl y Pedro. Ellos se incorporarían a la empresa el lunes siguiente, junto con Sandra. Por fin, *Diseños Martina* arrancaría al cien por cien y con seis encargos en firme; el trabajo de varios meses estaba asegurado. El local ya estaba acondicionado para los cinco. Ana no quiso colocar mamparas ni despachos cerrados, prefería compartir un espacio abierto, donde todos pudieran trabajar en equipo. Su mesa estaba algo más apartada, cerca de una más amplia que utilizarían para las reuniones con clientes.

Cuando todos brindaban animados con cava y comían canapés, ella sentada en su silla, miraba con expresión triste como Martina y Roberto jugaban con los globos. Alberto y Helena, que no dejaron de observarla durante toda tarde, se buscaron con la mirada.

—¿Se lo damos ya? ¿A qué hora nos dijo Lucas? —preguntó Helena.

—Dijo que le diéramos el primer paquete a las seis y media. El segundo llegará poco después. Esperemos que no se retrasen.

—Pues ya solo faltan pocos minutos.

—¿Estás tan nerviosa como yo? —Alberto estaba intrigadísimo por conocer qué se llevaba su hermano entre manos.

—Sí, esperemos que funcione.

—Avisa a Martina y que empiece el juego.

Mientras Ana continuaba con la mirada perdida, Martina se acercó a ella y colocando un paquete encima de la mesa, la besó en la mejilla.

—Anabel, este es un regalito para ti. —Al notar su tristeza, acarició una de sus manos mientras la miraba con dulzura—. Lo he hecho yo, con la ayuda de mi papá. Es para que lo tengas aquí y te acuerdes de mí mientras trabajas.

—Cariño... —Ana sorprendida empezó a emocionarse, otra vez...—. Estoy impaciente por abrirlo...

—Pues ábrelo ya...

Ana, impresionada por el detalle y las palabras de Martina, rompió nerviosa el papel, mientras comprobaba como Helena y Alberto las observaban a poca distancia. Sus ojos empezaron a humedecerse cuando vio el regalo. Se trataba de un marco de fotos de madera que había sido envuelto con lana de diferentes colores dándole un aspecto original y divertido. La foto del marco era la que Sandra le hizo a Martina y a ella sonrientes con la cara llena de chocolate. Debajo de la foto y dentro del mismo marco, sobre un papel beige, había una frase escrita por

Martina y Ana las leyó en voz alta, atragantándose por la emoción.

—Nunca dejes de sonreír. —Emocionada, tomó a la niña en brazos, la sentó sobre sus piernas y la abrazó con fuerza—. Muchas gracias, mi Ángel de la Guarda. Cada vez que mire la foto sonreiré, pensando en ti.

Helena, Alberto y Sandra contemplaron conmovidos la imagen. La dulzura de Martina y el cariño que la dos se procesaban era capaz de derretir un iceberg.

Mientras Ana y Martina se abrazaban y sonreían al recordar el momento de la foto, un mensajero entró en el local. Llevaba una carretilla con dos cajas, una algo más grande que la otra. Alberto enseguida fue a atenderlo y le dio indicaciones de dónde debía colocar el contenido del paquete, sin que Ana reparara en su presencia. Una vez el chico acabó con el montaje y se marchó, Alberto se acercó a Ana.

—Ana, ha llegado algo para ti. Tienes que venir a verlo.

Ana no entendía nada, seguía emocionada por el regalo de Martina y no era capaz de imaginar de qué podría tratarse. Alberto andaba delante de ella hasta que paró en seco y se dio media vuelta.

—Toma, abre este paquete, pero con mucho cuidado —la advirtió él entregándole un paquete.

—Alberto, ¿esto qué es? Pesa mucho.

—La verdad es que no lo tengo muy claro, pero sé que debes abrirlo con cuidado.

El paquete no era muy grande y pesaba bastante. Enseguida pudo adivinar que dentro de esa caja habría un recipiente con agua. Cada vez estaba más confundida. Con el cuidado que Alberto le pidió, Ana rompió el papel de uno de los costados y cuando intuyó que algo se movía dentro del recipiente sus manos empezaron a temblar, temiendo que el paquete le resbalara. Alberto, que la vio agitada, enseguida ayudó a sujetarlo. Se trataba de un tarro de cristal lleno de agua y dentro de él nadaba un precioso caballito de mar, un "Cola de Tigre", el que fuera el favorito de su padre y de ella. Era amarillo y tenía unas rayas negras en la cola. Las lágrimas empezaron a correr por las mejillas de Ana y su sonrisa crecía cada vez más.

—¡Madre mía, madre mía, esto no puede ser verdad, es increíble! —exclamó entre llantos y risas.

—Y ahora debes hacer tú los honores. —Alberto se apartó para que Ana viera el pequeño acuario que acababan de instalar.

—Pero ¿esto ya estaba ahí? —Ana rió tontamente, nerviosa y muy sorprendida—. ¿Quién lo ha traído? ¿Y cuándo?

—Justo ahora, estabas con la niña y no te has dado ni cuenta. —Alberto rió también, contagiado por la emoción del momento—. Ya puedes echar ahí a tu caballito.

—Martina, ven... —Ana cogió una silla para que Martina pudiera subir en ella y las dos, a la misma altura, sujetaron el tarro y tiraron el agua con el caballito dentro del acuario—. Tendremos que ponerle un nombre...

—Anabel, ¿qué te parece si lo llamamos Orión? Como la conste... conste...

—Constelación... —Ana soltó una carcajada divertida, mientras besaba a Martina.

—Eso, como la constelación donde está la nube con forma de caballito de mar.

—Orión es un nombre precioso y muy apropiado. Vaya, Martina, sí que recuerdas bien lo que te expliqué aquella tarde.

—Es que mi papá tiene un libro sobre las constelaciones y todas las noches las repasamos, por eso me acuerdo.

Ana buscó a Alberto y clavó su mirada en él. Con el corazón latiendo a mil por hora y los ojos ahogados por la emoción, apenas pudo pronunciar unas palabras.

—¿Ha sido él? ¿Ha... ha sido Lucas?

Cuando Alberto asintió con la cabeza, Ana tuvo que buscar asiento, las piernas le temblaban.

"¿Todo eso lo ha preparado para mí? Recordaba lo que le expliqué en el acuario. ¿Cómo ha conseguido ese ejemplar? Madre mía, es para mí...".

—Ana, toma, el paquete iba acompañado de una nota. —Alberto le entregó un sobre blanco que llevaba escrito su nombre.

Ella apenas era capaz de mover los dedos, los tenía agarrotados por los nervios. Dentro del sobre había un trozo de papel escrito. Al comprobar que Alberto, Helena y Sandra se acercaban curiosos, Ana les leyó en voz alta, mirándoles sonriente.

—No olvides ningún sueño, todos se pueden llegar a cumplir. Enhorabuena, te mereces lo mejor. Lucas.

Conmovida por las palabras, Ana permaneció unos segundos callada, sin dejar de leer una y otra vez la nota. Al comprobar que los demás la observaban esperando alguna aclaración empezó a explicar.

—Cuando fuimos al acuario con Martina, le expliqué a Lucas que ese caballito de mar era el favorito de mi padre y mío. A mi padre le apasionaban los peces y el fondo marino, la fotografía subacuática era su devoción. Le dije a Lucas que yo siempre había querido tener un acuario y sobre todo este caballito de mar. Pero son difíciles de encontrar y me acabé olvidando de mi deseo, de este sueño, del sueño que él acaba de hacer realidad.

—Ana, qué bonito. —Para asombro de todos, Sandra habló emocionada y con los ojos llorosos.

—Vaya, vaya, hasta la pelirroja se está emocionando. —Alberto la sujetó cariñoso por la cintura, acercándola a él y besándola con dulzura.

—Calla, tonto.

Pocos minutos después, mientras todos volvían a agruparse en corrillos, hablando, riendo y brindando por la nueva empresa, Ana continuaba sumida en sus pensamientos. Lo que Lucas había hecho por ella era increíble, por fin tenía el acuario y el caballito de mar que siempre había deseado, pero no podía evitar sentir tristeza. Miró a su alrededor. Las personas que tanto amaba y que habían apostado por ella estaban allí, a pesar de haberles tratado mal, de engañarles, de ser dura con ellos, de sus gritos y de sus impertinencias. A pesar de todo, Ana se sentía querida.

Acariciando el marco que Martina le había regalado, recordaba momentos divertidos con ella. Pensó en como aún le latía el corazón a mil por hora cada vez que la veía aparecer en la puerta del colegio y como aún se le erizaba el vello de los brazos cuando notaba el calor de la pequeña mano de Martina buscando la suya.

Alberto, que la observaba en la distancia, se acercó y se agachó para estar a su altura.

—Ana, has hecho realidad tu sueño de crear tu propia empresa, hoy debería ser un día muy importante para ti. Sin embargo, se te ve apenada y distraída.

—No lo puedo evitar.

—Ana, ¿recuerdas cuándo me propusieron ser socio del bufete y yo no estaba contento porque Sandra me había dejado?

—Lo recuerdo.

—Me dijiste: "Invita a cenar a tu sobrina y a tu hermano y comparte con ellos esta noticia. Necesitas gente querida a tu alrededor y cuando lo celebres te alegrarás igual que lo harán ellos". ¿Por qué no te aplicas el consejo?

—Pero si ya estoy rodeada de la gente que quiero... —Ana extendió los brazos para señalar a los demás.

—¿De todos? ¿No te falta nadie? —le preguntó Alberto, levantando una ceja.

—Sí, me falta alguien —asintió, bajando la mirada—. Es que, no sé, Alberto, no sé qué hacer.

—Lucas ha preparado todo esto porque le importas mucho y así te lo ha querido demostrar. Habla con él, dale, al menos, esa oportunidad. Te echa de menos.

—Y yo a él —afirmó con una tímida sonrisa.

—Entonces, ¿a qué esperas?

—Está bien, lo haré.

Con el corazón latiendo de forma desenfrenada y las manos temblorosas, tomó su móvil y empezó a escribir.

"Lucas, no sé qué palabras utilizar para agradecerte lo que has hecho por mí, ninguna podrá describir lo que yo siento en este momento. Muchas gracias por ayudar a Martina con el marco y mil gracias por el caballito de mar; por cierto, se llama Orión, idea de tu hija".

Lucas creía que acabaría sin uñas aquella tarde, se las mordía como nunca lo había hecho antes. Estaba angustioso, esperando sentado en el sofá, con el móvil en la mano, deseando que la pantalla se iluminara. Cuando por fin llegó el mensaje de Ana, lo leyó nervioso.

"Me alegro de que te haya gustado. Martina y yo lo pasamos muy bien decorando el marco. Me sorprendió la de ideas que se pueden encontrar por Internet. Y sobre el caballito de mar, sabía que te haría feliz y no pude resistirme. ¿Cómo va la fiesta? ¿Estás contenta?".

"En parte sí, pero estoy echando mucho de menos a cuatro personas que no están aquí conmigo. Tres de ellas, por desgracia, no pueden estar, pero las llevo en mi corazón y a la cuarta no la invité porque no tuve suficiente coraje para hacerlo. Espero que me perdone algún día".

"Seguro que ya lo ha hecho".

"Eso espero, porque hasta que no lo celebre con esa persona no podré disfrutar de este momento. Y tú, ¿cómo estás?".

"Pues no muy bien. Echo de menos a mi psicóloga. Creo que está fuera del país, en un congreso o algo así. Tengo muchas cosas que contarle".

"Ha estado en un Congreso sobre *Cómo ayudar a un paciente sin acabar peor que él*, pero tienes suerte, vuelve esta tarde. Y, casualmente, tengo aquí su agenda, espera que miro. Sí, tiene un hueco esta noche a las nueve en su casa. ¿Te iría bien?".

Lucas, después de reír divertido por sus ocurrencias, se quedó paralizado al leer la invitación. Echaba mucho de menos a Ana y deseaba volver a verla, pero ¿estaba preparado ya para declararle sus sentimientos? O peor, ¿cuál iba a ser la reacción de Ana? Debía meditar cómo y cuándo, pero iba a encontrarse con ella esa noche y nadie lo podía impedir.

"Pues me encantaría, pero tengo a los canguros fuera y ahora mismo no sé si puedo confirmar la hora".

Ana, sonriente y temblando, llamó a Sandra y Alberto, que aunque estaban hablando con Helena y Carla, no le quitaban ojo a Ana.

—Alberto, Sandra, ¿os podríais quedar esta noche con Martina, por favor?

—Por supuesto que sí —los dos respondieron a la vez, sonrientes y emocionados.

"Ya he solucionado lo de los canguros. ¿A las nueve en mi casa? No soy una gran *chef*, pero cocinaré algo para cenar. Tú consigues hablar con tu psicóloga y yo celebro la inauguración de la empresa con la persona que me falta".

"Yo me encargo del vino".

Cuando levantó la mirada se los encontró a todos observándola con una sonrisa en los labios.

—Bueno, chicos, ¿vamos recogiendo ya? Tengo poco tiempo y mucho que hacer.

—Ana, tú vete ya, que nosotros lo limpiaremos todo —Carla se ofreció.

—Gracias, Carla.

—Ana, ven. —Sandra tiró de su brazo y la apartó del resto—. No se te ocurra dejarlo escapar esta noche y no tengáis prisa mañana en ir a recoger a Martina.

—Sandra, que solamente vamos a hablar. No te aceleres.

—Ya. Tú recuerda que nosotros no tenemos prisa.

—Siempre estás pensando en lo mismo.

—Sabré yo lo que digo... —susurró Sandra con una risita en los labios.

Dejando a un lado a su amiga, Ana fue en busca de Martina.

—Cariño, me voy a ir ya, dame un abrazo.

—Anabel, ¿nos veremos mañana?

—Espero que sí...

Capítulo 20
TRES MUJERES EN UNA

En casa de Lucas, Alberto y Sandra, sentados en el sofá, lo seguían con la mirada mientras caminaba de lado a lado, preparando las cosas de Martina, inquieto, y extremadamente nervioso. Su hermano pensó que nunca lo había visto en ese estado.

—¿La bañáis vosotros?

—Sí, no te preocupes —afirmó Alberto.

—El pelo se le enreda mucho. Sandra, ¿la ayudarás a cepillarlo?

—Sí, Lucas, sí... —Sandra sopló, moviendo su flequillo.

—¿Cómo creéis que me tengo que vestir? ¿Me arreglo mucho o no? —preguntó Lucas, parando en seco delante de Sandra.

—¡Madre mía! —Su hermano no salía de su asombro.

—Lucas, la primera vez que estuvisteis... —Sandra le hizo muecas con la cara al comprobar que Martina los estaba escuchando—. ¿Qué llevabas?

—El uniforme.

—¿Y la segunda?

—Una camisa negra, creo, iba más arreglado. —Lucas la miraba sin comprender a donde quería ir a parar.

—Y supongo que cuando fuiste a su casa a ayudarla con la cocina y al acuario irías más informal.

—Iba más cómodo, tejanos y camiseta.

—Pues ponte eso. Estoy segura de que ella quiere ver a ese Lucas.

—Gracias, Sandra, y ese es el Lucas que verá.

—Eso espero, si no te corto los...

—¡Martina! —interrumpió Alberto, levantándose rápidamente, cogiendo a la niña en brazos y llevándola a su habitación—. Vamos a ver tus muñecas, ¿cuál de ellas te vas a llevar a mi apartamento?

Alberto sabía que Sandra estaba preocupada por su amiga y aprovechó el momento para dejarlos a solas y, de paso, evitar que Martina escuchara el final de la frase.

—¿Qué pasa, Sandra? —Lucas se sentó junto a ella y le cogió la mano—. ¿Estás molesta conmigo?

—Lucas, hace varios años que conozco a Ana y siempre supe que había algo que la atormentaba. Su carácter arisco, frío y exasperante solo era una máscara para cubrir su sufrimiento. Yo nunca supe su historia, la ocultó tan bien que, como sabes, ni su tía la conocía. ¿Te imaginas lo que es vivir con esa tensión? Ha sufrido mucho.

—Se culpó por la muerte de sus padres.

—Ana ya no es esa mujer irritante, es la misma que fue antes, mejor incluso que la que yo conocía. Martina la ha cambiado y Ana ha sacado del baúl esos sentimientos que ha tenido que desempolvar. Ahora es como una niña experimentando algo nuevo y está muy sensible y, sobre todo, muy vulnerable. ¿Entiendes lo que quiero decir?

—Tienes miedo de que le haga daño, ¿verdad?

—No merece sufrir más. Por favor, Lucas, ten mucho cuidado.

—Lo tendré, te lo prometo.

Ana colocaba cuidadosamente los cubiertos en la mesa de la cocina. Había decidido que cenarían allí, como a ella más le gustaba y cerca de su rincón favorito. Lucía unos pantalones negros, ceñidos y una sencilla camiseta beige, no quiso arreglarse demasiado. Esa noche había dejado secar su melena al natural y las ondulaciones le caían sobre los hombros. Cocinó una lasaña de carne que acababa de meter en el horno para gratinar y se disponía a preparar una ensalada para acompañarla cuando Lucas llamó a la puerta. Los escasos pasos que recorrió de la cocina hasta la entrada le parecieron eternos, sentía como las piernas le temblaban. Antes de abrir, cerró los ojos, respiró profundamente y, utilizando una de sus técnicas de autocontrol, contó hasta diez.

Cuando la puerta se abrió, Lucas sintió como se estremecía todo su cuerpo. Ana había dejado apoyar su cintura sobre el marco y él no pudo evitar contemplar su figura. No iba muy arreglada pero sus curvas engalanaban su cuerpo como si luciera el más hermoso de los vestidos. La falta de maquillaje en su rostro mostraba su tez sonrosada y las seis encantadoras pecas que adornaban su graciosa nariz jugueteaban divertidas. Y, como no podía ser de otra manera, su parda melena ondulada y sus ojos castaños volvían a chispear destellos dorados. Cada vez que la veía su belleza se superaba y esa noche, sin duda, estaba más guapa que nunca.

—Hola, Lucas —saludó ella casi sin poder vocalizar de los nervios.

—Hola, Ana. —Lucas se acercó a su mejilla para besarla, pero esta vez intentó que el contacto fuera breve. Debía controlarse—. He traído un Ribera del Duero. Espero que te guste.

—Acertaste, son los que más me gustan. —Ana tomó la botella de vino complaciente.

Lucas vestía unos tejanos y una camiseta de algodón gris que le marcaba los hombros. Mientras se adentraba en el salón, Ana le siguió con la mirada, recorriendo su cuerpo de una ojeada y recordando la primera vez que lo vio en el aeropuerto. Aunque la imagen del agente uniformado le excitaba, reconoció feliz que el hombre que acababa de llamar a su puerta era, sin duda alguna, el que tanto había echado de menos durante las últimas semanas.

—El salón ha quedado precioso y ya veo que acabarás como yo, teniendo toda una pared llena de dibujos de Martina. —Lucas sonrió al ver el espacio que Ana había reservado para las cosas de su hija.

—Ya sabes, lo que no consiga la niña... ¿Una cerveza mientras acabamos de preparar o prefieres empezar con el vino?

—Una cerveza estará bien para empezar. ¿Necesitas ayuda? —Lucas la siguió hasta la cocina.

—No, tranquilo, estaba preparando un poco de ensalada. He hecho una lasaña de carne y está gratinándose.

—¡Mmmm! Me encanta la lasaña. ¿Tú quieres otra cerveza? —preguntó él, mientras se acercaba al frigorífico.

—Sí, por favor. Ten cuidado con la puerta de la nevera, debería cambiarla para que se abra hacia el otro sentido.

—Es verdad... —Lucas empezó a abrir y cerrar la puerta buscando el mecanismo—. No parece difícil desmontarla, podría intentar arreglarla.

Ana, que había empezado a cortar una zanahoria en rodajas, dejó a un lado el cuchillo y mientras contemplaba asombrada a Lucas preocupado por el frigorífico, empezó a sonreír y se acercó a él.

—Lucas, deja eso. —Tomó las dos cervezas, se las dejó sobre el mármol junto a un abridor y cerrando la puerta de la nevera, le cogió de la mano—. No has venido para arreglar esta puerta... —Y posó su mano sobre una de las cervezas.

—¿Se nota que estoy nervioso? —Lucas la miró algo avergonzado.

—Yo también lo estoy. Me siento como una adolescente en su primera cita. —Ana sonrió y bajando la mirada con timidez, cogió el cuchillo y la zanahoria.

—Pues entonces... —Acercándose a ella, Lucas le sujetó la mano para que dejara de cortar—. Será mejor que tú también dejes eso, no sea que te cortes. Con la lasaña será suficiente. ¿Nos tomamos la cerveza para tranquilizarnos?

—Será lo mejor.

Mientras tanto, en el apartamento de Alberto, Sandra y Martina, tumbadas en el sofá, miraban la televisión. Habían alquilado una película de Disney en el videoclub y las dos emocionadas contemplaban como el príncipe declaraba su amor a la princesa.

—Chicas, ¿dejáis que me siente? —Alberto intentó hacer espacio en el sofá.

—Ven aquí, rubiales. —Sandra le hizo sitio y Martina dejó apoyada su cabeza sobre las rodillas de su tío—. Estamos en la escena romántica.

Alberto estaba especialmente nervioso esa noche. Llevaba días pensándolo bien, tenía que hablar con Sandra y no sabía como iniciar esa difícil conversación.

—Sandra —susurró para que Martina no le escuchara—, ¿has pensado alguna vez en casarte o eres de las que pasan de bodas?

—¿A qué viene eso? —le preguntó, fijando sus ojos en él.

—Curiosidad, nunca hemos hablado de ese tema y como en la película están hablando de boda, se me ha ocurrido preguntarte.

—Ya.

"Joder, si ya sabía yo que tenía que callarme", se maldijo Alberto.

Estaba decidido a pedirle matrimonio a Sandra pero temía su reacción y enseguida se arrepintió de haber formulado aquella estúpida pregunta. En el fondo él sabía que no iba a querer y lo mejor era no insistir, ni presionarla. En definitiva, lo que a él le importaba era estar con ella, vivir juntos y eso ya lo tenía. ¿Para qué pedir más?

—¿Y tú? —Sandra sorprendió a Alberto con esa pregunta.

—¿Yo? Bueno, yo siempre he pensado que me gustaría una boda muy íntima, en un sitio bonito, una ceremonia civil, sencilla.

—¿Un espacio abierto, con césped, en primavera, unas pocas flores, padres, hermanos y amigos más íntimos?

—Algo así.

En ese preciso instante, la película se acabó. Martina bostezó y se estiró perezosa encima de los dos.

—Martina, ¿te acompaño yo a la cama? —Sandra se levantó del sofá.

—Vale —afirmó la niña—. Buenas noches, tío Alberto.

—Buenas noches, Martina, que tengas dulces sueños.

Las dos se fueron a la habitación que Alberto había preparado hacía tiempo para su sobrina, con una cama individual y un pequeño armario. Sobre la almohada Martina había colocado las muñecas que había decidido llevarse de casa, todas ellas princesas Disney.

—Sandra, ya sé por qué la princesa Disney favorita de tío Alberto es Ariel, la sirenita.

—Dime, ¿por qué?

—Porque tiene el pelo rojo, como tú. Tú eres como su princesa favorita.

—Es verdad, no lo había pensado, pero tienes razón.

—¿Y os casaréis en un barco como hicieron la sirenita y el príncipe?

—Pues, no lo sé, aunque en un barco mejor que no, mi padre se marea. Porque yo me parezco a Ariel pero mi padre no se parece en nada al padre de la Sirenita. —Las dos rieron, mientras Sandra tapaba a Martina con el edredón.

—Yo nunca he ido a una boda.

—Pues yo he ido a muchas de mi padre.

—¿Cuántas mujeres tiene tu padre?

—Ahora solo una, Martina. —Sandra se divertía con la inocencia de la niña—. A veces, hay parejas que dejan de quererse y deciden romper el matrimonio y se separan. Pero luego pueden volver a casarse con otra persona distinta.

—Pero eso no le pasa a las princesas y a los príncipes. Mi tío Alberto no dejaría nunca de quererte, eres su princesa favorita y eso es para siempre.

—Martina, Martina... —suspiró Sandra—. Ojalá sea verdad y dure siempre como tú dices. ¿Sabes? Me encantaría tener una hija como tú, bueno una o dos...

—¿Tío Alberto y tú vais a tener hijos? —A la niña se le abrió una gran sonrisa.

—Él todavía no lo sabe, pero sí, tres o cuatro... Serán tus primos y lo pasaréis muy bien todos juntos.

—¡Tendré primos!

—Pero ahora a dormir. Ya es tarde. Buenas noches, Martina.

—Buenas noches, Ariel.

Sandra apagó la luz de la habitación y dejó la puerta entreabierta mientras sonreía con las ocurrencias de la niña.

Cuando regresó al sofá, se encontró a Alberto alicaído. Sandra conocía ya esa expresión, algo le perturbaba y no era capaz de esconder su preocupación. Alberto era totalmente transparente, para Sandra una de las mejores cualidades que tenía su rubiales. Enseguida dedujo que debía estar incómodo por la conversación que habían mantenido sobre el matrimonio y decidió responder a su pregunta inicial, mientras se sentaba junto a él y tomaba su mano entrelazando sus dedos.

—Mi padre se casó con su segunda mujer cuando yo tenía diez años y desde entonces he ido a cuatro bodas más. En tres de ellas tuve que llevar los anillos y fingir que todo era maravilloso y que me encantaba el horrible vestido rosa que siempre me compraban.

—Ya me lo imaginaba —sonrió Alberto, algo más aliviado—. No sé por qué te he preguntado, ya suponía la respuesta.

—No he respondido aún.

—¿No?

—Es más, acabo de decidir que no te voy a responder a esa pregunta.

—¿Qué quieres decir?

—A esa pregunta no te voy a responder. Te responderé a la pregunta que realmente querías hacer y no hiciste por miedo a la respuesta.

—Sandra, no me enredes, que te conozco…

—Rubiales. —Sandra se sentó sobre las piernas de Alberto y le rodeó el cuello con sus manos—. ¿Me vas a hacer la pregunta ya, sí o no?

—Me estás poniendo muy nervioso…

—Pues acaba ya con esto o ¿crees que yo no estoy nerviosa?

—Está bien. —Alberto tragó saliva, inspiró con fuerza y miró fijamente esos ojos traviesos que le hacían perder la razón—. Pelirroja, ¿te quieres casar conmigo?

—Sí, rubiales, sí quiero.... —respondió ella con convicción y con un brillo especial en la mirada.

—¿En serio? ¿De verdad? —Alberto acercó más el cuerpo de ella al suyo, sujetándola por la cintura. No acababa de creer que fuera a decir que sí, no al menos en aquel momento—. Sandra, ¿no estarás bromeando?

—Alberto, por favor, ¿cómo voy a bromear con algo así?

—Perdona, es que me parece increíble. Te quiero, pelirroja. —Alberto empezó a besarla en la boca, en la cara, en el cuello...

—Y yo te quiero a ti, rubiales.

—Pero no te he comprado anillo. No pensé que quisieras casarte e igualmente, no estaba seguro de que te gustara llevar anillo de compromiso.

—¡Bah! Por eso puedes estar tranquilo, yo paso de anillos...

—¡Qué pena! Porque el otro día vi uno en una joyería que era perfecto para ti. Se trataba de dos aros finos cruzados por la parte de arriba. Pero lo verdaderamente increíble es que uno era dorado y el otro cobrizo como tu pelo. Pensé que éramos tú y yo abrazados, el rubiales y la pelirroja.

—¿Cruzados, dos aros finos de dos colores? —La mirada de Sandra se perdió, imaginando la joya.

—Sencillo, nada ostentoso, pero muy bonito. —Alberto ya no podía contener más la risa—. Una pena que pases de anillos...

—Sí. —La expresión de Sandra empezó a pasar de desilusión a enfado—. ¿Y ahora de qué te ríes?

—De ti. —Alberto besó con dulzura sus labios, mientras sacaba un pequeño sobrecito del bolsillo del pantalón—. Toma, pelirroja.

—¿No será...? —Sandra abrió el sobre y se tapó la boca sorprendida y emocionada—. ¡Alberto, es... es precioso! Pero ¿cómo? Si estabas convencido de que iba a decir que no.

—Igualmente te lo quería regalar. Lo vi en el escaparate y no pude resistirme. Es verdad que prefiero que sea un anillo de compromiso, pero si no nos casamos no me importa, desde que vives conmigo yo ya tengo todo lo que quiero. Aunque no te dejo que te retractes de lo que me has dicho. Nos casaremos sí o sí.

—Mentiroso, ¡cómo me enredas! —exclamó Sandra, mientras miraba el anillo que Alberto ya le había colocado en el dedo—. Me encanta.

—Mírala, la que pasaba de anillos. —Alberto rió socarrón.

—Te vas a enterar tú mañana. Esta noche te libras, que tenemos a Martina, pero mañana vas a suplicarme que pare de castigarte.

—¡Uuuuhh! ¡Qué miedo me das! —Levantándose del sofá, cogió a Sandra a horcajadas, sujetándola por las nalgas, y sin parar de besar su cuello empezó a caminar hacia el dormitorio—. ¿Y si me castigas un poco esta noche, por adelantado y en silencio?

Mientras Ana cortaba la lasaña para servirla en los platos, se escuchó el timbre del móvil de Lucas desde el salón.

—Seguro que es un mensaje de mi hermano —dijo él, mientras iba a buscar el teléfono.

—¿Y si le pasa algo a Martina? —preguntó Ana preocupada.

—Tranquila, creo que la razón del mensaje es otra. —Cuando leyó la pantalla del móvil, el rostro de Lucas se iluminó.

—¿Qué pasa?

—Tu amiga, que parece un hueso duro de roer, pero no puede ser más romántica.

—Eso ya te lo dije yo… Pero cuéntame, ¿qué ha pasado? Dímelo ya… —Ana se acercó a Lucas impaciente por saber más.

—Alberto le ha pedido matrimonio y Sandra ha aceptado.

—¿Qué? Eso es maravilloso. —Ana empezó a reír emocionada—. ¡Jo! otra vez voy a llorar. ¿Es que no voy a ser capaz nunca de controlarlo?

Lucas se quedó por un instante contemplándola con ternura. Con los ojos húmedos, el brillo de su iris centelleaba con más fuerza y durante unos segundos siguió con la mirada como una de sus lágrimas caía por sus mejillas hasta aterrizar en el contorno de sus labios. Y se imaginó besándola, saboreando esa humedad salada y mordiendo suavemente esa boca carnosa que tanto deseaba poseer.

—Lucas, ¿cenamos?

—Sí, sí... Vamos —afirmó, mientras despertaba del beso imaginario.

Sentados uno frente al otro, Lucas abrió la botella de vino y Ana tomó su copa impaciente por brindar.

—Al final, vamos a tener que brindar por muchas razones, hay mucho que celebrar. —Con las dos copas llenas, elevó la suya—. Por Sandra y Alberto.

—Por Sandra y Alberto. —Lucas bebió un sorbo de vino—. Ya me imagino a Martina llevando los anillos. ¿Me ayudarás para comprarle el vestido? Me iría bien...

—Lucas —interrumpió Ana—, tú nunca has necesitado ayuda con tu hija.

—Lo sé. —Le sonrió agradecido—. Pero sí me iría bien otra opinión, sobre todo si es femenina.

—Naturalmente que iré con vosotros, no me lo perdería por nada.

—Y ahora, un brindis por *Diseños Martina*. —Los dos bebieron un sorbo de la copa sin apartar los ojos del otro—. Estoy seguro de que será un éxito.

—Eso espero. La semana pasada entregamos nuestro primer proyecto y los clientes quedaron muy satisfechos. Ya tenemos cinco encargos más. Estoy muy contenta.

—Te lo mereces, has trabajado duro.

—Gracias. —Ana sintió como se ruborizaba—. Lucas, creo que sería mejor que el acuario lo instalara aquí, en mi casa, para cuidar de Orión. Y así también Martina lo vería más a menudo. ¿Podrías ayudarme mañana a traerlo?

—Sí, por supuesto, y luego te cambio la puerta de la nevera.

—Eres cabezota, ¿verdad? —Se rió burlona.

—Un poco. Y, dime, has cumplido tu deseo de crear tu propia empresa de diseño, ¿cuál es ahora tu nuevo propósito? Seguro que ya te has marcado otro objetivo en tu vida.

—Pues la verdad es que sí y tengo la esperanza de que se cumpla en un par de años. —Durante unos segundos Ana acarició su copa con la mirada perdida, hasta que volvió en sí y fijó sus ojos en los de Lucas—. Me tienes que contar cómo has conseguido el ejemplar "Cola de tigre".

—Uhhh… Cuidado que si sabes demasiado corres peligro. —Lucas sonrió al ver la cara sorprendida de Ana—. Tengo algunos colegas trabajando en el Departamento de Aduanas del aeropuerto y entienden de animales exóticos. En fin, mejor no sepamos los detalles. Pero, tranquila, tengo todos los papeles en regla.

—Me ha gustado mucho el regalo, de verdad, has hecho que cumpliera un sueño que daba por perdido… —Durante unos segundos mantuvieron sus miradas fijas en el otro, como si no hubiera nada más alrededor.

—La lasaña está buenísima… —Lucas tuvo que desviar la vista a su plato para evitar perderse más tiempo en los ojos de Ana.

Durante los siguientes minutos, ambos comieron en silencio. Lucas volvía a sentir los mismos nervios del inicio y comenzaba a impacientarse. Necesitaba hablar con ella sobre sus sentimientos y todavía no sabía como empezar. Tenía mucho miedo de que esa complicidad desapareciera y que Ana quisiera huir de nuevo. No podía perderla otra vez, sería demasiado doloroso, pero seguir fingiendo tampoco estaba siendo fácil.

—¿Crees que podría tener hoy una sesión con mi psicóloga? Hay algo importante que necesito contarle.

—Por supuesto que sí. Cuando acabemos, te tomas el té en el diván. —Ana sonrió divertida—. Seguro que habrá aprendido mucho en su congreso y probará contigo alguna nueva técnica.

—Yo no tengo ningún problema en ser su conejillo de indias, acaba haciendo lo que quiere conmigo. Es buena psicóloga.

—No sé qué decirte, aquello de "busca una mujer en otros ambientes" no salió nada bien.

—Eso sucedió porque yo no busqué adecuadamente, pero he aprendido del error. —Después de unos segundos con las miradas fijas, Lucas continuó—. Hace unos días abrí el álbum de Mónica.

—¿En serio? —Ana se llevó las manos a la cara para contener la emoción.

—Y quisiera que me ayudaras con él.

—¿Yo?

—Tenía ganas de explicártelo. Lo abrimos Martina y yo juntos. Como ya sospechaba, las primeras páginas eran fotos de Mónica embarazada, ecografías y datos médicos. Mónica fue dejando constancia de todos los detalles del embarazo hasta que llegaron las hojas dedicadas a Martina. Me sentí fatal, un egoísta. Durante todos estos años no he querido abrir el álbum para no sufrir, pero no pensé en mi hija. Ese libro es para Martina y yo fui un egoísta guardándolo solo para mí.

—No te culpes, Lucas, lo que importa es que al final abriste el álbum.

—Me alegro mucho de haber tomado la decisión. Cuando se acaban las fotos del embarazo, empiezan las hojas en blanco dedicadas a momentos especiales de la niña: sus primeros pasos, los primeros dientes, los que nacen y los primeros que se caen, los primeros Reyes, el primer cumpleaños, el segundo… en todas estas páginas Mónica puso alguna imagen suya, unas palabras o consejos y un espacio para poner una foto. Quería estar en todos esos momentos y así lo preparó, para que cuando hiciéramos la foto y la pusiéramos ahí, leyéramos sus palabras y viéramos su imagen, así ella también estaría presente.

—Es precioso. Otra vez estoy llorando, no tengo remedio.

—Tranquila, llora… —Esta vez no pudo resistir acercar su mano a su rostro y limpiarle una lágrima—. También hay un espacio dedicado a ti. Lo tituló "El día que encontréis a Anabel". Nos tenemos que hacer una foto los tres juntos y ponerla en esa página. Y me gustaría que me ayudaras con el resto de fotos. Tengo varias por ahí de Martina de bebé, no muchas, soy un poco desastre para esos detalles y te quería pedir que me ayudaras a seleccionarlas.

—Me encantaría...

—Al final del álbum había una nota para mí.

—¿En serio? ¿Y qué pone?

—Si te portas bien tal vez te la lea más tarde —dijo Lucas, haciéndose el interesante y alzando una ceja.

—Tramposo...

Y, de nuevo, durante unos segundos no apartaron la vista de sus respectivos ojos, sonrientes y nerviosos.

—¿Preparo ya el té? —sugirió Ana.

—¿Te ayudo?

—No, que aún eres capaz de quererme arreglar la tetera. Tú ve al sofá, hoy eres mi invitado.

Desde la cocina Ana observaba a Lucas sentado en el sofá. Movía la pierna derecha, muy nervioso, se echaba el pelo hacia atrás constantemente y miraba el suelo como queriéndose concentrar para no olvidar algo. Ella sabía que tenía que dejarle hablar, tenía que escuchar aquello que rondaba en la cabeza de Lucas y no debía escapar de él, esta vez no... Fuera lo que fuera, tenía que dejar que sucediera. Con las piernas temblorosas caminó hasta el salón con las dos tazas de té, las colocó en una mesa pequeña frente al sofá y se sentó en una silla, cerca de Lucas, como hicieran aquel día que comenzaron el juego de la psicóloga y el paciente.

—Bueno, Lucas, he vuelto y sé que tienes algo que contarme. Así que, respira hondo y abre tu mente. Explícame cómo te sientes en este momento.

—Verá, Doctora. —Dejó descansar su cabeza sobre el reposabrazos del sofá y se tumbó bocarriba—. Tengo algo importante que contarle. ¿Recuerda que me aconsejó que me desinhibiera? ¿Que debía volver a enamorarme?

—Sí, lo recuerdo. —Ana sintió como le faltaba el aire.

—Pues bien, hay tres mujeres…

—¿Tres? —Ana abrió sus grandes ojos con asombro.

"Este hombre no pierde el tiempo", pensó.

—Déjeme que le explique. La primera mujer fue un flechazo, uno de esos encuentros extraños en los que sientes una atracción física especial y piensas que ha sido obra del destino, que ha pasado por tu vida por alguna razón, no por un juego de azar, sino porque era importante que ese encuentro se realizara. Pues bien, yo me sentí muy atraído y creo que ella también, o tal vez solo conseguí intimidarla, no estoy seguro. El caso es que me obsesioné con ella. La tenía en la cabeza constantemente y hasta se coló en mis sueños más de una noche. Me hechizó irremediablemente. Es atractiva, intrigante, misteriosa y muy sensual. Tuvimos algún encuentro fortuito pero no conseguí acercarme lo suficiente a ella. Parecía difícil, de esas mujeres impenetrables que evitan a los hombres.

—Ya sé de qué tipo de mujeres hablas… —A Ana no le estaba gustando nada el rumbo que llevaba la conversación.

—Y en medio de esa confusión y el torbellino de sentimientos que me provocaba esa mujer, apareció la segunda. Aquella chica me fascinaba, bueno, y me sigue fascinando. Cuando la conocí tenía novio y fue algo complicado, pero a pesar de ello y, al contrario que con la primera, a ella la pude conocer mejor. Es inteligente, muy guapa y con un carácter fuerte. Tal es el carácter fuerte que acabamos un día discutiendo a gritos. Incluso resultó que su novio en realidad no era su novio, sino que lo utilizó para conseguir una herencia, o algo así… aunque eso son detalles que no vienen al caso.

Sorprendida, Ana se levantó de la silla de un brinco y dio unos pasos para alejarse del sofá, dándole la espalda a Lucas. Ahora lo entendía todo, Lucas estaba hablando de ella. La primera chica era la del aeropuerto y la segunda apareció cuando Alberto los presentó. Las piernas le empezaron a flaquear y un persistente cosquilleo invadió su estómago.

—¿Estás bien? —Lucas se incorporó en el sofá, quedando sentado para verla mejor. Ana asintió con la cabeza y él decidió continuar, ya no podía dar marcha atrás—. Pero después de aquel enfado y como caída del cielo, apareció la tercera chica.

Y esta es, sin duda, la mujer más maravillosa que he conocido en mi vida. Ella es... es divertida, muy ocurrente, cariñosa, inteligente, una mujer segura de sí misma y de lo que quiere, muy hermosa y maravillosa... ¿Eso ya lo había dicho, verdad? En fin... hemos podido intimar, nos hemos sincerado y hemos compartido sentimientos que teníamos guardados con llave. Con ella es muy fácil hablar, es de esas personas con las que te sientes cómodo, te sientes tú mismo, sin siquiera proponértelo. Y como no podía ser de otra manera, me enamoré, me enamoré perdidamente de ella, pero... metí la pata, la metí hasta el fondo. La primera mujer apareció un día y como atraído por un imán, otra vez hechizado por sus encantos, la hice mía. Intenté que solo fuera sexo, pero no pude, me gustaba mucho y no solamente por su físico, volví a sentir aquel flechazo inicial... Y lo peor de todo fue que, mientras yo intentaba que aquel fuera un acto banal, me di cuenta de que yo solo pensaba en la tercera, deseaba besarla, acariciarla, mirarla a los ojos y darle a entender lo que me hacía sentir.

—Me sentí tan mal, tan sucia... —lo interrumpió ella con un tono decaído—. Yo te había pedido solo sexo y cuando, cinco minutos después de salir de aquel cuarto, te vi besando a Sonia, después de que ni me miraras a la cara en aquel momento, me sentí como una furcia. Era lo que yo me había buscado.

—Ana, tantas veces quise mirarte a los ojos, acariciarte, coger tu cara con las manos y besarte, pero tuve miedo, miedo de que lo rechazaras, de que si lo hacíamos más íntimo tú te echaras para atrás y huyeras. Me repetí varias veces que solo debía ser sexo. Para mí, lo que había entre nosotros ya era demasiado importante, no quería perderlo... —Lucas permaneció un momento en silencio, esperando alguna reacción de Ana, pero ella continuaba de espaldas a él, así que, resignado, continuó con su relato—. Lo de Sonia también fue una estupidez. En realidad empecé a salir con ella para que tú y yo habláramos de eso, para seguir con nuestro juego de psicóloga y paciente. Pero todavía entonces yo no sabía lo que sentía por ti, estaba confundido, en mi mente aparecían tres mujeres en una: las dos primeras me atraían mucho físicamente y con la tercera empezaba a haber algo más que no comprendía. Después de aquella noche y durante la siguiente semana que me evitaste, empecé a echarte mucho de menos, a sentir celos de Héctor, a volverme loco porque no podía sacarte de mi cabeza, porque necesitaba estar contigo. Hasta que el día de la mudanza, el día que te volví a ver en la puerta de tu casa, comprendí que me había enamorado y que ya no podía vivir sin ti.

Lucas dejó pasar unos interminables segundos de silencio. Temía que la reacción de Ana al escuchar esa confesión no fuera la deseada y necesitaba que ella lo asimilara poco a poco. Finalmente, ante aquel mutismo que lo estaba matando, decidió concluir.

—Toda esta historia de las tres mujeres puede parecer confusa. Sigo deseando a la chica del aeropuerto, me sigo sintiendo fascinado por Ana y estoy totalmente enamorado de Anabel. Pero tengo muy claro que las tres sois la misma persona para mí y que os quiero en mi vida a las tres. Quiero que la chica del aeropuerto deje de colarse en mis sueños para colarse en mi cama, quiero salir al teatro y a cenar con Ana e intentar calmarla cuando esté irritada y quiero despertar todas las mañanas junto a Anabel, reírme con sus ocurrencias y contagiarme de su afán de conocer, pero sobre todo, quiero que seas tú quien me ayude a criar a Martina, quiero tener más hijos contigo y quiero envejecer a tu lado. —El silencio de Ana era doloroso para Lucas, creía perderla en cada palabra que pronunciaba—. Perdona si he sido demasiado brusco, demasiado directo, tal vez no debí sincerarme aún, pero es que no puedo seguir fingiendo. Si tengo alguna oportunidad de estar contigo quiero que nuestra relación se base en la honestidad. Con todo lo que ha sucedido desde que nos conocimos, necesito creer que confías en mí y por eso tenía que mostrarte mis sentimientos.

Con una expresión de desesperación en su rostro, Lucas cogió un papel del bolsillo y con la cabeza baja, continuó con voz entrecortada.

—Y como te has portado bien, te voy a leer la nota de Mónica. Tranquila, luego me iré.

Abrió el papel despacio y después de inspirar profundamente para tranquilizar la voz empezó a leer.

"Lucas,

No es así como quería decirte adiós pero no sé si voy a tener el valor suficiente para hacerlo en vida, te quiero demasiado y sería muy doloroso.

No te culpes por no haber tenido la oportunidad de despedirte de mí, no necesito que lo hagas, me llevo miles de recuerdos maravillosos contigo y ese es el mayor de los tesoros.

Hay algo más que no he tenido la ocasión de explicarte: ayer por fin encontré a Anabel. Está viviendo en Nueva York con su tía, se hace llamar Ana y se invirtió los apellidos. Por esa razón no la encontrábamos. Le he escrito una carta y le he dado nuestra dirección para que te busque. Después de lo que sucedió entre nosotras, no sé si acudirá a vosotros rápidamente, tampoco sé si volverá a España. Tal vez pase un tiempo hasta que os conozcáis pero solo espero que no sea demasiado tarde. Y te digo esto porque me gustaría que compartieras con ella la educación de nuestra hija y que ella formara parte de la vida de Martina.

Serás un magnífico padre, cuidarás bien de Martina y volverás a ser feliz, a pesar del dolor que ahora estás padeciendo. Lo sé porque lo mereces más que nadie.

Completad este álbum pensando en mí, recordándome y así no os abandonaré.

Te he querido, te quiero y te querré siempre.

Mónica".

Después de unos segundos en silencio, cabizbajo, Lucas se levantó del sofá, mientras doblaba la carta y la guardaba en un bolsillo del pantalón.

—No te preocupes, ya me voy —dijo resignado, mientras salía del salón.

Amaba a aquella mujer como no creía que podría volver a amar, pero sabía cuando debía retirarse, cuando una batalla estaba perdida. El silencio de Ana aniquiló la esperanza de iniciar aquella noche una nueva vida, juntos, de romper las barreras que ambos habían construido a su alrededor, esa coraza que los había condenado a vivir en soledad durante años. Caminó despacio hacia la puerta principal, con el corazón herido y un miedo atroz a haber agotado su última oportunidad de estar con ella. Pero, cuando sujetaba el tirador de la puerta para abrirla, Ana empezó a hablar.

—Me preguntaste por mi nuevo propósito, por lo que ahora quiero conseguir en mi vida. —Su voz sonó temblorosa.

Lucas soltó el tirador y se giró sorprendido al escucharla. Estaba quieta frente a la cocina, pensativa, soñadora, hermosa.

—Lo que ahora más deseo está ahí… —Ana levantó la mano para señalar una zona de la cocina.

—¿En la cocina…? —preguntó él confundido.

—Ahí, donde está la encimera, estoy yo, de pie, cocinando unas crepes. —Y dirigiendo su mano hacia la mesa central, continuó—. Ahí, sentada en esa silla, hay una preciosa niña con el cabello dorado, largo, perfectamente alisado. Le acabo de servir una crepe, su desayuno favorito, y la está devorando ¡Se nota que tiene hambre! —exclamó risueña—. Le ha puesto la medida justa de azúcar porque, según dice su papá, no es bueno abusar del azúcar.

Lucas sonrió al comprender de qué niña hablaba Ana y su corazón comenzó a latir con fuerza.

—Bajo la mesa, un cachorro mordisquea sus zapatillas. Ya le ha sacado la del pie derecho, dejando ver su calcetín agujereado. De vez en cuando, apoya sus patas sobre las rodillas de la niña, pidiéndole compartir su crepe, pero ella no está por la labor y lo está ignorando por completo.

Él volvió a sonreír, mientras se acercaba a Ana por detrás, esperanzado, enamorado y desesperado por rodearla con sus brazos.

—A su lado, ahí, a su derecha, sentado en una sillita de bebé, un niño de unos seis meses juguetea con su cuchara de plástico, dando golpes en la mesa. —Durante unos segundos Ana permaneció callada, retirando con los dedos las lágrimas de emoción que aún resbalaban por sus mejillas, hasta que volvió a levantar su mano señalando la entrada de la cocina—. Por ahí entra un hombre muy apuesto y guapo. Después de darles un cariñoso beso en la frente a los dos, le pregunta a su hija si las crepes están buenas y ella le muestra el plato vacío y la boca llena. Sonriente, se acerca a mí por la espalda. Yo estoy sacando otra crepe de la sartén cuando noto que pone su mano sobre mi cintura, me besa el cuello y...

El cuerpo de Ana se estremeció al sentir el calor de la mano de Lucas sobre su cintura, el tacto de su pecho contra su espalda y la suavidad de sus labios rozando su cuello. Unas caricias que la transportaron al paraíso. Cerró los ojos e inspiró profundamente.

—Sigue, sigue... —Lucas le animó a continuar, mientras retiraba a un lado el pelo rizado de Ana para acceder mejor a su cuello y continuar depositando sus besos sobre él.

—Y cuando ya me tiene completamente a su merced con sus besos y sus caricias, cuando me siento inmóvil, incapaz de mover un solo músculo, igual de excitada que la primera vez que aquel hombre me tocó, roza con sus labios mi oreja y me susurra al oído...

—¿Ya están preparadas mis crepes? —murmuró él, mientras mordisqueaba el lóbulo de su oreja.

—No, no. —Ana se giró sonriente para estar frente a Lucas, mientras él la continuaba sujetando por la cintura—. Eso no es lo que él dice...

—Entonces, ¿qué es lo que te susurra al oído?

—Me dice con voz ronca y sensual: "Señorita, abra las piernas, tengo que cachearla".

Lucas, emocionado y feliz, alzó sus manos para rozar las mejillas de Ana con la yema de su dedo pulgar.

—Me encanta tu nuevo propósito.

—Y a mí.

Suavemente, Lucas adentró sus manos en el cuello de Ana y la acercó más a él. Sus frentes se unieron, la punta de sus narices se acariciaron y por unos segundos los dos dejaron de respirar, inmersos y perdidos en las pupilas del otro.

—¿Puedo besarte ya, chica de los calcetines rotos? —preguntó Lucas, apenas sin aliento.

—Ya estás tardando, agente pervertido.

Y los labios que los dos tanto habían ansiado volver a besar, por fin, les pertenecían; por fin, pudieron degustarlos, morderlos con los dientes y jugar con sus lenguas hasta que la necesidad de respirar les hizo parar. Cuando ese primer beso largo e intenso acabó, Lucas se chupó los labios para volver a saborear el gusto salado que las lágrimas de Ana le habían dejado y sonrió, mientras apoyaba su frente sobre la nariz de ella.

—Estás salada de tanto llorar.

Los besos continuaron, cada vez más profundos, más apasionados. Las manos de Lucas se perdieron en el cuerpo de Ana y el deseo empezó a fluir entre ambos, como un río desbordado, devastando todo a su paso. Abrazados, subieron las escaleras que les llevaría a la habitación de Ana, sin dejar de besarse en ningún momento. Besar aquellos labios ya no era un simple deseo para ellos, era una necesidad, un acto indispensable, vital, más importante incluso que respirar.

Una vez frente a la cama, cuando se disponía a quitarle la camiseta, Lucas la miró fijamente a los ojos y empezó a sonreír.

—¿Qué pasa? ¿En qué estás pensando? —preguntó ella extrañada por su gesto.

—Quédate aquí quieta, no te muevas y cierra los ojos.

—Pero ¿por qué? ¿Adónde vas? No me dejes así —Ana no entendía por qué Lucas salía de la habitación.

—Confía en mí, por favor.

—Haz lo que tengas que hacer pero vuelve rápido… —Ana cerró los ojos impaciente.

—No te muevas, no tardo.

Intrigada y muy excitada, Ana siguió los pasos de Lucas por el ruido de sus zapatos. Él bajó al salón y abrió la puerta principal de la casa.

"¿Se ha ido? No puede ser…", pensó ella.

Le sorprendió el sonido de la puerta de un coche al cerrarse y el pitido del bloqueo del vehículo. Unos segundos después, la puerta de la entrada de la casa se cerró.

—Lucas, ¿eres tú?

—Sí, tranquila soy yo. —Escuchó su voz de lejos y como cerraba con llave desde el interior.

Durante los siguientes dos minutos Ana solo podía oír golpes en el salón, como si Lucas tropezara torpemente.

—¿Qué haces? ¿Te has caído?

—Sí, pero no pasa nada. ¿Tienes los ojos cerrados?

—Sí... —mientras afirmaba, Ana escuchaba como Lucas subía los escalones a zancadas y sin zapatos.

—Ya estoy aquí —dijo con la respiración apresurada por la carrera—. Ya puedes abrir los ojos.

Ana no pudo evitar soltar una carcajada y un silbido de admiración. Lucas, vestido con el uniforme de la agencia de seguridad, se contoneaba delante de ella, exagerando sus movimientos y levantando las cejas de forma divertida. Aquella imagen arrancó otra vez las lágrimas de Ana, aunque esta vez fueron originadas por la risa y la felicidad que sentía al comprobar que iba a compartir su vida con el hombre más increíble y maravilloso que jamás había conocido.

—Señorita, abra las piernas, tengo que cachearla...

Epílogo
DOS AÑOS DESPUÉS

—Martina, ¿le has dado de comer a Orión?

—Sí, papá, y he dejado todo preparado para cuando lo haga tío Alberto.

—¿Y has sacado a Calcetines a hacer pipí?

—Sí, papá, sí.

—Pues llévalo a casa de tío Alberto y dile que ya vamos a salir.

—Vale, papá.

Mientras Ana se duchaba, Lucas corría nervioso de un lado a otro de la habitación. Había empezado a tener contracciones de madrugada y estaban preparándose para ir al hospital. Cuando Ana se secaba con la toalla, Lucas la sorprendió apoyado en el marco de la puerta, observándola preocupado.

—¿De verdad que estás bien?

—Tranquilo, ya te lo he dicho, son las contracciones… Uffff… —Ana se inclinó hacia adelante por el dolor e intentó hacer las respiraciones que había aprendido en la preparación al parto—. Ya pasó. ¡Cada vez son más intensas!

Lucas la sujetó para acompañarla con las respiraciones y una vez pasó el dolor la ayudó a vestirse.

—Tengo ganas de verle la carita a Julio. Seguro que es un niño morenito y muy guapo, como tú —dijo Ana sonriente, mientras miraba enamorada a su marido.

—O es castaño, con el pelito rizado y unos ojos grandes y brillantes, como los tuyos. —Lucas la besó cariñosamente.

Seis meses después de la boda, Ana se quitó el DIU y desde entonces no habían dejado de imaginar la cara de su bebé.

Después de aquella primera noche, decidieron que durante un par de meses, hasta las vacaciones de Navidad, pasarían los tres los fines de semana juntos en casa de Ana y, si todo iba bien, a principio de año, Lucas y Martina se trasladarían definitivamente. Pero el primer día de aquellas vacaciones, los dos llegaban a su casa con todas sus cosas. No soportaban más las angustiosas despedidas los domingos por la tarde en casa de ella o entre semana, por las noches, en el portal del apartamento de él.

Lucas y su hija le pidieron matrimonio a Ana un mes después. Se casaron en junio, celebrando una doble boda con Sandra y Alberto y siendo cada pareja los padrinos de la otra. Martina, luciendo un precioso vestido naranja, llevó los anillos acompañada de los dos hermanos pequeños de Sandra. Se dijeron el «sí, quiero» en los jardines de un bonito restaurante, un día soleado y sobre el césped. Alrededor de ellos, algunas sillas donde sus seres más queridos presenciaron el momento. En primera fila, el padre de Sandra, sus ex mujeres y sus hijos mayores, tía Helena y Héctor que, aunque todavía no lo sabía, ya había conocido a la mujer con la que pasaría a la segunda fase de una relación. Sin embargo, esa es otra historia que nada tiene que ver con esta.

También fueron algunos socios del bufete, entre ellos el señor Hernández y su mujer, con los que Alberto y Sandra habían entablado una bonita amistad. Maite acompañada de su marido e hijos, Carla con su hijo Roberto y el resto del equipo de trabajo de Ana. Y, por supuesto, el nuevo integrante de la familia, un precioso *cocker* al que habían llamado Calcetines. Se lo regalaron a Martina en Navidad y se hicieron amigos inseparables desde el primer instante.

Diseños Martina estaba resultando un éxito, consiguieron captar como clientes a varias empresas importantes y eso les hizo ganar fama y prestigio. Antes de acabar el primer año, la empresa ya había obtenido más beneficios de lo esperado y para sacar adelante los proyectos que se acumulaban, tuvieron que contratar una persona más. Sandra disfrutaba con su nuevo trabajo, pero además aprendió mucho del mundo del diseño y siempre que sus obligaciones se lo permitían, le gustaba pasar un tiempo con Ana y Carla mientras ellas realizaban bocetos, dibujos o montajes.

Alberto comenzó pronto a asumir casos importantes en el bufete y los socios mayoritarios no pudieron negarse en asignarle un ayudante cuando Sandra se quedó embarazada, unos meses después de la boda, eso le permitiría pasar más tiempo con ella. Carlota nació en mayo, poco después de que Ana se quedara embarazada, una preciosa niña pelirroja y sonriente que tenía a toda la familia enamorada, sobre todo a su padre, que lloró feliz al comprobar que su cabello empezaba a enrojecer. Unos meses antes de que Carlota naciera, Alberto sorprendió a Sandra con la compra de la casa vecina a la de Ana. Con la ayuda de su amigo, el agente inmobiliario, vendieron sus dos apartamentos y no tardaron en mudarse. Querían vivir allí para cuando naciera la niña.

Lucas dejó de hacer tantas horas extras en verano y, algunas tardes, mientras Martina hacía los deberes en el despacho de Ana, ayudaba a su mujer con algunas maquetas.

La noticia del embarazo de Ana llegó como un maravilloso regalo y los tres disfrutaron con la evolución de la barriga. Pero las últimas semanas estaban siendo especialmente duras para Lucas. Recordaba la angustia vivida con Mónica y el miedo empezó a apoderarse de él.

—Papá, Calcetines ya está con tío Alberto, jugando con Susi. También dejé mis cosas para pasar allí la noche. —Martina entró en el baño—. Mamá, ¿estás bien?

—Sí, cariño, no te preocupes. Ya nos vamos a ir. Lucas, ¿está preparada la bolsa del bebé?

—Está en el salón, junto con tu maleta.

Martina salió corriendo de la habitación, como si olvidara algo y Lucas aprovechó para preguntar a Ana.

—¿Ya te has acostumbrado a que te llame mamá?

—A veces no puedo evitar pensar en Mónica y me entristece, pero creo que a ella no le hubiese importado. Además, no puedo permitir que Martina me llame Anabel y su hermano me llame mamá.

—Lo que me gustaba de que te llamara Anabel es que ella era la única que lo hacía.

—Todavía en ocasiones, cuando estamos a solas, me dice Anabel. Sabe que me gusta y que solo permito que ella o tú me llaméis así.

Cuando llegaron al salón, vieron a Martina cerrando la bolsa del bebé apresuradamente.

—Martina, ¿qué haces? —Lucas la miró desconfiado, parecía ocultar algo en las manos.

—Nada, nada... Solo volvía a mirar si estaba todo lo del bebé. ¿Nos vamos ya?

En el hospital, mientras preparaban a Ana para el parto, Lucas salió a la sala de espera para informar a la familia. Helena, Martina, Sandra y Alberto, con Carlota en brazos, aguardaban noticias.

—Lucas, ¿cómo está Ana? —se preocupó Helena.

—La están preparando, ya está dilatada. Tengo que volver a entrar, pero quería avisaros.

—Tranquilo, todo va a ir bien... —Alberto sabía lo mal que lo estaba pasando su hermano.

—Estoy temblando de miedo —dijo Lucas en voz baja—, no puedo perderla, no puedo perder a Ana...

—No va a pasar nada, ya lo sabes, te lo han dicho los médicos miles de veces, Ana está perfectamente y el bebé también.

—Eso espero.

En la sala de partos, Ana apretaba la mano de Lucas mientras hacía las respiraciones. Ya le habían inyectado la epidural y se iba acercando el momento.

—Ana, ¿te he dicho ya que te quiero? —le preguntó Lucas, mientras besaba su mano.

—En la última media hora me lo habrás dicho unas diez veces —le repetía, mientras soplaba.

—Pues, te lo digo otra vez, te quiero, cariño, te quiero.

—Lucas, mira que eres cabezota. —A pesar del dolor, Ana le dedicó una sonrisa—. Estoy bien, no me va a pasar nada, vamos a tener un niño precioso y yo también te quiero, te quiero mucho.

Cuando la comadrona puso a Julio sobre el pecho de su madre, los dos lloraron de felicidad. Tenía la piel morena como Lucas y unos ojos grandes como Ana, aunque apenas los había abierto aún. Lucas no dejaba de besar a su mujer en la cabeza y en la frente y a acariciar el rostro de su hijo. Ella casi no podía hablar de la emoción y del llanto.

—Lucas, esto es…es… no se puede describir con palabras. —Ana acariciaba los deditos del bebé, mientras lo rodeaba con sus brazos.

—Yo también siento lo mismo. —Emocionado, Lucas reposó su cabeza sobre la almohada para estar cerca de su mujer y besarla.

—Lucas, ¿te he dicho ya que te quiero?

—Sí. —Él sonrió—. Unas doce veces la última media hora, cada que vez que yo te lo he dicho a ti…

Mientras las enfermeras limpiaban y vestían a Julio, Lucas y Ana las observaban sorprendidos por la destreza con la que manejaban al bebé. Y cuando estuvo preparado para volver con su madre, la enfermera que lo llevaba en brazos los miró extrañada.

—Julio ya está preparado, pero… les quería avisar de que nosotras no le hemos roto la ropa.

—¿Roto?

—Miren, los dos calcetines están rotos y le sale el dedo gordo.

Lucas y Ana se miraron y soltaron una carcajada, mientras exclamaban a la vez.

—¡Martina!

F I N

Sobre la autora

Bajo el seudónimo de **Judith Galán** se esconde una sabadellense de más de cuarenta años; casada, con dos hijos y un trabajo que le ocupa muchas horas del día. A pesar de ello, Judith dedica su escaso tiempo libre a estrujar al máximo la pulpa de su imaginación para crear historias emotivas, divertidas y sorprendentes.

Autopublicó en Amazon su primera novela, «Calcetines rotos», en febrero de 2017, y alcanzó el número uno en ventas en tan solo un mes. Después de su primera experiencia, repitió con «¡Héctor, Víctor no, Héctor!» (agosto 2017) y «Todo tuyo» (septiembre 2018).

Ser escritora nunca fue su sueño, pero ahora es incapaz de soñar si no es escribiendo.

Página de Facebook: Judith Galán
Instagram: @judithgalan.autora
Correo electrónico: judithgalan.escritora@gmail.com

Agradecimientos

Gracias a ti, lector o lectora, a la seguidora fiel, a la desconocida que tras un perfil de Facebook me regala todos los días un "me gusta" en forma de corazón.

Gracias a mi marido, porque cuando le confesé avergonzada que estaba empezando a escribir una novela me dijo: adelante, si eso es lo que quieres hacer, me parece perfecto.

Gracias a mis hijos, porque sin ellos nada tiene sentido. Y gracias al pequeñín de la casa, por dejar que le pusiera dos calcetines rosas y le hiciera fotos tumbado en el suelo de un parque. ¡Tú has sido mi amuleto de la suerte!

Gracias a mi hermana Susana, porque ella fue la primera persona que leyó esta historia y la primera que me dijo que debía compartirla.

Gracias a mi hermana Carmela, porque de sus ojos salieron las primeras lágrimas al leer el "momento carta". Mentira, las primeras fueron mías ;). Gracias, Carmela, por tus ánimos y tus correcciones.

Gracias a toda mi familia, mi hermana María José, mis padres, mis suegros, mis cuñados y mis sobrinos. Gracias, Emi, por sentirte tan identificada con esta historia. Tuyo será uno de los primeros ejemplares que se impriman en papel, y lo sabes... jejeje.

Miles, millones e infinitas gracias a todos los que creyeron en mí al leer esta historia, aquellos que habéis hecho de Judith Galán una realidad.

Cuando un calcetín se rompe, un dedo se libera.

Printed in Great Britain
by Amazon

36222246R00225